ARNALDUR INDRIÐASON

Abgründ

Bisher erschienene Titel des Autors:

*Die Kommissar-Erlendur-Reihe:*

1. Menschensöhne (im E-Book erhältlich)
2. Todesrosen (im E-Book erhältlich)
3. Nordermoor
4. Todeshauch
5. Engelsstimme
6. Kältezone
7. Frostnacht
8. Kälteschlaf
9. Frevelopfer
10. Abgründe
11. Eiseskälte

Duell
Nacht über Reykjavík
Schattenwege
Tage der Schuld

*Die Flóvent-Thorsson-Reihe:*

Der Reisende
Graue Nächte

*Thriller:*

Gletschergrab
Tödliche Intrige
Codex Regius

*Die Konráð-Reihe:*

Verborgen im Gletscher
Das Mädchen an der Brücke
Tiefe Schluchten

Titel in der Regel auch als Hörbuch erhältlich

ARNALDUR
INDRIÐASON

# Abgründe

ISLAND KRIMI

Aus dem Isländischen von
Coletta Bürling

lübbe

Dieser Titel ist auch als Hörbuch und E-Book erschienen.

Die Bastei Lübbe AG verfolgt eine nachhaltige Buchproduktion. Wir verwenden Papiere aus nachhaltiger Forstwirtschaft und verzichten darauf, Bücher einzeln in Folie zu verpacken. Wir stellen unsere Bücher in Deutschland und Europa (EU) her und arbeiten mit den Druckereien kontinuierlich an einer positiven Ökobilanz.

MIX
Papier | Fördert gute Waldnutzung
FSC® C014496

Vollständige Paperbackausgabe
der bei Bastei Lübbe erschienenen Hardcoverausgabe


Titel der isländischen Originalausgabe: »Svörtuloft«
Originalverlag: Forlagið, Reykjavík


Umschlaggestaltung: FAVORITBUERO, München
Satz: hanseatenSatz-bremen, Bremen
Gesetzt aus der DTLDocumenta
Druck und Verarbeitung: GGP Media GmbH, Pößneck
Printed in Germany
ISBN 978-3-404-18919-9

2 4 5 3 1

Sie finden uns im Internet unter:
luebbe.de
Bitte beachten Sie auch: lesejury.de

## *Eins*

Er nahm die Ledermaske aus der Plastiktüte. Ein handwerkliches Meisterstück war sie nicht, denn er hatte sie nicht mit der erforderlichen Sorgfalt herstellen können. Aber sie würde ihren Zweck erfüllen.

Seine Befürchtung, unterwegs einem Bullen zu begegnen, erwies sich als unbegründet. Und auch niemand anderes schenkte ihm Beachtung. In der Tüte befand sich nicht nur die Maske. Im Alkoholladen hatte er sich zwei Flaschen Brennivín besorgt, und in einem Baumarkt einen kurzstieligen Hammer und einen spitzen Metallstift.

Das Material, das er für die Maske brauchte, hatte er tags zuvor bei einem Großhändler erstanden, der Leder und Felle importierte. Bevor er zu ihm gegangen war, hatte er sich so gut es ging rasiert und sich Sachen angezogen, die einigermaßen vorzeigbar waren. Er hatte genau gewusst, was er brauchte: Leder, Zwirn und eine gute Ledernadel.

Zu dieser frühen Morgenstunde bestand ohnehin kaum die Gefahr, dass er irgendjemandem auffiel. Nur wenige Menschen waren in der Stadt unterwegs. Er blickte niemandem ins Gesicht, sondern ging mit gesenktem Kopf und großen Schritten zu einem Holzhaus an der Grettisgata. Dort beeilte er sich die Kellertreppe hinunter, betrat die Wohnung und schloss die Tür sorgfältig hinter sich.

Nur einen kurzen Moment hielt er in der Dunkelheit inne. Inzwischen kannte er sich so gut aus, dass er sich auch im Stockfinsteren zurechtfand. Die Wohnung im Keller war nicht groß. Das fensterlose Badezimmer befand sich auf der rechten Seite des Flurs, die Küche ebenfalls. Sie hatte ein großes Fenster zum Hinterhof, vor das er eine dicke Decke gehängt hatte. Direkt gegenüber der Küche war das Wohnzimmer, daneben das Schlafzimmer. Das Fenster im Wohnzimmer ging zur Grettisgata hinaus, und die schweren Vorhänge dort waren zugezogen. Ins Schlafzimmer hatte er nur ein einziges Mal geschaut, das kleine Fenster oben an der Wand war mit einer schwarzen Plastiktüte zugeklebt.

Er machte kein Licht, sondern nahm den Kerzenstummel zur Hand, den er auf einem Regal im Flur aufbewahrte. Er zündete ihn mit einem Streichholz an und ging in dieser schummrigen Beleuchtung ins Wohnzimmer. Er hörte die unterdrückten Laute des Unmenschen, der gefesselt und geknebelt auf einem Stuhl saß. Er vermied es, den Kerl anzusehen, vor allem wollte er ihm nicht in die Augen blicken. Er stellte die Plastiktüte auf den Tisch und holte den Hammer, die Maske, den Metallstift und die beiden Flaschen heraus. Er öffnete eine Brennivín-Flasche, setzte sie gierig an den Mund und ließ den lauwarmen Inhalt die Kehle hinunterlaufen. Schon seit vielen Jahren spürte er dabei kein Brennen mehr im Hals.

Er stellte die Flasche ab und nahm die Maske zur Hand. Das Material war erstklassig, dickes Schweinsleder mit doppelten Ledernähten aus Takelgarn. Auf der

Stirn hatte die Maske eine kreisrunde Öffnung von der Größe eines Ein-Kronen-Stücks, wo der Metallstift angesetzt werden konnte. Den Rand der Öffnung hatte er verstärkt, damit der Stift aus galvanisiertem Eisen Halt darin hatte. Seitlich waren Schlitze für die Lederriemen angebracht, die im Nacken verknotet werden mussten, und außerdem hatte die Maske Öffnungen für Augen und Mund. Der obere Teil reichte bis auf den Schädel hinauf, und das dort befestigte Lederband konnte mit den Riemen im Nacken verzurrt werden, damit die Maske fest saß. Genaue Maße hatte er nicht genommen, er hatte sie nach seinem eigenen Kopf angefertigt.

Er nahm einen weiteren Schluck Brennivín und versuchte, das unterdrückte Wimmern zu ignorieren.

Als kleiner Junge hatte er eine solche Maske gesehen, als er auf dem Land lebte. Die war allerdings aus Eisen gewesen und wurde im alten Schafstall aufbewahrt. Er durfte sie nicht anrühren. Heimlich hatte er es dann doch getan. Das Eisen war rostig und fühlte sich kalt an, und er sah verkrustete Blutflecken an der Öffnung für den Eisenstift. Und nur ein einziges Mal hatte er zugesehen, wie sie verwendet wurde, als der Bauer in einem Sommer ein krankes Kalb töten musste. Der Bauer war so arm, dass er nicht einmal eine Flinte besaß. Die Maske tat ihren Dienst, obwohl sie eigentlich zu klein für einen Kalbskopf war, denn sie war für Schafe gedacht, hatte der Bauer ihm erklärt. Dann nahm er einen großen Hammer zur Hand und schlug einmal kräftig gegen den Eisenstift, der im Kopf des Tieres verschwand. Es brach zusammen und rührte sich danach kaum noch.

Ihm war es auf dem Land gut gegangen. Niemand

hatte ihm dort vorgeworfen, ein Nichtsnutz und Versager zu sein.

Den Namen dieser Vorrichtung mit dem Stift, der wie ein Versprechen von einem schnellen und schmerzlosen Tod aus ihr herausragte, hatte er nie vergessen können.

Der Bauer hatte sie die Todesmaske genannt.

Das Wort hatte bedrohlich in seinen Ohren geklungen.

Er blickte lange auf den Metallstift, der aus seinem Machwerk herausragte. Er würde fünf Zentimeter in den Schädel eindringen, das reichte.

## *Zwei*

Sigurður Óli ächzte laut. Er saß schon seit drei Stunden in seinem Auto vor diesem Haus, ohne dass irgendetwas passiert wäre. Die Zeitung steckte immer noch im Briefkasten. Zwar hatten einige Personen das Haus betreten oder verlassen, aber sie hatten der Zeitung, die halb aus dem Briefkasten herausragte, keinerlei Beachtung geschenkt. Dabei wäre es kein Problem gewesen, sie mitgehen zu lassen, wenn man kleptomanisch veranlagt gewesen wäre oder die alte Dame im ersten Stock hätte ärgern wollen.

Dieser Fall war wohl der lausigste, mit dem sich Sigurður Óli in seiner gesamten Laufbahn bei der Kriminalpolizei befasst hatte. Seine Mutter hatte ihn angerufen und ihn gebeten, einer alten Freundin von ihr diesen Gefallen zu tun. Die Freundin lebte in einem Mehrfamilienhaus am Kleppsvegur. Die Sonntagsausgabe der Zeitung, die sie abonnierte, war regelmäßig aus dem Briefkasten verschwunden, wenn sie sie holen wollte. Der alten Dame war es nicht gelungen, den Übeltäter ausfindig zu machen. Sie hatte sich bei ihren Nachbarn erkundigt, ob sie vielleicht versehentlich ihre Zeitung genommen hätten, aber alle hatten hoch und heilig geschworen, sie niemals angerührt zu haben. Einige hatten sogar Witze über die Zeitung gemacht und sie ein konservatives Käseblatt genannt, das sie nie im Leben lesen würden. Im Grunde genommen war sie der gleichen Meinung, blieb aber der Zeitung wegen der Nachrufe auf verstorbene Mitmenschen treu, die dort in aller Ausführlichkeit abgedruckt wurden und manchmal bis zu einem Viertel des Inhalts ausmachten.

Die Freundin verdächtigte einige Mitbewohner im Haus. Ein Stockwerk über ihr wohnte beispielsweise eine Frau, die nach Meinung der alten Dame mannstoll war. Bei ihr gaben sich die Männer die Klinke in die Hand, vor allem abends und an Wochenenden. Vielleicht war ja einer von den Männern der Dieb, oder aber die Frau selber. Ein weiterer Hausbewohner, der zwei Stockwerke über ihr wohnte, hatte anscheinend keine Arbeit und lungerte den ganzen Tag zu Hause herum. Angeblich war er Komponist.

Gerade eben betrat ein junges Mädchen das Haus, das allem Anschein nach die Nacht durchgemacht hatte. Sie war ziemlich alkoholisiert und brauchte eine Weile, um ihre Schlüssel in der kleinen Handtasche zu finden. Dabei musste sie sich am Türgriff festhalten, um nicht das Gleichgewicht zu verlieren. Sie würdigte die Zeitung im Briefkasten keines Blickes. Von ihr war bestimmt kein Bild in den Klatschspalten, dachte Sigurður Óli, während er dem Mädchen nachblickte, das die Treppe hinaufwankte.

Ihm steckte immer noch eine hartnäckige Grippe in den Knochen. Wahrscheinlich war er damit nicht lange genug im Bett geblieben, ihm war es aber schlicht zu langweilig geworden, im Bett zu liegen und sich Spielfilme auf dem neuen 42-Zoll-Flachbildschirm anzusehen. Es war besser, sich mit irgendetwas zu beschäftigen, auch wenn er sich noch immer sehr schlapp fühlte.

Ihm ging der gestrige Abend durch den Kopf. Er war auf einem Abiturtreffen gewesen, das bei Goofy stattgefunden hatte. Goofy war der Spitzname dieses aufgeblasenen Wichtigtuers aus der Juristenzunft, der Sigurður Óli schon seit der gemeinsamen Schulzeit auf die Nerven ging. Es war typisch für Goofy, der sich schon in jungen Jahren angewöhnt hatte, eine Fliege zu tragen, dass er alle zu sich nach Hause eingeladen hatte, nur um diese Rede halten zu können, in der er seinen ehemaligen Klassenkameraden selbstgefällig mitteilte, dass ihm vor Kurzem die Leitung irgendeiner Abteilung in der Bank übertragen worden war. Das sei doch wohl ein guter Grund zum Feiern, hatte er betont. Sigurður Óli hatte nur sehr zurückhaltend geklatscht.

Er hatte seine ehemaligen Klassenkameraden betrachtet und darüber nachgedacht, ob er tatsächlich derjenige war, der es seit dem Abitur im Leben am wenigsten weit gebracht hatte. Dieser Gedanke drängte sich ihm auf Klassentreffen immer auf, wenn er sich überhaupt dazu aufraffte, sich auf einem solchen Treffen blicken zu lassen. Die meisten waren entweder Juristen wie Goofy oder Ingenieure, und außerdem gab es noch zwei Pfarrer und drei Ärzte, die eine lange Ausbildung hinter sich hatten. Auch einen Schriftsteller gab es, von dem Sigurður Óli allerdings noch nie eine Zeile gelesen hatte, obwohl er in gewissen Kreisen wegen seiner stilistischen Brillanz hochgejubelt wurde, weil er angeblich an die Schranken irgendwelcher Mysterien rührte, wenn man diesem tiefsinnigen Geschwafel Glauben schenken durfte. Wenn Sigurður Óli sich mit den Leuten aus seiner Klasse verglich und an Erlendur und Elínborg, seine Kollegen bei der Kriminalpolizei, dachte und an all die verkrachten Existenzen, mit denen er sich tagtäglich herumschlagen musste, fiel dieser Vergleich nicht gerade zu seinen Gunsten aus. Seine Mutter war immer der Meinung gewesen, dass er zu etwas Besserem getaugt hätte als zu *so etwas*, und damit meinte sie die Kriminalpolizei. Sein Vater hingegen war sehr zufrieden mit ihm, weil sein Sohn seiner Meinung nach mehr zum Wohl der Gesellschaft beitrug als manch anderer.

»Und, wie läuft's denn so bei der Kripo?«, fragte Patrekur, einer der Ingenieure. Er hatte während Goofys Rede neben ihm gestanden. Sie hatten sich schon während der Schulzeit angefreundet.

»Na ja, wie's halt so läuft«, sagte Sigurður Óli. »Und bei dir, hast du bei bei dem Bauboom hier und all den Kraftwerken, die gebaut werden, nicht irre viel zu tun?«

»Wir können uns vor Arbeit nicht retten«, sagte Patrekur, der für seine Verhältnisse ungewöhnlich ernst klang. »Übrigens wollte ich dich fragen, ob wir uns vielleicht mal treffen könnten, da ist etwas, worüber ich mit dir reden möchte.«

»Na klar. Muss ich Handschellen mitbringen?«

Patrekur verzog keine Miene. »Ich ruf dich am Montag an, wenn du nichts dagegen hast«, sagte er und machte Anstalten, sich zu entfernen.

»Tu das«, sagte Sigurður Óli und nickte Patrekurs Frau zu. Sie hieß Súsanna und war mit ihm zu der Feier gekommen, obwohl die meisten normalerweise nicht mit Partner erschienen. Sie lächelte ihm zu. Sigurður Óli hatte sie immer gemocht, seiner Meinung nach war sein Freund ein Glückspilz.

»Du bist immer noch Bulle?«, fragte Ingólfur, der mit einem Bier in der Hand auf Sigurður Óli zukam. Er war einer von den beiden Pfarrern in der Klasse. Er stammte sowohl väterlicher- als auch mütterlicherseits von lauter Theologen ab und hatte sich nie etwas anderes vorstellen können, als in Gottes Dienste zu treten. Aber er war frei von Scheinheiligkeit und Pathos, war weder den Frauen noch dem Alkohol abgeneigt und bereits zum zweiten Mal verheiratet. Er machte sich gern einen Spaß daraus, einen Streit mit Elmar, dem zweiten Pfarrer in der Klasse, vom Zaun zu brechen. Elmar war aus völlig anderem Holz geschnitzt, er war überaus religiös und asketisch und glaubte felsenfest an fast alles, was in der Bibel stand. Alle Veränderungen waren ihm ein Dorn im Auge, vor allem, wenn es um die Homosexuellen ging, die es gerade darauf anlegten, die tief verwurzelten Kirchentraditionen in Island auf den Kopf zu stellen. Ingólfur dagegen war es vollkommen gleichgültig, was für Pärchen aus der menschlichen Flora sich an ihn wandten. Er hielt sich einzig und allein an die Regel, die ihm sein Vater mit auf den Weg gegeben hatte, dass alle Menschen vor Gott gleich sind. Er liebte es, Elmar aufzuziehen, und er fragte ihn regelmäßig, ob er nicht eine Sekte gründen wolle, die Elmariten.

»Und du bist immer noch Pfaffe?«, fragte Sigurður Óli im Gegenzug.

»Wir sind wohl beide unersetzlich«, entgegnete Ingólfur grinsend.

Goofy gesellte sich zu ihnen und schlug Sigurður Óli jovial auf die Schulter.

»Und was sagt unser Bulle?«, fragte er laut und vernehmlich, der frischgebackene Abteilungsleiter.

»Alles bestens«, sagte Sigurður Óli.

»Hast du es nie bereut, dass du das Jurastudium nicht zu Ende gebracht hast?«, fragte Goofy herablassend. Er hatte mit den Jahren reichlich Speck angesetzt, und die Fliege, die ihm früher einmal gut gestanden hatte, verschwand jetzt beinahe unter seinem enormen Doppelkinn.

»Kann ich eigentlich nicht sagen«, entgegnete Sigurður Óli, obwohl er tatsächlich manchmal darüber nachdachte, den Polizeidienst zu quittieren, das Jurastudium fortzusetzen und irgendetwas Sinnvolles in Angriff zu nehmen. Goofy gegenüber hätte er das aber niemals zugegeben, denn er lieferte ihm ein wichtiges Argument bei solchen Überlegungen: Wenn solche Schwachköpfe wie Goofy imstande waren, sich durch den Paragraphendschungel hindurchzuwuseln, dann konnten das nach Sigurður Ólis Meinung andere auch.

»Du traust also jetzt schon Paare mit widernatürlichen Neigungen«, sagte Elmar, der zu ihnen getreten war und Ingólfur mit tiefer Trauer in den Augen ansah.

Oh Mann, nicht schon wieder, dachte Sigurður Óli, erblickte aber im gleichen Moment eine Chance, den Rückzug anzutreten, bevor die beiden sich wieder wegen Glaubensfragen in die Haare gerieten.

Steinunn ging mit einem Glas Rotwein in der Hand an ihnen vorbei, und Sigurður Óli heftete sich sofort an ihre Fersen. Bis vor Kurzem hatte sie beim Finanzamt gearbeitet, und Sigurður Óli hatte sie hin und wieder um Rat gefragt, wenn er mit seiner Steuererklärung nicht zurechtkam, und sie war ihm immer gern behilflich gewesen. Er wusste, dass sie sich vor einigen Jahren von ihrem Mann getrennt hatte. Seitdem lebte sie allein und schien es zu genießen. Nicht zuletzt ihretwegen hatte er sich dazu durchgerungen, auf der Party bei Goofy zu erscheinen.

»Steinunn«, rief er, »ich hab gehört, du bist nicht mehr beim Finanzamt?«

»Nein, ich arbeite jetzt in derselben Bank wie Goofy«, sagte Steinunn lächelnd. »Ich helfe den Reichen dabei, sich um die Steuern herumzudrücken. Die reinste Goldgrube, sagt Goofy.«

»Und bestimmt zahlt die Bank besser«, entgegnete Sigurður Óli.

»Viel besser. Mein Gehalt hat schwindelnde Höhen erreicht«, sagte Steinunn.

Sie lächelte und entblößte dabei ihre weißen Zähne, während sie eine blonde Locke zurückschob, die ihr in die Stirn gefallen war. Sie hatte schöne, dunkle Augen und färbte ihre Augenbrauen schwarz. Die Haare ringelten sich bis auf die Schultern hinunter, ihr Gesicht war eher breit. Sie sah aus wie eine etwas zu drall geratene Barbie-Puppe, und Sigurður Óli überlegte, ob sie sich dessen bewusst war. Eigentlich zweifelte er nicht daran, denn sie war nicht auf den Kopf gefallen.

»Ja, wie man hört, nagt ihr nicht am Hungertuch«, sagte Sigurður Óli.

»Und was ist mit dir, spekulierst du nicht auch ein bisschen?«

»Ich? Spekulieren?«

»Du hast doch bestimmt Aktien«, sagte Steinunn. »Jedenfalls würde es gut zu dir passen.«

»Zu mir passen?«, fragte Sigurður Óli lächelnd.

»Ja, in dir steckt doch was von einem Zocker?«

»Ich kann es mir nicht leisten, irgendwelche Risiken

einzugehen«, erklärte Sigurður Óli. »Ich hab nur ganz sichere Wertpapiere.«

»Was heißt schon sicher?«

»Ich kaufe nur Bankaktien«, sagte Sigurður Óli.

Steinunn hob ihr Glas. »Sicherer geht es nicht.«

»Lebst du immer noch allein?«, fragte er.

»Ja, und ich genieße es.«

»Ja, es kann ganz nett sein«, entgegnete Sigurður Óli.

»Was ist mit dir und Bergþóra?«, fragte Steinunn. »Ich hab gehört, dass es nicht mehr so richtig läuft?«

»Ja, es läuft ziemlich schief«, gab Sigurður Óli zu. »Leider.«

»Bergþóra ist eine tolle Frau«, sagte Steinunn, die Bergþóra bei Klassentreffen ein paarmal begegnet war.

»Ja, das war ... Das ist sie. Ich überlege die ganze Zeit, ob wir uns nicht vielleicht einmal treffen könnten. Auf einen Kaffee oder was auch immer.«

»Ich soll mit dir ausgehen?«

Sigurður Óli nickte.

»Meinst du so etwas wie ein richtiges Date?«

»Nein, Date, ich weiß nicht, oder ja, vielleicht doch, irgendwas in der Art, wenn du so willst.«

»Siggi«, sagte Steinunn und tätschelte ihm die Wange, »du bist einfach nicht mein Typ.«

Sigurður Óli sah sie an.

»Siggi, das weißt du doch, das bist du nie gewesen, bist es nicht und wirst es auch nie sein.«

»Dein Typ!«

Sigurður Óli spuckte das Wort fast aus, während er vor dem grauen Mehrfamilienhaus am Kleppsvegur auf den Zeitungsdieb wartete. Typ? Was sollte das eigentlich? War er ein blöderer Typ als die anderen? Und wieso redete Steinunn eigentlich immer über ihren Typ?

Ein junger Mann mit einem Instrumentenkoffer betrat den Hauseingang. Ohne zu zögern schnappte er sich die Zeitung aus dem Briefkasten und öffnete die Tür zum Treppenhaus mit seinem Schlüssel. Bevor die Tür ins Schloss fallen konnte, war Sigurður Óli bereits am Eingang, setzte seinen Fuß zwischen die Tür und gelangte ins Treppenhaus. Er packte den jungen Mann, dem nichts Böses schwante, auf dem Weg nach oben am Arm, zog ihn zu sich hinunter, entriss ihm die Zeitung und versetzte ihm damit einen Schlag auf den Kopf. Der Mann ließ vor lauter Schreck den Instrumentenkasten fallen, verlor das Gleichgewicht und fiel hin.

»Steh auf, du Blödmann!«, schnauzte Sigurður Óli und versuchte, den Mann hochzuziehen. Er war sich ziemlich sicher, dass es sich um den Tagedieb handelte, der zwei Stockwerke über der Freundin seiner Mutter wohnte, den Kerl, der sich als Komponist ausgab.

»Tu mir nichts«, rief der Komponist.

»Ich tu dir doch gar nichts! Aber wie wär's, wenn du damit aufhören würdest, Guðmunda aus dem ersten Stock ihre Zeitung zu klauen? Weißt du überhaupt, wer sie ist? Nur ein Vollidiot stiehlt alten Damen die Sonntagszeitung! Macht es dir Spaß, Leute zu ärgern, die sich nicht wehren können?«

Der junge Mann war aufgestanden und sah Sigurður Óli wütend an. Dann riss er ihm die Zeitung aus der Hand.

»Das ist meine Zeitung«, sagte er. »Ich weiß überhaupt nicht, wovon du redest.«

»Deine Zeitung?«, rief Sigurður Óli. »Oh nein, Freundchen, die gehört Guðmunda.«

Doch dann blickte er nach unten in den Eingangsbereich zu den Briefkästen, fünf nebeneinander und drei übereinander, und sah, dass die Zeitung immer noch so aus Guðmundas Briefkasten herausguckte, wie er sie selber hineingesteckt hatte.

»Scheiße«, schnaubte er, setzte sich wieder ins Auto und fuhr frustriert davon.

## *Drei*

Am Montagmorgen wurde Sigurður Óli bereits auf dem Weg zur Arbeit benachrichtigt, dass man in einer Mietwohnung im Þingholt-Viertel die Leiche eines jungen Mannes gefunden hatte. Ihm war die Kehle durchgeschnitten worden. Sigurður Ólis Tag ging damit drauf, die Nachbarn des Toten zu vernehmen. Elínborg war bereits vor ihm am Tatort eingetroffen, sie leitete die Ermittlung so besonnen und ausgeglichen wie immer, für Sigurður Ólis Geschmack viel zu besonnen und ausgeglichen.

Gegen Mittag erhielt er einen Anruf von Patrekur, mit dem er sich auf dem Klassentreffen für Montag verabredet hatte. Patrekur hatte in den Nachrichten von dem Mord erfahren und sagte Sigurður Óli, dass er sich wegen des Treffens keine Gedanken zu machen bräuchte. Sigurður Óli sagte ihm, dass er am späteren Nachmittag loskommen könnte und schlug ein Café vor. Ein zweiter Anruf kam vom Dezernat. Ein Mann hatte dort nach Erlendur gefragt und weigerte sich jetzt, das Gebäude zu verlassen, bevor er nicht mit ihm gesprochen hätte. Man hatte dem Mann gesagt, dass Erlendur im Urlaub und nicht in der Stadt sei. Daraufhin hatte der Mann verlangt, mit Sigurður Óli zu sprechen. Seinen Namen hatte er nicht nennen wollen, und auch nicht sein Anliegen, und schließlich war er dann doch wieder gegangen. Nach diesem Gespräch rief Sigurður Óli Bergþóra an, um sich für den morgigen Abend mit ihr zu verabreden.

Sigurður Óli verbrachte den ganzen Tag am Tatort und konnte erst um fünf zu dem verabredeten Treffen mit Patrekur aufbrechen. Der wartete bereits im Café auf ihn. Er war jedoch nicht allein, sondern zusammen mit Hermann gekommen, den Sigurður Óli von Partys bei seinem Freund kannte. Er arbeitete bei einer Importwarenhandlung und war mit der Schwester von Patrekurs Frau Súsanna verheiratet. Vor Hermann standen ein halbvolles Bier- und ein leeres Schnapsglas.

»Ist das nicht ein bisschen übertrieben an einem Montagnachmittag?«, fragte Sigurður Óli mit einem Seitenblick auf die Gläser, als er sich zu ihnen setzte.

Hermann grinste verlegen und sah Patrekur an. »Ich habe es dringend nötig«, sagte er und trank einen Schluck Bier.

»Was ist los, stimmt etwas nicht?«, fragte Sigurður Óli.

Irgendwie war Patrekur nicht wie sonst, und Sigurður Óli nahm an, dass es ihm unangenehm war, ihn zu diesem Treffen überredet zu haben, ohne ihm zu sagen, worum es ging. Normalerweise war Patrekur immer sehr ausgeglichen, lachte viel und war stets zu Späßen aufgelegt. Sie trafen sich manchmal morgens früh im Fitness-Studio und redeten bei einer Tasse Kaffee ein paar Minuten miteinander, sie unternahmen gemeinsame Ausflüge und gingen manchmal zusammen ins Kino. Patrekur war vielleicht der einzige vertraute Freund, den Sigurður Óli hatte.

»Du hast sicher schon mal von einer Schnitzelparty gehört?«

»Nein. Wird da gegrillt?«

Patrekur lächelte. »Schön wär's«, sagte er und sah Hermann an, der wieder das Glas zum Munde führte. Sein Händedruck war kraftlos und feucht gewesen, als Sigurður Óli ihm zur Begrüßung die Hand gereicht hatte. Er trug zwar Anzug und Krawatte, hatte sich aber einige Tage nicht rasiert. Dünnes Haar rahmte die regelmäßigen, aber wenig ausdrucksvollen Gesichtszüge ein.

»Also geht es nicht um Schnitzel, die man auf den Grill wirft?«, fragte Sigurður Óli.

»Nein. Bei diesen Partys geht es nicht um solche Schnitzel«, erklärte Patrekur dumpf.

Hermann leerte sein Glas und bestellte das nächste.

Sigurður Óli sah Patrekur lange an. In ihren Jahren auf dem Gymnasium hatten sie den neoliberalen Verein »Milton« gegründet und ein Blatt mit dem gleichen Namen herausgegeben, in dem der Lobgesang des freien Marktes und der Privatinitiative gesungen wurde. Sie hatten aufstrebende Nachwuchspolitiker aus den Reihen der Konservativen zu Informationsveranstaltungen in der Schule eingeladen, die aber meist sehr schlecht besucht waren. Später war Patrekur zu Sigurður Ólis großer Verwunderung mit fliegenden Fahnen zu den Linken übergewechselt. Er hielt flammende Reden gegen den amerikanischen Stützpunkt in Keflavík und für den Austritt aus der Nato. Zu dem Zeitpunkt kannte er seine spätere Frau bereits, die ihn wahrscheinlich beeinflusst hatte. Sigurður Óli hatte mit allen Mitteln versucht, die Zeitung Milton am Leben zu erhalten, aber die ursprünglichen acht Seiten schrumpften auf vier zusammen, und als die neoliberalen Nachwuchskonservativen sich nicht mehr auf den Veranstaltungen blicken ließen, gingen Verein und Mitteilungsblatt den Bach hinunter. Sigurður Óli besaß aber immer noch sämtliche Exemplare, darunter auch eines, das einen Essay von ihm enthielt – *»Amerika bringt Rettung: Die Lügen über die CIA in Südamerika«*.

Patrekur und er immatrikulierten sich an der Universität. Als Sigurður Óli das Jurastudium abbrach und nach Amerika ging, um Kriminalwissenschaften zu studieren, schrieben sie sich regelmäßig. Patrekur kam einmal mit seiner Frau und dem ersten Kind zu Besuch und bombardierte ihn mit seinem Wissen über Laufgewichtswaagen und Maßstäbe.

»Wieso reden wir hier eigentlich über Schnitzel?«, fragte Sigurður Óli, der keine Ahnung hatte, was mit seinem Freund los war. Er wischte sich ein Stäubchen von seinem neuen hellen Sommermantel, den er immer noch trug, obwohl es bereits Herbst war. Er hatte ihn im Ausverkauf erstanden und fand, dass er ihm sehr gut stand.

»Es ist nicht ganz einfach für mich, mit dir darüber zu reden. Ich habe dich noch nie in deiner Eigenschaft als Kriminalbeamter um einen Gefallen gebeten«, sagte Patrekur verlegen grinsend. »Hermann und seine Frau stecken in einem miesen Schlamassel, und zwar wegen Leuten, die sie gar nicht richtig kennen.«

»In was für einem Schlamassel?«

»Es geht um die Leute, die sie zu dieser Party eingeladen haben.«

»Fang nicht schon wieder mit Schnitzeln an!«

»Lass mich das erklären«, sagte Hermann. »Wir haben das früher gemacht, aber jetzt nicht mehr. Schnitzelparty ist ein anderes Wort für …« Hermann räusperte sich verlegen. »… ein anderes Wort für eine Swinger-Party.«

»Swinger-Party? Also Partnertausch?«

Patrekur nickte. Sigurður Óli starrte seinen Freund an.

»Du und Súsanna auch?«, fragte er.

Patrekur zögerte, als würde er die Frage nicht verstehen.

»Du und Súsanna?«, wiederholte Sigurður Óli völlig perplex.

»Nein, nein, wir nicht«, sagte Patrekur. »Wir haben nichts damit zu tun. Es geht um Hermann und seine Frau, Súsannas Schwester.«

»Es sollte einfach eine harmlose Abwechslung im Eheалltag sein«, erklärte Hermann.

»Eine harmlose Abwechslung?«

»Musst du eigentlich alles wiederholen, was wir sagen?«, fragte Hermann.

»Praktiziert ihr das schon lange?«

»Praktizieren? Ich weiß nicht, ob das der richtige Ausdruck ist.«

»Und ich schon gar nicht«, sagte Sigurður Óli.

»Wir haben es vor ein paar Jahren gemacht, aber jetzt nicht mehr.«

Sigurður Óli sah erst seinen Freund und dann Hermann an.

»Ich brauche mich dafür nicht zu rechtfertigen«, sagte Hermann. Sigurður Óli ging ihm ganz offensichtlich auf die Nerven. Als ihm das Bier gebracht wurde, nahm er einen ordentlichen Schluck.

»Das war wohl keine gute Idee«, sagte er zu Patrekur.

Patrekur antwortete nicht darauf, sondern sah Sigurður Óli ernst an.

»Du hast da nicht mitgemacht?«, fragte Sigurður Óli.

»Natürlich nicht«, antwortete Patrekur. »Ich möchte ihnen nur helfen.«

»Und was geht mich das an?«

»Sie haben Probleme bekommen«, sagte Patrekur.

»Was für Probleme?«

»Es dreht sich darum, dass man sich mit Leuten amüsiert, die man überhaupt nicht kennt«, sagte Hermann, den das Bier aufgemuntert zu haben schien. »Darin besteht der Kick.«

»Keine Ahnung, wovon du redest«, sagte Sigurður Óli.

Hermann holte tief Luft. »Wir sind Betrügern in die Klauen geraten.«

»Um was haben die euch betrogen, einen Fick?«

Hermann blickte Patrekur an. »Ich war dagegen, sich mit ihm zu treffen«, sagte er.

»Hör ihm bitte zu«, sagte Patrekur zu Sigurður Óli. »Sie stecken wirklich in der Scheiße, und ich dachte, du könntest ihnen vielleicht helfen. Hör jetzt damit auf und hör ihm zu.«

Sigurður Óli tat wie gewünscht. Es stellte sich heraus, dass Hermann und seine Frau vor einigen Jahren sowohl zu Swinger-Partys gegangen als auch zu solchen eingeladen hatten. Sie hatten eine offene Beziehung, wie es hieß, und Hermann zufolge waren beide zufrieden damit. Der Sex war spannend, und sie waren nur mit »zuverlässigen« Leuten zusammen gewesen.

Es gab auch einen Club für Leute mit gleich gelagerten Interessen.

»Doch dann haben wir Lína und Ebbi getroffen«, sagte Hermann.

»Und wer sind Lína und Ebbi?«, fragte Sigurður Óli.

»Gesocks«, sagte Hermann und leerte sein Glas in einem Zug.

»Also keine ›zuverlässigen‹ Leute?«

»Sie haben Aufnahmen gemacht.«

»Von euch?«

Hermann nickte.

»Beim Geschlechtsverkehr?«

»Und jetzt drohen sie uns, die ins Internet zu stellen, wenn wir nicht zahlen.«

»Ist nicht Súsannas Schwester in der Politik?«, fragte Sigurður Óli Patrekur.

»Könntest du vielleicht ein Wörtchen mit denen reden?«, fragte Hermann.

»Ist sie nicht sogar die rechte Hand von irgendeinem Minister?« Sigurður Óli richtete seine Frage an Patrekur.

Patrekur nickte. »Das ist wirklich eine Scheißsituation für die beiden«, sagte er. »Hermann hatte die Idee, dass du vielleicht mit den Leuten reden könntest, um an die Aufnahmen heranzukommen. Sie ein bisschen unter Druck setzen, damit sie alles rausrücken, was sie aufgenommen haben.«

»Was haben sie in der Hand?«

»Fotos«, sagte Hermann.

»Von euch beim Geschlechtsverkehr?«

Hermann nickte.

»Wusstet ihr nicht, dass Aufnahmen gemacht wurden? Habt ihr nichts gemerkt?«

»Es ist schon reichlich lange her, und wir haben nichts davon mitgekriegt«, sagte Hermann. »Sie haben uns ein Foto geschickt. Anscheinend hatten sie da irgendwo eine Kamera versteckt. Ich kann mich erinnern, einmal so ein kleines Ding bei ihnen im Wohnzimmer in einem Regal gesehen zu haben. Mir wäre es nie in den Sinn gekommen, dass sie es verwenden würden.«

»Technisch gesehen ist das überhaupt nicht kompliziert«, sagte Patrekur.

»War das bei diesen Leuten zu Hause?«

»Ja.«

»Und wer sind die beiden?«

»Wir kennen sie nicht, und wir haben sie seitdem auch nie mehr getroffen. Sie haben wahrscheinlich meine Frau wiedererkannt, sie ist manchmal in den Medien präsent. Und dann haben sie beschlossen, uns zu erpressen.«

»Was ihnen ja offensichtlich auch ganz gut gelingt«, sagte Patrekur und blickte Sigurður Óli an.

»Was wollen diese Leute?«

»Geld«, sagte Hermann. »Viel mehr Geld, als wir flüssig machen können. Als die Frau sich mit uns in Verbindung setzte, habe ich ihr das gesagt. Sie hat nur erklärt, dass wir dann eben ein Darlehen aufnehmen müssten. Jedenfalls dürften wir auf keinen Fall die Polizei einschalten.«

»Hast du einen Beweis dafür, dass diese Aufnahmen existieren?«

Hermann sah zu Patrekur hinüber. »Ja.«

»Nämlich?«

Hermann blickte sich verstohlen um, dann griff er

in seine Brusttasche und zog ein Foto heraus, das er Sigurður Óli so unauffällig wie möglich hinschob. Das Bild war nicht sehr deutlich, wahrscheinlich am Computer ausgedruckt, und zeigte Leute beim Geschlechtsverkehr, zwei Frauen, die nur sehr verschwommen zu sehen waren, und Hermann. Ihn konnte man gut erkennen. Zum Zeitpunkt der Aufnahme schien er beim Höhepunkt angelangt zu sein.

»Und du möchtest, dass ich mich mit diesen Leuten befasse?«, fragte Sigurður Óli und sah seinen Freund an.

»Bevor das noch mehr aus dem Ruder läuft«, sagte Patrekur. »Von allen Leuten, die wir kennen, bist du der einzige, der mit solchem Gesocks umgehen kann.«

## *Vier*

Er hatte das Scheusal einige Monate lang beobachtet, bevor er zur Tat geschritten war.

Bei jedem Wetter und zu allen erdenklichen Tages- und Nachtzeiten hatte er vor der Kellerwohnung Posten bezogen und stets darauf geachtet, in Deckung zu bleiben und gehörigen Abstand zu halten, um keinen Verdacht zu erregen. Er war nie lange an einer Stelle stehen geblieben, um zu vermeiden, dass Passanten und Anwohner auf ihn aufmerksam wurden und womöglich sogar die Polizei verständigten. Das durfte auf gar keinen Fall geschehen, denn er war schon mehr als einmal mit dem Gesetz in Konflikt geraten.

Die meisten Häuser in dieser Gegend waren sich sehr ähnlich, doch an einigen Stellen standen auch neuere Häuser, einige moderne, aber auch andere, die sich gut in das ursprüngliche Straßenbild einfügten; niedrige und bescheidene ein- oder zweigeschossige Holzhäuser, von außen mit Wellblech verkleidet, darunter ein betonierter Keller. Einige sahen gepflegt aus, andere waren genauso heruntergekommen wie das Haus des Scheusals. Das Dach war in einem erbärmlichen Zustand, an der Straßenseite fehlte die Dachrinne, und von der hellblauen Farbe war fast nichts mehr übrig. Sowohl am Dach als auch an den Hauswänden breiteten sich riesige Rostflecken aus. In der Etage über der Kellerwohnung schien niemand zu leben. Die Fenster waren immer zugezogen, und er hatte nie gesehen, dass dort jemand aus- und einging.

Das Scheusal lebte nach festen Gewohnheiten. Die Jahre hatten ihn schwer gezeichnet, er musste wohl schon auf die achtzig zugehen, er ging steifbeinig und hielt sich krumm. Das graue Haar guckte strähnig und zottelig unter der Wollmütze hervor. Sein Wintermantel war alt und abgewetzt. Nichts an ihm erinnerte an die alten Zeiten. Jeden zweiten Tag ging er morgens früh in die Badeanstalt, manchmal so früh, dass er vor dem Eingang warten musste, bis geöffnet wurde. Wahrscheinlich hatte er in der Nacht nicht geschlafen, denn nach dem Besuch in der Badeanstalt begab er sich nach Hause und rührte sich anschließend den ganzen Tag nicht. Gegen Abend verließ er das Haus erneut, um in einem Lebensmittelgeschäft in der Nähe Milch, Brot und andere Lebensmittel einzukaufen. Manchmal, aber nicht sehr oft, stattete er dem Alkoholladen einen Besuch ab. Unterwegs grüßte er niemanden, sprach mit niemandem und erledigte die Einkäufe mit einem Minimum an Zeitaufwand. Besuch erhielt er nie. Hin und wieder bekam er Post. Abends hielt er sich meist zu Hause auf, nur zwei Mal hatte er einen längeren Spaziergang am Meer entlang unternommen und war dann durch die Weststadt und das Þingholt-Viertel wieder nach Hause gegangen.

Beim zweiten Mal hatte es unterwegs angefangen zu regnen, und im Schutz der Dunkelheit hatte er sich im Garten eines alten, zweistöckigen Hauses untergestellt, wo er in die erleuchteten Fenster im Souterrain starrte und beobachtete, wie die Leute zu Bett gingen. Wenn die Lichter ausgeschaltet waren, schlich sich der Widerling zum Kinderzimmerfenster und starrte lange hinein, bevor er sich wieder auf den Weg zur Grettisgata machte.

In dieser Nacht hatte er lange im strömenden Regen vor dem Haus in der Grettisgata gestanden und auf die Eingangstür zum Keller gestarrt. Er hatte das Gefühl gehabt, für alle unschuldigen Kinder von Reykjavík Wache stehen zu müssen.

## *Fünf*

Als die Dämmerung hereingebrochen und die Stadt zur Ruhe gekommen war, klingelte Sigurður Óli bei der mutmaßlichen Erpresserin Sigurlína Þorgrímsdóttir an, die immer nur Lína genannt wurde. Er wollte das Gespräch mit ihr hinter sich bringen. Sie und ihr Mann Ebbi, mit vollem Namen Ebeneser, wohnten in einem Reihenhaus im Ostteil der Stadt, nicht weit vom Laugarás-Kino. Sigurður Óli blickte zu dem Kino hinüber, in dem er etliche gute Filme gesehen hatte. In seinen jüngeren Jahren war er häufig ins Kino gegangen, aber er konnte sich keinen der Filme, die er gesehen hatte, ins Gedächtnis rufen, er vergaß die Handlung immer sofort. Trotzdem nahm das Laugarás-Kino einen besonderen Platz in seinen Erinnerungen ein, und zwar wegen eines unvergesslichen Kinobesuchs während seiner Zeit auf dem Gymnasium. Er hatte damals zum ersten Mal eine Schulkameradin ins Kino eingeladen. Sie hatte sich dann aber in jemand anderen verliebt, und so war ihm nur die Erinnerung an einen langen Kuss im Auto vor ihrem Elternhaus geblieben.

Im Grunde genommen hatte er nicht die geringste Ahnung, wie er Hermann und seiner Frau helfen konnte. Er hatte sich vorgenommen, Lína und Ebbi gehörig den Marsch zu blasen und ihnen polizeiliche

Maßnahmen anzudrohen. Vielleicht würde das ja reichen. Nach dem zu urteilen, was Hermann gesagt hatte, schienen sie nicht sonderlich routiniert in der Art von Erpressung zu sein, auf die sie sich verlegt hatten, es war ja auch ein eher seltenes Metier.

Auf dem Weg zu Lína war ihm der gestrige Abend durch den Kopf gegangen. Er hatte gemütlich auf dem Sofa gelegen und sich eine amerikanische Sportsendung angesehen, als das Telefon klingelte. Während seiner Studienzeit in Amerika hatte er zwei Sportarten lieben gelernt, die ihm bis dahin ein Buch mit sieben Siegeln gewesen waren. Beim American Football hielt er in der National Football League mit den *Dallas Cowboys*. Und im Baseball waren die *Red Sox* aus Boston seine Favoriten. Als er nach Island zurückgekehrt war, hatte er sich eine Satellitenschüssel angeschafft, um die Direktübertragungen der Spiele mitverfolgen zu können. Das war allerdings nicht immer ganz einfach, denn wegen des Zeitunterschieds fanden die Spiele nach isländischer Zeit mitten in der Nacht statt. Sigurður Óli brauchte allerdings nicht viel Schlaf, und es war kaum je vorgekommen, dass er sein morgendliches Training im Fitness-Studio wegen seiner Sportbegeisterung ausfallen lassen musste. Isländischen Sportarten wie Fußball und Handball konnte er nichts abgewinnen, seiner Meinung nach war das Niveau einfach peinlich, verglichen mit dem, was im Rest der Welt an Leistungen erbracht wurde, selbst isländische Spitzenspiele waren es kaum wert, im Fernsehen übertragen zu werden.

Er lebte zurzeit in einer kleinen Mietwohnung auf dem Framnesvegur. Bergþóra und er hatten sich nach einigen Jahren des Zusammenlebens getrennt und alles in bestem Einvernehmen unter sich aufgeteilt, Bücher, CDs, Küchengeräte und Möbel. Er war vor allem scharf auf den Flachbildschirm gewesen, während Bergþóra sich mehr für ein Gemälde eines jungen isländischen Malers interessiert hatte, das ihnen gemeinsam geschenkt worden war. Bergþóra sah nicht viel fern, und sie hatte nie Verständnis für sein Interesse am amerikanischen Sport aufbringen können. Seine jetzige Wohnung war noch ziemlich leer, und er hatte bisher auch nicht viel unternommen, um das zu ändern. Vielleicht hoffte er im Innersten, dass die Beziehung zu Bergþóra doch nicht vollständig im Eimer war.

Sie hatten sich zum Schluss ständig gestritten und konnten kaum noch miteinander reden, ohne aneinanderzugeraten und sich gegenseitig Vorwürfe zu machen. Sie hielt ihm vor, ihr nicht genügend Unterstützung gegeben zu haben, als sie zum zweiten Mal eine Fehlgeburt hatte. Es war ihnen nicht gelungen, Kinder zu bekommen, und sämtliche Versuche, mit den Mitteln der modernen Medizin nachzuhelfen, waren gescheitert. Als sie eine Adoption vorschlug, hatte er spontan Bedenken geäußert und ihr schließlich rundheraus erklärt, er könne sich nicht vorstellen, ein Kind aus China zu adoptieren, so wie es ihr vorschwebte.

»Und was bleibt dann eigentlich noch?«, hatte Bergþóra gefragt.

»Wir beide«, war seine Antwort gewesen.

»Da bin ich mir nicht so sicher«, hatte Bergþóra entgegnet.

Zum Schluss hatten sie sich darauf geeinigt, dass ihre Beziehung wohl einfach nicht mehr zu retten war. Sie fanden es besser, sich das einzugestehen, auch, dass beide daran ihren Anteil hatten. Nachdem sie zu diesem Ergebnis gekommen waren, schien sich ihr Zusammenleben ein wenig zu verbessern, die Spannungen verringerten sich, und ihr Umgang war weniger feindselig, nicht mehr so hasserfüllt. Zum ersten Mal seit langer Zeit konnten sie miteinander reden, ohne dass es mit Streit, Bitterkeit und Schweigen endete.

Er hatte auf dem Sofa vor dem großen Flachbildschirm gelegen, sich eine Orangenlimonade genehmigt und ganz versunken die Football-Übertragung mitverfolgt, als plötzlich das Telefon klingelte. Er sah auf die Uhr, es war schon nach Mitternacht. Er blickte auf das Display und nahm das Gespräch an.

»Hallo«, sagte er.

»Warst du schon im Bett?«, fragte seine Mutter.

»Nein.«

»Du schläfst zu wenig, du solltest schon längst im Bett sein.«

»Dann hättest du mich aber mit deinem Anruf geweckt.«

»Was, ist es schon so spät? Ich dachte, du würdest vielleicht anrufen. Hast du etwas von deinem Vater gehört?«

»Nein«, sagte Sigurður Óli, dessen Aufmerksamkeit voll und ganz auf den Bildschirm gerichtet war, und er wusste ganz genau, dass seine Mutter ebenfalls ganz genau wusste, wie spät es war.

»Du weißt, dass sein Geburtstag näher rückt.«

»Das habe ich nicht vergessen.«

»Kommst du morgen vorbei?«

»Im Augenblick ist viel los bei mir, ich sehe zu, was sich machen lässt. Ich melde mich.«

»Schade, dass du den Dieb nicht erwischt hast.«

»Ja, hat nicht geklappt.«

»Du versuchst es vielleicht später noch einmal. Die arme Guðmunda ist völlig fertig deswegen. Vor allem wegen dieses angeblichen Musikers.«

»Mal sehen«, antwortete Sigurður Óli träge. Was geht es mich an, verdammt noch mal, wie sich diese alte Dame fühlt, dachte er, behielt das aber für sich.

Er verabschiedete sich von seiner Mutter und versuchte, sich wieder auf das Spiel zu konzentrieren, aber das gelang ihm nicht so recht. Das Telefongespräch hatte ihn irritiert, auch wenn es nicht lange gedauert und an der Oberfläche ganz harmlos geklungen hatte. Trotzdem verspürte er Gewissensbisse. Die Art und Weise, in der seine Mutter mit ihm redete, war speziell darauf angelegt, seinen Seelenfrieden zu stören. Alles, was sie sagte, klang unterschwellig nach Vorwurf und Einmischerei. Er schlief nicht genug, also vernachlässigte er seine Gesundheit. Er hatte sich längere Zeit nicht bei ihr gemeldet und war nicht zu Besuch gekommen. Sie hatte seinen Vater erwähnt, den er offensichtlich ebenfalls vernachlässigte. Und diese verdammte Guðmunda hatte er auch immer noch am Hals, um nicht die Erwartungen seiner Mutter ein weiteres Mal zu enttäuschen. Denn selbstverständlich hatte sie ihm auch die Tatsache unterjubeln müssen, dass er es nicht einmal geschafft hatte, einen kleinen, miesen Zeitungsdieb zu schnappen, weil er sich dabei genauso ungeschickt angestellt hatte wie bei allem anderen.

Seine Mutter hatte BWL studiert und arbeitete als Wirtschaftsberaterin in einem großen Unternehmen mit einem eindrucksvoll klingenden ausländischen Namen. Sie hatte eine leitende Position und verdiente gut. Vor einiger Zeit hatte sie sich auf eine Beziehung mit einem anderen Wirtschaftsberater eingelassen, einem Witwer, den Sigurður Óli ein paarmal bei ihr getroffen hatte. Als seine Eltern sich scheiden ließen, war Sigurður Óli noch in der Grundschule gewesen, und seine Mutter hatte das Sorgerecht für ihn erhalten. Sie war damals sehr rastlos gewesen und immer wieder in andere Stadtviertel umgezogen, sodass er als Junge nie Zeit gehabt hatte, sich irgendwo einzuleben und Freunde zu finden. Nach der Scheidung hatte sich seine Mutter mit einigen Männern eingelassen, diese Beziehungen waren jedoch nie von langer Dauer gewesen.

Sein Vater war Installateur und hatte sehr dezidierte politische Ansichten, er war ein überzeugter Linker und hasste die Konservativen und die Kapitalisten, mit anderen Worten die Partei, die sein Sohn immer wieder aus Überzeugung wählte. Niemand hat ein stärkeres und gerechteres politisches Bewusstsein als diejenigen, die ganz links stehen, hatte der Vater seinem Sohn erklärt. Sigurður Óli hatte längst aufgehört, mit seinem Vater über Politik zu sprechen. Sigurður Ólis unerschütterliche politische Haltung führte sein Vater sowieso nur darauf zurück, dass seine Mutter ihm diesen reaktionären Quatsch eingeimpft hatte.

Das Telefongespräch mit seiner Mutter hatte Sigurður Óli so aus dem Takt gebracht, dass ihm die Lust auf Football vergangen war. Er hatte den Fernseher ausgeschaltet und war ins Bett gegangen.

Nun drückte er mit einem Seufzen ein weiteres Mal bei Lína auf die Klingel.

Die Wirtschaftsberaterin und der Klempner.

Sigurður Óli hatte nie begriffen, was seine Eltern irgendwann einmal zusammengebracht hatte. Wesentlich einfacher war es seiner Meinung nach zu verstehen, weshalb sie sich hatten scheiden lassen – obwohl weder sein Vater noch er jemals eine zufriedenstellende Erklärung dafür bekommen hatten. Auf der ganzen Welt gab es wohl kaum zwei unterschiedlichere Menschen als seine Eltern. Und er war der Spross aus dieser merkwürdigen Beziehung und noch dazu ein Einzelkind. Sigurður Óli wusste nur zu gut, dass die Erziehung seiner Mutter seine Sicht auf die Welt geprägt hatte, auch die Einstellung zu seinem Vater. Lange Zeit war es sein einziger Wunsch gewesen, bloß nicht wie sein Vater zu werden.

Sein Vater wies ihn auch immer wieder darauf hin, dass er noch etwas anderes von seiner snobistischen Mutter hatte, nämlich seine Arroganz, seinen unverbesserlichen Hang, auf andere herabzusehen.

Vor allem auf Versager.

Niemand reagierte auf das Klingeln, also versuchte er es mit Klopfen. Er hatte keine Ahnung, wie er Lína und Ebbi dazu bringen sollte, ihre absurden Erpressungsversuche einzustellen, er wollte sich erst einmal anhören, was sie zu sagen hatten. Möglicherweise bildete sich dieser Schwippschwager von Patrekur das alles nur ein. Falls nicht, konnte er die beiden vielleicht mit Drohungen von ihrem Vorhaben abbringen. Sigurður Óli konnte ziemlich massiv werden, wenn es erforderlich war.

Er hatte kaum Zeit, darüber nachzudenken, denn die Tür öffnete sich einen Spalt weit, als er anklopfte. Zögernd rief Sigurður Óli ins Haus hinein, ob jemand zu Hause wäre, erhielt aber keine Antwort. Er hätte sich jetzt einfach umdrehen und weggehen können, aber irgendetwas zog ihn in das Haus, woran immer es liegen mochte – an seiner angeborenen Neugierde oder seiner angeborenen Zerstreutheit.

»Hallo!«, rief er, während er einen kurzen Flur betrat, der an der Küche vorbei ins Wohnzimmer führte. An der Wand neben der Küche hing ein kleines Aquarell schief, und er rückte es gerade.

Das Haus lag völlig im Dunkeln, aber in der schummrigen Beleuchtung, die von den Straßenlaternen draußen hereindrang, sah Sigurður Óli, dass im Wohnzimmer ein wüstes Chaos herrschte. Lampen und Vasen waren zerbrochen und lagen auf dem Boden, neben der Deckenlampe und den Bildern, die an den Wänden gehangen haben mussten.

Und mitten in diesem Chaos lag ein Frauenkörper auf dem Boden, blutüberströmt und mit einer klaffenden Wunde am Kopf.

Er hielt es für wahrscheinlich, dass es sich um Lína handelte.

## *Sechs*

Er versuchte festzustellen, ob sie noch irgendwelche Lebenszeichen von sich gab, was anscheinend aber nicht der Fall war. Allerdings war er kein Experte, was den Grenzbereich zwischen Leben und Tod betraf, und hatte bereits einen Krankenwagen bestellt. Auf einmal ging ihm auf, dass er wohl in irgendeiner Weise seine Anwesenheit im Haus erklären musste. Eine Weile spielte er mit dem Gedanken, sich irgendeine glaubhafte Lüge auszudenken, einen anonymen Anruf oder so etwas, kam aber schließlich zu dem Ergebnis, dass es wohl besser sein würde, einfach die Wahrheit zu sagen. Dass Freunde ihn überredet hatten, sich wegen eines dümmlichen Erpressungsversuchs einzuschalten. Patrekur und seine Frau und Súsannas Schwester mit ihren politischen Ambitionen hätte er liebend gern aus der Sache herausgehalten, aber ihm war klar, dass das schwierig werden würde. Sobald die Ermittlung ihren Lauf nahm, würden sich deren Verbindungen zu Lína und Ebbi unweigerlich herausstellen. Und etwas anderes war ebenfalls sonnenklar: In dem Moment, in dem Sigurður Óli Rechenschaft darüber ablegen musste, weshalb er dieses Haus betreten hatte, würde er von der Ermittlung ausgeschlossen werden.

All das ging ihm durch den Kopf, während er auf den

Krankenwagen und die Polizei wartete. Auf den ersten Blick konnte er keinerlei Anzeichen für einen Einbruch feststellen. Der Täter hatte offensichtlich das Haus durch die Tür betreten und verlassen und sich nicht die Mühe gemacht, sie ordentlich zu schließen. Es war denkbar, dass die Nachbarn in den umliegenden Häusern etwas gehört oder gesehen hatten, ein Auto oder jemanden, der mit dem Vorsatz gekommen war, Línas Wohnung zu demolieren und sie zu überfallen.

Er bückte sich gerade ein weiteres Mal zu Lína hinunter, als er ein Rascheln hörte und aus den Augenwinkeln eine Bewegung wahrnahm. Trotz der Dunkelheit sah er, wie jemand mit etwas, was er für eine Baseballkeule hielt, zum Schlag ausholte. Blitzschnell zog er den Kopf ein, sodass der Hieb auf seiner Schulter niederging und ihn zu Boden streckte. Als er sich wieder aufgerappelt hatte, war der Angreifer längst zur Tür hinaus.

Sigurður Óli rannte nach draußen und sah den Mann nach rechts laufen. Er nahm die Verfolgung auf, fischte das Handy aus der Tasche und bat um Verstärkung. Der Abstand zwischen ihnen vergrößerte sich. Der Mann legte ein Affentempo vor, er sprang in einen Garten und verschwand hinter der Hausecke. Sigurður Óli sprintete hinter ihm her, schwang sich über den Zaun, rannte um die Ecke und in den Nachbargarten, dann quer über die Straße und wieder in einen Garten hinein. Dort kam ihm aber eine Schubkarre in die Quere, er stolperte, stürzte in die Johannisbeersträucher und wälzte sich in seinem neuen Mantel im Dreck. Als er wieder aufgestanden war, musste er sich neu orientieren, bevor er die Verfolgungsjagd wieder aufnehmen konnte. Der Mann hatte inzwischen einen beträchtlichen Vorsprung, rannte über den Kleppsvegur und Sæbraut und nahm Kurs auf die psychiatrische Klinik Kleppur.

Unter Aufbietung aller Kräfte setzte Sigurður Óli ihm nach und rannte quer über die vierspurige Sæbraut. Autofahrer bremsten scharf und hupten wild. Das Telefon in seiner Hand klingelte, aber bei seinem Tempo konnte er unmöglich antworten. Er sah, wie der Mann auf die Klinik zurannte und in einer Senke des Parks, der die Klinik umgab, verschwand. Das Gebäude selbst war erleuchtet, aber ringsherum war alles stockfinster. Keine Spur von den Streifenwagen, die er angefordert hatte, als die Verfolgungsjagd begann. Er verlangsamte sein Tempo, als er sich dem Gebäude näherte, und nahm das Gespräch entgegen. Es war ein Polizist aus einem der Streifenwagen, der falsche Informationen erhalten hatte und beim Seniorenheim Hrafnista nach ihm Ausschau hielt. Sigurður Óli beorderte ihn zur Klinik und verlangte nicht nur weitere Verstärkung, sondern auch Suchhunde. Im nächsten Augenblick rannte er in Richtung Meer zu der kleinen Bucht Kleppsvík, die völlig im Dunkeln lag. Er blieb stehen, sah sich in alle Richtungen um und lauschte. Keine Bewegung, kein Geräusch. Der Mann hatte sich in der Dunkelheit in nichts aufgelöst.

Sigurður Óli lief zurück zur Klinik. Dort fuhren gerade zwei Streifenwagen vor, die er zum Gewerbegebiet Holtagarðar und zum Meer hinunter dirigierte. Er gab ihnen eine knappe Beschreibung des Mannes, mittelgroß, Lederjacke, Jeans, Baseballschläger. Sigurður Óli war der Meinung, dass der Mann den Schläger immer noch bei sich haben musste.

Sie verteilten sich nach seinen Anweisungen über

das Gelände. Er forderte weitere Polizisten an, und nach kurzer Zeit erschienen auch Angehörige des SEK, um sich an der Fahndung zu beteiligen. Das Suchgebiet wurde erweitert, die Leute durchkämmten jetzt das gesamte Gelände zwischen Sæbraut und der Elliðavogur-Bucht.

Sigurður Óli schwang sich in einen der Streifenwagen bei der Klinik und fuhr zurück zu dem Reihenhaus. Lína war mit Blaulicht ins Krankenhaus transportiert worden, sie war tatsächlich noch am Leben gewesen. Polizeiautos versperrten fast die ganze Straße, und im Haus hatten die Leute von der Spurensicherung ihre Arbeit aufgenommen.

»Kennst du diese Leute?«, fragte sein Kollege Finnur, der vor dem Haus stand. Sigurður Ólis Notruf war an ihn weitergeleitet worden.

»Wisst ihr schon, wo ihr Mann ist?«, fragte Sigurður Óli, der sich nicht mehr so sicher war, ob er die ganze Wahrheit sagen sollte.

»Er heißt Ebeneser«, sagte Finnur.

»Genau. Idiotischer Name.«

»Wir wissen nicht, wo er ist. Hinter wem bist du da hergelaufen?«

»Wahrscheinlich hinter dem Mann, der die Frau überfallen hat«, sagte Sigurður Óli. »Ich gehe davon aus, dass er sie mit dem Baseballschläger am Kopf getroffen hat. Der verdammte Hund hat mir auch einen Hieb versetzt, ich war einen Moment lang außer Gefecht.«

»Warst du wirklich da drinnen im Haus?«

»Ich hatte etwas mit ihr zu besprechen. Als ich hereinkam, lag sie auf dem Boden, und dann ist auf einmal dieser Kerl über mich hergefallen.«

»Glaubst du, dass er eingebrochen ist? Wir haben keine Anzeichen für einen Einbruch gefunden. Er muss durch die Haustür hereingekommen sein, und sie hat sie ihm wahrscheinlich selber geöffnet.«

»Die Tür war nicht im Schloss, als ich kam. Der Kerl hat vermutlich geklingelt und ist dann über sie hergefallen. Das ist kein normaler Einbruch, da steckt etwas anderes dahinter. Ich gehe nicht davon aus, dass etwas geklaut wurde. Er demoliert die Wohnung und versetzt der Frau einen Hieb auf den Kopf. Wir werden sicher bald erfahren, ob sie noch weitere Verletzungen hat.«

»Also ...«

»Meiner Meinung nach war das ein Schuldeneintreiber. Wir sollten uns ein paar von diesen Typen vorknöpfen. Den hier kannte ich nicht, ich habe ihn allerdings auch nicht richtig sehen können. Ein Sprinter wie der ist mir noch nicht untergekommen.«

»Wenn man die Schläge und sein Vorgehen betrachtet, klingt das ziemlich wahrscheinlich. Es könnte darum gegangen sein, Geld von ihr einzutreiben.«

Sigurður Óli und Finnur gingen ins Haus.

»War er allein?«, fragte Finnur.

»Soweit ich weiß, ja.«

»Was hattest du eigentlich hier verloren? Woher kennst du diese Leute?«

Sigurður Óli hatte inzwischen den Gedanken aufgegeben, die ganze Wahrheit zu sagen. Am liebsten hätte er das getan, aber dann würde sich nicht mehr verheimlichen lassen, dass dieser Angriff auf Lína etwas mit ihrem kindischen und ungeschickten Versuch zu tun hatte, sich durch Erpressung zu bereichern. Es konnte nämlich durchaus sein, dass Hermann ihr diesen Gangster auf den Hals gehetzt hatte. Seinem Freund Patrekur traute er das nicht zu. Er beschloss, zunächst keine Namen ins Spiel zu bringen und erklärte nur, er sei einem Hinweis nachgegangen. Es ginge darum, dass Lína und Ebbi anrüchige Geschäfte mit irgendwelchem Bildmaterial gemacht hätten.

»Geht es um Porno?«

»Etwas in der Art.«

»Kinderporno?«

»Das wohl nicht, aber etwas sehr Kindisches steckt schon dahinter.«

»Mir ist gar nicht bekannt, dass uns so ein Tipp zugegangen ist«, sagte Finnur.

»Nein«, sagte Sigurður Óli, »der ist erst heute eingegangen. Möglicherweise geht es um Erpressung, und das könnte den Besuch eines Geldeintreibers erklären. Wenn es denn einer war.«

Finnurs Blick ließ keinen Zweifel daran, dass ihn Sigurður Ólis Ausführungen nicht wirklich überzeugten.

»Und du wolltest dich bloß mal mit den beiden unterhalten? Das kapier ich nicht so ganz, Siggi.«

»Der Fall ist doch noch total im Anfangsstadium.«

»Ja, aber ...«

»Wir müssen Mr. Scrooge finden«, erklärte Sigurður Óli entschlossen, wie um zu zeigen, dass jetzt keine Zeit für lange Erklärungen sei.

»Scrooge?«

»Ja, diesen Ebeneser. Und nenn mich nicht Siggi.«

## *Sieben*

Auf dem Weg nach Hause fuhr Sigurður Óli noch einmal beim Hauptdezernat vorbei. Elínborg hatte schon Feierabend gemacht. Auf einer Bank auf dem Flur saß ein junger Bursche, der sich nicht zum ersten Mal durch kleinere kriminelle Aktivitäten, aber auch durch Gewalttätigkeit in Schwierigkeiten gebracht hatte. Sohn eines Kriminellen und einer Alkoholikerin. Dergleichen Schicksale gab es genug in Reykjavík. Sigurður Óli hatte das erste Mal mit dem Jungen zu tun gehabt, als er achtzehn war, und da hatte er bereits einige Straftaten auf dem Buckel. Seitdem waren ein paar Jahre vergangen.

Sigurður Óli war immer noch wütend auf sich selber, weil ihm der Geldeintreiber durch die Lappen gegangen war. Auf dem Weg zu seinem Büro sah er den Jungen, zögerte und setzte sich dann neben ihn auf die Bank.

»Und was ist jetzt schon wieder?«, fragte Sigurður Óli.

»Nichts«, entgegnete der junge Mann.

»Einbruch?«, fragte Sigurður Óli.

»Geht dich nichts an.«

»Hast du jemanden zu Brei geschlagen?«

»Wo ist das Arschloch, das mich vernehmen soll?«

»Mann, wie kann man nur so bescheuert sein wie du.«

»Klappe.«

»Du weißt ganz genau, wie bescheuert du bist.«

»Klappe!«

»Das ist ja auch nicht so kompliziert«, sagte Sigurður Óli, »nicht mal für Hirnis wie dich.«

Der Junge antwortete ihm nicht.

»Du bist ein totaler Versager.«

»Selber einer.«

»Was anderes wirst du nie sein«, sagte Sigurður Óli, »das weißt du.«

Der Junge trug Handschellen und saß mit hängenden Schultern und gesenktem Kopf auf der Bank. Er starrte auf den Fußboden und wartete darauf, so schnell wie möglich die Vernehmung hinter sich zu bringen, um dann wieder seiner Wege gehen zu können. Wie alle Mitarbeiter der Kriminalpolizei wusste Sigurður Óli nur zu gut, dass er beileibe nicht der Einzige war, der sich ein System zunutze machte, das vorsah, die Gefangenen freizulassen, sobald die Sachlage geklärt war. Dazu brauchte es nur ein Geständnis, und daraufhin wurde man laufen gelassen und konnte wieder seinen kriminellen Machenschaften nachgehen. Später würde es ein Urteil auf Bewährung geben. Falls sich einige Vergehen angesammelt hatten, würde man zu ein paar Monaten Haft in Litla-Hraun verknackt werden, zu mehr auf keinen Fall, und davon müsste man auch nur höchstens die Hälfte absitzen. Die Gefängnisbehörden beteiligten sich nämlich an dieser Verhätschelung, wie Sigurður Óli die Praktiken im Rechtswesen und im Strafvollzug nannte. Dieser Junge und seine Kumpane lachten sich schlapp über die laschen Richter, über offenen Strafvollzug und das Luxusleben im Knast auf Kosten des Staates.

»Bestimmt hat dir das noch nie jemand gesagt«, fuhr Sigurður Óli fort. »Dass du ein totaler Versager bist, meine ich. Das hat dir noch niemand ins Gesicht gesagt, nicht wahr?«

Der Junge zeigte keinerlei Reaktion.

»Vielleicht denkst du sogar selber manchmal darüber nach, was für ein Blindgänger du bist«, sagte Sigurður Óli. »Aber höchstwahrscheinlich gibst du einfach anderen die Schuld daran. Das macht ihr alle, die anderen sind alle schuld, und ihr bemitleidet euch selber. In erster Linie schiebst du es natürlich auf deine Eltern, die leben ja genau wie du von der Sozialhilfe. Auf die Freunde. Das Schulsystem. Auf die Ausschüsse, die sich mit dir befassen mussten. Es gibt Millionen von Entschuldigungen, und die hast du bestimmt alle drauf. Du vermeidest es, an all die Jungs zu denken, denen es schlechter geht als dir, denen es richtig dreckig geht, die aber keine Lust haben, sich so wie du selbst zu bemitleiden. Die haben aber etwas, was ihnen dabei hilft, sich ihrer Situation zu stellen und ein anständiges Leben zu führen, begreifst du das? Bei denen gibt's noch so was wie eine Spur von Intelligenz, die sind nicht so völlig leer im Kopf wie du.«

Der Junge hatte anscheinend völlig abgeschaltet und blickte nur den Korridor entlang, in der Hoffnung, dass das Verhör endlich beginnen und er wieder aus der Haft entlassen würde, weil der Fall aufgeklärt war.

Sigurður Óli stand auf. »Ich wollte bloß sichergehen, dass du einmal von jemandem die Wahrheit hörst, der sich ständig mit Typen von deiner Sorte befassen muss. Und wäre es auch nur dieses eine Mal.«

Sigurður Óli ging zu seinem Büro, und der Junge verfolgte ihn mit seinen Blicken.

»Arschloch«, flüsterte er und starrte wieder auf den Boden.

Sigurður Óli rief Patrekur an. Der Überfall auf Lína war das Hauptthema der Spätnachrichten im Fernsehen und auf den Webseiten der Internetmedien gewesen. Patrekur hatte zwar die Nachrichten gesehen, aber nicht gewusst, um wen es ging. Sigurður Óli musste es ihm drei Mal sagen.

»Sie war das?«

»Ja, es war Lína«, sagte Sigurður Óli.

»Und was ist, wurde sie umgebracht?«

»Sie lebt noch, aber niemand weiß, ob sie es schaffen wird. Ich habe dich und Hermann nicht erwähnt, genauso wenig wie Súsanna und ihre Schwester, aber ich weiß nicht, wie lange ich dieses Spiel noch weiterspielen kann. Ich war beim Haus, als der Überfall passierte, ich wollte in eurem Namen mit dieser Frau sprechen, und ich musste natürlich erklären, wieso ich am Tatort war. Ich stecke mit in der Scheiße, mein lieber Patrekur.«

Der Freund am anderen Ende der Leitung blieb eine Weile stumm.

»Ich hätte dich da nicht mit hineinziehen dürfen«, sagte er schließlich. »Ich war davon ausgegangen, dass du vielleicht etwas ausrichten könntest. Mann, ich weiß wirklich nicht, was ich mir dabei gedacht habe.«

»Was für ein Mensch ist dieser Hermann?«

»Was für ein Mensch?«

»Hat er Verbindungen zu Geldeintreibern, würde er Lína und Ebbi so einen Kerl auf den Hals hetzen?«

»Das glaube ich nicht«, sagte Patrekur nachdenklich. »Das kann ich mir eigentlich nicht vorstellen. Soweit ich weiß, kennt er keine Geldeintreiber.«

»Ich weiß, dass du keinen solchen Blödsinn machen würdest.«

»Ich?«

»Oder ihr beide zusammen.«

»Ich hab nur euch beide zusammengebracht, mehr nicht. Das musst du mir glauben. Wahrscheinlich ist es am besten, wenn du mich ganz außen vor lässt und dich einfach direkt an Hermann wendest, wenn du etwas mit ihm zu besprechen hast. Ich will damit nichts zu tun haben. Ich hab nichts mit dieser Sache zu tun.«

»Gibt es einen Grund, Hermann zu schonen?«

»Mach einfach das, was du tun musst. Ich halte mich da völlig raus.«

»Gut«, sagte Sigurður Óli. »Ich möchte nur wissen, ob du mehr über die Sache weißt als das, was Hermann uns gesagt hat? Weißt du mehr als ich?«

»Nein, wirklich nicht. Ich hatte bloß die Idee, dass wir uns an dich wenden könnten. Ich bin nur ein Mittelsmann. Hat der Kerl, der Lína überfallen hat, Schulden eingetrieben?«

»Das wissen wir nicht«, sagte Sigurður Óli, der entschlossen war, so wenig Informationen wie möglich weiterzugeben. »Weißt du eigentlich, worum es den beiden ging? Spannendes Sexleben? Mit unbekannten Partnern? Worum ging es ihnen?«

»Ich weiß es nicht. Súsanna und ich haben vor zwei Jahren davon erfahren, da hat ihre Schwester etwas in der Art angedeutet. Das ist wohl eine Art Hobby von den beiden, ich kenne mich damit nicht aus und habe kein Verständnis dafür. Ich habe nie mit ihnen darüber geredet. Das geht mich nichts an.«

»Und Súsanna?«

»Die ist natürlich schockiert.«

»Wie haben Lína und Ebbi Verbindung mit Hermann aufgenommen, als sie ihnen mit den Aufnahmen drohten?«

»Ich glaube, dass Lína ihn angerufen hat, aber genau weiß ich es nicht.«

»Wenn wir Línas und Ebbis Telefongespräche überprüfen sollten, könnte es also gut sein, dass Hermanns Name auftaucht?«

»Wahrscheinlich.«

»In Ordnung. Ich melde mich.«

Bevor Sigurður Óli endgültig Feierabend machte, fuhr er noch kurz zur Intensivstation im Fossvogur-Krankenhaus. Vor der Tür zu Línas Krankenzimmer saß ein Polizist. Eltern und Bruder warteten im Aufenthaltsraum für die nächsten Angehörigen auf Nachrichten. Von Ebbi hatten sie noch nichts gehört, er hatte keine Verbindung zu ihnen aufgenommen. Beim wachhabenden Arzt erfuhr Sigurður Óli, dass Lína noch nicht wieder zu Bewusstsein gelangt war. Ihr Zustand sei äußerst kritisch. Sie sei von zwei schweren Hieben am Kopf getroffen worden, von denen einer die Schädeldecke zertrümmert und einen Bluterguss im Gehirn hervorgerufen habe. Darüber hinaus seien nur am rechten Arm Verletzungen festgestellt worden, die darauf hindeuteten, dass sie den Arm zur Abwehr hochgehalten habe.

Die Suche nach dem Täter war bislang erfolglos geblieben, man hatte ein großes Gelände durchkämmt, von der Klinik bis zum Sund-Hafen und zu der Bucht, in die die beiden Arme der Elliðaá mündeten. Der Mann war spurlos verschwunden. Im Haus von Lína hatte er keinerlei Spuren hinterlassen, die der Polizei bei seiner Identifizierung helfen konnten.

Sigurður Óli sah sich noch eine Weile ein Baseballspiel an, bevor er ins Bett ging. Er dachte an die Aufnahmen, die Sigurlína und Ebeneser bei sich aufbewahrten und hinter denen der Täter wahrscheinlich hergewesen war. Falls das so war, hatte Lína sie anscheinend nicht herausgerückt, sonst wäre sie nicht so zugerichtet worden. Die Aufnahmen mussten also immer noch an ihrem Platz sein, entweder bei den beiden zu Hause oder an einem anderen sicheren Ort, den nur Ebbi kannte.

Kurz vor dem Einschlafen fiel Sigurður Óli noch einmal der Mann ein, der im Dezernat nach ihm gefragt hatte. Er war um die Abendessenszeit noch einmal aufgetaucht und dem wachhabenden Beamten bekannt vorgekommen, hatte sich aber geweigert, seinen Namen und sein Anliegen zu nennen. Der wachhabende Beamte glaubte sich erinnern zu können, dass er Andrés hieße und sich lange als Penner in der Stadt herumgetrieben hatte; dem Strafregister war zu entnehmen, dass er wegen Diebstählen und kleineren Gewaltdelikten eingesessen hatte.

## *Acht*

Er hatte das Ganze nicht sonderlich gut vorbereitet, eigentlich wusste er kaum, wie er vorgehen sollte, aber er hatte zumindest versucht, den richtigen Zeitpunkt für den Angriff zu wählen. Als er ihn für gekommen hielt, wusste er zwar so in etwa, was er wollte, hatte aber keine Vorstellung, wie die Sache zu bewerkstelligen war. Ihn hatte nur der ohnmächtige Hass, den er so lange mit sich herumgetragen hatte, vorwärtsgetrieben.

Er wusste, dass sich die Polizei für den Abschaum interessiert hatte. Er selber hatte im vergangenen Winter den Beamten gegenüber einige Andeutungen gemacht, aber sie hatten sie aus irgendwelchen Gründen nicht weiterverfolgt. Und jetzt hatten sich ihre Wege aus purem Zufall wieder gekreuzt. Er war nicht auf der Suche nach dem Scheusal gewesen, sondern ihm völlig unerwartet und zufällig über den Weg gelaufen. Es war Jahrzehnte her, seit dieser Unmensch aus seinem Leben verschwunden war, und dann traf er ihn auf einmal in seinem eigenen Stadtviertel wieder. In seinem eigenen Viertel! Nach all diesen Jahren war er sozusagen nebenan eingezogen!

Die Gefühle, die ihn übermannten, als ihm bewusst wurde, dass es sich um denselben Mann handelte, vermochte er kaum zu beschreiben. Er war zunächst fassungslos gewesen, denn er hatte im Grunde genommen gar nicht mehr damit gerechnet, dass er ihn jemals wiedersehen würde. Und dann war die alte Angst in ihm wieder hochgestiegen, denn er fürchtete sich immer noch vor diesem Unmenschen. Und schließlich war Wut in ihm hochgekrochen, denn auch wenn viele, viele Jahre vergangen waren, vergessen hatte er nichts. Alles brach wieder über ihn herein, als er den Mann in einiger Entfernung erblickt hatte. Auch wenn der Kerl jetzt alt und krumm war – er stellte immer noch eine Bedrohung für ihn dar, und das alte Entsetzen hatte ihn im Griff.

Vielleicht hatte es etwas mit diesen alten Ängsten zu tun, dass er von Anfang an darauf achtete, nicht von ihm gesehen zu werden. Er behielt ihn zwar im Auge, aber noch fehlte ihm der Mut zu mehr. Er wusste zunächst auch gar nicht, was er weiter tun sollte. Damals, als sich die Polizei für den Kerl zu interessieren begann und sie in diesem Zusammenhang auch ihn befragten, ließ er sich so wenig wie möglich entlocken, tat geheimnisvoll und erzählte widersprüchliche Geschichten, weil sein Verhältnis zur Polizei keineswegs unbelastet war. Seine Erinnerungen an das, was sich da abgespielt hatte, waren mehr als unvollständig, denn zu diesem Zeitpunkt war er ständig betrunken oder zugedröhnt gewesen. Danach hatte er es aber eine ganze Weile geschafft, trocken und clean zu bleiben. Er wollte sich rächen. Als der feige Hund feststellte, dass die Polizei ihm auf der Spur war, hatte der Kerl sich verkrochen, und zwar in einer Kellerwohnung auf der Grettisgata.

Selbstmitleid kam für ihn nicht in Frage. Er trug die

Verantwortung für das, was er sich hatte zuschulden kommen lassen. Nicht für das, was andere ihm anzuhängen versuchten, aber für das, was er selber verbrochen hatte. Nein, er würde sich nie bemitleiden, auch wenn es möglicherweise stimmte, dass er wegen der Vorfälle in seiner Vergangenheit nie eine Chance im Leben gehabt hatte. Es hatte bereits mit dem Elternhaus angefangen. Sein versoffener Vater hatte ihn und seine Geschwister aus geringstem Anlass grün und blau geschlagen, nicht selten ohne jeglichen Anlass. Dazu verwendete er einen Ledergürtel, mit dem er auch auf ihre Mutter eingeschlagen hatte.

Er hatte immer versucht, das aus dem Gedächtnis zu streichen, er wollte nicht an die Jahre denken, bevor sein Zuhause aufgelöst und er aufs Land zu einer fremden Familie geschickt worden war. Dort ging es ihm so gut, wie er selber es zuließ. Er konnte nie richtig fröhlich sein, wusste aber nicht, woran das lag. Vor lauter Angst, die er nicht loswerden konnte, war er ständig verkrampft. Vielleicht hatte er auch einfach nie gewagt, sie abzuschütteln, weil er keine anderen Gefühle kannte und sich nicht sicher war, was an ihre Stelle treten würde.

Als er eines Nachts wieder in der Grettisgata auf der Lauer gelegen hatte, war ihm in den Sinn gekommen, dass es vielleicht an der Zeit sei, damit aufzuhören, dem Dreckskerl nachzuspionieren, die ganze Nacht auf eine Kellerwohnung zu starren, ohne irgendetwas zu unternehmen. Er war sich ziemlich sicher, dass er es mit diesem Wrack leicht aufnehmen und ihn ohne große Anstrengung in seine Gewalt bringen könnte. Er dachte an die Abenteuerbücher seiner Jugend, an die Geschichten von Kampf und Heldentum, und er erinnerte sich daran, wie wichtig es war, den Gegner zu überraschen. Natürlich konnte er nicht einfach auf der Straße über ihn herfallen. Es musste in seiner Wohnung geschehen. Allerdings konnte er auch schlecht mitten in der Nacht anklopfen, wenn niemand unterwegs war, das würde ihn nur argwöhnisch machen. Der Angriff musste erfolgen, wenn er sich ganz sicher fühlte. Wahrscheinlich am besten in aller Herrgottsfrühe, wenn er sich auf den Weg zur Badeanstalt machte.

An einem nasskalten Morgen schritt er zur Tat. Ein scharfer Nordwind pfiff durch die Grettisgata, und er war völlig durchgefroren, denn er hatte stundenlang in der Kälte ausgeharrt. Er trug eine abgewetzte Winterjacke und eine Mütze, aber das half nicht viel. Kurz nach Tagesanbruch näherte er sich langsam und vorsichtig dem Haus, und er war nur noch wenige Schritte entfernt, als sich die Kellertür öffnete. Er machte einen Riesensatz, sprang die paar Stufen zum Eingang hinunter und stand dem Abschaum gegenüber, der die Plastiktüte mit seinem Schwimmzeug in der Hand hielt und im Begriff war, die Tür zuzumachen. Ohne zu zögern stieß er den alten Kerl wieder in den kleinen Flur hinter der Eingangstür zurück, die er sofort hinter sich zuschlug. Das Scheusal protestierte lautstark und schlug mit der Plastiktüte nach seinem Kopf. Er griff nach der Tüte und entriss sie ihm. Der alte Kerl geriet in Panik und versuchte, ins Wohnzimmer zu fliehen, aber er war schneller, warf sich auf ihn und brachte ihn zu Fall.

Es war viel einfacher gewesen, als er es sich vorgestellt hatte, das Schicksal des Scheusals zu besiegeln.

## *Neun*

Hermann wollte sich auf keinen Fall während der Arbeitszeit mit Sigurður Óli treffen. Er hatte eine leitende Position in einer Firma, die Maschinen und anderen Bedarf im Baugewerbe importierte. Sie verabredeten sich in dem gleichen Café wie tags zuvor, als Patrekur dabei gewesen war. Sigurður Óli hatte zwar Verständnis dafür, dass Hermann vorsichtig sein musste, aber er war nicht gewillt, ihn deswegen mit Samthandschuhen anzufassen. Falls der Mann irgendetwas über diesen Überfall auf Lína wusste, würde er es aus ihm herausbekommen.

Línas Zustand war immer noch unverändert. Sie lag auf der Intensivstation und war noch nicht wieder zu Bewusstsein gekommen, und die Ärzte befürchteten das Schlimmste. Ebeneser war inzwischen wieder aufgetaucht. Er war in der Nacht nach Hause gekommen und der Spurensicherung in die Arme gelaufen, die immer noch in dem Reihenhaus beschäftigt gewesen war. Er war völlig außer sich, als er erfuhr, was passiert war, und wurde in einem Streifenwagen zum Krankenhaus gebracht. Finnur hatte ihn kurz vernommen, und dabei hatte sich herausgestellt, dass er als Reiseleiter arbeitete und an dem Tag mit einer kleinen Gruppe von Franzosen in Landmannalaugar gewesen war. Beim Hotel

Rangá hatte jemand anderes die Gruppe übernommen, und Ebeneser war in die Stadt gefahren. Diese Aussagen konnte Finnur ganz schnell verifizieren. Ebbi behauptete, nicht die geringste Ahnung zu haben, wer oder was hinter diesem Überfall steckte, seiner Meinung nach musste es sich um einen Einbrecher gehandelt haben. Da er völlig durcheinander war, hielt Finnur es für richtig, die weitere Vernehmung auf einen späteren Zeitpunkt zu verschieben.

Es war bereits Viertel nach elf, als Hermann das Café betrat und sich zu Sigurður Óli setzte. Sie waren für elf Uhr verabredet gewesen.

»Denkst du vielleicht, dass ich nichts Besseres zu tun habe, als in irgendwelchen Cafés auf dich zu warten?«, fragte Sigurður Óli mit einem Blick auf seine Armbanduhr schroff.

»Ich musste noch etwas erledigen«, sagte Hermann. »Was willst du von mir?«

»Es hat nur so viel gefehlt«, sagte Sigurður Óli und unterstrich es mit Daumen und Zeigefinger, »dass die Frau, die versucht hat, euch das Geld aus der Tasche zu ziehen, heute Nacht gestorben wäre. Und es ist keineswegs sicher, ob sie diesen Tag überlebt. Falls ja, kann man wohl davon ausgehen, dass sie schwere mentale Schäden davonträgt. Jemand hat ihr den Schädel eingeschlagen.«

»War das der Überfall, von dem heute Morgen in den Nachrichten berichtet wurde?«

»Ja.«

»War das Lína? Ich habe bloß die Nachrichten gehört. Namen wurden nicht genannt. Aber ein Geldeintreiber wurde erwähnt.«

»Wir halten es für wahrscheinlich, dass sie von einem Geldeintreiber überfallen wurde.«

»Und?«

»Kennst du solche Leute?«

»Ich?«

»Ja, du.«

»Glaubst du etwa, dass ich dahinterstecke?«

»Ich weiß von niemandem, der bessere Gründe gehabt haben könnte als du.«

»Moment mal, das war gestern Abend, am gleichen Tag, als ich mit dir geredet habe. Willst du damit sagen, dass ich einen Überfall auf sie arrangiert habe, am gleichen Tag, an dem ich dich gebeten habe, die Sache für uns aus der Welt zu schaffen?«

Sigurður Óli sah ihn schweigend an. Am Vormittag hatte er als Erstes den neuen Mantel in die Reinigung gebracht. Nicht auszuschließen, dass er nach dem Sturz gestern Abend, als er sich bei der Verfolgungsjagd in den Johannisbeersträuchern gewälzt hatte, völlig hinüber war.

»Für jemanden in deiner Position ist es immer besser, Fragen direkt zu beantworten statt zu versuchen, Ausflüchte zu machen oder einem die Worte im Mund zu verdrehen«, erklärte Sigurður Óli. »Deine Überlegungen, was ich glaube oder nicht glaube, sind mir ehrlich gesagt scheißegal. Du und deine Alte und euer schmieriger Sex mit anderen ist mir ebenfalls scheißegal. Antworte gefälligst auf meine Fragen, dann lass ich dich zumindest nicht sofort einbuchten.«

Hermann nahm eine kerzengerade Haltung an.

»Ich habe dieser Frau nichts getan«, sagte Hermann, »das schwör ich.«

»Wann hattest du zuletzt Verbindung mit ihr?«

»Sie hat mich vor drei Tagen angerufen, um mir zu sagen, dass sie nicht länger auf das Geld warten wolle. Sie drohte damit, die Bilder in Umlauf zu bringen. Ich habe sie um etwas mehr Zeit gebeten. Sie gab mir zwei Tage und sagte, sie würde sich nicht noch einmal bei mir melden, ich müsste ihr das Geld nach Hause bringen. Sie drohte damit, dass die Aufnahmen ansonsten auf sämtlichen Porno-Webseiten dieser Welt zu sehen sein würden.«

»Und das Geld solltest du gestern abliefern, am gleichen Tag, an dem sie überfallen wurde?«

»Wir haben dieser Schickse niemanden auf den Hals gehetzt«, sagte Hermann. »Wie kommt man überhaupt an so einen Geldeintreiber heran? Annoncieren die in der Zeitung? Ich wüsste gar nicht, wie ich so jemanden auftun sollte.«

»Hast du nie mit diesem Ebbi gesprochen?«

»Nein, immer nur mit Lína.«

»Weißt du, ob ihr die einzigen Opfer seid?«

»Nein, das weiß ich nicht. Aber es ist wohl ziemlich wahrscheinlich, dass wir nicht die Einzigen sind.«

»Du hättest ihnen also das Geld nach Hause bringen und im Gegenzug die Fotos bekommen sollen, und damit basta?«

»Ja, das war keine komplizierte Aktion. Diese Leute sind nicht kompliziert, die sind bloß total durchgeknallt.«

»Du hattest aber nicht vor zu zahlen?«

»Du solltest das doch in Ordnung bringen«, sagte Hermann. »Hast du irgendwelche Aufnahmen bei ihnen gefunden?«

Sigurður Óli hatte zwar tatsächlich unauffällig danach gesucht, aber wegen der anwesenden Kollegen nicht so gezielt vorgehen können, wie er es gewollt hätte. Gefunden hatte er nichts, nicht einmal die Kamera.

»Ihr wart bei ihnen zu Hause, als diese Aufnahmen gemacht wurden?«

»Ja. Das ist ungefähr zwei Jahre her.«

»Und ihr seid nur einmal dort gewesen?«

»Nein, zweimal.«

»Und erst nach dieser langen Zeit versuchen sie euch zu erpressen?«

»Ja.«

»Weil deine Frau inzwischen sozusagen eine öffentliche Person ist und politische Karriere machen will?«

»Das ist die einzige Erklärung.«

»Super«, sagte Sigurður Óli. »Ihr seid wirklich eine super Truppe.«

Ebeneser saß am Bett seiner Frau, als Sigurður Óli auf der Intensivstation eintraf, um mit ihm zu sprechen. Finnur, der die Ermittlung leitete, hatte ihm gesagt, dass das Gespräch mit Ebeneser noch fortgesetzt werden müsse, woraufhin Sigurður Óli ihm anbot, das zu übernehmen. Damit war Finnur einverstanden gewesen, er hatte ohnehin alle Hände voll zu tun.

Ebeneser war mittelgroß, schlank und machte einen agilen Eindruck. Die Bartstoppeln in seinem wettergegerbten Gesicht waren einige Tage alt, er trug Wanderschuhe mit dicken Profilsohlen, wie es sich für einen zünftigen isländischen Hochland-Reiseleiter gehört. Er stand auf, als Sigurður Óli das Krankenzimmer betrat, und begrüßte ihn mit Handschlag, vermied aber jeden Blickkontakt. Lína war an alle möglichen technischen Geräte und verschiedene Infusionen angeschlossen, ihr Kopf war dick bandagiert. Sie waren wohl beide um die dreißig, wahrscheinlich zehn Jahre jünger als Hermann und seine Frau, und waren vermutlich ein attraktives Paar, obwohl Sigurður Óli das im Fall von Lína im Augenblick kaum richtig einschätzen konnte. War es vielleicht der Altersunterschied gewesen, der Hermann und seine Frau gereizt hatte?

»Musst du sofort wieder los?«, fragte Sigurður Óli, als er Ebenesers Schuhe betrachtete. Sie hatten sich im Aufenthaltsraum zusammengesetzt, und er war eigentlich fest entschlossen gewesen, angesichts der schwierigen Situation verständnisvoll und mitfühlend aufzutreten, auch wenn er sich keineswegs sicher war, ob Lína und Ebbi das verdient hatten.

»Was? Ach, die Schuhe? Nein, im Augenblick nicht. Ich finde sie einfach bequem, auch in der Stadt.«

»Man hat uns bestätigt, dass du auf dem Rückweg von Landmannalaugar warst, als deine Frau überfallen wurde«, sagte Sigurður Óli.

»Ich finde es sehr merkwürdig, dass ihr glaubt, ich könnte das getan haben«, sagte Ebeneser.

»Merkwürdig gibt es für uns nicht. Seid ihr stark verschuldet, du und deine Frau?«

»Wie alle normalen Leute. Und sie ist so gesehen nicht meine Frau, wir leben nur zusammen.«

»Kinder?«

»Nein.«

»Habt ihr vielleicht Schulden bei Leuten gemacht, die imstande wären, sich ihr Geld auf brutale Weise zurückzuholen? Beispielsweise durch einen Geldeintreiber?«

»Nein«, sagte Ebeneser.

»Seid ihr möglicherweise knapp bei Kasse?«

»Nein.«

»Du hast nie zuvor mit Geldeintreibern zu tun gehabt?«

»Nein, solche Typen kenne ich nicht, und ich kenne auch niemanden, der derartige Kontakte hat. Ich dachte, es wäre ein ganz normaler Einbrecher gewesen?«

»Wurde etwas gestohlen?«

»Soweit ich weiß, ist er von einem Bullen überrascht worden.«

»Ich hab noch nie von einem Einbrecher gehört, der die Wohnung, die er ausrauben will, zuerst mal demoliert und als Nächstes mit einem Baseballschläger auf den Hausbesitzer losgeht«, sagte Sigurður Óli. »Mag sein, dass so etwas mal irgendwo und irgendwann passiert ist, aber mir ist das noch nicht untergekommen.«

Ebeneser schwieg.

»Hat jemand davon gewusst, dass du gestern Abend nicht zu Hause sein würdest?«

»Ja, jede Menge Leute. Aber lauter Leute, die ich gut kenne und die so etwas niemals tun würden, wenn du das meinst.«

»Ihr seid also nicht in Geldschwierigkeiten?«

»Nein.«

»Ganz bestimmt nicht?«

»Ja, davon müsste ich ja schließlich wissen.«

»Und wie steht's mit dem Sexleben, ist da alles in Ordnung?«

Ebeneser hatte ihm im Aufenthaltsraum gegenübergesessen und so getan, als interessiere er sich nicht für Sigurður Ólis Fragen. Er hatte die Beine übereinandergeschlagen und mit dem freien Bein gewippt, hörte aber bei dieser Frage schlagartig damit auf, setzte sich auf und lehnte sich vor.

»Mit dem Sexleben?«, fragte er.

»Euer Sex mit anderen Paaren«, sagte Sigurður Óli.

Ebeneser sah ihn lange an. »Was ... Du machst wohl Witze?«

»Nein«, sagte Sigurður Óli.

»Sex mit anderen Paaren?«

»Dann muss ich mich wohl deutlicher ausdrücken: Glaubst du, dass deine und Línas sexuelle Spielchen mit Unbekannten etwas mit dem Überfall auf deine Frau zu tun haben?«

Ebeneser starrte ihn wie vom Donner gerührt an. »Keine Ahnung, worüber du redest«, sagte er.

»Nein, natürlich nicht«, sagte Sigurður Óli. »Du hast natürlich auch nie etwas von ›Schnitzelpartys‹ gehört?«

Ebeneser schüttelte den Kopf.

»Wobei ›Schnitzelparty‹ ein anderes Wort für Swinger-Party ist?«

»Nie gehört«, sagte Ebeneser.

»Und du und deine Lína, ihr habt noch nie Partnertausch gemacht?«

»Das ist eine Unverschämtheit«, erklärte Ebeneser. »So was haben wir nie gemacht. Worauf willst du eigentlich hinaus?«

»Ich mach dir einen Vorschlag«, sagte Sigurður Óli. »Du überlässt mir die Aufnahmen, die ihr beide von euch beim Geschlechtsverkehr mit anderen gemacht habt, und ich werde so tun, als hätte ich nie etwas davon gehört.«

Ebeneser gab ihm keine Antwort darauf.

»Mit anderen«, murmelte Sigurður Óli, dem plötzlich etwas einfiel. »Ich frage mich gerade, wie viele da betroffen sind? Ich weiß nur von einem Ehepaar, aber ihr erpresst wahrscheinlich jede Menge Leute?«

Ebeneser starrte ihn an.

»Jemand hat die Schnauze voll von euren Spielchen und wollte euch mit dem Geldeintreiber einen Schreck einjagen. Geht es darum, Ebbi?«

Ebeneser war entschlossen, sich das nicht länger bieten zu lassen. Er stand auf.

»Ich habe keine Ahnung, wovon du redest«, sagte er und marschierte zur Tür hinaus Richtung Línas Zimmer.

Sigurður Óli sah ihm hinterher. Ebeneser würde wohl etwas Zeit brauchen, um zu realisieren, was Sigurður Óli wusste, und um über sein Angebot nachzudenken. Sigurður Óli musste innerlich grinsen. Trotz seiner nicht unbeträchtlichen Erfahrung bei der Kriminalpolizei konnte er sich auf die Schnelle nicht erinnern, jemals einem Menschen begegnet zu sein, dem die Lügen so leicht über die Lippen gegangen waren wie Ebbi – oder der ein besseres Händchen dafür gehabt hätte, sich in Schwierigkeiten zu bringen.

## *Zehn*

Bergþóra wartete bereits auf ihn, denn Sigurður Óli hatte sich ein paar Minuten verspätet. Sie saß an ihrem Tisch und studierte die Speisekarte, als er eintraf. Sie hatte sich für ein italienisches Restaurant in der Innenstadt entschieden. Er hatte den ganzen Tag damit verbracht, Elínborg zu helfen. Sie leitete die Ermittlungen im Fall des Mordes im Þingholt-Viertel. Sigurður Óli war von der Arbeit direkt zum Restaurant gefahren. Eigentlich hatte er vorgehabt, zuerst zu Hause zu duschen und sich umzuziehen, aber dazu war die Zeit zu knapp gewesen. Er freute sich auf das Essen, aber bei dem Gedanken an das Wiedersehen mit Bergþóra war ihm etwas mulmig zumute.

Er küsste sie auf den Mund und setzte sich. Bergþóra sah abgekämpft aus. Sie war Teilhaberin in einem Software-Unternehmen, das schwierige Zeiten durchmachte, und sie musste viel Zeit und Einsatz investieren. Auch ihre Trennung hatte sie mitgenommen, und nicht zuletzt die Tatsache, dass sie keine Kinder bekommen konnte. Die vergangenen Monate und Jahre waren schwierig für sie gewesen.

»Gut schaust du aus«, sagte sie zu Sigurður Óli, als er sich gesetzt hatte.

»Und wie geht's dir?«, fragte er.

»Ganz gut. Irgendwie kommt es mir bei so einer Verabredung im Restaurant so vor, als würden wir wieder von vorne anfangen. Für mich ist das gewöhnungsbedürftig. Du hättest doch auch zu mir nach Hause kommen können, ich hätte etwas für uns gekocht.«

»Ja, es ist ein bisschen so wie in alten Tagen«, entgegnete Sigurður Óli.

Sie vertieften sich in die Speisekarte. Es war keineswegs so wie in den alten Tagen, und das spürten sie beide. Auf ihnen lastete eine kaputte Beziehung, Jahre, die für die Katz gewesen waren, und Gefühle, die sich in Luft aufgelöst hatten – miteinander verwobene Lebensfäden, die sich entflochten hatten. Irgendwie erinnerten sie an müde Konkursverwalter, denen es nur noch darum ging, noch offenstehende Fragen zu klären und die Forderungen zu begleichen. Bergþóra konnte sich aber immer noch maßlos darüber aufregen, was aus ihrer Beziehung geworden war. Deshalb fand Sigurður Óli es angenehmer, sich in einem Lokal mit ihr zu treffen.

»Wie geht's deinem Vater?«, fragte Bergþóra, während sie sich weiter mit der Speisekarte beschäftigte.

»Gut.«

»Und deiner Mutter?«

»Prima.«

»Ist sie immer noch mit diesem Mann zusammen?«

»Mit Sæmundur? Ja.«

Sie wählten ihr Essen und einigten sich auf den Rotwein. Mitten in der Woche war das Restaurant halb leer. Irgendwoher von oben rieselte ruhige Musik auf sie herunter. Aus der Küche hörte man Topfgeklapper und Gelächter.

»Wie gefällt es dir auf dem Framnesvegur?«, fragte Bergþóra.

»Prima, auch wenn die Bude irgendwie noch ziemlich leer ist«, antwortete Sigurður Óli. »Was ist mit unserem Haus, hat es sich schon jemand angeschaut?«

»Heute kamen drei. Einer wollte sich wieder melden. Schade um das Haus.«

»Ja, das stimmt«, sagte Sigurður Óli. »Es ist super.«

Sie schwiegen. Sigurður Óli überlegte, ob er ihr von Hermann und seiner Frau erzählen sollte, und entschloss sich schließlich dazu – vielleicht würde sich ja dadurch die Atmosphäre ein wenig entspannen. Er erzählte ihr von dem Treffen mit Patrekur, der unerwarteterweise den Mann seiner Schwägerin mitgebracht hatte, von den sehr speziellen Interessen von Hermann und seiner Frau, durch die sie sich in Schwierigkeiten gebracht hatten. Und von dem brutalen Überfall auf Lína, dem Mann mit dem Baseballschläger, und von Ebbi mit den Bergschuhen, der angeblich von nichts wusste.

»Der ist regelrecht aus den Latschen gekippt, oder besser gesagt aus seinen Bergstiefeln«, sagte Sigurður Óli. »Ebeneser ist Reiseleiter im Hochland«, fügte er grinsend hinzu.

»Ist so etwas wirklich normal?«, fragte Bergþóra.

»Da kenne ich mich überhaupt nicht aus.«

»Ich kenne auch keine Leute, die so eine Art von Partnertausch praktizieren. Das klingt ganz schön ausgeflippt. Und wegen so was dann in solche Schwierigkeiten zu geraten ...«

»Ja, der Fall ist schon ein bisschen speziell.«

»Es muss schlimm für Súsannas Schwester sein, dass

das herauskommt, auch wenn es schon relativ lange her ist. Sie ist doch in der Politik.«

»Ja, sicher, aber wenn man in der Politik ist, kann man doch nicht so blöd sein, sich in so eine Lage zu bringen, oder? Mit solchen Leuten braucht man wirklich kein Mitleid zu haben.«

»Mitleid ist anscheinend nicht gerade dein Spezialgebiet«, entgegnete Bergþóra.

»Was willst du denn damit sagen?«, fragte Sigurður Óli.

Der Kellner, ein freundlicher Mann zwischen vierzig und fünfzig, kam mit der Rotweinflasche, zeigte sie Sigurður Óli und goss ein wenig Wein zum Probieren ins Glas. Sigurður Óli starrte ihn entgeistert an.

»Du hast die Flasche schon aufgemacht?«, fragte er.

Der Kellner begriff die Frage nicht.

»Eine Flasche muss am Tisch geöffnet werden«, erklärte Sigurður Óli. »Was weiß denn ich, was du vorher mit der Flasche gemacht hast oder wann du sie entkorkt hast?«

Der Kellner sah ihn verdutzt an. »Ich habe die Flasche gerade vorhin entkorkt«, sagte er.

»Ja, aber das hat hier am Tisch zu geschehen und nicht irgendwo da hinten in einem Kabuff.«

»Ich bringe eine andere Flasche«, sagte der Kellner und suchte das Weite.

»Er bemüht sich doch«, sagte Bergþóra.

»Der Kerl ist ein Stümper«, erklärte Sigurður Óli. »Wir bezahlen ein Schweinegeld für das Essen hier. Solche Leute sollten gefälligst ihren Job korrekt machen. Wie kommst du übrigens darauf, dass ich kein Mitleid mit anderen habe?«

Bergþóra sah ihm in die Augen. »Deine Reaktion gerade«, sagte sie, »die ist typisch für dich.«

»Dass ich mich über schlechten Service beklage?«

»Du bist genau wie deine Mutter«, sagte Bergþóra.

»Was meinst du damit?«

»Ihr seid beide gleich kalt. Und gleich versnobt.«

»Ach …«

»Ich war nie gut genug für dich«, unterbrach Bergþóra ihn. »Sie hat mich das oft genug spüren lassen. Aber dein Vater ist ein Schatz. Ich verstehe nicht, wie diese Frau auf die Idee kommen konnte, sich mit einem Installateur zusammenzutun. Und noch weniger, wie er es mit ihr ausgehalten hat.«

»Darüber habe ich auch schon oft nachgedacht«, sagte Sigurður Óli. »Und meine Mutter mag dich sehr gern, das hat sie mir gesagt. Ich finde es vollkommen überflüssig, schlecht über sie zu reden.«

»Sie hat mir nie in irgendeiner Form zur Seite gestanden, als wir … als wir in Schwierigkeiten waren. Niemals. Sie hat mir das Gefühl gegeben, als ginge sie das nichts an. Als würde sie mir die Schuld daran geben, als wäre ich ein Handicap in deinem Leben, weil ich keine Kinder bekommen kann.«

»Weshalb sagst du das?«

»Weil es wahr ist.«

»Darüber hast du noch nie mit mir geredet.«

»Oh doch, aber du hast mir nie zugehört.«

Der Kellner kam mit einer neuen Flasche Wein, zeigte sie Sigurður Óli, entkorkte sie vor seinen Augen und gab ein wenig Wein in Sigurður Ólis Glas, der ihn kostete und den Wein akzeptierte. Der Kellner füllte ihre Gläser und stellte die Flasche auf den Tisch.

»Du hast nie zuhören wollen, wenn ich dir etwas zu sagen hatte«, wiederholte Bergþóra.

»Das stimmt doch gar nicht.«

Bergþóra blickte ihn an, ihre Augen schwammen in Tränen. Sie nahm die Serviette zur Hand.

»Also gut«, sagte sie und gab sich einen Ruck. »Hören wir auf zu streiten. Es ist nun einmal so gelaufen, und wir können nichts mehr daran ändern.«

Sigurður Óli sah auf seinen Teller. Streitereien ging er am liebsten aus dem Weg. Er konnte sich zwar mit dem größten Vergnügen an irgendwelchen Straftätern auslassen und sie herunterputzen, aber privat war ihm daran gelegen, so lange wie möglich Frieden zu halten. Irgendwann einmal hatte er darüber nachgedacht, ob das vielleicht mit der Rolle zusammenhing, die er bei der Trennung seiner Eltern gespielt hatte. Er wollte unbedingt, dass sich alle vertrugen, hatte aber lernen müssen, dass das nicht möglich war.

»Ich finde, du vergisst oft, dass es auch für mich nicht einfach war«, sagte er. »Du hast dich nie dafür interessiert, was in mir vorging. Alles drehte sich um dich. Du hast auf einer Adoption bestanden und wolltest sie sofort in die Wege leiten, mich hast du nie nach meiner Meinung gefragt. Wir haben schon so oft darüber diskutiert, eigentlich wollte ich heute Abend nicht schon wieder darüber reden.«

»Nein«, sagte Bergþóra, »reden wir also einfach nicht darüber. Ich hatte es auch nicht vor. Lass uns damit aufhören.«

»Ich bin aber erstaunt über das, was du da über meine Mutter gesagt hast«, sagte Sigurður Óli. »Auch wenn ich sehr gut weiß, wie sie sein kann. Soweit ich mich erinnern kann, habe ich dich ganz zu Anfang unserer Beziehung sogar vor ihr gewarnt.«

»Du hast mir gesagt, ich solle nicht alles ernst nehmen, was sie sagt.«

»Ich hoffe, du hast dich daran gehalten.«

Sie schwiegen eine Weile. Der Wein aus der Toscana war mild und vollmundig. Sie griffen zu ihren Gläsern. Die Musik, die aus den Lautsprechern drang, war italienisch, genau wie das Essen, auf das sie warteten. Das Schweigen zwischen ihnen aber war isländisch.

»Ich möchte nicht adoptieren«, sagte Sigurður Óli.

»Ich weiß«, erwiderte Bergþóra. »Du solltest dir eine andere Frau suchen, mit der du deine eigenen Kinder bekommen kannst.«

»Nein«, sagte Sigurður Óli, »ich glaube, ich wäre kein guter Vater.«

Als er abends wieder bei sich zu Hause war, schaltete er den Fernseher ein, um sich ein Baseballspiel anzusehen. Seine Mannschaft spielte miserabel, was seine Laune nach dem Treffen mit Bergþóra nicht verbesserte. Sein Handy klingelte auf dem Küchentisch. Sigurður Óli kannte die Nummer nicht, und seine erste Reaktion war, es auszuschalten, doch seine Neugier behielt die Oberhand.

»Ja?«, meldete er sich übertrieben schroff. Diese abweisende Haltung hatte er sich schon vor langer Zeit angewöhnt, wenn er nicht wusste, wer der Anrufer war. Es konnten Wohltätigkeitsorganisationen sein. Er hatte im Telefonbuch seinen Namen mit einem roten Kreuz markieren lassen, um von solchen Belästigungen verschont zu bleiben, und diejenigen, die es trotzdem bei ihm probierten, bekamen sofort zu hören, was er davon hielt.

»Sigurður?«, fragte eine weibliche Stimme am anderen Ende der Leitung.

»Wer spricht da?«

»Ist dort Sigurður Óli?«

»Ja!«

»Ich bin Eva.«

»Eva?«

»Eva Lind. Erlendurs Tochter.«

»Ach ja, hallo.«

In seiner Stimme schwang keine Freundlichkeit mit. Sigurður Óli kannte die Tochter seines langjährigen Kollegen Erlendur nur zu gut, er hatte sich nämlich manchmal von Berufs wegen mit ihr abgeben müssen, damals, als Eva Lind zum großen Leidwesen ihres Vaters auf die schiefe Bahn geraten war.

»Hast du etwas von ihm gehört?«, fragte Eva Lind.

»Von deinem Vater? Nein, gar nichts. Ich weiß nur, dass er im Urlaub ist und in die Ostfjorde wollte.«

»Ja. Hat er sein Handy nicht mitgenommen? Oder hat er noch eine andere Handynummer?«

»Soweit ich weiß, nicht.«

»Er geht nicht dran. Er hat doch kein anderes Telefon, oder?«

»Nicht, dass ich wüsste.«

»Falls er sich bei dir meldet, würdest du ihm sagen, dass ich nach ihm gefragt habe?«

»Natürlich, aber ...«

»Was?«

»Ich gehe nicht davon aus, dass er sich bei mir meldet«, sagte Sigurður Óli. »Deswegen ...«

»Nein, ich auch nicht«, entgegnete Eva Lind. »Wir ...«

»Ja?«

»Wir haben neulich einen Ausflug gemacht, er wollte sich die Seen in der Nähe von Reykjavík ansehen. Er war ...«

»Ja?«

»Er war irgendwie deprimiert.«

»Ist er das nicht immer? Deswegen würde ich mir keine Sorgen machen. Ich wüsste nicht, dass ich deinen Vater jemals guter Laune erlebt hätte.«

»Ich weiß.«

Sie schwiegen.

»Würdest du ihm einen Gruß von mir ausrichten?«, fragte Eva Lind.

»Mach ich.«

»Ciao.«

Sigurður Óli legte das Telefon wieder zurück auf den Küchentisch. Anschließend schaltete er den Fernseher aus und ging zu Bett.

## *Elf*

Das alte Vorführgerät war in einem Loch im Boden unten im Besenschrank versteckt gewesen, sodass er eine ganze Weile gebraucht hatte, um es zu finden.

Er war sich sicher gewesen, dass das Scheusal das Gerät nicht weggeworfen hatte. Er wusste, dass er das niemals tun würde, solange er noch in der Lage war, darüber zu bestimmen. Das alte surrende Ding, grau wie Beton, war sogar nach all diesen Jahren noch voll funktionsfähig. Wahrscheinlich verwendete der Kerl es immer noch. Als er das Gerät hochhob und auf den Küchentisch stellte, erinnerte er sich, wie schwer es ihm als Kind vorgekommen war. Das Firmenzeichen des Herstellers war deutlich sichtbar: Bell&Howell. Als Kind hatte er die Aufschrift erst verstanden, als ein Freund ihm erklärte, dass es sich um zwei Namen handele. Der eine hieß Bell und der andere Howell, und die beiden hatten gemeinsam diese Maschine konstruiert, wahrscheinlich irgendwo in Amerika.

Das tiefe Loch, in dem das Gerät gesteckt hatte, war mit einer Holzplatte zugedeckt gewesen. Die hatte er hochgestemmt, den Apparat herausgeholt, die Arme für die Vorführspulen hochgeklappt, das Kabel angeschlossen und auf einen Knopf gedrückt. Der Lichtkegel fiel auf die gegenüberliegende Wand.

Das Vorführgerät war eines der wenigen Dinge, die das Scheusal mit in den Haushalt gebracht hatte, als er bei seiner Mutter Sigurveig einzog. Er selber war damals auf dem Land gewesen und hatte nichts von diesem neuen Mann im Leben seiner Mutter gewusst. Eines Tages kam der Bescheid, dass seine Mutter ihn wieder bei sich haben wollte. Sie lebte inzwischen in einer Sozialwohnung in einem Neubauviertel, hatte angeblich aufgehört zu trinken und einen neuen Mann kennengelernt. Er hörte die Stimme seiner Mutter, die er nie Mama, sondern immer nur Sigurveig nannte. Nach zwei Jahren Trennung war sie eigentlich ein unbekanntes Wesen für ihn. Damals hatte sie ihn zum ersten und einzigen Mal auf dem Land angerufen. Das Gespräch war kurz gewesen. Sie wolle ihren Jüngsten bei sich haben, hatte sie gesagt. Er hatte geantwortet, es ginge ihm gut auf dem Bauernhof. »Ich weiß, mein Liebling«, hörte er sie am anderen Ende der Leitung sagen, »aber jetzt kommst du wieder zu mir. Ich habe das durchsetzen können. Ich habe alles in die Wege geleitet.«

Ein paar Tage später hatte er sich von der Pflegefamilie, Vater, Mutter und zwei Töchtern, verabschieden müssen. Der Bauer fuhr mit ihm zur Landstraße, wo sie auf den Linienbus warteten. Er kam sich vor, als würde er sich vor der Arbeit drücken, denn es war Hochsommer, die Heuernte hatte begonnen, er wurde auf dem Hof gebraucht. Der Bauer und seine Frau hatten ihn oft gelobt, weil er so tüchtig und arbeitswillig war, und sie sagten immer wieder, dass aus ihm noch etwas werden würde. Der Bus tauchte in der Ferne auf, zog eine lange Staubwolke hinter sich her und hielt bald darauf bei ihnen. »Und nun lass es dir gut gehen, vielleicht besuchst du uns ja mal, wenn du kannst«, sagte der Bauer. Er wollte dem Mann die Hand geben, doch der nahm ihn in die Arme und drückte ihm einen Tausendkronenschein in die Hand. Der Bus fuhr ruckend los, und der Bauer verschwand in der Staubwolke.

Er hatte nie zuvor in seinem Leben Geld besessen, und auf dem Weg nach Reykjavík holte er immer wieder den Schein aus der Tasche, um ihn sich anzusehen. Dann faltete er ihn wieder zusammen, steckte ihn in die Tasche, aber nur, um ihn schon nach kurzer Zeit wieder hervorzuholen und zu bestaunen.

Sigurveig hatte gesagt, sie würde ihn am Busbahnhof abholen. Als er aus dem Bus stieg, war sie jedoch nirgends zu sehen. Es war bereits Abend, und er blieb lange neben seinem kleinen Koffer stehen. Schließlich setzte er sich auf ihn. Alleine würde er nie den Weg zu der Wohnung seiner Mutter finden, er wusste nicht einmal, in was für einem Viertel der Wohnblock war oder wie die Straße hieß. Je weiter der Abend fortschritt, desto unglücklicher wurde er. Er war schon so lange aus Reykjavík weg und kannte niemanden, an den er sich wenden konnte. Der Bauer hatte ihm vor langer Zeit gesagt, dass sein Vater ins Ausland gegangen war. Was aus seinen beiden Geschwistern geworden war, wusste er nicht, sie waren sehr viel älter als er. Andere Angehörige gab es nicht.

Er saß auf dem Koffer und dachte an sein Zuhause der letzten Jahre. Oder vielmehr an den Ort, wo er in den vergangenen Jahren ein Zuhause gefunden hatte. Auf dem Hof kamen sie wohl jetzt gerade aus dem Kuhstall, und die Mädchen tollten umher. Die Hunde wurden aus der Küche gescheucht und das Essen aufgetragen, vielleicht gekochte Forelle aus dem See mit zerlassener Butter. Das war sein Lieblingsessen.

»Du bist wohl das arme Würstchen, das ich abholen soll.«

Er blickte hoch. Vor ihm ragte ein Mann auf, den er nie zuvor gesehen hatte.

»Du bist doch Klein-Drési?«, fragte der Mann.

Niemand hatte ihn mehr Drési genannt, seitdem er die Stadt verlassen hatte.

»Ich heiße Andrés«, sagte er.

Der Mann blickte ihn an. »Das passt ja. Deine Mutter lässt dir Grüße ausrichten, glaube ich. Sie ist im Augenblick nicht sonderlich gut in Form.«

Er wusste nicht, was er darauf antworten sollte. Er wusste nicht, was die Worte des Mannes bedeuteten, was bedeutete ›in Form‹?

»Na, dann nichts wie los«, sagte der Mann. »Vergiss deinen Koffer nicht.«

Der Unbekannte ging zu dem Parkplatz vor dem Busbahnhof. Er sah, wie er um eine Ecke bog. In diesem Moment sprang er auf, griff nach seinem Koffer und rannte hinter ihm her. Was hätte er auch anderes tun sollen. Aber er war auf der Hut. Es schien ihm, als müsse man sich wirklich Mühe geben, um es dem Mann recht zu machen. Da war so ein Unterton in der Stimme gewesen, als er von seiner Mutter sprach, und aus seinem Mund hatte Klein-Drési geradezu verächtlich geklungen. Der Mann hatte ihn nicht einmal begrüßt. *Du bist wohl das arme Würstchen, das ich abholen soll*, hatte er gesagt. Er hatte bemerkt, dass ihm ein Zeigefinger fehlte, aber ihm wäre nie eingefallen, ihn nach dem

Grund dafür zu fragen. Und er hatte es sich auch später nie getraut.

Sigurveig schlief, als sie in der Wohnung eintrafen. Der Mann sagte, er müsse noch einmal fort. Er dürfe keinen Krach machen und die Mutter nicht wecken. Deswegen setzte er sich auf einen Stuhl in der Küche und verhielt sich mucksmäuschenstill. Die Wohnung bestand aus einem Schlafzimmer, dessen Tür geschlossen war, einem Wohnzimmer, der Küche und dem Bad. Er sollte wohl auf dem Sofa im Wohnzimmer schlafen. Er war müde nach der Reise und der Warterei am Busbahnhof und hätte sich gerne auf das Sofa gelegt, aber er traute sich nicht. Er legte die Hände auf den Küchentisch und den Kopf darauf, und nach kurzer Zeit war er eingeschlafen.

Kurz vor dem Einschlafen hatte ein Gegenstand im Wohnzimmer seine Aufmerksamkeit auf sich gezogen. Er hatte keine Ahnung, was da auf dem Tisch beim Sofa stand, ein kastenförmiges Ding mit einem Griff oben, ein merkwürdiges Objekt aus einer anderen Welt. Auf der Seite befand sich diese unverständliche Aufschrift, Bell&Howell.

Später fand er heraus, dass der neue Mann im Leben seiner Mutter auch eine Filmkamera besaß, die hatte einen anderen Namen, der genauso seltsam klang und ihm nicht weniger Kopfzerbrechen bereitete als die Aufschrift auf dem Vorführgerät. Auch ihr Name brannte sich in sein Gedächtnis ein. *Eumig.*

Er starrte lange auf das alte Bell&Howell-Vorführgerät und den Lichtkegel auf der gegenüberliegenden Wand. Es hatte ganz den Anschein, als würden sich seine bruchstückhaften Erinnerungen in dem Strahl kristallisieren. Dann schaltete er es wieder aus. Der Abschaum wimmerte wieder, und er drehte sich um.

»Was willst du?«, fragte er.

Das Wrack auf dem Sessel verstummte. Er stank nach Urin, und die Maske vor seinem Gesicht war schweißnass.

»Wo ist die Kamera?«

Der Mann starrte ihn aus der Todesmaske heraus an.

»Und die Filme? Wo sind die Filme?! Raus mit der Sprache! Ich kann dich umbringen, wann es mir passt. Verstehst du? Jetzt bestimme ich! Ich! Nicht du, du Abschaum. Ich habe jetzt das Sagen.«

Aus der Maske drang weder Husten noch Stöhnen.

»Wie findest du das? Wie findest du das?! Ist das nicht nach all diesen Jahren etwas seltsam, dass ich auf einmal stärker bin als du? Wer ist jetzt das arme Würstchen?«

Der Mann rührte sich nicht.

»Sieh mich an! Sieh mich an, wenn du dich traust. Was siehst du? Siehst du, was aus Klein-Drési geworden ist? Drési ist nicht mehr klein, er ist ganz groß und stark. Vielleicht hast du geglaubt, dass das nie passieren könnte. Dass es nie passieren würde. Hast vielleicht geglaubt, dass Drési immer dasselbe arme kleine Würstchen bliebe?«

Er versetzte dem Wrack eine Ohrfeige.

»Wo ist das Gerät?«, schnaubte er.

Er war entschlossen, die Kamera zu finden und zu zerstören. Und die Filme, die der Unmensch aufgenommen hatte. Er war fest davon überzeugt, dass der

Kerl immer noch alles aufbewahrte. Er würde nicht lockerlassen, bis er alles gefunden und verbrannt hätte.

Das Wrack antwortete ihm nicht.

»Du denkst wohl, dass ich es nicht finde? Ich werde es finden, und wenn ich dir die ganze Bude einreißen muss. Notfalls breche ich den Fußboden und die Decke auf. Was hältst du davon? Wie gefällt dir Klein-Drési?«

Die Augen hinter der Maske schlossen sich.

»Du hast mir den Tausendkronenschein weggenommen«, flüsterte er. »Ich weiß ganz genau, dass du ihn genommen hast. Du hast behauptet, ich hätte ihn verloren, aber das war eine Lüge. Ich weiß, dass du ihn genommen hast.«

Er hatte angefangen zu schluchzen.

»Dafür sollst du in der Hölle brennen. Dafür und für alles andere, was du getan hast. Du sollst in der heißesten Hölle brennen!«

## *Zwölf*

Zu den ersten Maßnahmen der Polizei nach dem Überfall auf Lína gehörte es, die Kennzeichen der Autos zu überprüfen, die in der Umgebung des Hauses geparkt waren, in der Hoffnung, dass der Täter vielleicht im Auto gekommen war. Das war nicht abwegig, und im Grunde genommen sogar wahrscheinlich. Einen Baseballschläger konnte man wohl kaum in öffentlichen Verkehrsmitteln mit sich herumtragen, ohne dass es auffiel. Eine kurze Überprüfung ergab, dass er auch kein Taxi genommen hatte. Es bestand natürlich die Möglichkeit, dass er zu Fuß gekommen war, weil er irgendwo in der Nähe wohnte. Oder es hatte ihn jemand zu dem Reihenhaus gefahren und draußen gewartet, sich aber aus dem Staub gemacht, als Sigurður Óli aufgetaucht war. Der konnte sich jedoch an nichts dergleichen erinnern. Und schließlich war es auch noch möglich, dass der Angreifer nicht direkt beim Haus, sondern in einer Nebenstraße geparkt hatte und das Auto dort stehen lassen musste, weil Sigurður Óli ihn überrascht hatte und ihm nachgesetzt war.

Die Polizei hatte einige Dutzend Autokennzeichen registriert, und die meisten Autos waren im Besitz von Anwohnern. Alles ganz normale Menschen, die der arbeitenden Bevölkerung angehörten und nie einer Fliege etwas zuleide getan hatten. Über Lína und Ebbi wussten sie so gut wie nichts. Diverse Autos waren aber auch auf Leute registriert, die nicht in dem Viertel lebten, sondern in anderen Stadtteilen, einige kamen sogar von außerhalb. Niemand von ihnen hatte einen Eintrag im Polizeiregister.

Sigurður Óli, der zumindest den Laufstil des Täters kannte, übernahm die Vernehmungen von einigen Autobesitzern, deren Wagen an dem Abend in der Nähe gestanden hatten. Línas Zustand war unverändert, und Ebbi wich kaum von ihrer Seite. Nach Meinung der Ärzte war die Lage unverändert kritisch.

Sein Abend mit Bergþóra hatte kein gutes Ende genommen. Sie hatten sich wieder gegenseitig mit Vorwürfen überhäuft, und als es Bergþóra reichte, war sie einfach aufgestanden und gegangen.

Sigurður Óli war zwar in gewisser Weise aus privaten und persönlichen Gründen mit dem Fall in Berührung gekommen, aber er war keineswegs der Ansicht, dass er befangen war und sich deswegen aus der Ermittlung zurückziehen musste. Er hatte sich die Sache durch den Kopf gehen lassen und war zu dem Ergebnis gekommen, dass nichts von dem, was er wusste, mit den Interessen der Ermittlung kollidierte, wie es so schön hieß. Er hatte kein Interesse daran, Hermann und seine Frau in Schutz zu nehmen. Patrekur hatte nichts mit der Sache zu tun. Sigurður Óli hatte nichts unternommen, weswegen er sich nicht an den Ermittlungen beteiligen konnte. Vorübergehend waren ihm wegen seines Gesprächs mit Ebeneser im Krankenhaus, als er ihn wegen der Aufnahmen zur Rede gestellt hatte, Bedenken gekommen, aber sie verflogen rasch. Er kannte Sigurlína und Ebeneser gar nicht. Es konnte gut sein, dass sie wegen Drogenkonsums oder wegen eines Haus- und Autokaufs hoch verschuldet waren und dass sie Schulden bei Leuten hatten, die sich ihr Geld mit Hilfe von Geldeintreibern zurückholten. Es war bekannt, dass solche miesen Typen nicht nur Drogenschulden einkassierten. Sigurður Óli hielt es für wahrscheinlich, dass Lína und Ebbi einfach ein wenig zu weit gegangen waren in ihrem plumpen Versuch, durch Pornoaufnahmen Geld von Dummköpfen wie Hermann und seiner Frau zu erpressen. Jemand, der mit dem Rücken zur Wand stand, konnte sehr gut auf die Idee kommen, die beiden durch Gewalt oder Androhung von Gewalt zum Schweigen zu bringen. Ob Hermann dahintersteckte, wusste er nicht. Hermann stritt das ab, es würde sich irgendwann zeigen, ob er log.

Sigurður Óli verspürte so etwas wie Gewissensbisse, dass er Finnur nicht über die Aufnahmen und die vermeintliche Erpressung informiert hatte. Es war nur eine Frage der Zeit, wann das ans Licht kommen würde. Und wenn das passierte und die Namen von Hermann und seiner Frau ins Spiel kommen würden, musste er eine Erklärung parat haben.

Das alles ging ihm durch den Kopf, als er auf der Suche nach einem Mann namens Hafsteinn eine kleine Fleischwarenfabrik betrat. Hafsteinn war Fleischermeister und bass erstaunt über den Besuch von Sigurður Óli. Er hatte angeblich noch nie in seinem Leben mit der Kripo zu tun gehabt, und aus seiner Sicht war das wohl so etwas wie ein Zertifikat für einen tadellosen Lebenswandel. Hafsteinn ging mit Sigurður Óli in sein Büro, und sie setzten sich zusammen. Der Fleischermeister trug einen weißen Kittel, und auf dem Kopf thronte eine weiße Kappe mit dem Logo der Firma. Der gedrungene Mann mit den roten Bäckchen hatte eine Figur wie ein bierseliger deutscher Oktoberfestbesucher und machte ganz und gar nicht den Eindruck, als würde er mit einem Baseballschläger über wehrlose Frauen herfallen. Und auf gar keinen Fall hätte er es geschafft, mehr als zehn Meter zu rennen. Trotz dieser augenfälligen Tatsache zog Sigurður Óli unbeirrt sein Programm durch. Er ließ sich mit ein paar kurzen Worten über den Grund seines Kommens aus und sagte, er müsse wissen, was Hafsteinn an dem bewussten Abend in dem Stadtteil, in dem der Überfall auf Sigurlína erfolgt war, zu tun gehabt hatte, und ob es jemanden gäbe, der seine Angaben bestätigen könne.

Der Fleischermeister sah Sigurður Óli lange an. »Moment mal, wovon redest du eigentlich? Warum sollte ich dir sagen, weswegen ich dort war?«

»Dein Auto stand eine Straße weiter unten. Du wohnst in Hafnarfjörður. Was hast du in Reykjavík gemacht? Warst du selber mit dem Auto unterwegs?«

Sigurður Ólis Überlegungen liefen darauf hinaus, dass der Mann, auch wenn er selber nicht über Sigurlína hergefallen war, doch vielleicht etwas über den Überfall wissen konnte. Möglicherweise hatte er sogar den Täter dorthin gefahren, war in Panik geraten und hatte das Auto dort zurückgelassen.

»Ja, ich war in dem Auto unterwegs. Ich war dort in einem Privathaus zu Besuch. Geht dich das etwas an?«

»Ja.«

»Wozu willst du das wissen?«

»Wir versuchen, den Täter zu finden.«

»Du glaubst doch wohl nicht, dass ich etwas damit zu tun habe?!«

»Warst du an dem Überfall beteiligt?«

»Bist du verrückt?«

Sigurður Óli glaubte zu sehen, dass die roten Bäckchen etwas blasser wurden.

»Kannst du mir jemanden nennen, der deine Aussagen bestätigen kann?«

»Wirst du etwa auch mit meiner Frau reden?«, fragte Hafsteinn zögernd.

»Muss ich das?«, fragte Sigurður Óli.

Der Mann stöhnte. »Das ist nicht notwendig«, sagte er nach längerem Schweigen. »Ich ... Ich habe eine Freundin in der Straße. Wenn du eine Bestätigung brauchst, solltest du sie fragen. Ich kann es gar nicht fassen, dass ich mit dir darüber rede.«

»Eine Freundin?«

Der Mann nickte.

»Du meinst also eine Geliebte?«

»Ja.«

»Und du warst bei ihr zu Besuch?«

»Ja.«

»Na schön. Sind dir vielleicht irgendwelche Leute auf der Straße aufgefallen, die etwas mit dem Überfall zu tun gehabt haben könnten?«

»Nein. Sonst noch was?«

»Nein, ich glaube, das reicht«, sagte Sigurður Óli.

»Wirst du mit meiner Frau sprechen?«

»Kann sie etwas davon bestätigen?«

Der Mann schüttelte den Kopf.

»Dann brauche ich nicht mit ihr zu reden«, sagte

Sigurður Óli. Er nahm für alle Fälle die Telefonnummer der Freundin in Empfang, stand auf und verabschiedete sich.

Später am Tag traf er auf einen Mann, der gar nicht wusste, dass sein Auto in der Nähe von Línas Haus gestanden hatte. Nicht er, sondern sein Sohn hatte gestern Abend das Auto gehabt. Nach einigen Nachforschungen stellte sich heraus, dass der Junge zusammen mit einem Freund in einem der benachbarten Häuser gewesen war. Die beiden waren im Gymnasium und hatten einen Schulkameraden abgeholt, um ins Laugarás-Kino zu gehen. Der Film hatte um die gleiche Zeit begonnen, als der Überfall auf Sigurlína stattfand.

Der Mann sah Sigurður Óli an.

»Wegen dem Jungen brauchst du dir keine Gedanken zu machen.«

»Wieso nicht?«

»Der könnte nie gewalttätig werden. Der fürchtet sich sogar vor einer Stubenfliege.«

Schließlich setzte sich Sigurður Óli mit einer Frau um die dreißig zusammen, die in der Telefonzentrale einer großen Getränkefirma arbeitete. Als Sigurður Óli sich vorstellte, ließ sie sich ablösen. Er wollte die Unterredung mit ihr nicht im Beisein von anderen durchführen, und ging mit ihr in die Kantine für die Angestellten.

»Ich hätte gern gewusst, was du vorgestern Abend in einer Straße nicht weit vom Laugarás-Kino gemacht hast.«

»Vorgestern Abend?«, fragte die Frau. »Wozu willst du das wissen?«

»Dein Auto stand in der Nähe eines Hauses, in dem eine Frau brutal überfallen wurde.«

»Ich habe niemanden überfallen«, sagte die junge Frau.

»Nein«, sagte Sigurður Óli. »Aber dein Auto war dort.«

Er erklärte ihr, dass die Kriminalpolizei sämtliche Personen überprüfte, deren Autos in der Nähe des Tatorts erfasst worden waren. Es handele sich um einen Fall von schwerer Körperverletzung, und der Polizei ginge es darum festzustellen, ob diesen Personen vielleicht etwas aufgefallen war, was für die Ermittlung von Interesse sei. Sigurður Ólis Ausführungen zogen sich etwas in die Länge, und es war Sara anzusehen, dass sie sich langweilte.

»Ich habe nichts gesehen«, erklärte sie.

»Was hast du dort gemacht?«

»Ich habe eine Freundin besucht. Was ist denn überhaupt passiert? Ich habe in den Nachrichten etwas von einem Einbruch gehört.«

»Darüber liegen uns noch keine ausreichenden Informationen vor«, sagte Sigurður Óli. »Ich brauche den Namen und die Telefonnummer deiner Freundin.«

Sara gab ihm die gewünschten Auskünfte.

»Hast du bei ihr übernachtet?«

»Ey, das grenzt ja schon an Bespitzelung!«

Die Tür zur Kantine öffnete sich, und ein Angestellter der Getränkefabrik nickte Sara zu.

»Nein. Besteht vielleicht ein Anlass dazu?«, fragte Sigurður Óli und stand auf.

»Ganz bestimmt nicht«, antwortete Sara lächelnd.

Sigurður Óli stieg gerade wieder ins Auto, als sein Handy sich meldete. Die Nummer kannte er. Es war

Finnur, der ihn darüber informierte, dass Sigurlína Þorgrímsdóttir vor einer Viertelstunde an den Folgen der Schädelverletzung gestorben sei.

»Und was zum Teufel hattest du bei ihr zu suchen, Siggi?«, zischte Finnur, bevor er das Gespräch beendete.

## *Dreizehn*

Sigurður Ólis Mutter öffnete die Tür. Schon allein ihr Blick gab ihm deutlich zu verstehen, dass er viel zu spät kam. Er besaß keinen Schlüssel zu ihrem Haus, das wollte sie nicht, denn der Gedanke, dass er jederzeit bei ihr hereinspazieren konnte, war ihr unangenehm. Sie hatte ihn zum Abendessen eingeladen. Das Essen hatte sie zur verabredeten Zeit serviert, es hatte also bereits geraume Zeit auf dem Tisch gestanden und war kalt geworden. Ihr Lebensabschnittsgefährte Sæmundur war nirgends zu sehen.

Seine Mutter wurde immer nur Gagga genannt. Sie war über sechzig und lebte in einem großen Einfamilienhaus im teuersten Viertel von Garðabær. Dort war sie von lauter Wirtschaftsprüfern, Ärzten, Juristen und anderen Großverdienern umgeben, die zwei oder drei Autos besaßen und sich Fachleute leisteten, um den Garten in Schuss zu halten, Weihnachtslichterketten aufzuhängen und Reparaturen am Haus vorzunehmen. Gagga hatte aber nicht immer dazugehört. Als sie Sigurður Ólis Vater kennenlernte, war das Geld sehr viel knapper gewesen. Das war auch direkt nach der Scheidung wieder der Fall, obwohl der »Klempner«, wie sie ihren Exmann ständig nannte, sich bereit erklärt hatte, sie nach Kräften zu unterstützen. In den ersten Jahren nach der Trennung wohnte sie zur Miete, hatte aber ein Händchen dafür, sich mit ihren Vermietern anzulegen, sodass sie ständig umziehen mussten. Sie hatte es einfach ignoriert, wenn Sigurður Óli sich beklagte, dass er immer wieder die Schule wechseln musste. Sie konnte sich auch maßlos über die Schulleitung und einzelne Lehrer aufregen, was schließlich dazu führte, dass sein Vater es übernahm, sich um diese Angelegenheiten zu kümmern.

Sie hatte den Handelsschulabschluss gemacht und arbeitete als Buchhalterin, als Sigurður Óli auf die Welt kam. Danach absolvierte sie ein Studium der Betriebswissenschaftslehre und arbeitete sich zunächst etliche Jahre in einer kleinen isländischen Wirtschaftsprüferkanzlei hoch. Als diese Kanzlei von einem riesigen ausländischen Unternehmen für Wirtschaftsprüfung und Unternehmensberatung aufgekauft wurde, erhielt sie eine leitende Position.

»Wo ist Sæmundur?«, fragte Sigurður Óli, während er den Wintermantel auszog, den er sich vor einem Jahr zugelegt hatte. Verdammt teuer war er gewesen, denn er stammte von einem der exklusivsten Herrenausstatter in Reykjavík. Als er mit dem Teil nach Hause gekommen war, hatte Bergþóra nur den Kopf geschüttelt und gesagt, er sei der größte Label-Snob, den sie kannte. Und wenn er auf seine Mutter zu sprechen kam und sie Gagga nannte, sagte sie manchmal »Ach, du meinst Ga-ga«.

»Sæmundur ist in London«, sagte Gagga. »Da eröffnet mal wieder einer von diesen jungen Expansionswikingern eine Dependance, mit Staatspräsident und allem Pipapo. Und alle düsen in Privatjets nach London, das ist ja wohl das Mindeste.«

»Aber die Leute haben Erfolg.«

»Das ganze Geld ist doch nur geliehen. Sie sind alle total verschuldet, und irgendjemand muss am Ende dafür geradestehen.«

»Ich find's einfach super, wie weit die es gebracht haben«, sagte Sigurður Óli, der die steilen Karrieren von isländischen Geschäftsleuten in Island und im Ausland interessiert mitverfolgte. Er war begeistert von dem Elan und der Dynamik dieser Leute, nicht zuletzt, wenn sie so mir nichts, dir nichts alteingesessene dänische oder englische Unternehmen aufkauften.

Sie setzten sich an den Esstisch. Seine Mutter hatte ein früheres Lieblingsgericht von ihm gekocht, Lasagne mit Thunfisch.

»Möchtest du, dass ich es in der Mikrowelle aufwärme?«, fragte sie, und noch bevor er einen Ton sagen konnte, hatte sie ihm den Teller mit dem Essen weggenommen und in die Mikrowelle gestellt. Als das Klingelzeichen ertönte, setzte sie ihrem Sohn den Teller wieder vor. Sigurður Óli ging immer noch das kurze Gespräch mit Finnur durch den Kopf, worin er ihm mitgeteilt hatte, dass Sigurlína gestorben war. Finnur hatte ziemlich erregt geklungen, sogar wütend, und diese Wut richtete sich gegen ihn. *Und was zum Teufel hattest du bei ihr zu suchen, Siggi?*, hatte Finnur gefragt. Er fand es unerträglich, wenn er Siggi genannt wurde.

»Hast du etwas von Bergþóra gehört?«, fragte seine Mutter.

»Wir haben uns gestern getroffen.«

»Ach ja? Wie geht es ihr?«

»Sie hat gesagt, dass du sie nie gemocht hast.«

Gagga schwieg. Sie hatte selber nichts von dem Essen angerührt, obwohl sie für zwei gedeckt hatte. Jetzt nahm sie den Löffel zur Hand, nahm sich eine Portion Lasagne, stand auf und stellte den Teller in die Mikrowelle. Sigurður Óli war immer noch sauer, weil er ihretwegen seine Zeit auf einen Briefkasten verschwendet hatte, und auch wegen des Anrufs zu später Nachtstunde, als sie ihn beim Football gestört hatte, aber vor allen wegen der Dinge, die er von Bergþóra erfahren hatte.

»Warum sagt sie so etwas?«, fragte seine Mutter, während sie neben der Mikrowelle stand und auf das Klingelzeichen wartete.

»Sie ist fest davon überzeugt.«

»Gibt sie etwa mir die Schuld daran, wie es zwischen euch beiden gelaufen ist?«

»Ich kann mich nicht erinnern, dass du darüber enttäuscht warst.«

»Doch«, sagte seine Mutter, klang aber nicht sehr überzeugend.

»Bergþóra hat noch nie mit mir darüber gesprochen. Ich hab darüber nachgedacht, und es stimmt eigentlich, du bist im Grunde genommen kaum je zu Besuch gekommen, und du selber hast von dir aus auch nie Verbindung mit Bergþóra aufgenommen. Bist du ihr nicht einfach aus dem Weg gegangen?«

»Auf gar keinen Fall.«

»Sie hat gestern sehr viel über dich gesprochen. Und sie war sehr offen, wir haben uns ja auch nichts mehr zu verschweigen. Sie hat gesagt, dass du sie nicht gut genug für mich gefunden und ihr die Schuld daran gegeben hättest, dass sie keine Kinder von mir bekommen konnte.«

»Blödsinn!«, erklärte Gagga.

»Wirklich?«, fragte Sigurður Óli.

»Das ist einfach absurd«, antwortete seine Mutter und setzte sich mit dem heißen Teller an den Tisch, rührte aber ihr Essen nicht an. »Das kann sie doch nicht einfach so behaupten. Was soll dieser Blödsinn?«

»Hast du ihr die Schuld an unserer Kinderlosigkeit gegeben?«

»Aber es liegt doch an ihr! Ich brauchte ihr gar nicht die Schuld daran zu geben.«

Sigurður Óli legte die Gabel hin. »Das war also der ganze Beistand, den sie von dir bekommen hat«, sagte er.

»Beistand? Mir hat auch niemand beigestanden, als dein Vater und ich uns scheiden ließen.«

»Du setzt doch sowieso immer deinen Kopf durch. Und was meinst du eigentlich mit beistehen, du warst es ja schließlich, die ihn verlassen hat.«

»Also was ist? Was wird jetzt aus eurer Beziehung?«

Sigurður Óli schob den Teller von sich und blickte sich um. Von der Küche aus blickte man in ein riesiges Wohnzimmer, das Kälte ausstrahlte – weiße Wände, Fußbodenheizung unter schwarzen, funkelnagelneuen Fliesen und ebenso teure wie unpersönliche Trendmöbel. An den Wänden hingen Originale von teuren, aber nicht unbedingt guten Malern.

»Ich weiß nicht«, sagte er, »wahrscheinlich ist sie zu Ende.«

Ebeneser hatte geweint. Er war immer noch im Krankenhaus, als Sigurður Óli später am Abend dort vorbeischaute. Ebeneser hatte sich am späten Nachmittag für kurze Zeit vom Krankenbett entfernt, und als er zurückkehrte, war Lína gestorben. Er saß ganz allein im Aufenthaltsraum und wirkte verwirrt und ratlos. Er hatte der Bahre nachgeblickt, auf der die Tote ins Leichenhaus gebracht wurde. Dort würde sie obduziert werden, um die genaue Todesursache festzustellen.

»Ich war nicht bei ihr«, sagte Ebeneser, als Sigurður Óli sich zu ihm gesetzt hatte, »ich meine, als sie starb.«

»Mein Beileid«, sagte Sigurður Óli, dem es in den Fingern juckte, sich Ebeneser vorzuknöpfen. Er hielt es aber für geraten, ihm ein wenig Zeit zu gönnen, um sich wieder zu fangen, aber auf keinen Fall mehr, als er für seinen Besuch bei Gagga gebraucht hatte.

»Sie ist nicht mehr aufgewacht«, sagte Ebeneser. »Sie hat die Augen nicht mehr geöffnet. Ich habe einfach nicht geglaubt, dass es so ernst wäre. Als ich zurückkam, war sie tot. Was ... Was ist da eigentlich geschehen?«

»Wir haben vor, das herauszufinden«, sagte Sigurður Óli. »Aber du musst uns dabei helfen.«

»Helfen? Wie denn?«

»Weshalb wurde dieser Angriff auf sie verübt?«

»Das weiß ich nicht. Ich habe keine Ahnung, wer das war.«

»Wer wusste davon, dass sie allein zu Hause war?«

»Wusste davon? Keine Ahnung.«

»Hattet ihr irgendwelche Differenzen mit gewalttätigen Personen, mit Schuldeneintreibern beispielsweise?«

»Nein.«

»Bist du dir sicher?«

»Ja, selbstverständlich bin ich mir sicher.«

»Ich bin nicht der Meinung, dass der Angreifer ein

Einbrecher war. In Anbetracht dessen, was ich gesehen habe, hat es sich wohl eher um einen Schuldeneintreiber gehandelt. Aber er muss nicht in eigener Sache gekommen sein. Verstehst du, was ich meine?«

»Nein.«

»Es ist ziemlich wahrscheinlich, dass er von jemandem geschickt worden ist, und zwar in der Absicht, euch beide durch Gewalt einzuschüchtern. Oder nur Lína. Deswegen frage ich: Wer wusste davon, dass du an dem Tag nicht in der Stadt sein würdest? Dass Lína allein zu Hause war?«

»Ich weiß es einfach nicht. Müssen wir wirklich jetzt darüber sprechen?«

Sie saßen einander in dem Aufenthaltsraum gegenüber, und ringsherum herrschte vollkommene Stille, bis auf das Ticken einer großen Uhr, die sich voranschleppte.

Sigurður Óli beugte sich vor und flüsterte: »Ebeneser, ich weiß, dass ihr beide versucht habt, mit bestimmten Fotos Geld von Leuten zu erpressen.«

Ebeneser starrte ihn an.

»So etwas kann gefährlich sein«, fuhr Sigurður Óli fort. »Ich weiß, dass ihr das gemacht habt, denn ich kenne Leute, die ihr mit eurem verrückten Einfall belästigt habt. Du weißt, von wem ich rede?«

Ebeneser schüttelte den Kopf.

»In Ordnung«, sagte Sigurður Óli. »Ganz, wie du möchtest. Ich glaube aber nicht, dass meine Bekannten euch diesen Kerl auf den Hals gehetzt haben. Ich bezweifle es stark, weil ich diese Leute kenne, so durchtrieben sind sie meiner Meinung nach nicht. Ich war auf dem Weg zu Sigurlína, als der Überfall stattfand.«

»Warst du dort?«

»Ja. Diese Bekannten von mir baten mich darum, Lína oder euch beide von dem Erpressungsversuch abzubringen und mir die Aufnahmen auszuhändigen.«

»Was? Kannst du …?« Ebeneser wusste anscheinend nicht, was er sagen sollte.

»Weißt du, von welchen Leuten ich spreche?«

Wieder schüttelte Ebeneser den Kopf.

»Können wir vielleicht irgendwann später darüber sprechen?«, fragte er so leise, dass er kaum zu hören war. »Lína ist gerade erst gestorben.«

»Meiner Meinung nach besteht die Möglichkeit«, fuhr Sigurður Óli unbeirrt fort, »dass der Täter in derselben Absicht gekommen ist wie ich. Verstehst du?«

Ebeneser gab ihm keine Antwort darauf.

»Er hatte genau dasselbe vor wie ich, nämlich zu versuchen, Lína von dieser Verrücktheit abzubringen, die sie oder ihr beide ausgeklügelt habt. Was meinst du, könnte das zutreffen?«

»Ich wüsste nicht, was das sein könnte«, entgegnete Ebeneser.

»Habt ihr versucht, Geld von Leuten zu erpressen?«

»Nein.«

»Wer hat gewusst, dass Lína allein zu Hause war?«

»Niemand. Oder alle. Ich weiß es nicht, jeder hätte das wissen können. Ich habe keine Ahnung, ich führe nicht Buch über so etwas.«

»Möchtest du nicht, dass der Fall aufgeklärt wird?«

»Selbstverständlich! Was soll denn das? Natürlich will ich, dass er aufgeklärt wird.«

»Wer droht euch, wer schreckt auch vor Gewalt nicht zurück, wer will euch an den Kragen?«

»Niemand. Du bildest dir irgendwelchen Quatsch ein.«

»Ich bin mir ziemlich sicher, dass Línas Tod nicht beabsichtigt war«, sagte Sigurður Óli. »Es war ein tragischer Unfall. Der Täter ist zu weit gegangen. Willst du uns nicht helfen, ihn zu finden?«

»Was soll denn das, natürlich will ich das, aber können wir vielleicht später darüber reden? Ich muss jetzt nach Hause. Ich muss mit Línas Eltern sprechen. Ich muss ...«

Es hatte ganz den Anschein, als kämen ihm wieder die Tränen.

»Ich brauche die Aufnahmen, Ebeneser«, sagte Sigurður Óli.

»Ich muss jetzt gehen.«

»Wo sind sie?«

»Ich habe keine Zeit für so etwas.«

»Ich weiß nur von diesem einen Ehepaar. Waren es vielleicht mehrere? Was für Leute waren hinter euch her? Was für ein Spiel habt ihr gespielt?«

»Überhaupt keins. Lass mich in Ruhe«, sagte Ebeneser. »Lass mich gefälligst in Ruhe«, wiederholte er, während er dem Ausgang zustrebte.

Als Sigurður Óli das Krankenhaus verließ, wurde ein Patient im Rollstuhl an ihm vorbeigeschoben, beide Hände in Gips und mit verbundenem Kiefer. Das eine Auge war dick verquollen, und der Verband an der Nase ließ darauf schließen, dass sie gebrochen war. Er erkannte ihn nicht auf Anhieb, aber beim zweiten Hinsehen stellte sich heraus, dass es der Junge war, dem er auf der Bank im Dezernat rundheraus erklärt hatte, was für ein verdammter Versager er war. Er erinnerte sich, dass der Junge Pétur hieß. Er blickte hoch, als sie sich begegneten. Sigurður Óli blieb stehen.

»Was ist denn mit dir passiert?«

Der Junge war nicht imstande, etwas zu sagen. Stattdessen antwortete die Frau, die den Rollstuhl schob. Sie erklärte, dass der Junge am Montagabend das Opfer eines brutalen Überfalls geworden war, und zwar ganz in der Nähe des Hauptdezernats an der Hverfisgata. Sie brachte ihn gerade ein weiteres Mal in die Röntgenabteilung.

Ihr war nicht bekannt, ob die Übeltäter gefasst worden waren, die den Jungen so schlimm zugerichtet hatten. Pétur schwieg sich hartnäckig darüber aus, wer sie gewesen waren.

## *Vierzehn*

Kurze Zeit später näherte sich Sigurður Óli dem Hofeingang des Hauptdezernats an der Hverfisgata. Urplötzlich tauchte eine abgerissene und übelriechende Gestalt aus dem Schatten des Gebäudes auf und trat ihm in den Weg.

»Ihr seid ja nie zu erreichen«, flüsterte der Mann mit einer seltsam heiseren und schwachen Stimme. Er packte Sigurður Óli beim Handgelenk.

Sigurður Óli schreckte zusammen, fing sich aber gleich wieder und wurde ärgerlich. Für ihn war der Mann nichts anderes als ein Penner, und mit Leuten dieser Art hatte sich Sigurður Óli häufig genug befassen müssen. Irgendwie kam ihm dieser Mann zwar bekannt vor, aber er konnte sich nicht an den Namen erinnern, was er allerdings auch nicht der Mühe wert fand.

»Was soll denn das, einen so zu überfallen«, schnaubte er und schlug auf den Arm, der ihn gepackt hielt.

Der Mann ließ los und stolperte rückwärts. »Ich muss mit Erlendur sprechen«, winselte er.

»Ich bin nicht Erlendur«, sagte Sigurður Óli und ging zur Tür.

»Das weiß ich«, rief der Penner, der ihm auf den Fersen blieb. »Wo ist er? Ich muss mit ihm reden.«

»Erlendur ist nicht hier, und ich habe keine Ahnung, wo er ist«, sagte Sigurður Óli und öffnete die Tür.

»Und du?«

»Was ist mit mir?«

»Erinnerst du dich nicht an mich?«, fragte der Mann.

Sigurður Óli hielt inne.

»Erinnerst du dich nicht an Drési? Du bist damals mit Erlendur zu mir nach Hause gekommen, und ich habe euch von ihm erzählt.«

Sigurður Óli hielt die Tür auf und blickte den Mann lange an. »Drési?«, sagte er.

»Erinnerst du dich nicht an Drési?«, fragte der Penner, kratzte sich im Schritt und wischte einen Tropfen unter seiner Nase weg.

Sigurður Óli erinnerte sich dunkel an die Begegnung, aber erst nach einer ganzen Weile fiel ihm wieder ein, in welchem Zusammenhang das gewesen war. Der Mann war seitdem stark abgemagert, die schäbigen Klamotten schlotterten ihm am Leib, die völlig verdreckte Winterjacke, der Islandpullover und die Jeans waren viel zu groß. Seine Füße steckten in schwarzen Gummistiefeln. Er hatte auch sonst abgenommen, und die Haut im Gesicht war nicht weniger schlabberig als die Klamotten. Die leeren Augen, die eingefallenen Wangen und der schlaffe Mund verliehen ihm einen völlig leblosen Gesichtsausdruck. Es war unmöglich von seinem Aussehen auf sein Alter zu schließen, aber Sigurður Óli erinnerte sich, dass er Mitte vierzig war.

»Bist du Andrés?«

»Ich muss Erlendur etwas sagen. Ich muss mit ihm sprechen.«

»Das ist leider nicht möglich«, sagte Sigurður Óli. »Weshalb willst du mit ihm sprechen?«

»Ich muss ihn treffen.«

»Das ist keine Antwort. Ich hab's eilig. Erlendur wird bald wieder zurück sein, dann kannst du mit ihm reden.«

Die Tür schloss sich vor Andrés' Nase, und Sigurður Óli marschierte zu seinem Büro. Jetzt konnte er sich genau an den Mann erinnern und an seine Verbindung zu dem Fall, den sie im bitterkalten Januar des vergangenen Jahres bearbeitet hatten.

Er sah Finnur in einiger Entfernung und versuchte, unbemerkt in sein Büro zu gelangen, aber es gelang ihm nicht.

»Siggi!«, rief Finnur.

Sigurður Óli beschleunigte seine Schritte und tat so, als habe er nichts gehört. Im Dienst reagierte er ohnehin nie, wenn jemand ihn Siggi nannte.

»Ich muss mit dir reden!«, rief Finnur und folgte Sigurður Óli in sein Büro.

»Ich hab wirklich keine Zeit«, sagte Sigurður Óli.

»Die solltest du dir aber nehmen. Was hattest du bei Sigurlína zu suchen? Wie bist du darauf gekommen, dass ein Geldeintreiber für den Überfall verantwortlich ist, und von was für einem dubiosen Bildmaterial hast du gesprochen? Was weißt du, was wir nicht wissen, und warum zum Teufel enthältst du uns das vor?«

»Ich enthalte euch nichts …«, begann Sigurður Óli.

»Möchtest du vielleicht, dass ich das weiterleite?«, fiel Finnur ihm ins Wort. »Damit hab ich keine Probleme.«

Sigurður Óli wusste, dass Finnur nicht davor zurückschrecken würde, ein Fehlverhalten im Dienst zu melden. Er hätte gern mehr Zeit gehabt, um sich abzusichern. Ihm war klar, dass jetzt wohl auch Patrekur in den Fall hineingezogen würde. Hermann und seine Frau waren ihm gleichgültig.

»Jetzt hab dich doch nicht so«, sagte er. »Es ist völlig unwichtig. Ich wollte die Sache nur nicht unnötig verkomplizieren, bisher ging es schließlich nur um schwere Körperverletzung. Aber jetzt ist jemand gestorben. Ich wollte mit dir reden ...«

»Ach nee, zu gütig von dir.«

»Es geht um Aufnahmen von Leuten, die mein Freund Patrekur kennt«, sagte Sigurður Óli. »Er hat mich mit denen bekannt gemacht. Der Mann heißt Hermann und ist sein Schwippschwager. Ich bin zu Sigurlína und Ebeneser gegangen, weil sie die Aufnahmen dazu verwendet haben, um Hermann und seine Frau zu erpressen. Diese Leute wurden beim Geschlechtsverkehr aufgenommen. Eines der Fotos habe ich gesehen, darauf war Hermann deutlich zu erkennen. Sigurlína und Ebeneser haben Hermann und seine Frau erpresst. Die haben wildfremde Paare zu sogenannten Schnitzelpartys zu sich nach Hause eingeladen, das ist ein anderes Wort für Swinger-Partys. Es lief wohl so ab, wie so etwas abläuft, nur dass in diesem Fall Lína und Ebbi versucht haben, sich daran zu bereichern. Es könnte auch noch mehr Erpressungsopfer geben, darüber weiß ich aber nichts.«

»Was soll das heißen – hattest du vor, diese Sache im Alleingang für *deinen Freund* zu untersuchen?«

»Ich hatte die ganze Zeit vor, euch darüber in Kenntnis zu setzen. Und das tu ich ja jetzt auch. Es ist überhaupt nichts Schlimmes passiert. Ich wollte nur einen Vorstoß bei Lína und Ebbi machen, bevor das Ganze ausuferte. Hermanns Frau ist in der Politik, soweit ich weiß, und solche Aufnahmen wären natürlich eine Katastrophe für sie. Als ich am Tatort eintraf, lag Lína bereits am Boden, der Täter fiel über mich her und ist dann abgehauen.«

»Und was sagt dieser Hermann?«

»Er streitet ab, irgendetwas mit dem Überfall zu tun zu haben. Ich sehe keinen Grund, zu glauben, dass er lügt, aber ich kann mir natürlich auch nicht sicher sein, dass er die Wahrheit sagt. Der Angreifer kann in eigener Sache unterwegs gewesen sein.«

»Und dann kämen vielleicht auch Leute in Frage, die in derselben Situation sind wie dieser Hermann, Leute, die vielleicht gute Kontakte zu Schuldeneintreibern haben. Meinst du das?«

»Ja. Ich sehe aber keinen Grund, Hermann auszuschließen.«

»Hast du irgendetwas aus Sigurlína herausbekommen, als du bei ihr warst?«

»Nein. Sie lag schon bewusstlos auf dem Boden, als ich eintraf.«

»Und Ebeneser?«

»Angeblich weiß er nichts von der Sache. Er behauptet, keinerlei Bildmaterial dieser Art zu besitzen und keine Ahnung zu haben, weshalb Lína überfallen wurde. Wir sollten ihn gleich morgen früh in die Zange nehmen. Er ist im Augenblick ziemlich labil.«

»Wie bist du bloß auf die Idee gekommen, uns das vorzuenthalten?«

»Ich … Es war ein Fehler. Ich wollte euch nichts vorenthalten.«

»Nein, genau, und deshalb hast du den Privatdetektiv gespielt. Findest du das normal?«

»Seit ich hier bei der Kriminalpolizei angefangen habe, hat es keinen einzigen normalen Tag gegeben.«

»Du weißt, dass ich das melden muss. Noch besser wäre es, wenn du es selber tun würdest.«

»Mach, was du willst. Ich habe die Ermittlungen nicht behindert, und ich bin auch nicht befangen.«

»Nicht befangen? Bist du nicht daran interessiert, deinen Freund zu decken?«

»Es hat überhaupt nichts mit ihm zu tun.«

»Also, jetzt mach aber mal einen Punkt«, sagte Finnur. »Weshalb hat er dann mit dir geredet? Hör auf damit, mach es nicht noch schlimmer. Er hat mit dir geredet, weil er selber bis über die Ohren drinsteckt, und es geht ihm darum, eine offizielle Ermittlung zu vermeiden. Er nutzt dich aus, Siggi, raff das doch endlich!«

Finnur stürmte aus Sigurður Ólis Büro und knallte die Tür hinter sich zu.

Als Sigurður Óli abends in seine Wohnung kam, schaltete er nicht wie gewöhnlich den Fernseher ein, sondern ging in die Küche, bereitete sich ein Sandwich zu, holte sich eine Orangenlimonade aus dem Kühlschrank und setzte sich an den Küchentisch. Es war schon nach Mitternacht, und in dem Haus, in dem noch fünf andere Parteien lebten, herrschte tiefe Stille. Seit seinem Einzug hatte er noch nicht einen einzigen seiner Mitbewohner kennengelernt. Wenn es nicht zu umgehen war, grüßte er, aber irgendwelche Kontakte darüber hinaus vermied er, so gut er konnte. Wenn es nicht direkt mit seiner Arbeit zusammenhing, hatte er kein Interesse daran, mit Unbekannten zu reden. Trotzdem wusste er, dass außer ihm in dem Haus drei Familien mit Kindern, ein älteres Ehepaar und ein Junggeselle lebten. Der arbeitete in einer Reifenwerkstatt, denn er war ihm einmal in einem Overall der Firma begegnet. Der Mann hatte auch einige Versuche unternommen, Kontakt mit ihm aufzunehmen, hatte ihn ein paarmal im Hausflur gegrüßt und sogar einmal an einem Samstagnachmittag bei ihm angeklopft und gefragt, ob Sigurður Óli ihm etwas Zucker leihen könnte. Sigurður Óli war wie immer auf der Hut und hatte erklärt, keinen Zucker zu besitzen. Als der Mann daraufhin ein Gespräch über englischen Fußball anzuknüpfen versuchte, hatte Sigurður Óli die Tür halb zugezogen und gesagt, er sei beschäftigt.

Während der Mahlzeit kreisten Sigurður Ólis Gedanken um Patrekur und Hermann und das, was Finnur gesagt hatte. Und auch der Penner, der ihn nach Erlendur gefragt hatte, fiel ihm ein. Er konnte sich an Andrés erinnern, er hatte seinerzeit etwas besser ausgesehen, obwohl er als Säufer auch damals keine Zierde der Gesellschaft darstellte. Seinerzeit lebte er in einem Mehrfamilienhaus, wahrscheinlich in einer Sozialwohnung. Ganz in der Nähe war ein thailändischer Junge erstochen aufgefunden worden, festgefroren in seinem Blut. Es war damals bitterkalt in Reykjavík gewesen. Man hatte alles darangesetzt, den Fall aufzuklären, und Andrés war einer von den vielen gewesen, mit denen die Polizei gesprochen hatte. Er war schon oft mit dem Gesetz in Konflikt geraten, wegen Diebstahls und Körperverletzung. Man hatte ihn zwar zur Vernehmung bestellt, aber er galt als unzuverlässig und spinnert. Eine Bedrohung ging nach Meinung der Polizei nicht von ihm aus.

Und nun, zu Beginn des Herbstes, war er plötzlich wie ein Gespenst aus dem Dunkel auf dem Hof hinter dem Hauptdezernat aufgetaucht. Sigurður Óli hatte keine Vorstellung, was ihn dazu trieb und was er von ihm wollte. Einen Augenblick lang bedauerte er es, ihm die Tür vor der Nase zugemacht zu haben.

Aber nur einen Augenblick.

## *Fünfzehn*

An dem Tag, nachdem er in die Stadt gekommen war, wachte er auf dem Sofa im Wohnzimmer auf. Er war wohl in der Küche eingeschlafen, und jemand musste ihn dorthin getragen und aufs Sofa gelegt haben. Er brauchte eine ganze Weile, um sich zurechtzufinden, nach dem Aufwachen hatte er zuerst gedacht, er sei noch auf dem Land und müsse sich an seine morgendlichen Arbeiten machen. Dann fielen ihm aber die Busfahrt und die Warterei im Busbahnhof ein, und der unbekannte Mann, der ihn abgeholt hatte.

Er richtete sich auf dem Sofa auf. Er hatte keine Ahnung, wie lange er geschlafen hatte. Draußen war schönes Wetter, und die Morgensonne schien zum Fenster hinein. Einige Möbelstücke kannte er, andere nicht. Manches war fremd, wie beispielsweise ein Kasten, den er am Abend vorher gar nicht bemerkt hatte. Er stand auf einer Kommode und war vorne aus leicht vorgewölbtem Glas. Die anderen Seiten bestanden aus schwarz glänzendem Kunststoff, und das Ding hatte vorne merkwürdige Tasten. Er stand auf, ging zu dem Gerät hin und sah sein eigenes Spiegelbild seltsam verzerrt auf dem Glas, und er fand sich komisch. Als er mit der Hand über den Schirm strich und an den Tasten rumfummelte, geschah plötzlich etwas. Man hörte ein leichtes Rauschen, und auf dem Bildschirm erschienen fremdartige Zeichen, gefolgt von einem durchdringenden Pfeifton. Er schreckte zurück und sah sich nach Hilfe um. Dann fummelte er wieder wie wild an den Tasten herum, um das Geräusch zu stoppen. Auf einmal schrumpfte das komische Bild zusammen und wurde zu einem kleinen Punkt, der hinter dem Glas verschwand, und damit hörte auch das Geräusch auf. Er atmete auf.

»Was ist denn hier los?«

Seine Mutter war ins Wohnzimmer gekommen.

»Ich glaube, ich habe das Ding da angemacht«, sagte er beschämt. »Ich wollte das aber gar nicht.«

»Da bist du ja, mein Junge«, sagte seine Mutter. »Entschuldige, dass ich dich gestern Abend nicht abgeholt habe, ich habe es einfach nicht geschafft. Ich habe mich in letzter Zeit so schlapp gefühlt. Hast du irgendwo meine Zigaretten gesehen?«

Er sah sich forschend um und schüttelte den Kopf.

»Was hab ich nur mit der Schachtel gemacht?«, stöhnte sie und fing an, danach zu suchen. »Rögnvaldur hat dich also abgeholt?«

Darauf wusste er keine Antwort, denn er hatte keine Ahnung, wie der Mann hieß, der ihn abgeholt hatte. Sie fand die Schachtel und die Streichhölzer, zündete sich eine Zigarette an, inhalierte tief und blies den Rauch aus. Beim nächsten Zug blies sie ihn durch die Nase.

»Wie gefällt er dir, mein Liebling?«, fragte sie.

»Wer?«

»Na, Rögnvaldur. Du bist doch hoffentlich nicht begriffsstutzig?«

»Ich weiß es nicht«, sagte er. »Er ist in Ordnung.«

»Rögnvaldur ist prima«, sagte sie und inhalierte wieder. »Manchmal ist er etwas komisch, aber ich mag ihn sehr gern. Auf jeden Fall ist er besser als dein Vater, dieser Schuft, das kann ich dir sagen. Was hast du auf dem Land zum Frühstück bekommen?«

»Haferbrei«, sagte er.

»War das nicht ekelhaft?«, fragte seine Mutter. »Möchtest du nicht lieber Frühstücksflocken? In Amerika essen das alle. Ich hab extra eine Packung für dich gekauft, mit Schokoladengeschmack.«

»Vielleicht«, sagte er, um nicht undankbar zu klingen. Er mochte seinen Haferbrei morgens, er hatte ihn immer zum Frühstück bekommen, es sei denn, dass es dickes Rhabarberkompott mit Zucker gab, was ihm auch gut geschmeckt hatte.

Er folgte seiner Mutter in die Küche, die zwei Schalen aus dem Schrank nahm und ein bräunliches Paket, aus dem kleine, braune Kugeln in die Schalen kullerten. Anschließend holte sie Milch aus dem Kühlschrank, goss sie darüber und schob ihm die eine Schale hin. Sie warf die Zigarette in die Spüle, ohne sie auszudrücken, führte sich einen Löffel aus ihrer Schale zum Mund und kaute geräuschvoll. Er probierte ebenfalls einen Löffel. Die Kugeln waren hart, lösten sich aber im Mund sofort auf.

»Findest du das nicht lecker?«, fragte seine Mutter.

»Ein bisschen«, sagte er.

»Ist doch besser als Haferbrei«, sagte seine Mutter.

Die Milch färbte sich bräunlich, er trank einen Schluck aus der Schale und fand es lecker. Er sah seine Mutter an. Sie hatte sich verändert, seitdem er sie zum letzten Mal gesehen hatte, sie hatte zugenommen, das Gesicht wirkte aufgedunsen. Sie hatte auch einen Schneidezahn unten verloren.

»Findest du es nicht schön, wieder zu Hause zu sein?«, fragte sie.

Er überlegte.

»Doch«, sagte er schließlich, aber es gelang ihm nicht, sehr überzeugend zu klingen.

»Was denn, bist du nicht froh, wieder bei deiner Mama zu sein? Das wäre ja noch schöner, wo ich mir doch so viel Mühe gegeben habe, dich zurückzuholen. Ich finde, dafür solltest du deiner Mutter dankbar sein. Dankbar für alles, was sie für dich getan hat.«

Sie zündete sich eine weitere Zigarette an und betrachtete ihn nachdenklich.

»Das wäre ja noch schöner«, wiederholte sie, während sie so kräftig an der Zigarette zog, dass sie aufglühte.

Zum Schlafen legte er sich auf den Boden der Kellerwohnung in der Grettisgata, wo er für ein oder zwei Stunden einnickte. Er war schon seit Tagen nicht mehr bei sich zu Hause gewesen, denn er konnte sich nicht viel Schlaf leisten, da er das Scheusal im Auge behalten musste. Er durfte ihm nicht wieder entwischen.

Die Eumig-Kamera hatte er nicht gefunden, und auch nicht die Filme. Er hatte Tische umgedreht, Schubladen herausgerissen und deren Inhalt auf den Boden gekippt, Schränke aufgebrochen und Bücherregale ausgeräumt. Nach langem Zögern hatte er endlich die Tür zum Schlafzimmer des Scheusals geöffnet, das genauso ein Saustall war wie die übrige Wohnung. Das Bett war nicht gemacht, er schlief direkt auf der dreckigen Matratze. In einer Ecke stand eine alte Kommode mit vier Schubladen, an der Wand ein großer Kleiderschrank und neben dem Bett ein Stuhl mit Klamotten. Der Fußboden war mit braunem Linoleum ausgelegt. Er machte sich zunächst über den Kleiderschrank her, er riss Hosen und Hemden von den Bügeln, leerte die Regale und warf alles auf den Boden. Einige von den Kleidungsstücken bearbeitete er mit dem Messer, das er bei sich hatte. Er kochte vor Wut, stieg in den Schrank und schlug so heftig gegen die Wände, dass eine Seitenwand herausbrach. Dann riss er die Schubladen aus der Kommode und leerte sie auf den Boden, aber sie enthielten nichts außer Unterwäsche, Socken und irgendwelchen Papieren, die er keines Blickes würdigte. Stattdessen trat er den Boden aus einer Schublade heraus. Zum Schluss kippte er den ganzen Schrank um und brach die Rückwand heraus. Er zerschnitt die Matratze kreuz und quer und zerrte sie aus dem Bettrahmen. Keine Spur von der Kamera oder den Filmen, die mit ihr gemacht worden waren.

Er ging zurück ins Wohnzimmer und setzte sich neben das Wrack auf einen Stuhl. Die Kellerwohnung wurde einzig und allein von dem Bell&Howell-Vorführgerät erleuchtet, und der Lichtstrahl fiel auf eine Wand im Wohnzimmer. Er hatte es nicht ausgeschaltet, seitdem er es gefunden hatte. Er drehte den Apparat so, dass der Lichtkegel auf den Mann fiel, der gefesselt und mit der Maske vor dem Gesicht auf dem Stuhl saß. »Wo bewahrst du das Zeug auf?«, fragte er keuchend.

Der Mann hob den Kopf und sah blinzelnd in das Licht.

»Binde mich los«, hörte er ihn hinter der Maske stöhnen.

»Wo ist die Kamera?«

»Binde mich los.«

»Wo sind die Filme, die du damit aufgenommen hast?«

»Binde mich los, Drési, dann reden wir miteinander.«

»Nein.«

»Nimm mir die Fesseln ab.«

»Halt die Schnauze!«

Der Mann hustete röchelnd.

»Nimm mir die Fesseln ab, und ich sage dir alles.«

»Schnauze!«

Er stand auf und suchte nach dem Hammer, wusste aber nicht mehr, wo er ihn hingelegt hatte. Auf der Suche nach dem Aufnahmegerät hatte er die Wohnung auf den Kopf gestellt, und das Chaos, in dem er jetzt versuchte sich zurechtzufinden, war unbeschreiblich. Auf einmal erinnerte er sich, dass er den Hammer zuletzt in der Küche in der Hand gehabt hatte. Er stieg über den ganzen Krempel, der dort herumlag, und endlich sah er den kurzen Stiel. Der Hammer war auf den Boden gefallen. Er hob ihn auf, nahm ihn mit ins Wohnzimmer und postierte sich vor dem Abschaum. Er hielt ihn fest am Kinn gepackt und drückte den Kopf so weit nach hinten, dass der Stift senkrecht hochstand.

»Sag es mir!«, zischte er und hob den kurzstieligen Schlaghammer hoch.

»Halt die Fresse!«, stieß der Mann unter der Maske hervor.

Er ließ den Hammer niedergehen, aber kurz vor dem Stift bremste er den Hieb ab und tippte ihn nur ganz leicht an.

»Sag es mir!«

»Halt die Fresse, du armseliges Würstchen!«

»Beim nächsten Mal ist er drin«, flüsterte er.

Er hob den Hammer ein weiteres Mal und wollte ihn gerade wieder niedergehen lassen, als der Mann zu schreien begann.

»Nicht, nein, warte ... Tu mir nichts, tu das nicht ...«

»Was?«

»Tu das nicht«, schluchzte der Mann. »Hör auf damit, lass mich frei. Lass mich frei!«

»Dich freilassen?«

»Lass mich los ... Lass mich frei ...«

Die Worte kamen nur noch flüsternd.

»Hör auf ... Es reicht doch jetzt.«

»Aufhören? Findest du echt, dass es reicht? Hab ich nicht auch genauso gewimmert? Erinnerst du dich vielleicht? Erinnerst du dich daran, als ich dich anflehte aufzuhören? Erinnerst du dich, du verfluchte Drecksau?«

Er hatte die Hand mit dem Hammer gesenkt, aber jetzt erhob er sie wieder und ließ den Hammer mit aller Kraft niedergehen, nur wenige Millimeter neben dem Kopf des Mannes.

Er beugte sich zu ihm herunter.

»Sag mir, wo du das Zeug aufbewahrst, oder ich treibe dir das Ding ins Hirn.«

## *Sechzehn*

Patrekur war in seinem Büro und machte einen sehr beschäftigten Eindruck, als Sigurður Óli eintrat. Er arbeitete bei einem großen Ingenieurbüro, sein Spezialgebiet war Baustatik, vor allem im Zusammenhang mit Brückenbau und Staudämmen. Das Ingenieurbüro gehörte zu den namhaftesten in ganz Island, und Patrekur hatte eine leitende Position, als Vizegeschäftsführer des Unternehmens unterstanden ihm zahlreiche Mitarbeiter. Die Ingenieurbüros hatten von dem gewaltigen wirtschaftlichen Aufschwung, der Island erfasst hatte, vom Wachstum der Banken, von ausländischen Investitionen seitens Privatpersonen und Unternehmen, von dem extremen Bauboom im Hauptstadtbereich und dem Bau eines Kraftwerks und einer Aluminiumhütte im Osten Islands enorm profitiert. Über mangelnde Arbeit konnte sich Patrekur nicht beklagen. Es war früh am Morgen, er hatte die Ärmel seines Hemdes hochgekrempelt, hielt ein Handy in der einen und einen Telefonhörer in der anderen Hand und las von einem der beiden Monitore auf seinem Schreibtisch Informationen ab. Sigurður Óli schloss die Tür hinter sich und setzte sich auf das schwarze Ledersofa gegenüber dem Schreibtisch, schlug die Beine übereinander und wartete geduldig.

Patrekur sah verwundert hoch, als Sigurður Óli in seinem Büro auftauchte und sich auf das Sofa setzte. Der eine Anrufer war rasch abgefertigt, doch bei dem anderen waren die Probleme offensichtlich etwas komplizierter gelagert. Sigurður Óli versuchte, dem Gespräch zu folgen, aber sein Interesse erlahmte, als es um die veranschlagte Menge von Armierungsmaterial und die ständig wachsenden Kosten ging.

Patrekurs Büro legte Zeugnis davon ab, was für ein überaus beschäftigter Mann er war. Papierstapel bedeckten den Schreibtisch und die gesamte Fensterbank. Große Papprollen mit ausgeführten Entwürfen standen reihenweise auf dem Boden. Sein Sicherheitshelm hing an einem Haken. Auf dem Schreibtisch war kaum noch Platz für ein Foto von Súsanna und den drei Kindern.

»Jetzt haben sie mich aufs Korn genommen«, erklärte Sigurður Óli, als Patrekur endlich das Gespräch beenden konnte. Im gleichen Augenblick klingelte das Telefon auf dem Schreibtisch aber schon wieder. Patrekur nahm ab, legte den Hörer auf den Schreibtisch und unterbrach das Gespräch. Dann schaltete er sein Handy aus.

»Wer?«, fragte er. »Weswegen? Wovon redest du?«

»Meine Kollegen im Hauptdezernat. Ich konnte deinen Namen da nicht mehr heraushalten. Sie wissen jetzt von dir und von unserer Freundschaft.«

»Von mir?! Wieso das denn?«

»Sie gehen davon aus, dass du tiefer in der Sache drinsteckst, als du mir gesagt hast. Durch Línas Tod hat der Fall jetzt natürlich eine wesentlich ernstere Dimension bekommen. Strenggenommen dürfte ich eigentlich gar nicht hier sitzen und mit dir reden.«

Patrekur sah Sigurður Óli lange an. »Du machst wohl Witze?«

Sigurður Óli schüttelte den Kopf.

»Wieso musstest du ihnen von mir erzählen?«

»Wieso bist du zu mir gekommen?«, fragte Sigurður Óli im Gegenzug.

»Ich hab gestern in den Nachrichten gehört, dass sie gestorben ist. Die glauben doch wohl nicht im Ernst, dass ich etwas damit zu tun habe?«

»Hast du das?«

»Mensch, Siggi, hör auf damit, das hätte ich dir doch gesagt! Bist du wirklich deswegen in Schwierigkeiten?«

»Damit werde ich schon fertig«, erklärte Sigurður Óli. »Was hat Hermann gesagt, als er von Línas Tod erfahren hat?«

»Ich habe noch nicht mit ihm gesprochen. Kommt jetzt wirklich das Ganze an die Öffentlichkeit?«

Sigurður Óli nickte. »Ich wollte dir nur sagen, wie es weitergeht. Du wirst zur Vernehmung bestellt, wahrscheinlich schon heute Nachmittag. Hermann und seine Frau ebenfalls, und Súsanna wird wohl auch nicht verschont bleiben, aber das weiß ich noch nicht so genau. Der Mann, der sich zunächst einmal mit euch befassen wird, heißt Finnur. Er ist ganz in Ordnung. Um deinetwillen hoffe ich, dass du die ganze Wahrheit sagst und mit nichts hinter dem Berg hältst und ihnen nicht mit irgendwelchen Allüren kommst. Fass dich kurz, sei präzise und bleib beim Thema. Rede nicht, ohne dass du gefragt wirst. Und fang bloß nicht damit an, dass du einen Rechtsanwalt willst, die Sache mit euch ist keineswegs so hoch angesiedelt, das würde die bloß stutzig machen. Sei einfach vollkommen natürlich und versuch, das Ganze locker anzugehen.«

»Was willst du damit ... Heißt das etwa, dass wir wirklich unter Verdacht stehen?«, ächzte Patrekur.

»Hermann befindet sich in einer wesentlich schlechteren Position als du«, sagte Sigurður Óli. »Ich weiß nicht, was mit mir ist. Ich musste Finnur von uns erzählen, von den Fotos und der Erpressung, und von der Verbindung zwischen dir und Hermann. Und auch, dass du uns zusammengebracht hast.«

Patrekur war völlig durcheinander und sackte in seinem Sessel zusammen.

»Das ging ja voll nach hinten los, dich da einzuschalten«, sagte er, während er aus den Augenwinkeln das Foto von Súsanna und den Kindern betrachtete.

»Es wäre zum Schluss sowieso alles herausgekommen«, erwiderte Sigurður Óli.

»Herausgekommen? Was denn?! Súsanna und ich haben doch gar nichts damit zu tun!«

»Finnur ist da anderer Meinung«, sagte Sigurður Óli. »Seiner Meinung nach hast du nicht nur mich ausgenutzt, sondern steckst auch selber mittendrin in dem Sumpf. Ich sollte für euch diesen Leuten Angst einjagen, damit sie mir die Aufnahmen aushändigen.«

»Ich kann das einfach nicht glauben«, seufzte Patrekur.

Sigurður Óli sah, wie sich sein Freund im Sessel drehte und wand.

»Ich auch nicht«, sagte er. »Finnur ist schon in Ordnung, aber das hier finde ich ehrlich gesagt völlig absurd. Aus irgendwelchen Gründen ignoriert Finnur die Tatsache, dass ihr wohl kaum mich und den Geldeintreiber zur gleichen Zeit zu Lína geschickt hättet. Kannst du mir vielleicht noch irgendwas sagen, was bislang nicht bekannt ist? Etwas, was uns helfen könnte, den Täter zu finden? Weißt du irgendetwas darüber, mit was für Leuten Lína und Ebbi sonst noch Kontakt hatten?« Ihm entging nicht, dass sein Freund erleichtert zu sein schien, als er hörte, dass Sigurður Óli nicht allzu viel auf Finnurs Theorien gab.

»Ich weiß gar nichts«, sagte Patrekur. »Ich hab dir alles gesagt, was ich weiß, und das ist im Grunde genommen gar nichts. Diese Leute kennen wir überhaupt nicht.«

»Na schön«, sagte Sigurður Óli. »Halt dich daran, wenn du Finnur gegenübersitzt, dann dürfte das in Ordnung gehen. Du darfst aber unter gar keinen Umständen erwähnen, dass ich zu dir gekommen bin, um dich zu warnen.«

Patrekur sah Sigurður Óli bittend an. »Kannst du wirklich nichts tun? Ich bin noch nie in meinem Leben zu einer Vernehmung bestellt worden.«

»Das steht leider nicht in meiner Macht«, sagte Sigurður Óli.

»Und die Medien, werden die sich nicht darauf stürzen?«

Sigurður Óli konnte seinem Freund auch das nicht ersparen. »Damit ist zu rechnen«, sagte er.

»Verdammt noch mal, weshalb hast du mich da reingezogen?!«

»Das war Hermann«, sagte Sigurður Óli. »Nicht ich.«

Als Sigurður Óli wieder ins Hauptdezernat zurückkehrte, wartete dort sein Vater auf ihn. Er hatte seinen

Sohn noch nie im Dienst besucht, und Sigurður Óli fiel aus allen Wolken.

»Was ist denn los?«, war das Erste, was er herausbrachte.

»Nichts ist los, Siggi«, sagte sein Vater. »Ich wollte nur mal hören, wie es dir geht. Ich arbeite hier gerade in der Nähe, und deswegen kam ich auf die Idee, bei dir vorbeizuschauen. Ich glaube, ich habe dich noch nie an deinem Arbeitsplatz besucht.«

Sigurður Óli ging mit ihm in sein Büro. Er war überrascht, aber auch ärgerlich über diese Störung, sie passte ihm überhaupt nicht in den Kram. Sein Vater stöhnte leise, als er sich setzte. Anscheinend war er sehr müde. Er war nicht groß, aber stämmig gebaut und hatte kräftige, abgearbeitete Hände, die von ständigen Auseinandersetzungen mit Rohren, Fittings und Zangen zeugten. Er hatte Probleme mit dem Knie und hinkte deswegen leicht, was nicht verwunderlich war, da er bei der Arbeit ständig auf den Knien liegen musste. Das abstehende Haar unter der Schirmmütze war graumeliert, aber die buschigen Augenbrauen über den freundlichen Augen hatten ihre rote Farbe behalten. Anscheinend war er schon längere Zeit nicht beim Friseur gewesen. Die Bartstoppeln waren schon einige Tage alt, er rasierte sich offenbar immer noch nur einmal in der Woche, nämlich samstags. Die Augenbrauen durften auf keinen Fall angetastet werden, ganz so, als wären sie aus Edelmetall.

»Hast du deine Mutter in letzter Zeit getroffen?«, fragte sein Vater und rieb sich das Knie.

»Ich war gestern Abend bei ihr«, antwortete Sigurður Óli. Er war überzeugt, dass es sich nicht um einen Höflichkeitsbesuch handelte. Sein Vater hatte nie seine

Zeit für etwas Überflüssiges vergeudet. »Soll ich dir einen Kaffee holen?«

»Nein, danke, mach dir bloß keine Umstände meinetwegen«, entgegnete sein Vater prompt. »Ging es ihr nicht gut?«

»Ja, doch.«

»Ist sie immer noch mit diesem Mann zusammen?«

»Mit Sæmundur? Ja.«

Das letzte Telefongespräch mit seinem Vater vor ungefähr drei Wochen hatte sich um dieselben Themen gedreht, und seitdem hatte er nicht mit seinem Vater gesprochen. Es hatte auch keinen besonderen Anlass zu dem Telefongespräch gegeben, eigentlich drehte es sich immer nur um diese Fragen nach Gagga und ihrem Lebenspartner.

»Bestimmt ist das ein ordentlicher Mann«, sagte sein Vater.

»Ich kenne ihn überhaupt nicht«, sagte Sigurður Óli, und das war keineswegs gelogen. Er hielt den Kontakt zu diesem Menschen in möglichst engem Rahmen.

»Gagga hat schon alles im Griff.«

»Wirst du etwas zu deinem Geburtstag machen?«, fragte Sigurður Óli seinen Vater, der sich immer noch das Knie rieb.

»Ach, ich weiß nicht. Ich ...«

»Ist was?«

»Ich muss ins Krankenhaus, Siggi.«

»Wieso das denn?«

»Prostata. So etwas ist wohl gang und gäbe bei Männern in meinem Alter.«

»Was ... Was meinst du denn? Krebs?«

»Hoffentlich noch im Anfangsstadium. Sie gehen

davon aus, dass sich noch keine Metastasen gebildet haben. Aber die Operation ist unbedingt erforderlich. Das war es, was ich dir sagen wollte.«

»Verdammt noch mal«, rutschte es Sigurður Óli heraus.

»Ja, wie das Leben so spielt«, sagte sein Vater. »Es lohnt sich nicht, sich den Kopf darüber zu zerbrechen. Aber sag doch, wie geht's denn meiner lieben Bergþóra?«

»Bergþóra? Also ziemlich gut, soweit ich weiß. Sag mal, hast du keine Angst? Was meinen die Ärzte?«

»Tja, die haben mich gefragt, ob ich Kinder hätte. Ich hab ihnen von dir erzählt, und dann war die Rede davon, dass du dich auch untersuchen lassen solltest.«

»Ich?«

»Ja, die haben da von Risikogruppen geredet, und zu denen gehörst du wohl anscheinend. Früher hat man erst Gedanken auf so etwas verschwendet, wenn man über fünfzig war, aber jetzt ist die Schwelle wesentlich niedriger geworden. Und weil das vererblich ist, möchten sie dich auch sehen. Du solltest dich untersuchen lassen. Das war es, was ich dir sagen wollte.«

»Und wann kommst du unters Messer?«

»Am nächsten Montag, denn angeblich duldet die Sache keinen Aufschub.«

Sein Vater hatte gesagt, was ihm auf dem Herzen lag. Er stand auf und öffnete die Tür.

»Das war's auch schon, Siggi«, erklärte er. »Lass dir einen Termin für eine Untersuchung geben, schieb es nicht vor dir her.«

Und im nächsten Moment war der hinkende Mann mit dem kaputten Knie verschwunden.

## *Siebzehn*

Als Sigurður Óli gegen Abend beim Haus von Ebeneser und Sigurlína vorfuhr, machte dort alles den Eindruck, als sei hier nie etwas Besonderes vorgefallen. Ebbis großer Jeep mit den riesigen Reifen stand vor dem Haus, er war hochgetunt für Fahrten über halsbrecherische Pisten und Gletschereis. Sigurður Óli parkte sein Auto hinter dem Jeep und dachte an solche Fahrten ins Hochland. An abenteuerlichen Expeditionen mit solchen Autos hatte er nie das geringste Interesse verspürt, und ganz generell war er nicht für Reisen in Island zu haben, gar nicht zu reden von Zeltfahrten und den Unannehmlichkeiten, die damit verbunden waren. Seiner Meinung nach hatte er nichts auf einem isländischen Gletscher verloren. Bergþóra hatte das ein oder andere Mal versucht, ihn zu einer Reise innerhalb Islands zu bewegen, aber feststellen müssen, dass ihn das überhaupt nicht interessierte, er sogar regelrecht eine Abneigung dagegen hatte, genau wie gegenüber so vielem anderen. Am wohlsten fühlte er sich in Reykjavík in nicht allzu weiter Entfernung von seinen eigenen vier Wänden. Im Urlaub, den er immer im Ausland verbrachte, ging es ihm nicht darum, die Welt zu entdecken, sondern nur um die Sonne. Bergþóra war nicht überrascht, dass Florida zu seinen Lieblingszielen gehörte. Er konnte sich kaum vorstellen, in Spanien oder anderen Mittelmeerländern Urlaub zu machen, dort war seiner Meinung nach alles unhygienisch und das Essen primitiv und dürftig. Historischen Sehenswürdigkeiten, Museen oder berühmter Architektur konnte er nicht das Geringste abgewinnen. In Orlando bestand keine Gefahr, dass man mit so etwas belastet wurde. Sein Geschmack im Hinblick auf Filme war ähnlich gelagert. Künstlerisch wertvolle europäische Filme, in denen nichts passierte und es um nichts ging, langweilten ihn. Actionfilme aus Hollywood mit großen Stars waren mehr nach seinem Geschmack. Englisch war die Sprache des Films. Wenn im Fernsehen etwas lief, was nicht englisch oder amerikanisch war, schaltete er sofort aus. Sämtliche anderen Sprachen, vor allem Isländisch, fand er auf dem Bildschirm oder auf der Leinwand infantil. Isländische Filme gingen ihm auf den Geist. Genauso wenig Interesse konnte er für Bücher aufbringen, er schaffte es kaum, sich im Jahr durch ein einziges Buch hindurchzuquälen. Musik hörte er hingegen viel, vor allem aus den goldenen Zeiten amerikanischer Rock- und Country-Musik.

Er blieb noch eine ganze Weile mit dem Blick auf Ebbis riesigen Jeep im Auto sitzen und ließ sich das Gespräch mit seinem Vater durch den Kopf gehen, die Krankheit, die die Ärzte bei ihm diagnostiziert hatten, und den Rat, sich selber daraufhin untersuchen zu lassen. Sein Gesicht verzerrte sich zu einer Grimasse. Der Gedanke an eine Prostatauntersuchung flößte ihm Angst ein. Er erinnerte sich an unangenehme Fahrten mit kleinen Kunststoffbehältern zum Nationalkrankenhaus, als Bergþóra und er mit medizinischer Hilfe versucht hatten, ein Kind zu bekommen. Da hatte er sich morgens früh etwas herausquetschen, den Behälter warm halten und den Damen in der Rezeption aushändigen müssen, mit persönlichen Informationen über den Gang der Dinge. Und jetzt stand also ein Besuch bei einem Urologen bevor, der ihn darum bitten würde, sich auf die Seite zu legen und die Knie anzuziehen, während er sich die Latexhandschuhe überstreifte; bestimmt würde er irgendetwas über das Wetter reden, während er nach einer Schwellung suchte.

»Verdammte Scheiße«, rief Sigurður Óli und ließ die flachen Hände auf das Steuerrad niedergehen.

Ebeneser öffnete die Tür und ließ ihn nur widerstrebend ins Haus. Er durchlief den Prozess der Trauerbewältigung, sagte er, woraus Sigurður Óli schloss, dass er mit einem Pfarrer oder einem Psychologen geredet haben musste. Er erklärte, vollstes Verständnis dafür zu haben, sein Besuch würde nicht viel Zeit in Anspruch nehmen.

Bei Sigurður Ólis letztem Besuch in diesem Haus war das Wohnzimmer demoliert gewesen, aber in der Zwischenzeit hatte Ebeneser aufgeräumt. Jetzt wirkte der Raum beinahe gemütlich, das Licht einer Stehlampe tauchte ihn in ein dämmriges Licht. Sessel und Stühle standen wieder an ihrem Platz, und die Bilder hingen gerade an den Wänden. Auf der Anrichte stand ein Foto von Lína, vor dem eine Kerze brannte.

Als Sigurður Óli eintraf, war Ebeneser im Begriff gewesen, Kaffee zu kochen. Die Kaffeepackung stand auf dem Tisch, und der Filterbehälter an der Maschine war herausgezogen. Sigurður Óli wartete darauf, dass Ebeneser ihm eine Tasse anbieten würde, aber die Einladung blieb aus. Ebeneser wirkte abwesend, seine Bewegungen waren langsam. Wahrscheinlich lag es daran, dass Línas Tod und die brutalen Umstände, die zu ihm geführt hatten, nunmehr zu einer unumstößlichen Tatsache geworden waren.

»Hat sie gar nichts mehr gesagt, nachdem du eingetroffen warst?«, fragte Ebeneser, während er den Kaffee in den Filter gab.

»Nein«, entgegnete Sigurður Óli. »Sie war bewusstlos. Und dieser Kerl ist sofort auf mich losgegangen.«

»Musstest du ihm denn unbedingt nachlaufen?«, sagte Ebeneser und wandte sich Sigurður Óli zu. »Du hättest dich um sie kümmern müssen, das hast du nicht getan. Sie wäre dann vielleicht eher ins Krankenhaus gekommen. Das ist doch unter solchen Umständen das Allerwichtigste.«

»Natürlich«, sagte Sigurður Óli. »Deswegen habe ich auch sofort einen Krankenwagen und den Notarzt angerufen, und das hatte ich bereits getan, noch bevor der Kerl mich angegriffen hat. Ich wollte den Täter erwischen, das war eine ganz normale Reaktion. Ich bin nicht der Meinung, dass ich anders hätte reagieren können.«

Ebeneser schaltete die Kaffeemaschine ein, blieb aber bewegungslos am Tisch stehen.

»Und was ist mit dir selber?«, fragte Sigurður Óli.

»Wieso – was soll mit mir sein?«, fragte Ebeneser zurück, während er auf die Kaffeemaschine starrte.

»Du suchst offensichtlich nach irgendwelchen Schuldigen. Was ist mit dir? Inwieweit hattest du selber mit dem Angriff auf Lína zu tun? Was für ein Spiel habt ihr da eigentlich gespielt? Wessen Zorn habt ihr herausgefordert? Geht es vielleicht auf deine Initiative zurück? Hast du Lína mit in eine dreckige Sache hineingezogen? Seid ihr stark verschuldet? Worin liegt deine Verantwortung, Ebeneser? Hast du dir selber schon mal diese Frage gestellt?«

Ebeneser schwieg.

»Weshalb willst du uns das nicht sagen?«, fuhr Sigurður Óli fort. »Ich weiß, dass ihr versucht habt, Leute mit Fotos zu erpressen, es ist völlig zwecklos, das abzustreiten. Diese Leute werden gerade von uns vernommen, sie werden uns von den Partys bei euch zu Hause erzählen und davon, dass ihr die Leute beim Sex fotografiert habt, um mit diesen Aufnahmen Geld aus ihnen herauszuholen. Du bist auf dem Weg ins Gefängnis, Ebeneser. Zusätzlich zu all dem anderen wirst du wegen Erpressung angeklagt werden.«

Ebeneser blickte nicht auf. Die Kaffeemaschine rülpste vor sich hin, die schwarze Flüssigkeit in der Glaskanne stieg höher.

»Ihr habt das Leben dieser Leute ruiniert«, erklärte Sigurður Óli. »Du hast dein Leben ruiniert, Ebeneser. Für was? Für wen? Wie viel Geld war es dir wert? Wie hoch hast du den Preis für Lína angesetzt? Eine halbe Million? Ist das das Preisschild, das du ihr angehängt hast?«

»Halt die Schnauze«, stieß Ebeneser zwischen zusammengebissenen Zähnen hervor. Er starrte immer noch auf die Kaffeemaschine. »Mach, dass du rauskommst.«

»Du wirst zur Vernehmung bestellt werden, wahrscheinlich irgendwann im späteren Verlauf des Abends. Juristisch gesehen hast du jetzt den Status eines Verdächtigen in einem schmierigen Erpressungsversuch. Möglicherweise stecken sie dich in Untersuchungshaft, das weiß ich nicht. Vielleicht musst du eine Ausnahmegenehmigung beantragen, um bei Línas Beerdigung dabei sein zu können.«

Ebeneser glotzte die Kaffeekanne an, als sei sie sein einziger Halt im Leben.

»Ebbi, überleg es dir gut.«

Ebeneser antwortete nicht.

»Kennst du einen Mann namens Hermann? Ihr habt ihm ein Foto geschickt. Er hat es mir gezeigt.«

Ebenesers Blicke wichen nicht von der Kaffeekanne. Er schwieg. Sigurður Óli holte tief Luft. Er war sich nicht sicher, ob er wirklich weitermachen wollte.

»Kennst du einen Mann namens Patrekur?«, fragte er schließlich. »Seine Frau heißt Súsanna. Sind die beiden auch involviert?«

Er stand auf, ging zu Ebeneser und holte das Foto aus der Manteltasche, das er von zu Hause geholt hatte, bevor er zu Ebeneser fuhr: Patrekur und Súsanna zu Besuch bei ihm und Bergþóra, als noch alles in Ordnung war. Das Foto war im Sommer gemacht worden, sonnengebräunte Gesichter, in den Gläsern funkelte Weißwein. Sigurður Óli legte das Foto neben die Kaffeemaschine.

»Kennst du diese Leute?«, fragte er.

Ebeneser betrachtete das Bild.

»Du hast kein Recht, hier zu sein«, sagte er dann so leise, dass Sigurður Óli ihn kaum verstehen konnte. »Hau ab! Hau ab mit diesem Scheiß!«, schnaubte er und schleuderte das Bild auf den Boden. »Raus mit dir«, rief er und stieß nach Sigurður Óli, der das Foto aufhob und ein paar Schritte zurückwich. Sie starrten einander eine Weile in die Augen, dann drehte sich Sigurður Óli auf dem Absatz um, verließ die Küche und das Haus und ging zu seinem Wagen. Beim Einsteigen warf er einen letzten Blick zum Küchenfenster, das zur Straße ging, und sah, wie Ebeneser die Kaffeekanne packte und mit aller Kraft gegen die Wand schleuderte. Das Glas zersprang in tausend Stücke, und der Kaffee spritzte wie Blut durch die ganze Küche.

Auf dem Weg nach Hause machte Sigurður Óli einen Zwischenstopp im Fitness-Studio, lief etliche Kilometer, stemmte Gewichte, als gelte es sein Leben, und rackerte sich an diversen Geräten ab. Zu diesen Zeiten morgens und abends traf er meist dieselben Leute. Manchmal unterhielt er sich mit ihnen über irgendwelche Belanglosigkeiten, manchmal nicht, wenn er in Ruhe gelassen werden wollte. Das war jetzt der Fall. Wenn jemand ihn ansprach, antwortete er kurz angebunden und wechselte das Gerät. Nachdem er sein Programm durchgezogen hatte, fuhr er auf dem schnellsten Weg nach Hause.

Dort angekommen bereitete er sich einen ordentlichen Hamburger mit Ciabatta-Brot, Zuckerzwiebeln und Spiegelei zu. Er trank ein amerikanisches Bier dazu und sah sich eine amerikanische Unterhaltungsserie im Fernsehen an.

Er war zu rastlos, um lange fernzusehen. Als ein schwedischer Krimi begann, schaltete er das Gerät aus, blieb aber in seinem Fernsehsessel sitzen. Wieder fiel ihm der Besuch seines Vaters ein, und er überlegte, ob er einen Termin bei einem Spezialisten machen oder lieber nichts unternehmen und es einfach darauf ankommen lassen sollte. Den Gedanken, auf einmal zu einer Risikogruppe zu gehören, fand er unerträglich. Er hatte immer auf seine Gesundheit geachtet und hielt sich für kerngesund. Noch nie hatte er sich wegen irgendetwas untersuchen lassen müssen. Er war stolz darauf, nie in seinem Leben im Krankenhaus gewesen zu sein. Das Einzige, was ihn hin und wieder plagte, waren Erkältungen wie die, die er gerade hinter sich gebracht hatte.

Sein Notizbuch lag auf dem Boden. Als er seinen Mantel über den Stuhl gelegt hatte, war es aus der Tasche gefallen. Sigurður Óli stand auf, blätterte darin und legte es auf den Schreibtisch im Wohnzimmer. Er hatte nie Angst vor Krankheiten gehabt und sich nie Gedanken darüber gemacht, dass er eine schwere, unheilbare Krankheit bekommen könnte. Er strotzte vor Gesundheit. Trotzdem überlegte er, sich an einen Urologen zu wenden. Er wusste, dass er das früher oder später tun musste, denn mit der Ungewissheit konnte er nicht leben.

Er nahm noch einmal sein Notizbuch zur Hand, denn er erinnerte sich, dass da noch etwas war, wo er nachhaken musste, etwas, was er vergessen hatte. Er ging noch einmal durch, was er sich in den letzten Tagen notiert hatte, und stellte fest, dass ihm keine schwerwiegende Nachlässigkeit unterlaufen war, es ging nur darum, eine Telefonnummer zu überprüfen. Er sah auf die Uhr. Es war noch nicht sehr spät, also griff er nach dem Telefonhörer.

»Ja«, sagte eine müde und desinteressiert klingende Frauenstimme.

»Entschuldige, dass ich so spät noch anrufe«, sagte

Sigurður Óli. »Du kennst eine Frau, die Sara heißt, sie ist deine Freundin?«

Schweigen am anderen Ende der Leitung.

»Was kann ich für dich tun?«, fragte die Frau schließlich.

»Stimmt es, dass sie am vergangenen Montag bei dir zu Besuch war?«

»Wer?«

»Sara?«

»Was für eine Sara?«

»Deine Freundin.«

»Wer ist überhaupt am Apparat?«

»Die Kriminalpolizei.«

»Was will die von mir?«

»Sara?«

»Nein, die Kripo?«

»War Sara am vergangenen Montag bei dir?«

»Willst du mich etwa auf den Arm nehmen?«

»Auf den Arm nehmen?«

»Du musst dich verwählt haben.«

Sigurður Óli las die Nummer vor.

»Doch, die Nummer stimmt«, sagte die Frau, »aber hier arbeitet keine Sara. Ich kenne keine Sara. Du sprichst mit der Kasse im Universitätskino.«

»Bist du nicht Dóra?«

»Nein, und hier gibt es keine Dóra. Ich arbeite schon seit vielen Jahren hier, und ich kenne keine Dóra.«

Sigurður Óli starrte auf die Nummer in seinem Notizbuch und sah einen stählernen Ring in der Augenbraue und eine Tattoo-Schlange, die sich um den Arm einer weiteren und sehr überzeugenden Lügnerin ringelte.

## *Achtzehn*

Sigurður Óli überlegte, ob er Sara offiziell zur Vernehmung ins Dezernat vorladen und sie direkt an ihrem Arbeitsplatz in der Getränkefirma abholen lassen sollte, und zwar von uniformierten Polizisten. Das würde ihr bestimmt Angst einjagen und sie mürbe machen, sodass sie womöglich bereit war zu reden. Keine schlechte Methode, dachte er. Die andere Möglichkeit bestand darin, noch einmal an ihrem Arbeitsplatz aufzukreuzen, ihr zuzusetzen und ihr alles Mögliche anzudrohen. Er könnte sie in Handschellen abführen oder mit ihren Vorgesetzten sprechen, um sie als Lügnerin bloßzustellen. Er wusste zwar nicht, wie abgebrüht Sara war, dazu kannte er sie nicht gut genug, aber er ging davon aus, dass sie im Zweifelsfall log wie gedruckt. Die Telefonnummer im Kino war ihr ganz leicht über die Lippen gegangen. Sie hatte wahrscheinlich gehofft, dass er nicht nachhaken würde.

Natürlich konnte er nicht wissen, ob die Wahrheit irgendetwas mit dem Überfall auf Lína zu tun hatte, auch wenn Sara ihm eine Lüge aufgetischt hatte. In Anbetracht dessen entschloss Sigurður Óli sich für die zweite Option. Sara konnte auch hundert andere Gründe haben, ihn anzulügen.

Sara war an ihrem Platz in der Telefonzentrale der

Getränkefabrik, mit dem Ring in der Augenbraue und der Schlange am Arm – beides eine Art von Rebellion gegen Normalität und Kleinbürgerlichkeit jeder Art. Geschmacklos und primitiv, dachte Sigurður Óli, als er sich ihr näherte. Sie telefonierte gerade. Sigurður Óli wartete eine ganze Weile, aber als das Gespräch kein Ende nehmen wollte, verlor er die Geduld, riss ihr den Hörer aus der Hand und knallte ihn auf die Gabel.

»Wir müssen uns etwas eingehender miteinander unterhalten«, sagte er.

Sara sah ihn völlig perplex an. »Was ist denn mit dir los?«, fragte sie.

»Entweder hier oder im Dezernat, das ist deine Entscheidung.«

Eine Frau, die etwas älter war als Sara, stand hinter dem Tisch und sah erstaunt zu den beiden hinüber. Sigurður Óli beobachtete, wie Sara der Frau nervöse Blicke aus den Augenwinkeln zuwarf. Ganz offensichtlich wollte sie auf keinen Fall irgendwelches Aufsehen an ihrem Arbeitsplatz erregen.

»Darf ich eine kurze Pause machen?«, fragte sie die Frau, die sofort nickte. Zu lange durfte es aber nicht dauern.

Sara ging Sigurður Óli in Richtung Kantine voraus, betrat sie aber nicht, sondern öffnete die Tür zum Treppenhaus daneben.

»Was willst du denn jetzt schon wieder von mir?«, fragte Sara, als die Tür ins Schloss gefallen war. »Kannst du mich nicht in Ruhe lassen?«

»An dem Abend, als der Überfall geschah, hast du keineswegs deine Freundin besucht. Und die Sachlage ist inzwischen auch eine ganz andere, es geht nicht mehr nur um schwere Körperverletzung, sondern um Mord. Und du hast versucht, mich mit der Nummer von deiner Freundin an der Nase herumzuführen.«

»Keine Ahnung, wovon du redest«, sagte Sara und kratzte sich an der Schlange.

»Wieso war dein Auto in der Nähe des Mordschauplatzes?«

»Ich habe meine Freundin besucht.«

»Dóra?«

»Ja.«

»Entweder bist du ein bisschen blöde, oder du denkst, dass ich es bin«, sagte Sigurður Óli. »Darüber kannst du dir dann in der Untersuchungshaft Gedanken machen. Ich möchte dir nur mitteilen, dass du ab sofort zu den Verdächtigen gehörst, wir werden dich im Laufe des Tages abholen.«

Sigurður Óli öffnete eine Tür, die nach draußen führte.

»Mein Bruder hat sich den Wagen ausgeliehen«, sagte Sara leise.

»Was hast du gesagt?«

»Mein Bruder hatte den Wagen«, sagte das Mädchen etwas lauter. Langsam, aber sicher verschwand der aufsässige Ausdruck in ihrem Gesicht.

»Wer ist dein Bruder? Was macht er beruflich?«

»Er ist arbeitslos. Ich leihe ihm manchmal mein Auto. Er hat es an dem Abend gehabt. Ich weiß nicht, wo er war oder was er da gemacht hat.«

»Weshalb hast du gelogen?«

»Er bringt sich ständig in Schwierigkeiten. Als du mich nach dem Auto gefragt hast und danach, wo ich gewesen war, dachte ich sofort, dass er etwas ausgefressen haben könnte. Aber ich habe keine Lust, für ihn in den Knast zu gehen, das kommt nicht in Frage. Er hat das Auto gehabt.«

Sigurður Óli sah Sara an, die auf den Boden starrte. Er überlegte, ob das vielleicht wieder eine Lüge war.

»Weshalb sollte ich dir jetzt glauben?«

»Mir ist es egal, was du glaubst. Er war mit dem Auto unterwegs, mehr weiß ich nicht. Das ist nicht mein Problem. Du solltest mit ihm reden.«

»Was hat er dort gemacht? Was hat er dir gesagt?«

»Nichts. Wir haben nicht lange miteinander geredet. Er ist ...«

Sara verstummte.

»Du hast ihm also dein Auto geliehen«, sagte Sigurður Óli.

Sara starrte jetzt nicht mehr auf den Boden, sie hob den Kopf und sah Sigurður Óli ins Gesicht.

»Nein ... Das war gelogen.«

»Was?«

»Dass ich ihm das Auto geliehen habe. Er hat den Wagen einfach genommen. Deswegen kam ich am nächsten Tag zu spät zur Arbeit. Ich musste ein Taxi nehmen, weil das Auto nicht auf dem Parkplatz stand. Er ist mein Bruder, und er ist ein verdammter Idiot.«

Saras Bruder hieß Kristján, und ihren eigenen Worten zufolge hatte sie schon lange aufgehört, ihm ihr Auto zu leihen. Er hielt nie, was er versprach, und zweimal war ihm der Führerschein abgenommen worden. Manchmal hatte er einfach keinen Bock gehabt, den Wagen zurückzubringen, oder war nicht dazu imstande gewesen, und dann musste sie es selber irgendwo abholen.

Dann stand der klapprige Micra irgendwo auf einem Parkplatz in der Innenstadt und sammelte Knöllchen. Deswegen weigerte sie sich inzwischen immer, ihm das Auto, Geld oder irgendetwas anderes zu leihen. Er hatte ihr Geld geklaut, und einmal sogar eine Kreditkarte, und Dinge aus ihrer Wohnung, die er verscherbelte, um an Drogen zu kommen. Er war immer in Schwierigkeiten, sie wusste aber nicht, warum. Er hatte keine schlechte Erziehung gehabt, genauso wenig wie sie. Ihre Eltern waren beide Lehrer. Sie waren fünf Geschwister, und vier kamen gut im Leben zurecht, nur er lehnte sich immer gegen alles und alle auf. An dem Abend, als er das Auto gestohlen hatte, war er zu Besuch gekommen, schien aber wie so oft irgendwie rastlos und hektisch zu sein und war nur kurz geblieben.

Als sie am nächsten Morgen zur Arbeit wollte, fand sie die Autoschlüssel nicht, und das Auto war verschwunden.

Sigurður Óli prüfte nach, ob dieser Kristján mit dem Gesetz in Konflikt geraten war, aber im Strafregister war er nicht zu finden. Sara hatte ihm gesagt, dass sich Kristján ihrer Meinung nach in einer Kellerwohnung aufhielt, die ein Freund von ihm mietete. Kristján war immer noch bei seinen Eltern gemeldet, aber dort war er schon vor zwei Jahren ausgezogen. Er hatte keine feste Arbeit. Seine letzte Anstellung endete bereits nach einer Woche mit einem Rausschmiss. Der Supermarkt, bei dem er eingestellt worden war, hatte rund um die Uhr geöffnet, und Kristján hatte praktisch jeden Tag etwas aus dem Laden mitgehen lassen.

Sigurður Óli fuhr zu dieser Kellerwohnung, die sich in einem Wohnblock in Breiðholt befand und einen separaten Eingang hatte. Als er an die Tür klopfte, rührte sich nichts. Daraufhin versuchte er es mit der Klingel, aber die war kaputt. Er spähte durch ein Fenster in die verwahrloste Wohnung hinein, sah aber nichts von Bedeutung, nur Bierdosen und anderen Krempel auf einem Tisch. Er ging zurück zum Eingang und hämmerte gegen die Tür. Zum Schluss trat er so heftig gegen sie, dass es dumpf widerhallte.

Da endlich kam eine schmächtige Gestalt mit Haaren bis auf die Schultern und nur mit einer Unterhose bekleidet zur Tür, kalkweiß am ganzen Körper. Der junge Mann war ganz offensichtlich schwer verkatert.

»Was geht hier eigentlich vor?«, fragte er und blinzelte Sigurður Óli aus schläfrigen Augen an.

»Ich suche nach einem Kristján, bist du das?«

»Ich? Nee.«

»Weißt du, wo er ist?«

»Was ist mit dem? Wieso …?«

»Ist er bei dir?«

»Nee.«

»Erwartest du ihn?«

»Nee, was ist los … Wer bist du überhaupt?«

»Ich bin von der Kriminalpolizei und muss mit ihm reden. Weißt du, wo er sein könnte?«

»Der kommt mir hier nicht mehr rein, das kann ich dir sagen. Schuldet mir ne Menge Kohle für die Miete und so was. Wenn du ihn siehst, kannst du ihm sagen, dass er gefälligst zahlen soll. Wieso bist du von der Kripo?«

»Weißt du, wo er sein könnte?«, fragte Sigurður Óli, während er versuchte, in die Wohnung hineinzuschauen. Er glaubte kein Wort von dem, was das schmächtige Kerlchen ihm sagte. Mit der Frage, wieso bist du von der Kripo, konnte er nichts anfangen und schenkte sich eine Antwort. Wahrscheinlich meinte der Kerl, was die Kriminalpolizei von Kristján wollte.

»Probier's mal im Schwarzen Zylinder, da hängt er oft rum«, sagte das Jüngelchen und grinste über den abgedroschenen Witz. »Ein hoffnungsloser Fall. Total hoffnungslos«, wiederholte er, wie um zu unterstreichen, dass das auf ihn nicht zutraf.

Der Barkeeper im Schwarzen Zylinder kannte Kristján sehr wohl, aber er hatte ihn schon seit geraumer Zeit nicht mehr gesehen. Er ging davon aus, dass seine Schulden in der Bar ihn davon abhielten, dort aufzutauchen. Er grinste bei diesen Worten, so als ginge es ihn nichts an, wer dem Barbesitzer etwas schuldete. Es war kurz nach Mittag, und einige wenige Gäste hingen mit einem Glas Bier vor sich entweder am Tresen oder an einem der kleinen, runden Tische herum. Sie starrten neugierig zu Sigurður Óli hinüber, der keineswegs zu den Stammgästen um diese Tageszeit zählte. Sigurður Óli hatte nicht gesagt, dass er von der Kriminalpolizei war. Ein Mann um die dreißig kam ihm ungebeten zu Hilfe. »Ich hab Kristján gestern in einem Baumarkt gesehen, ich glaube, er arbeitet jetzt da.«

»In was für einem Baumarkt?«, fragte Sigurður Óli.

»An der Hringbraut.«

So wie Sara ihn beschrieben hatte, erkannte Sigurður Óli ihren Bruder sofort, und anscheinend hatte der Junge tatsächlich eine Stelle bei diesem Baumarkt angetreten. Er beobachtete ihn eine Weile, bevor er sich ihm näherte, und sah, dass Kristján angestrengt bemüht war, sich etwaige Kunden vom Leib zu halten. Er fummelte erst an den Regalen mit Schrauben herum, und als ein Kunde auf ihn zukam, flüchtete er schnell in die Elektroabteilung zu den Glühbirnen. Dort lief er aber einem Mann in die Arme, der sich bei der Wahl einer Sparbirne beraten lassen wollte. Den verwies er an einen anderen Verkäufer, angeblich war er selber beschäftigt. Er hatte Sigurður Óli bemerkt und befürchtete, dass der ebenfalls ein Kunde sein könnte, der nicht zurechtkam. Schließlich gelang es Sigurður Óli, ihn in eine Ecke zu drängen.

»Bist du Kristján?«, fragte er kurz angebunden.

Kristján gab das zu. Schon beim ersten Anblick hatte Sigurður Óli gewusst, dass er nicht der Mann sein konnte, der zur psychiatrischen Klinik gerannt war und ihn im Dunkeln abgehängt hatte. Er war sich nicht sicher, ob Kristján überhaupt imstande war, einen Baseballschläger zu schwingen, schmächtig wie er war, ein junger Spund um die zwanzig, an dem der Arbeitskittel herunterhing wie schmutzige Wäsche. Wie ein geprügelter Hund, dachte Sigurður Óli.

»Ich bin von der Kriminalpolizei«, sagte er und blickte sich um. Sie standen hinter einem Ladenregal mit diversen Gartenartikeln. Kristján fingerte an einer Heckenschere herum. »Ich habe mit deiner Schwester gesprochen«, fuhr Sigurður Óli fort, »sie hat mir gesagt, dass du ihr Auto geklaut hast.«

»Das ist gelogen, ich habe es nicht geklaut«, sagte Kristján. »Sie hat mir den Wagen geliehen. Ich habe ihn auch schon zurückgebracht.«

»Wohin bist du mit dem Wagen gefahren?«

»Was?«

»Weshalb brauchtest du das Auto?«

Kristján zögerte. Er vermied es, Sigurður Óli ins Gesicht zu blicken, legte die Heckenschere zurück und griff nach einer Plastikflasche mit einem Düngemittel.

»Das ist meine Angelegenheit«, sagte er unsicher.

»Das Auto stand in einer Straße nicht weit vom Laugarás-Kino. Dort wurde eine Frau überfallen und ermordet, und zwar an demselben Abend, als du mit diesem Auto unterwegs warst. Wir wissen, dass du ganz in der Nähe warst, als die Tat verübt wurde.«

Kristján glotzte Sigurður Óli verständnislos an, doch der gab ihm keine Zeit zu überlegen.

»Was hast du dort mit dem Auto gemacht? Weshalb hast du es über Nacht dort stehen lassen?«

»Das ist ... Das muss ein Missverständnis sein«, sagte Kristján.

»Wer war bei dir?«, fragte Sigurður Óli ungeduldig und trat einen Schritt auf ihn zu. »Wir wissen, dass ihr zu zweit wart. Wer war bei dir? Und weshalb habt ihr die Frau überfallen?«

Kristján hatte sich vermutlich in irgendeiner Form auf eine Begegnung dieser Art vorbereitet, doch in dem Augenblick, wo es darauf ankam, verflüchtigte sich alles, was er sich zurechtgelegt hatte. Sigurður Óli war schon viele Male Zeuge gewesen, wie junge Männer wie Kristján zusammenbrachen. Sie hatten vor ihm gestanden und ihn verstockt angelogen, hatten die Schnauze aufgerissen, alles abgestritten und ihm gesagt, er solle sich verpissen – und dann auf einmal wendete sich das Blatt, sie gaben klein bei und waren kooperativ. Kristján erinnerte immer mehr an einen geprügelten Hund und stellte das Düngemittel so ungeschickt zurück, dass drei Flaschen umkippten und herunterfielen. Er bückte sich, um sie aufzuheben. Sigurður Óli sah ihm zu und machte keinerlei Anstalten, ihm dabei behilflich zu sein.

»Ich glaub es nicht, dass Sara mich verpfiffen hat«, sagte Kristján.

Idiot, dachte Sigurður Óli im Stillen.

## *Neunzehn*

Sigurður Óli hatte nicht das geringste Interesse daran zu erfahren, wie Kristján auf die schiefe Bahn geraten war. Derartige Geschichten hatte er schon zu Hunderten gehört, entweder wurden sie als Entschuldigung für die eigene erbärmliche Verbrecherkarriere oder als Beweis dafür ins Feld geführt, auf welchen Irrwegen das Wohlfahrtssystem sich befand. Es reichte ihm zu wissen, dass Kristján nichts Besseres aus seinem Leben gemacht hatte, als sich in einen Schuldensumpf hineinzumanövrieren. Zum größten Teil handelte es sich um Drogenschulden bei diversen Dealern in der Stadt, und in zwei Fällen sogar auch außerhalb von Reykjavík. Geld verdienen war nicht sein Ding, er jobbte mal hier, mal dort – Arbeit gab es ja genug. Die meiste Zeit lungerte er jedoch nur herum, faul und desinteressiert an fast allem. Wann und wo immer er konnte, nahm er Kredite auf, auch in Banken und Sparkassen. Die ganze Batterie von Bank- und Kreditkarten, die er besessen hatte, war inzwischen bei legalen Geldeintreibern und Inkassofirmen gelandet. Größere Sorgen bereiteten ihm hingegen andere Schuldeneintreiber.

Kristján hatte einige Straftaten begangen, die ihm aber nicht nachgewiesen werden konnten. Er hatte Mädchen, die sich mit ihm einließen, nach allen Regeln der Kunst ausgenommen, und sie kapierten meist erst viel zu spät, was Sache war. Ein Schwiegervater in spe, ein ehemaliger Fußballer, hatte ihn windelweich geprügelt, als er herausfand, dass Kristján diverse Wertgegenstände aus seiner Wohnung geklaut und zu Geld gemacht hatte.

Einiges hiervon erwähnte er Sigurður Óli gegenüber während der Vernehmung im Dezernat, anderes erfuhr Sigurður Óli von seiner Schwester.

Kristján wurde außerordentlich gesprächig, nachdem er der Polizei in die Hände geraten war. Das lag nicht zuletzt daran, dass er unter dem Verdacht stand, an einem Mord beteiligt gewesen zu sein, und er war bereit, alles dafür zu tun, diesen Verdacht von sich abzuwälzen. Sigurður Óli hatte aber das Gefühl, dass da noch ein anderer Grund dahintersteckte. Anscheinend hatte Kristján noch nie mit jemandem über sein Leben gesprochen. Nach anfänglichem Zögern sprudelte es jetzt nur so aus ihm heraus, welche Erlebnisse und Bekanntschaften ihn auf die schiefe Bahn gebracht hatten. Anfangs war diese Rückblende lückenhaft und konfus, doch als er in die Gänge gekommen war, tauchte ein Name sehr viel öfter auf als andere, nämlich der eines gewissen Lieferwagenfahrers, der Þórarinn hieß.

Wollte man Kristján Glauben schenken, war dieser Þórarinn sowohl Dealer als auch Schuldeneintreiber. Diese Kombination war ziemlich verbreitet, da sie ziemlich effektiv war. Kristján glaubte nicht, dass Þórarinn selber Drogen im großen Stil importierte, aber er war knallhart und konnte unerbittlich vorgehen, wenn ihm jemand etwas schuldete. Auf diese Weise war

Kristján ihm in die Klauen geraten. Da Kristján nur in den seltensten Fällen Geld für seinen Konsum hatte, und weil anscheinend weder Drohungen noch Prügel bei ihm etwas auszurichten vermochten, war Þórarinn dazu übergegangen, alle möglichen Gefälligkeiten von Kristján zu verlangen, um damit wenigstens einen Teil der Schulden wieder reinzuholen. Solche Gefälligkeiten waren unterschiedlicher Art gewesen, Kristján hatte beispielsweise Einkäufe im Alkoholladen oder im Supermarkt für ihn erledigt oder neue Lieferungen von Kurieren oder Cannabis-Züchtern abgeholt. Þórarinn war sehr darauf bedacht, sich nicht mit so etwas in Verbindung bringen zu lassen.

Laut Kristjáns Aussage rührte dieser Þórarinn selber keine Drogen an, aber er konnte jeden unter den Tisch trinken. Er war früher einmal Leichtathlet gewesen, war verheiratet und hatte drei Kinder. Er legte größten Wert darauf, selber vollkommen im Hintergrund zu bleiben; seine Drogengeschäfte dienten dazu, ihm seine Rente zu sichern, wie er Kristján gegenüber oft erklärt hatte. Er würde aufhören, sobald er das selbst gesetzte finanzielle Ziel erreicht hätte. Þórarinn hatte Kristján auch sehr häufig bei seinen Fahrten mit dem Lieferwagen eingesetzt, dann hatte Kristján immer die schwersten Lasten schleppen müssen. Mit der Bezahlung dafür stotterte er seine Schulden ab.

Sigurður Óli betrachtete das Häufchen Elend, das vor ihm saß. Er nahm alle diese Aussagen mit Vorbehalt, auch wenn es durchaus stimmen konnte, dass dieses Bürschchen so etwas wie ein Sklave seines Dealers war. Kristjáns Frage, ob er rauchen dürfe, wurde rundheraus abgelehnt, und Sigurður Óli reagierte genauso schroff auf seine Wünsche, etwas zu essen zu bekommen oder zur Toilette gehen zu dürfen.

»Das kannst du mir doch gar nicht verbieten«, sagte Kristján.

»Schnauze, Mann«, sagte Sigurður Óli. »Was ist da am Montagabend passiert?«

»Er wollte nicht seinen Lieferwagen benutzen«, antwortete Kristján. »Ich sollte ihm ein Auto beschaffen. Er wusste natürlich, dass ich kein Auto besaß, deswegen verlangte er, dass ich mir den Wagen von meiner Schwester organisierte.«

»Hat er gesagt, was er damit vorhatte?«

»Nein, er hat nur gesagt, dass ich ihn am gleichen Abend zurückkriegen würde.«

»Du bist nicht mit ihm gefahren?«

»Nein.«

»Er war also ganz allein unterwegs?«

»Ja, ich denke schon. Ich weiß es aber nicht. Ich weiß überhaupt nicht, was da abgelaufen ist.«

»Ist er immer so vorsichtig, besorgt er sich bei derartigen Aktionen immer andere Autos?«

»Er ist extrem vorsichtig«, sagte Kristján.

»Du hast ihm also das Auto überlassen. Hast du seitdem von ihm gehört?«

Kristján zögerte. »Ich ... Er kam am nächsten Tag in den Baumarkt«, sagte er dann. »Nur ganz kurz. Er hat mir gesagt, wo der Wagen steht und dass ich niemandem davon erzählen dürfte, dass er ihn sich ausgeliehen hat. Außerdem sollten wir uns in den nächsten Wochen oder Monaten oder so am besten gar nicht mehr sehen. Das war alles. Ich hab dann mit Sara telefoniert und ihr gesagt, wo das Auto steht. Die ist total ausgerastet.«

»Hat Þórarinn gesagt, was er von der Frau in diesem Reihenhaus wollte?«

»Nein.«

»Ist er in eigener Sache zu ihr gefahren, oder hat er im Auftrag von jemand anderem gehandelt?«

Kristján sah Sigurður Óli an, er schien den Faden verloren zu haben. Das war einige Male während der Vernehmung vorgekommen, wenn Sigurður Óli sich zu umständlich ausgedrückt hatte. Dann hatte Kristján ihn verständnislos angestarrt, und Sigurður Óli hatte seine Fragen umformulieren müssen. Genau das machte er auch jetzt und achtete darauf, nicht zu schnell zu sprechen.

»Kannte Þórarinn diese Frau?«

»Die er zusammengeschlagen hat?«, fragte Kristján zurück, und es hatte den Anschein, als würde er nachdenken. »Das glaub ich nicht, aber ich weiß es nicht. Darüber hat er nichts gesagt.«

»Ging es darum, Drogenschulden einzutreiben?«

»Keine Ahnung.«

»Vielleicht hast du aber irgendeine Ahnung, was er von ihr wollte?«

»Nein.«

»Hat Þórarinn vielleicht den Mann dieser Frau gekannt? Er heißt Ebeneser.«

»Den Namen hat er nie erwähnt. Ist das ein Ausländer?«

»Nein. Würdest du sagen, dass dieser Þórarinn ein gewalttätiger Mensch ist?«

Kristján dachte nach. Sollte er davon erzählen, wie Þórarinn ihn einmal windelweich geprügelt hatte, weil er seine Schulden nicht bezahlt hatte? Oder als er ihm den Mittelfinger gebrochen hatte, indem er ihn so lange nach hinten bog, bis es knackte. Der Schmerz war unerträglich gewesen. Ansonsten war Þórarinn aber ganz in Ordnung, vor allem, nachdem er sich damit abgefunden hatte, dass bei ihm nichts zu holen war und er ihn für sich hatte arbeiten lassen. Danach waren sie sogar so etwas wie Freunde geworden. Trotzdem glaubte Kristján nicht, dass Þórarinn viele Freunde hatte, zumindest wusste er von niemandem. Einmal hatte er ihn mit seiner Frau sprechen hören, und das war unschön gewesen. Er hatte sie auch mit einer Beule an der Stirn und zerplatzter Lippe gesehen. Und genauso unschön redete er über sie. Zu den Kindern war er gut, aber ansonsten immer total schwierig im Umgang. Eigentlich hatte er ihn nie mit guter Laune erlebt. Und oft genug hatte Þórarinn Kristján damit gedroht, ihn umzubringen, falls er ihn bei der Polizei verpfeifen würde.

»Was hast du gesagt?«, fragte Kristján, der nicht mehr wusste, was Sigurður Óli ihn gefragt hatte.

Dieser wiederholte stöhnend die Frage.

»Das kann gut sein«, sagte Kristján. »Ich glaube, er behandelt seine Frau nicht besonders gut.«

»Und du sagst, dass Þórarinn Schulden eintreibt?«

»Ja.«

»Weißt du das bestimmt? Hast du Beweise dafür?«

»Er hat versucht, Geld bei mir zu holen«, sagte Kristján. »Und ich weiß auch von anderen. Er geht ziemlich brutal vor. Inzwischen macht er das auch für andere.«

»Für andere?«

»Andere Dealer. Egal, für wen.«

»Und verwendet er einen Baseballschläger?«

»Bestimmt«, erklärte Kristján ohne Zögern. Er kannte

keine Geldeintreiber, die nicht Baseballschläger verwendeten.

»Wann hast du ihn zuletzt getroffen?«

»Als er an dem Tag, nachdem das passiert ist, zu mir kam.«

»Weißt du, wo er sich im Augenblick befindet?«

»Wahrscheinlich zu Hause bei sich. Oder bei der Arbeit.«

»Du glaubst nicht, dass er untergetaucht ist?«

»Vielleicht«, sagte Kristján achselzuckend.

»Wo könnte er untertauchen?«

»Das weiß ich nicht.«

»Bestimmt nicht?«

»Nein.«

Sigurður Óli fuhr noch eine Weile fort, Kristján auf den Zahn zu fühlen. Mit gutem Erfolg, denn trotz zahlreicher Mordandrohungen von Þórarinn gab Kristján freimütig Auskunft. Dabei stellte sich auch heraus, dass Þórarinn, genau wie viele andere in der erbärmlichen Unterwelt von Reykjavík, einen Spitznamen hatte, und der erklärte Sigurður Óli einiges.

Toggi Sprint.

## *Zwanzig*

Anfangs hatte er kaum Gelegenheit gehabt, den Mann kennenzulernen, der mit seiner Mutter zusammenlebte. Seine Mutter nannte ihn immer nur Röggi, und er war wenig zu Hause. Manchmal fuhr er zur See, manchmal arbeitete er irgendwo auf dem Land, um Sigurveig und ihren Sohn kümmerte er sich kaum.

Nachdem man ihn wieder nach Reykjavík geholt hatte, war er meistens völlig auf sich allein gestellt. Er lernte ein paar Kinder in seinem Viertel kennen, die in seinem Alter waren, und ging manchmal mit ihnen ins Kino. Als er im Herbst in die Schule kam, traf er einige von ihnen in seiner Klasse wieder. Morgens musste er selber wach werden, seine Sachen zusammensuchen und sich ein Pausenbrot schmieren, falls denn überhaupt etwas Essbares in der Küche vorhanden war. So früh am Tag war seine Mutter noch nicht auf den Beinen, denn sie blieb abends lange auf. Manchmal kamen Gäste, die er nicht kannte und auch gar nicht kennenlernen wollte. Dann durfte er nicht auf dem Sofa im Wohnzimmer schlafen, sondern musste ins Schlafzimmer der Mutter ausweichen. Manchmal hörte er Betrunkene lärmen, und einmal kam es zu einer Schlägerei. Jemand rief die Polizei, und aus dem Fenster beobachtete er, wie einer der Trunkenbolde abgeführt wurde, und er hörte die Verwünschungen, mit denen er die Polizisten überschüttete. Sie fassten den Mann nicht mit Samthandschuhen an, schleuderten ihn gegen die Tür und brachten ihn zu Fall, indem sie ihm ein Bein stellten. Seine Mutter stand daneben und keifte die Polizisten an. Dann schlug sie die Tür zu, und die Party ging bis zum Morgen weiter.

Er schämte sich, den Tausendkronenschein verloren zu haben, den ihm der Bauer zum Abschied geschenkt hatte. Auf der Fahrt in die Stadt hatte er ihn immer wieder aus der Hosentasche herausgeholt, um ihn zu betrachten, dann wieder zurückgesteckt und immer wieder nachgefühlt, ob er noch da war. Als er darauf wartete, abgeholt zu werden, hatte er vor lauter Angst, dass ihn niemand abholen würde, das Geld ganz vergessen. In der Wohnung seiner Mutter war er dann am Küchentisch eingeschlafen und auf dem Sofa aufgewacht. Den Geldschein hatte er ganz vergessen, er war es ja auch nicht gewohnt, irgendetwas zu besitzen, und schon gar nicht ein solches Vermögen. Erst spät am Abend erinnerte er sich an das Geschenk. Er hatte seine Hose immer noch an und fasste in die Tasche, dann in die andere und schließlich in die Gesäßtasche. Er nahm sich die Jacke vor, die er angehabt hatte, und suchte in allen Taschen, in seinem Koffer, in der Küche, auf dem Sofa, im Wohnzimmer – sogar hinter dem Fernsehgerät. Er sagte seiner Mutter, was passiert war, dass er den Geldschein verloren hatte, und er bat sie, mit ihm zum Busbahnhof zu gehen, um dort nachzufragen.

»Tausend Kronen!«, sagte seine Mutter. »Wer soll dir denn tausend Kronen gegeben haben?«

Er brauchte eine ganze Weile, um seine Mutter zu überzeugen, dass er die Wahrheit sagte.

»Der Schein ist dir ganz bestimmt aus der Tasche gefallen«, erklärte Sigurveig. »Den kannst du vergessen. Niemand gibt einen Tausendkronenschein zurück! Was für ein Schussel du bist, das ist sehr viel Geld. Aber vielleicht hast du das ja auch bloß geträumt?«, fragte sie dann und zündete sich eine Zigarette an.

Als er sie weiter bedrängte, rief sie schließlich beim Busbahnhof an. Er hörte bei dem kurzen Gespräch zu.

»Nein, natürlich nicht, daran habe ich auch nicht geglaubt«, sagte sie, als man ihr versichert hatte, dass dort kein Tausendkronenschein gefunden worden war.

Und damit musste er sich abfinden. Seine Mutter wollte nichts mehr von dem Geldschein hören. Als Rögnvaldur das nächste Mal nach Hause kam und seine Mutter die Rede auf das Geld brachte, erklärte er, nichts darüber zu wissen, er habe diesen Geldschein nie gesehen.

Er bekam im Grunde genommen überhaupt keine Verbindung zu seiner Mutter, und er begriff nicht, weshalb sie ihn in die Stadt geholt hatte. Er wusste nicht viel über sie, sie war eine unbekannte Frau für ihn. Sie kümmerte sich praktisch überhaupt nicht um ihn und lebte völlig in ihrer eigenen Welt, in der wenig Platz für ihn war. Sie hatte auch keinen Kontakt zu ihren anderen Kindern oder sonstigen Verwandten. Sie arbeitete nicht, und anscheinend ging sie nur mit Leuten um, die ebensolche Nachteulen waren wie sie. Sie fragte ihn kaum je danach, wie es ihm ginge, ob er schon Freunde gefunden hatte, wie ihm die Schule gefiel, ob er von anderen Kindern aufgezogen wurde.

Hätte sie ihn auch nur ein Mal danach gefragt, hätte er ihr sagen können, dass es ihm in der Schule gut gefiel, dass er gut mitkam, nur beim Rechnen brauchte er etwas Hilfe, allerdings wusste er nicht, wer ihm helfen konnte. Und die Rechtschreibung war ebenfalls schwierig, beispielsweise die Regeln, wann ein Wort mit zwei S geschrieben wurde oder nur mit einem. Der Lehrer war verständnisvoll und geduldig, auch wenn er bei den Diktaten schlecht abschnitt. Er schrieb nämlich nur sehr langsam, und das war schlecht, weil die Diktate vom Band immer sehr schnell gesprochen wurden, deswegen bekam er nicht immer alles mit. Er hätte ihr auch sagen können, dass es ihm unangenehm war, wenn die anderen merkten, dass er kein Pausenbrot dabeihatte oder mehrere Tage hintereinander dieselben Sachen trug, was die anderen nicht zuletzt am Geruch merkten.

Gewissenhaft machte er jeden Tag seine Hausaufgaben, und abends saß er vor dem Fernsehgerät, das war wie Kino im Wohnzimmer. Er sah alles mit dem gleichen großen Interesse an, Nachrichten, Interviews, Krimis oder isländische Unterhaltungssendungen. An den Wochenenden wurden Filme gezeigt, und die ließ er sich nicht entgehen. Es waren vielleicht sogar seine Lieblingssendungen, und natürlich die Zeichentrickfilme.

Rögnvaldur war schweigsam, wenn er zu Hause war, und sagte von sich aus wenig. Er hatte weder Freunde noch Kontakte zu anderen Menschen. Er bekam nie Besuch, und niemals rief jemand an, der mit ihm sprechen wollte. Irgendwann einmal wachte er mitten in der Nacht auf und sah, dass Rögnvaldur in der

Küche saß und rauchte. Vor ihm stand eine Flasche. Ein anderes Mal wachte er auf, als Rögnvaldur neben seinem Bett stand, ihn ausdruckslos anblickte und dann schweigend wieder ins Schlafzimmer zurückkehrte. Er spürte, dass Rögnvaldur ihm mehr Aufmerksamkeit schenkte als seine Mutter, denn er fragte ihn nach der Schule und den Lehrern, und er sah sich das Fernsehprogramm mit ihm an. Er schenkte ihm auch irgendwelche Kleinigkeiten, Bonbons, Sprudel oder Kaugummi.

Eines Abends im Herbst, als seine Mutter nicht zu Hause war, saßen Rögnvaldur und er vor dem Fernseher, und Rögnvaldur fragte ihn, ob er nicht lieber richtige Filme sehen wollte, Trickfilme. Doch, das wollte er natürlich. Rögnvaldur ging daraufhin ins Schlafzimmer und kam mit dem seltsamen Kasten zurück, der auf dem Wohnzimmertisch gestanden hatte, als er in die Stadt kam. Als Rögnvaldur die Schutzhülle abhob, kam das Vorführgerät zum Vorschein. Dann holte er einen ganzen Kasten mit Filmen aus dem Schlafzimmer, und zum Schluss stellte er eine kleine Leinwand auf einem dreibeinigen Stativ auf.

»Ich zeig dir jetzt Trickfilme, die mir gehören«, sagte Rögnvaldur, nahm einige Filmrollen aus dem Kasten und legte die erste ein.

Er drückte auf einen Knopf, und die Maschine begann zu laufen. Die Leinwand war hell erleuchtet. Das Gerät schnurrte freundlich, als der Film sich einfädelte, dann verschwand das helle Licht, und Striche und Punkte tauchten auf. Danach begann endlich der Film.

Nachdem sie sich ihn angesehen hatten, spulte Rögnvaldur den Film zurück, verstaute ihn wieder. Der nächste Film war genauso lustig wie der erste. Trickfilme mit Donald Duck.

Als der zweite Film durch war, legte Rögnvaldur noch einen Film ein, ohne etwas zu sagen. Es war ein Farbfilm in irgendeiner fremden Sprache. Er begann damit, dass ein erwachsener Mann einem Mädchen über die Haare strich, das nicht älter als sieben Jahre sein konnte. Und dann fing er an, ihr die Kleider auszuziehen.

»Ich hab das nie gewollt!«, schrie er den Abschaum an, der mit dem Stuhl, an den er ihn festgebunden hatte, nach hinten gekippt war. »Ich hab mir das widerliche Zeug nie ansehen wollen. Du hast mich dazu gezwungen, und du hast mich auch dazu gezwungen ...«

Er trat nach dem Mann wie nach einem Hund, er trat zu und weinte und schrie und trat und weinte.

»Ich hab das nie gewollt!«

## *Einundzwanzig*

Es stellte sich heraus, dass Þórarinn irgendwo in der Versenkung verschwunden war.

Sigurður Óli war in Begleitung von Finnur und einigen uniformierten Polizisten zu Þórarinns kleinem Reihenhaus am Sogavegur gefahren. Er hatte es für überflüssig gehalten, die Leute vom SEK herauszutrommeln. Als er an die Tür klopfte, war es schon gegen Abend, und kalter Nieselregen hing über der Stadt. Kurz zuvor hatten sich die Straßenlaternen automatisch eingeschaltet und warfen ein nebliges Licht auf ihre Umgebung. Die Polizisten standen hinter Sigurður Óli und Finnur und warteten darauf, dass sich die Tür öffnen würde. Zwei der Männer standen hinter dem Haus, falls Þórarinn sein Heil in der Flucht durch den Hinterausgang suchen sollte. Als die Tür sich öffnete, starrte ein etwa sechsjähriges Mädchen zu ihnen hoch.

Sigurður Óli beugte sich zu ihm hinunter. »Ist dein Papa zu Hause?«, fragte er und versuchte zu lächeln.

»Nein«, antwortete das Mädchen.

Ein zweites, ungefähr zehnjähriges Mädchen erschien hinter ihr und sah Sigurður Óli und Finnur und die Polizisten an, die hinter ihnen warteten.

»Ist eure Mutter zu Hause?«, fragte Sigurður Óli das ältere Mädchen.

»Sie schläft«, sagte das Mädchen.

»Würdest du so nett sein und sie wecken?«, sagte Sigurður Óli und gab sich Mühe, freundlich zu wirken, was keine Wirkung zeigte.

»Wir dürfen sie nicht wecken«, sagte das Mädchen.

Sigurður Óli warf Finnur einen Blick zu.

»Du musst sie für uns wecken, meine Kleine«, sagte Finnur entschlossen. »Wir sind von der Polizei und müssen unbedingt mit deinem Vater sprechen. Weißt du, wo er ist?«

»Bei der Arbeit«, sagte das Mädchen. »Ich geh Mama wecken«, sagte sie dann und verschwand im Haus.

Sie warteten eine ganze Weile auf der Treppe vor dem Haus. Die Polizisten hinter dem Haus traten im Nieselregen von einem Bein aufs andere. Das jüngere Mädchen stand immer noch in der Tür und starrte die Besucher mit misstrauischen Augen an. Sie hatten eine Genehmigung, das Haus zu durchsuchen, von der Sigurður Óli unverzüglich Gebrauch machen wollte. Finnur war aber dagegen gewesen, das in Anwesenheit der Kinder zu tun, um sie nicht zu ängstigen. Ihnen war bekannt, dass es drei Kinder im Haus gab, das jüngste war vier Jahre alt. Sie wussten außerdem, dass Þórarinn nicht bei der Arbeit war, eine Überprüfung hatte ergeben, dass er sich dort seit Dienstag nicht hatte blicken lassen. Nach seinem Lieferwagen wurde gefahndet.

Endlich kam das ältere Mädchen zurück und starrte sie schweigend an. Kurze Zeit später erschien seine Mutter. Es war ihr deutlich anzusehen, dass sie geschlafen hatte, sie schien noch nicht richtig wach zu sein. Ihr volles Gesicht wirkte zerknittert, und die Haare standen ihr wirr vom Kopf ab.

»Wir haben die Genehmigung zu einer Hausdurchsuchung«, sagte Sigurður Óli. »Du solltest uns reinlassen. Wir müssen auch unbedingt mit deinem Mann reden, mit Þórarinn. Weißt du, wo er ist?«

Die Frau antwortete nicht. Die Mädchen starrten sie an.

»Wir möchten das so friedlich wie möglich über die Bühne bringen«, schaltete sich Finnur ein.

Die Frau war immer noch nicht richtig wach. »Was ... Was wollt ihr denn von ihm?«, fragte sie mit schlaftrunkener Stimme.

Sigurður Óli hatte zu diesem Zeitpunkt keine Lust auf weitere Diskussionen und befahl den Polizisten, ihm zu folgen. Er schob die Mädchen in der Tür zur Seite, die Mutter wich von sich aus zurück. Kurz darauf war die Durchsuchung in vollem Gang. Sie hielten vor allem Ausschau nach blutverschmierten oder zerrissenen Kleidungsstücken, nach Rauschgift und Geld, vielleicht sogar einer Kundenliste oder etwas, was mit dem Überfall auf Lína und den Beweggründen zu tun hatte. Das jüngste Mädchen lag schlafend im Bett der Eltern. Die Mutter weckte es auf und trug es ins Wohnzimmer. Die Frau schien nicht sonderlich überrascht über diese Invasion zu sein, sie protestierte nicht, sondern hielt sich schweigend im Hintergrund und sah den Polizisten zu, die alles auf den Kopf stellten. In den Schubladen im Schlafzimmer lag frische Unterwäsche, in der Küche war alles aufgeräumt, Tische und Arbeitsplatten blitzsauber. Die Einrichtung war bescheiden, die Sofagarnitur im Wohnzimmer abgenutzt, und auf den Tischen standen billige Dekorationsgegenstände. Wenn Þórarinn als Dealer gute Einkünfte hatte, ließ sich das nicht an seinem Zuhause ablesen. Das einzige Auto, das er besaß, war der Lieferwagen.

»Erinnerst du dich, was dein Mann am letzten Montag anhatte?«, fragte Sigurður Óli.

»Was er anhatte? Er hat immer dasselbe an.«

»Könntest du vielleicht seine Kleidung etwas genauer beschreiben?«

Die Frau sagte ihnen, wie er gekleidet gewesen war, und das passte zu dem, was Sigurður Óli gesehen hatte. Sie erkundigte sich, was Þórarinn verbrochen hatte.

»Wo war er am Montagabend?«, fragte Sigurður Óli, ohne auf ihre Frage einzugehen.

»Er war den ganzen Abend da«, erklärte die Frau ohne zu zögern. »Er ist am Montagabend nicht aus dem Haus gegangen«, fügte sie hinzu, falls Sigurður Óli sie nicht richtig verstanden haben sollte.

»Wir wissen, dass das nicht stimmt«, sagte er. »Er wurde nämlich anderswo gesehen, also kann er nicht zu Hause gewesen sein. Und zwar habe ich ihn gesehen. Wenn du uns weiter deine Lügen auftischen willst, kannst du das gerne machen, aber das Gespräch findet dann im Hauptdezernat statt. Das bedeutet, dass die Mädchen irgendwo anders untergebracht werden müssen. Wenn du niemanden kennst, der auf sie aufpassen kann, können wir versuchen, jemanden zu finden.«

Die Frau sah Sigurður Óli fragend an.

»Oder du sagst uns einfach, was wir wissen wollen, und dann kannst du dich wieder hinlegen«, fügte er hinzu.

Die Frau blickte ihre Töchter an. Die Älteste hatte Schwierigkeiten in der Schule, nicht nur beim Lernen, sondern sie weigerte sich auch, am Schwimm- und Turnunterricht teilzunehmen.

»Er sagt mir nie was«, meinte sie schließlich. »Ich weiß gar nichts.«

»Er war am Montagabend also nicht zu Hause?«

Die Frau schüttelte den Kopf.

»Er hat dir aber befohlen, das zu sagen?«

Sie zögerte einen Moment, nickte dann aber.

»Wo ist er jetzt?«

»Ich weiß es nicht. Was hat er getan? Ich hab ihn seit Montagabend nicht mehr gesehen. Er war kurz hier, aber ich hab kaum verstanden, wovon er redete. Angeblich musste er für eine Weile aus der Stadt verschwinden. Er wollte aber so bald wie möglich zurückkommen.«

»Was meinte er mit ›aus der Stadt‹? Wohin wollte er?«

»Das weiß ich nicht, wir besitzen kein Ferienhaus oder so etwas.«

»Hat er Verwandte auf dem Land?«

»Nein, das glaube ich jedenfalls nicht. Was hat er gemacht?«

Die drei Mädchen hatten verwundert zugehört, ihre Blicke irrten zwischen ihrer Mutter und den Polizisten hin und her. Sigurður Óli gab der Frau zu verstehen, dass es vielleicht nicht gut sei, wenn die drei alles mithörten. Sie reagierte umgehend, schob die Kinder vor sich her in die Küche und sagte der Ältesten, sie solle ihnen einen Malzkakao zu trinken geben.

»Wir glauben, dass er am Montagabend eine Frau überfallen hat«, sagte Sigurður Óli, als sie wieder aus der Küche kam. »Er wurde am Tatort gesehen.«

»War er bei einer anderen Frau?«

»Nein, das glaube ich nicht«, sagte Sigurður Óli. »Wir gehen nicht davon aus, dass es ein Überfall dieser Art war. Kannst du mir sagen, mit was für Leuten er in den Tagen, bevor er untergetaucht ist, Kontakt hatte?«

Sie hatten eine Liste über die Telefongespräche vom Festnetzanschluss angefordert. Möglich, dass dadurch Licht in die Angelegenheit gebracht werden konnte, aber Sigurður Óli war skeptisch. Nach Kristjáns Beschreibungen war dieser Þórarinn viel zu vorsichtig. Dafür sprach auch die Tatsache, dass kein Handy auf ihn registriert war, obwohl Kristján sicher war, dass er eins besaß.

»Ich weiß sehr wenig darüber, was Toggi immer so treibt«, erklärte seine Frau. »Er sagt mir nie etwas. Ich weiß nur, dass er als Lieferwagenfahrer unheimlich viel arbeitet, manchmal auch abends und nachts. Und jetzt ist er verschwunden.«

»Hat er seit dem Montag noch einmal Verbindung mit dir aufgenommen?«

»Nein«, sagte die Frau resolut. »Weshalb hat er diese Frau überfallen?«

»Das wissen wir nicht.«

»Ist das die Frau aus den Nachrichten, die gestorben ist?«

Sigurður Óli nickte.

»Glaubt ihr, dass Toggi das getan hat?!«

»Wusstest du, dass Þórarinn als Geldeintreiber arbeitet?«

»Geldeintreiber?«, fragte die Frau. »Nein. Wieso denkt ihr überhaupt, dass er etwas damit zu tun hat? Weshalb ... Ich glaube es einfach nicht!«

Sie wussten, dass Þórarinn im Strafregister stand, aber die Einträge lagen lange zurück. Damals war seine erste Tochter noch nicht geboren, und möglicherweise hatte er auch seine Frau noch nicht gekannt. Er war zweimal wegen Körperverletzung verurteilt worden, im einen Fall bekam er vier Monate auf Bewährung, weil er vor einem Vergnügungslokal einen Mann übel zusammengeschlagen hatte. Im zweiten Fall erhielt er sechs Monate, von denen er drei einsitzen musste, für schwere Körperverletzung in einer Kneipe in Hafnarfjörður. In der Fahndungsbeschreibung, die am Nachmittag herausgegeben worden war, hieß es, dass er gewalttätig und gefährlich sei.

Kristjáns Aussagen zufolge war Þórarinn auch seiner Frau gegenüber gewalttätig geworden, doch Sigurður Óli sah keine äußeren Anzeichen dafür. Er überlegte, ob er nachhaken sollte, unterließ es aber.

»Uns geht es nur darum herauszufinden, ob er irgendetwas mit diesem Fall zu tun hat«, sagte er. »Das kannst du uns wirklich glauben. Du bist wohl diejenige, die sich um den Haushalt kümmert?«

»Er will es immer ordentlich haben«, sagte die Frau mechanisch.

Finnur kam aus der Küche und bat Sigurður Óli, mit ihm nach draußen zu kommen.

»Wir finden nichts, was ihn mit Lína verbindet«, sagte er. »Kriegst du etwas aus ihr heraus?«

»Sie hat gerade erfahren, dass ihr Mann möglicherweise ein Mörder ist. Wenn sie das erst mal verarbeitet hat, könnte sie uns womöglich mehr sagen.«

»Und deine Freunde, was sagen die?«, fragte Finnur.

»Meine Freunde? Fängst du schon wieder damit an?«

»Möchtest du nicht wissen, wie die Vernehmungen gelaufen sind?«

»Interessiert mich nicht.«

Sigurður Óli wusste, dass Patrekur und Hermann und ihre Frauen vernommen worden waren. Wenn Sigurður Óli nicht so beschäftigt gewesen wäre, Þórarinn zu finden, hätte er sich sicherlich Kopien der Protokolle besorgt.

»Dieser Hermann hat mir das Bild von sich gezeigt und gesagt, dass Lína und Ebeneser sie zu erpressen versuchten. Er hat natürlich nicht zugegeben, dass er über Lína hergefallen ist oder einen anderen auf sie angesetzt hat, der die Aufnahmen finden sollte. Er wirkte ziemlich angeknackst, und seine Frau weinte die ganze Zeit. Im Gegensatz dazu hat Patrekur sich nichts anmerken lassen und alles rundheraus abgestritten.«

»Und was wirst du mit ihnen machen?«

»Ich hab ihnen gesagt, dass sie im Augenblick die Stadt nicht verlassen dürfen. Patrekur gab zu, dass er dich kontaktiert hatte. Es steht also jetzt in den Akten, dass du von dieser Sache gewusst, aber keine Meldung erstattet hast. Ich werde nachher meinen Bericht machen und an die entsprechenden Stellen weiterleiten. Stell dich darauf ein, dass sie sich melden.«

»Was soll dieses Theater, Finnur?«, fragte Sigurður Óli.

»Ich bin wirklich erstaunt, dass du immer noch darauf bestehst, an den Ermittlungen teilzunehmen«, antwortete Finnur. »Du bist persönlich viel zu sehr in den Fall verwickelt. Wenn du selber nichts unternimmst, muss ich das tun. Ich leite diese Ermittlung, komm du mir ja nicht mit einem Privatflip.«

»Findest du, dass du es dir leisten kannst, so mit mir zu reden?«, fragte Sigurður Óli.

»Deine Position ist leider keine besonders gute, mein lieber Siggi«, sagte Finnur. »Du handelst nicht im Sinne der Ermittlung, wenn du auf eigene Faust recherchierst. Ich leite das Ganze, und du hast das zu tun, was ich sage.«

»Glaubst du wirklich allen Ernstes, dass man mir nicht mehr vertrauen kann?«, fragte Sigurður Óli. »Willst du das damit sagen? Ausgerechnet du?«

»Ja, genau das will ich sagen.«

Sigurður Óli sah sein Gegenüber lange an. Er wusste, dass Finnur ein guter Kriminalbeamter war, aber diese Kritik an seiner Arbeit grenzte beinahe schon an Mobbing, und damit musste Schluss sein. Sigurður Óli hatte nicht vor, sich das bieten zu lassen, nicht von Finnur. Vielleicht von jemand anderem, aber nicht von Finnur.

»Wenn du weiter so einen Quatsch behauptest, packe ich ebenfalls aus«, entgegnete er, wobei er Finnur fest in die Augen blickte. »Denk mal darüber nach. Um deiner selber willen ist es für dich das Beste, wenn du mich in Ruhe lässt.«

»Was meinst du damit?«

»Du kennst einen Burschen namens Pétur, nicht wahr?«

Finnur sah Sigurður Óli ernst an, antwortete aber nicht.

»Einer von diesen Blindgängern, die ständig Schwierigkeiten machen«, fuhr Sigurður Óli fort. »Ein brutaler Idiot, der selber vor Kurzem beinahe zu Tode geprügelt wurde, und zwar ganz in der Nähe vom Dezernat. Sagt dir das was?«

Immer noch starrte Finnur Sigurður Óli schweigend an.

»Falls du glaubst, dass du der einzige anständige Bulle weit und breit bist, dann ist das ein großes Missverständnis. Hör auf, mir was vorzupredigen und zu drohen, damit wir beide einfach weiter unsere Arbeit tun können.«

Finnur starrte Sigurður Óli an, als versuche er zu begreifen, worauf Sigurður Óli angespielt hatte. Ob es ihm klar geworden war oder nicht, blieb offen, aber er stieß eine Flut von Verwünschungen aus und stürmte wieder zurück ins Haus.

Am Abend ging Sigurður Óli noch einmal ins Dezernat, wo etwas für ihn abgegeben worden war. Der Überbringer hatte nicht sagen wollen, wer er war, aber die Beschreibung passte zu diesem Penner, der Andrés hieß und der ihm beim Hofeingang zum Dezernat aufgelauert hatte. Auf seinem Schreibtisch lag eine zusammengeknüllte, zerknitterte Plastiktüte einer Supermarktkette. Sigurður Óli brauchte einige Zeit, um herauszufinden, was ihr vergleichsweise winziger Inhalt war. Erst glaubte er, dass gar nichts in der Tüte war und dass es sich nur um einen albernen Scherz handelte. Er drehte die Tüte schließlich um und schüttelte sie so lange, bis der Inhalt auf den Boden fiel.

Es stellte sich heraus, dass es ein aufgerolltes Stück eines 8-mm-Films war. Sigurður Óli legte ihn auf den Schreibtisch und durchsuchte die Tüte noch einmal nach einem Brief oder weiteren Filmstücken, ohne Erfolg.

Er nahm die dünne Filmrolle in die Hand, zog sie

auseinander und hielt den Streifen in das Licht der Schreibtischlampe, um zu sehen, was darauf war, konnte aber nichts erkennen. Er dachte lange über diesen Andrés nach, sah ihn vor sich, wie er ihm hinter dem Polizeigebäude aufgelauert hatte, und versuchte sich vorzustellen, was der Mann von ihm wollte.

Er starrte auf den Film und hatte keine Ahnung, was er von dieser armseligen Sendung halten sollte. Viel konnte auf dem kurzen Stück Film nicht zu sehen sein, und er hatte keine Ahnung, weshalb er auf seinem Schreibtisch gelandet war.

Später stellte sich heraus, dass der Film eine Länge von zwölf Sekunden hatte.

## *Zweiundzwanzig*

Lína war Sekretärin bei einer mittelgroßen Steuerberatungsfirma gewesen, deren Mitarbeiter alle entsetzt über ihr Schicksal waren. Sigurður Óli fuhr am Samstag um die Mittagszeit dorthin. Eigentlich hatte er damit bis nach dem Wochenende warten wollen, aber dann war ihm gesagt worden, dass die meisten Mitarbeiter auch am Wochenende arbeiteten, da die Firma sonst kaum in der Lage war, die eingehenden Aufträge zu bewältigen. Niemand von seinen Gesprächspartnern konnte sich vorstellen, warum und weshalb jemand Lína überfallen haben könnte oder wer ihr etwas Böses wollte. Er unterhielt sich mit den Sekretärinnen, die mit ihr zusammengearbeitet hatten, und mit einigen Steuerberatern, für die sie tätig gewesen war. Schließlich traf er sich im Konferenzzimmer mit dem stellvertretenden Chef der Kanzlei, der Sigurlína Þorgrímsdóttir am meisten als Sekretärin in Anspruch genommen hatte. Der Mann, dem man den Wohlstand ansehen konnte, war um die fünfzig, hieß Ísleifur und trug einen sündhaft teuren Anzug. Im Zuge des Wirtschaftsbooms florierten die Geschäfte in der Firma, und anscheinend war er ein außerordentlich beschäftigter Mann. Die beiden Handys, die vor ihm auf dem Tisch lagen, waren stumm gestellt, und während Sigurður Óli sich mit ihm unterhielt, vibrierten sie abwechselnd. Nach einem Blick auf die Displays befand Ísleifur jedes Mal, dass die Anrufe unwichtig waren. Er nahm nur einen Anruf entgegen, seinen Antworten nach zu urteilen war seine Ehefrau am anderen Ende der Leitung. Er sagte ihr in sanftem Ton, dass er in einer Besprechung sei und später zurückrufen werde, was sie anscheinend nicht zum ersten Mal hörte.

Der Mann betonte, was für eine hervorragende Kraft Lína gewesen war, alle hätten nur Gutes über sie zu sagen. Und in der Tat hatte keiner der Leute, mit denen Sigurður Óli sich unterhalten hatte, ein negatives Wort über sie fallen lassen.

»Ich glaube, sie war ernsthaft daran interessiert, sich zur Steuerberaterin ausbilden zu lassen«, erklärte Ísleifur. »Sie verfügte über ausgezeichnete Kenntnisse in unserem Metier, diese Arbeit ist nichts für jedermann«, fügte er selbstgefällig hinzu.

»Geht es dabei nicht einfach ums Addieren und Subtrahieren?«, fragte Sigurður Óli.

Ísleifur lachte trocken. »Ja, das glauben viele. Aber so simpel ist es eben nicht.«

»Gehörte Lína zu deinem engeren Mitarbeiterstab?«

»Das könnte man so ausdrücken. Und sie war überaus tüchtig. Wir mussten häufig abends und an Wochenenden Überstunden machen, wie du hier siehst, und sie war immer bereit, sich einzusetzen.«

»Was ist dein Fachgebiet?«, fragte Sigurður Óli. »Was für Kunden hast du?«

»Das ganze Spektrum«, sagte Ísleifur und nahm ein vibrierendes Handy vom Tisch, warf einen raschen Blick auf das Display und lehnte das Gespräch ab. »Privatleute und Firmen, große Unternehmen. Von einfacher Buchhaltung bis hin zu den kompliziertesten Verträgen.«

»Hatte Lína Verbindung zu irgendjemandem von diesen Kunden?«

»Verbindung?«

»Kannst du mir irgendwelche Kunden nennen, mit denen Lína im Rahmen ihrer Arbeit in direkter Verbindung stand?«

»Ja, ich weiß nicht ...«

Das andere Handy vibrierte.

»... meinst du eine Verbindung privater Natur oder ...?«

Er blickte auf die Telefonnummer und verweigerte wieder die Annahme des Gesprächs.

»Welche Verbindung auch immer. Hatte sie private Beziehungen zu Kunden dieser Firma?«

»Nicht, dass ich wüsste«, antwortete Ísleifur. »Es gibt natürlich die unterschiedlichsten Kontakte, aber normalerweise nicht zwischen Sekretärinnen und Kunden, viel eher zu uns Beratern.«

»Kennst du ihren Mann Ebeneser?«

»Ja, aber nur sehr oberflächlich. Er hat Incentive-Reisen ins Hochland für unsere Kunden organisiert. Er ist Reiseleiter. Wir grillen beispielsweise oben auf dem Vatnajökull, dem drittgrößten Gletscher der Welt, und dergleichen.«

»War ihre Beziehung gut? Weißt du etwas darüber?«

Nun begannen beide Handys zu zittern. Ísleifur nahm sie mit entschuldigender Miene zur Hand. »Die muss ich wahrscheinlich annehmen«, sagte er. »Lína hat meistens mit Kolfinna zusammengearbeitet. Sie ist ebenfalls Sekretärin, du solltest dich vielleicht mit ihr unterhalten.«

Kolfinna war nicht weniger beschäftigt als ihr Chef. Sie saß am Computer und gab Informationen in eine Excel-Datei ein, aber dauernd klingelte das Telefon. Sigurður Óli fragte, ob sie ein paar Minuten erübrigen könnte, um sich mit ihm über Sigurlína zu unterhalten.

»Ja, du lieber Himmel«, sagte Kolfinna. »Ich hab gehört, dass die Polizei da ist. Moment mal, rauchst du?«

Sigurður Óli schüttelte den Kopf.

»Trotzdem Zigarettenpause«, sagte sie und schloss die Datei. Sie zog eine Schublade auf, schnappte sich ihre Zigarettenschachtel und ein Feuerzeug und ging vor ihm her zum Hintereingang. Überraschend schnell standen sie hinter dem Haus unter freiem Himmel. Beim Eingang war eine Schale, in der Zigarettenkippen in einer trüben Flüssigkeit schwammen. Kolfinna zündete sich eine Zigarette an und inhalierte tief.

»Mein Gott, es ist einfach entsetzlich«, seufzte sie. »Wahnsinn, dass ein Einbrecher so über normale Leute herfällt.«

»Du glaubst, dass es ein Einbrecher war?«, fragte Sigurður Óli, der versuchte, sich so hinzustellen, dass er den Rauch nicht einatmen musste.

»Ja. Stimmt das nicht? Ich hab es irgendwo gehört. War das nicht so?«

»Der Fall wird noch untersucht«, sagte Sigurður Óli kurz angebunden. Er konnte Raucher nicht ausstehen und war sehr dafür, das Rauchverbot nicht nur in öffentlichen Gebäuden, sondern auch in Restaurants und Kneipen einzuführen. Woanders durften sich Raucher seinetwegen ruhig umbringen.

»Wie war die Beziehung zwischen ihr und Ebeneser?«, fragte er dezent hustend, doch das entging Kolfinna.

»Ihre Beziehung? Die war in Ordnung, glaube ich. Aber die beiden mussten sich ordentlich abrackern, sie haben nämlich irre Schulden gemacht. Die haben sogar neben den normalen Darlehen Kredite in ausländischen Devisen aufgenommen – für den Jeep und das Ferienhaus, das sie sich bauen. Sie haben ja nur durchschnittliche Einkommen, wollten aber alles haben und auf nichts verzichten. Lieber noch einen weiteren Kredit aufnehmen. Machen das jetzt nicht alle?«

»Ein Ferienhaus?«

»Ja, irgendwo in Südisland.«

»Ebeneser hat, wenn ich es richtig verstanden habe, Incentive-Trips für euch und eure Kunden organisiert«, sagte Sigurður Óli.

»Ja, zwei Mal, glaube ich. Ich war nicht dabei, aber Lína ist natürlich mitgefahren. Muss wohl echt Spaß gemacht haben. Zwei oder drei Tage waren sie unterwegs, und immer mit den Jeeps rauf auf die Gletscher. Wer was auf sich hält, muss wohl so einen Superjeep fahren. Je weniger die Typen in der Hose haben, desto teurer die Jeeps«, spöttelte Kolfinna und warf die Zigarette in die Nikotinbrühe. »Das hat zumindest Lína immer gesagt.«

»Sie verfügte wohl diesbezüglich über große Erfahrung?«, erkundigte sich Sigurður Óli.

Kolfinna fischte die nächste Zigarette aus der Schachtel, sie war offensichtlich entschlossen, die Pause gut zu nutzen.

»Ebbi war natürlich immer dabei.«

Sie lachte kurz und heiser. Sigurður Óli grinste.

»Willst du damit andeuten, dass sie mit einem von diesen Typen was hatte?«, fragte Kolfinna. »Wundern würd's mich nicht. Lína war so. Sie fand nichts dabei, mit allen möglichen Männern zu schlafen. Wisst ihr mehr darüber? Hat sie sich mit diesen Typen eingelassen?«

Ihr Interesse war echt, was nicht zuletzt ihrer Enttäuschung anzumerken war, als Sigurður Óli entgegnete, dass er darüber nichts wisse. Auf seine Frage, ob er von ihr die Namen der Kunden erhalten könnte, mit denen Ebeneser und Lína diese Ausflüge unternommen hatten, erklärte sie, das sei kein Problem, die Listen seien im Computer. Ob die beiden in einer so verzweifelten Lage gewesen waren, dass sie auf Besuche von Geldeintreibern gefasst sein mussten, wusste sie nicht, wiederholte aber, dass sie stark verschuldet gewesen seien. Ansonsten war Lína offensichtlich nicht der Typ gewesen, der viel über private Angelegenheiten redete. Kolfinna arbeitete seit ein paar Jahren mit ihr zusammen und war prima mit ihr ausgekommen, aber im Grunde genommen wusste sie sehr wenig über Lína.

»Sie war eine prima Kollegin«, sagte sie, »aber sie hielt einen auch irgendwie auf Abstand. So war sie einfach. Sie ist nie aufdringlich gewesen.«

»Hat sie irgendwann mal erwähnt, dass sie Angst hatte oder in eine Sache hineingeraten wäre, mit der sie nicht fertig wurde?«, fragte Sigurður Óli.

»Nein«, antwortete Kolfinna prompt. »Bei ihr lief alles bestens. Das glaube ich zumindest.«

Auf die Schnelle fand sie nur eine der Teilnehmerlisten an den Gletschertouren in ihrem Computer, versprach Sigurður Óli aber, ihm die andere zu schicken, sobald sie sie fände. Sigurður Óli ging die Liste durch, doch die Namen sagten ihm nichts.

Am späten Nachmittag rief Elínborg an und bat ihn, sie abends bei einem Hausbesuch zu begleiten. Er war zwar der Meinung, dass man seine Samstagabende wesentlich interessanter gestalten konnte, erklärte sich aber trotzdem bereit. Elínborg bearbeitete zurzeit einen sehr schwierigen Fall, den Mord im Þingholt-Viertel, und war beinahe Tag und Nacht im Einsatz. Sie holte ihn abends ab, und gemeinsam fuhren sie zu einem Mann, der in Fellsmúli lebte und Valur hieß, ein unangenehmer Mensch, der Sigurður Óli total auf die Nerven ging.

»Hast du eigentlich mal was von Erlendur gehört?«, fragte Sigurður Óli, als sie sich nach diesem Besuch wieder ins Auto setzten. Er erzählte Elínborg, dass Eva Lind ihn angerufen und sich nach ihrem Vater erkundigt hatte.

»Ich hab nicht das Geringste von ihm gehört«, sagte Elínborg, der man ihre Müdigkeit anmerkte. »Wollte er nicht für einige Tage in die Ostfjorde fahren?«

»Wie lange ist das schon her?«

»Bestimmt eine Woche, wenn nicht länger.«

»Wie lange wollte er Urlaub machen?«

»Keine Ahnung.«

»Und was will er in den Ostfjorden?«

»Die Gegend besuchen, in der er aufgewachsen ist.«

»Hast du was von dieser Frau gehört, mit der er sich trifft?«

»Von Valgerður? Nein. Ich sollte sie vielleicht mal anrufen. Möglicherweise hat er sich ja bei ihr gemeldet.«

## *Dreiundzwanzig*

Zum zweiten Mal saß Sigurður Óli sonntagmorgens in seinem Auto vor dem Haus am Kleppsvegur und behielt die Zeitung im Auge, die ein Stück aus dem Briefkasten am Eingang herausragte. Er hatte sich schon früh dort eingefunden, kurz nachdem die Zeitung ausgetragen worden war, und ließ den Motor laufen, um es warm zu haben. Diesmal hatte er sich Kaffee in einer Thermoskanne und etwas zu Lesen mitgebracht, Zeitungen und einen neuen Reiseprospekt für Florida. Es waren noch weniger Leute als am vergangenen Sonntag unterwegs. Weder das Mädchen, das vor einer Woche die Treppe hinaufgewankt war, noch der Tagedieb, der sich als Komponist ausgab, hatten sich blicken lassen. Die Zeit schleppte sich dahin. Sigurður Óli ließ bei der Lektüre der Zeitung keinen Buchstaben aus, und zwischendurch betrachtete er immer wieder die Sonnenbilder aus Florida. Das Radio lief, aber er fand nichts nach seinem Geschmack, obwohl er von Sender zu Sender wechselte – von Geschwätz zu Musiksendungen und dann wieder zu Geschwätz. Zum Schluss fand er aber einen Sender, der alte Rock-Klassiker spielte, und dabei blieb er eine Weile.

Ein älterer Mann mit einer Tüte aus der Bäckerei in der Nähe betrat das Haus. Er beachtete die Zeitung gar nicht, aber beim Blick auf seine Tüte meldeten sich Hungergefühle bei Sigurður Óli. Die Bäckerei war ganz in der Nähe, wenn er ein paar Meter zurücksetzte, konnte er bereits das Schild sehen. Er taxierte seine Lage. Der Geruch von frisch Gebackenem kitzelte ihn förmlich in der Nase, und er wäre schon mit einem kleinen Hefeteilchen zufrieden gewesen. Auf der anderen Seite konnte aber der Zeitungsdieb das Exemplar genau in den paar Minuten seiner Abwesenheit mitgehen lassen. Ob da wohl eine Schlange in der Bäckerei ist?, dachte er und sah sehnsüchtig in die Richtung.

Viel mehr passierte nicht bis kurz vor Mittag, als eine ältere Frau hinunter in den Eingangsbereich kam und durch die Glastür einen Blick nach draußen warf. Dann wandte sie sich den Briefkästen zu, schnappte sich ohne zu zögern die Zeitung und öffnete die Zwischentür zum Treppenhaus. Sigurður Óli, der völlig ausgehungert war und sich mit einem Kreuzworträtsel ablenkte, warf die Zeitung auf den Nebensitz, sprang aus dem Auto und stürmte zum Eingang. Er bekam seinen Fuß zwischen die Tür, bevor sie ins Schloss fiel, und griff die Frau, die bereits zwei Stufen der Treppe erklommen hatte, am Arm.

»Was machst du mit der Zeitung?«, fragte er schroff.

Sie sah ihn schockiert an. »Lass mich los«, sagte sie. »Meine Zeitung bekommst du nicht, du Dieb!«, sagte sie mit schwacher Stimme.

»Ich bin kein Dieb«, sagte Sigurður Óli, »ich bin von der Polizei. Weshalb stiehlst du Guðmundas Zeitung?«

Der Gesichtsausdruck der Frau entspannte sich. »Bist du der Sohn von Gagga?«, fragte sie.

»Ja«, antwortete Sigurður Óli perplex.

»Ich bin Guðmunda, mein Lieber.«

Sigurður Óli ließ die Frau los. »Hat Gagga nicht mit dir gesprochen? Ich bin hier, um auf deine Zeitung aufzupassen.«

»Ja, natürlich, aber ich wollte sie jetzt endlich lesen.«

»Aber du kannst sie nicht lesen, solange ich sie bewache.«

»Doch«, sagte Guðmunda und stieg die Treppe hoch, »da hast du eben Pech gehabt. Schöne Grüße an deine Mutter, mein Lieber.«

Sigurður Óli berichtete seiner Mutter von dieser Begegnung, als er sich kurze Zeit später bei ihr an den Tisch setzte. Heißhungrig verschlang er das Mittagessen, das sie ihm vorsetzte, und erklärte anschließend, er würde auf keinen Fall noch einmal einem Zeitungsdieb auflauern, diesen Schwachsinn würde er nicht länger mitmachen.

Gagga schien sich über das Missgeschick ihres Sohnes zu amüsieren. Sie stand hinter ihm und versuchte angestrengt, ein Lachen zu unterdrücken und fragte ihn, ob er einen Nachschlag wolle, wobei sie sich über den Appetit ihres Sohnes wunderte.

Zum Schluss servierte sie Kaffee und fragte, ob sein Vater mit ihm gesprochen hatte. Sigurður Óli erzählte ihr von seinem Besuch im Hauptdezernat, bei dem sein Vater ihm gesagt hatte, wie es um ihn stand.

»War er nicht ziemlich deprimiert deswegen?«, fragte seine Mutter und setzte sich zu ihm an den Küchentisch. »Er hat mich auch angerufen, um mir das mitzuteilen, und er klang nicht so munter wie sonst.«

»Er lässt sich nichts anmerken«, entgegnete Sigurður Óli. »Ich werde ihn nachher im Krankenhaus besuchen, er kommt morgen unters Messer. Er hat gesagt, ich solle mich ebenfalls untersuchen lassen, weil ich zur Risikogruppe gehöre.«

»Das solltest du auch unbedingt tun«, erklärte Gagga. »Er hat auch mit mir darüber gesprochen. Zögere es bloß nicht hinaus.«

Während Sigurður Óli seinen Kaffee trank, dachte er über seinen Vater und seine Mutter und deren frühere Beziehung nach, als sie noch zusammenlebten. Er erinnerte sich, Gespräche zwischen ihnen belauscht zu haben, in denen es um ihn ging. Seinetwegen konnten sie sich nicht scheiden lassen, hatte sein Vater gesagt. Gagga hingegen war der Meinung, ganz gut allein für ihren Sohn sorgen zu können. Sein Vater hatte alles in seiner Macht Stehende getan, um die Scheidung zu verhindern, aber vergeblich. Zum Schluss zog er aus der Wohnung aus, eine Reisetasche mit seinen Sachen und ein alter Überseekoffer, ein Schreibtisch sowie seine Bilder und Bücher und einiges andere wurden in einem kleinen Lieferwagen auf dem Parkplatz vor dem Haus verstaut. Gagga hielt sich an dem Tag von zu Hause fern. Vater und Sohn verabschiedeten sich auf dem Parkplatz vor dem Wohnblock. Sein Vater versicherte ihm, dass dies kein Abschied sei, sie würden eng in Verbindung bleiben.

»Vielleicht ist es so am besten, so wie die Dinge stehen«, sagte er. »Allerdings weiß ich nicht, was sich da eigentlich abspielt«, fügte er hinzu, und diese Worte prägten sich Sigurður Óli ein.

Er fragte seine Mutter nach den Gründen für die Scheidung, erhielt aber keine zufriedenstellende Antwort. »Zwischen uns war es schon lange zu Ende«, sagte sie und bat ihn, sie nicht weiter mit solchen Fragen zu behelligen.

Er erinnerte sich daran, dass sein Vater immer versucht hatte, alles für seine Frau zu tun. Zum Schluss war er nur noch so etwas wie ein Lakai gewesen. Ihr Verhalten ihm gegenüber war nicht selten entwürdigend, und wenn Sigurður Óli Zeuge von solchen Szenen war, wartete er immer darauf, dass sich sein Vater zur Wehr setzte, etwas machte, etwas sagte, wütend wurde, sie anschrie und ihr in aller Deutlichkeit klarmachte, wie unfair, anmaßend und gemein sie war.

Aber er sagte nie etwas, ließ sich nie auf einen Streit mit ihr ein, versuchte nie, seinen Willen mit einem Machtwort durchzusetzen. Deswegen ging alles nach ihrem Kopf. Sigurður Óli wusste, dass das Scheitern der Beziehung nur an seiner Mutter gelegen hatte, an der Art und Weise, wie sie mit seinem Vater umging, die von Egoismus und Kompromisslosigkeit gekennzeichnet war.

Im Lauf der Zeit veränderte sich aber seine Einstellung zu seinem Vater, und er begann, es eher ihm anzulasten, wie sich die Dinge entwickelt hatten. Seine allzu große Gefügigkeit war das Problem gewesen, er war nicht imstande gewesen, eine Familie zusammenzuhalten. Sigurður Óli gewöhnte sich eine gleichgültige Haltung seinem Vater gegenüber an.

Er war fest entschlossen, niemals jemanden auf sich herumtrampeln zu lassen. Alle seine Überlegungen waren darauf gerichtet, nicht so zu werden wie sein Vater.

»Was hast du eigentlich damals an ihm gefunden, als ihr euch kennengelernt habt?«, fragte er seine Mutter und trank den Kaffee aus.

»An deinem Vater?«, fragte Gagga, die ihm Kaffee nachschenken wollte. Er lehnte ab und stand auf. Er wollte zuerst ins Krankenhaus und anschließend noch zur Hverfisgata.

»Was hast du in ihm gesehen?«

Gagga sah ihn lange nachdenklich an. »Ich dachte, er hätte mehr Mumm in den Knochen gehabt. Dein Vater war immer ein Weichei.«

»Er hat immer nur versucht, es dir recht zu machen«, sagte Sigurður Óli. »Das weiß ich noch ganz genau. Und ich kann mich auch gut daran erinnern, wie schäbig du ihn häufig behandelt hast.«

»Was ist los mit dir?«, fragte Gagga. »Wieso fragst du plötzlich danach? Ist es wegen dir und Bergþóra? Bereust du vielleicht etwas?«

»Vielleicht habe ich mich zu sehr auf deine Seite gestellt«, sagte Sigurður Óli. »Vielleicht hätte ich mich besser auf seine schlagen sollen.«

»Es ging nicht darum, eine Wahl zu treffen. Die Ehe war kaputt, es hatte nichts mit dir zu tun.«

»Nein«, sagte Sigurður Óli, »es ging mich nichts an, das hast du jedenfalls immer behauptet. Ist das fair?«

»Was soll ich dazu sagen? Weshalb zerbrichst du dir den Kopf darüber? Das ist alles längst vorbei.«

»Ja, genau«, sagte Sigurður Óli. »Ich muss wirklich los.«

»Ich mochte Bergþóra sehr gern.«

»Sie sagt aber etwas anderes.«

»Meinetwegen sagt sie das, aber es stimmt nicht.«

»Ich muss los.«

»Grüß deinen Vater von mir«, sagte Gagga und räumte die Tassen ab.

Sein Vater lag auf der urologischen Station des Krankenhauses an der Hringbraut. Er schlief, als Sigurður Óli bei ihm vorbeischaute. Er wollte ihn nicht wecken, setzte sich auf einen Stuhl und wartete. Sein Vater lag in einem Einbettzimmer unter dem weißen Oberbett und war umgeben von Stille.

Während Sigurður Óli darauf wartete, dass er aufwachte, dachte er wieder an Bergþóra und überlegte, ob er vielleicht zu wenig Kompromissbereitschaft gezeigt hatte und ob da noch etwas rückgängig zu machen war.

## *Vierundzwanzig*

Die Fahndung nach Þórarinn hatte am Montagnachmittag noch nichts erbracht. Man hatte sich mit zahlreichen Leuten unterhalten, die ihn kannten oder mit ihm zu tun gehabt hatten, darunter Fahrerkollegen und feste Kunden. Zwar hatte niemand von ihm gehört oder wusste, wo er sich aufhalten könnte, doch es wurden diverse Vermutungen geäußert. Einigen ging man nach, andere waren zu absurd, um sie ernst zu nehmen. Ein aktuelles Foto von Þórarinn, das seine Frau ihnen zur Verfügung gestellt hatte, war in den Zeitungen erschienen. Im Fahndungstext hieß es, dass er im Zusammenhang mit dem Mord an Sigurlína gesucht würde und unter Umständen gefährlich sein könne. Es dauerte auch nicht lange, bis die ersten Hinweise von Leuten eintrafen, die ihm angeblich begegnet waren, sowohl in Reykjavík als auch außerhalb. Sogar in den Ostfjorden wollte ihn jemand gesehen haben.

Unterdessen verbrachte Sigurður Óli den Großteil des Tages mit seinem anderen Fall, der wesentlich schwerer in den Griff zu bekommen war. Im Zusammenhang damit war es sogar erforderlich, jemanden zu Rate zu ziehen, der von den Lippen lesen konnte. Erst gegen Abend hatte er endlich ein Treffen mit jemandem arrangiert, der sich auf so etwas verstand.

Elínborg hatte ihm geraten, sich mit dem Verband der Hörgeschädigten in Verbindung zu setzen. Die Dame im Büro des Verbandes erwies sich als überaus hilfsbereit und kompetent, und schließlich hatte er E-Mail-Kontakt zu einer Frau, die angeblich zu den fähigsten Lippenlesern in Island gehörte. Sie vereinbarten ein Treffen für achtzehn Uhr im Hauptdezernat.

Sigurður Óli beabsichtigte, ihr den Filmstreifen zu zeigen, der ihm in der zerknüllten Plastiktüte zugespielt worden war.

Das kleine Stück Film war von Fachleuten untersucht und auf eine DVD überspielt worden. Sie hatten den Film auch gereinigt und die Bildqualität verbessert, so gut das auf die Schnelle zu bewerkstelligen war. Es handelte sich um einen Kodak 8-mm-Film, der seit 1990 nicht mehr hergestellt wurde. Bei der kurzen Sequenz handelte es sich nicht um eine professionelle Produktion, sondern um einen Amateurfilm für den privaten Gebrauch. Es war nicht einfach, festzustellen, aus welchem Land der Streifen stammte. Der Techniker von der Spurensicherung schloss Sigurður Óli gegenüber am Telefon keineswegs aus, dass Island als Ursprungsland in Frage käme.

Aus verschiedenen Gründen war es auch schwierig, irgendwelche Schlüsse zu ziehen, wo und wann der Film aufgenommen worden war. Einer der Gründe dafür war der relativ enge Bildwinkel, wie sich der Filmexperte ausdrückte. Was bedeutete, dass nicht viel von der unmittelbaren Umgebung zu sehen war, nur ein Möbelstück war teilweise im Bild, es konnte sich dabei um ein Bett oder eine Couch handeln. Diesbezüglich war also aus dem Bildmaterial nichts herauszuholen. Es konnte relativ jungen Datums, also etwa um 1990 entstanden sein, aber genauso gut auch aus der Zeit stammen, in der diese Kodak-Filme ihre größte Verbreitung hatten, und das war vor etwa einem halben Jahrhundert. Es gab keine Möglichkeit, den Zeitpunkt der Entstehung genauer festzulegen. Die Sequenz war nur sehr kurz, die Bildfrequenz betrug 16 Aufnahmen pro Sekunde, insgesamt 192 Bilder. Auf jedem einzelnen Bild befand sich dasselbe Motiv, derselbe Blickwinkel, dieselbe Aktion. Der Film war offensichtlich in einem Innenraum aufgenommen, und zwar in einer Wohnung und nicht in einem Atelier. Das Bett bzw. die Couch deutete auf ein Schlafzimmer, aber es ließen sich daraus keine genauen Rückschlüsse auf den Ort ziehen. Die Linse der Kamera war ständig schräg nach unten gerichtet. Der Raum gewährte keinen Ausblick aus einem Fenster, aus dem man auf die Umgebung hätte schließen können.

Der Film hatte keinen Ton, aber es wurde eindeutig gesprochen. Die Techniker kamen in diesem Punkt nicht weiter, und auch Sigurður Óli konnte nicht erkennen, was gesagt wurde. Deswegen war er auf die Idee mit dem Lippenleser gekommen.

Allein die Szene, die in diesen zwölf Sekunden zu sehen war, weckte sein Interesse, aber vielleicht noch mehr die Vorstellung, was sich daran anschließend ereignet haben musste. So wenig wie sonst aus dem Film herauszuholen war, erzählte er doch eine Geschichte, war ein schweigender Zeuge von Verzweiflung und Panik eines vollkommen wehrlosen Wesens. Und er kündigte wesentlich Schlimmeres an. So etwas konnte man in Anbetracht der Tatsache, auf welche Weise das kurze

Stück Film in die Hände der Polizei gelangt war, nicht auf die leichte Schulter nehmen. Aufgrund seiner Berufserfahrung konnte sich Sigurður Óli des Gefühls nicht erwehren, dass Erschütterndes zu Tage kommen würde, wenn man den ganzen Film finden würde.

Es war schon fast sechs, als man Sigurður Óli mitteilte, dass in der Eingangshalle zwei Frauen auf ihn warteten. Er holte sie in der Eingangshalle ab. Die Lippenleserin hieß Elísabet, und sie wurde von einer Dolmetscherin für Gebärdensprache begleitet, die Hildur hieß. Sigurður Óli führte sie in sein Büro, er hatte sich ein DVD-Gerät und einen Flachbildschirm besorgt. Die beiden Frauen nahmen auf den Stühlen Platz, die Sigurður Óli vor dem Bildschirm aufgestellt hatte, und er erklärte noch einmal, um was es ging. Der kurze Filmstreifen war anonym bei der Kriminalpolizei eingegangen. Bei dem, was darauf zu sehen war, handelte es sich möglicherweise um ein Verbrechen, das aber vermutlich schon lange zurücklag. Er sagte Elísabet und Hildur, dass sie hinzugezogen worden seien, um herauszubekommen, was auf dem Film gesagt wurde. Die Dolmetscherin übersetzte synchron. Unterschiedlichere Frauentypen als diese beiden konnte man sich kaum vorstellen. Die Lippenleserin war um die dreißig, schmal und klein, um nicht zu sagen schmächtig. Sigurður Óli kam sie wie ein zerbrechliches Porzellanfigürchen vor. Die Dolmetscherin dagegen war groß und stämmig, sie ging auf die sechzig zu. Sie redete laut, hatte keine Gehörprobleme, und es konnte kein Zweifel daran bestehen, dass sie nicht auf den Mund gefallen war. Das Wichtigste war aber, dass ihr das Dolmetschen flink von der Hand ging, sie geriet nie ins Stocken und gab das, was die Lippenleserin ihr bedeutete, unverzüglich und exakt weiter.

Sie sahen sich den kurzen Film drei Mal an. Er zeigte einen Jungen, der nicht viel älter als zehn sein konnte. Er versuchte, demjenigen zu entkommen, der den Film aufgenommen hatte. Der Junge war nackt, und er fiel von einem Bett oder einer Couch herunter, von der ein Teil zu sehen war, lag einen Augenblick auf dem Boden und kroch dann rückwärts auf allen vieren von der Kamera weg. Er schaute entweder direkt in die Linse oder auf denjenigen, der hinter der Kamera stand. Dabei bewegten sich seine Lippen. Seine verzweifelten und bizarren Versuche zu entkommen erinnerten an ein in die Enge getriebenes Tier. Ganz offensichtlich fürchtete er sich vor der Person hinter der Kamera, und es hatte den Anschein, als flehte er um Schonung. Die kurze Sequenz hörte ebenso plötzlich auf, wie sie begonnen hatte, in Panik, Hilflosigkeit und Erniedrigung. Die Pein in der Miene des Jungen nahm die beiden Frauen genauso stark mit wie Sigurður Óli, als er das kurze Stück Film zum ersten Mal angesehen hatte. Sie wandten sich ihm zu.

»Wer ist das?«, fragte Hildur. »Wer ist der Junge?«

»Wir wissen es nicht«, antwortete Sigurður Óli, während Hildur dolmetschte. »Wir versuchen, es herauszufinden.«

»Was ist da geschehen?«, fragte Elísabet.

»Das wissen wir auch nicht«, sagte Sigurður Óli. »Uns wurde der Filmstreifen anonym zugespielt, mehr wissen wir nicht. Kannst du sehen, was der Junge sagt?«

»Es ist sehr undeutlich«, bedeutete Elísabet. »Ich muss es mir genauer ansehen.«

»Sieh es dir so oft an, wie du möchtest«, sagte Sigurður Óli.

»Wisst ihr, wer die Aufnahmen gemacht hat?«

»Nein.«

»Es ist nur ein kleines Stück, wisst ihr etwas über den Rest des Films?«

»Nein. Das ist alles, was wir haben.«

»Wann wurde der Film gedreht?«

»Auch das wissen wir nicht, vermutlich ist es aber schon lange her. Wir können nicht viel dazu sagen, der Kamera-Auschnitt zeigt nichts, was man genauer lokalisieren könnte. Wir wissen, dass solche Filme bis 1990 im Handel waren, doch der Film könnte auch noch danach gedreht worden sein. Möglicherweise könnte der Haarschnitt des Jungen uns etwas sagen.«

Sigurður Óli erklärte den Frauen, dass er drei Fotos hatte anfertigen lassen, mit denen er zu einigen Friseuren gegangen war, die ihren Beruf schon lange ausübten. Alle kamen zu demselben Schluss. Der Junge trug einen sogenannten Herrenschnitt, der etwa bis 1970 in Mode gewesen war, rundum im unteren Bereich kurz und mit längerem Oberhaar, das in die Stirn fiel.

»Dann stammt der Film also aus den sechziger Jahren?«, fragte Elísabet.

»Vermutlich«, antwortete Sigurður Óli.

»Bekamen damals nicht viele Jungen so einen Haarschnitt verpasst, wenn sie aufs Land geschickt wurden?«, warf Hildur ein. »Ich habe zwei jüngere Brüder, die vor und nach 1960 geboren wurden, und die sahen immer so aus, bevor sie im Sommer aufs Land geschickt wurden.«

»Meinst du damit, dass die Aufnahmen irgendwo auf dem Land gemacht wurden?«, fragte Sigurður Óli.

Hildur zuckte die Achseln.

»Es ist sehr schwierig auszumachen, was der Junge sagt«, bedeutete Elísabet. »Aber meiner Meinung nach könnte er durchaus Isländisch sprechen.«

Wieder und wieder ließen sie den kurzen Streifen ablaufen, zehn Mal, zwanzig Mal. Sigurður Óli hatte selber auch versucht zu erraten, was der Junge sagte, war aber zu keinem Ergebnis gekommen. Er hoffte, dass es sich vielleicht um einen Namen handelte, aber er wusste, dass es wohl kaum so einfach sein würde.

*»... hör auf ...«*

Elísabet starrte wie gebannt auf den Bildschirm, während sie diese Worte ohne jegliche Betonung, flach und mechanisch äußerte. Ihre leise, helle Stimme erinnerte an die eines Kindes.

Hildur sah zunächst zu ihr hinüber, und dann zu Sigurður Óli.

»Ich habe sie noch nie sprechen hören«, flüsterte Hildur überrascht.

*»... hör auf ...«*, sagte Elísabet wieder.

Es war schon ziemlich spät, als Elísabet endlich glaubte, mit einiger Sicherheit sagen zu können, um was der Junge gefleht hatte.

*hör auf*
*hör auf*
*ich will nicht mehr*
*hör auf damit*

## *Fünfundzwanzig*

Nachdem Sigurður Óli mit den Fotos aus der Filmsequenz zu den Friseursalons gefahren war, hatte er versucht herauszufinden, wo Andrés lebte. Es stellte sich heraus, dass er immer noch unter derselben Adresse gemeldet war wie im vergangenen Winter. Er fuhr zu seiner Wohnung und hämmerte so heftig gegen die Tür, dass es im ganzen Treppenhaus widerhallte. Er überlegte gerade, ob er die Tür aufbrechen sollte, als sich die Tür zur Wohnung nebenan öffnete und Andrés' Nachbarin herauskam, eine Frau um die siebzig.

»Machst du diesen Krach?«, fragte sie und sah Sigurður Óli ärgerlich an.

»Weißt du etwas von Andrés, hast du ihn in letzter Zeit gesehen?«, fragte Sigurður Óli und ließ sich durch die böse Miene der Frau nicht irritieren.

»Andrés? Was willst du von ihm?«

»Nichts. Ich muss bloß mit ihm sprechen«, entgegnete Sigurður Óli, der der Frau lieber gesagt hätte, dass sie das nichts anginge.

»Andrés ist schon seit längerer Zeit nicht mehr zu Hause gewesen«, sagte die Frau, während sie Sigurður Óli abschätzig musterte.

»Du weißt ja wohl, dass er säuft und sich herumtreibt?«, fragte Sigurður Óli.

»Na und? Ist er deswegen ein schlechter Mensch?«, entgegnete die Frau. »Er hat mich nie gestört. Er ist sehr hilfsbereit, macht nie Krach, und er ist nicht auf andere angewiesen. Was ist dabei, wenn er mal einen über den Durst trinkt?«

»Wann hast du ihn zuletzt gesehen?«

»Wer bist du eigentlich, wenn ich fragen darf?«

»Ich bin von der Kriminalpolizei«, erklärte Sigurður Óli. »Ich muss mit ihm reden, aber es ist nichts Ernstes. Ich will ihn nur treffen. Kannst du mir sagen, wo er ist?«

»Ich habe keine Ahnung«, sagte die Frau und sah Sigurður Óli misstrauisch an.

»Könnte es sein, dass er in seiner Wohnung ist? Vielleicht in einem Zustand, in dem er mich gar nicht hört?«

Die Frau zögerte und sah zu Andrés' Wohnungstür hinüber.

»Du hast ihn längere Zeit nicht gesehen«, fuhr Sigurður Óli fort. »Hast du nicht daran gedacht, dass ihm etwas zugestoßen sein könnte?«

»Er hat mir einen Schlüssel gegeben«, sagte die Frau.

»Du hast einen Schlüssel zu seiner Wohnung?«

»Er sagte, er verliert immer seine Schlüssel, deswegen wollte er, dass ich einen für ihn aufbewahre. Er hat ihn auch manchmal benutzen müssen. Das letzte Mal, als ich ihn sah, hat er sich auch den Schlüssel bei mir geholt.«

»Und in was für einem Zustand war er?«

»Er sah ziemlich abgerissen aus, der Ärmste«, sagte die Frau. »Irgendetwas hat ihn aufgewühlt, aber ich weiß nicht, was. Er hat mir aber gesagt, ich solle mir seinetwegen keine Sorgen machen.«

»Wann war das?«

»Irgendwann im Spätsommer.«

»Im Sommer?!«

»Es ist überhaupt nicht ungewöhnlich, dass ich ihn längere Zeit nicht sehe«, sagte die Frau, die jetzt in die Defensive ging, so als wäre sie für ihren Nachbarn verantwortlich.

»Sollten wir nicht aufschließen und nachsehen?«, schlug Sigurður Óli vor.

Die Frau war unschlüssig, was sie tun sollte. Auf einem hübschen Kupferschild an ihrer Wohnungstür stand ihr Name, Margrét Eymunds.

»Ich kann mir nicht vorstellen, dass er da drin ist«, sagte sie.

»Wäre es nicht besser, das zu kontrollieren?«

»Es kann vielleicht nichts schaden«, sagte sie. »Ihm könnte ja tatsächlich etwas zugestoßen sein. Aber du rührst mir nichts an. Ich bezweifle stark, dass er Interesse daran hat, dass die Polizei bei ihm herumschnüffelt.«

Sie ging in ihre Wohnung, um den Ersatzschlüssel zu holen, dann öffnete sie die Tür zu Andrés' Wohnung. Ein übler Gestank von Schmutz und Essensresten schlug ihnen schon in der Tür entgegen. Sigurður Óli war bereits einmal in dieser Wohnung gewesen, und deswegen wusste er, was ihn erwartete, der verdreckte Haushalt eines Alkoholikers. Sigurður Óli machte Licht, und was sie sahen, war nichts als Unrat und Chaos. Die Wohnung war nicht groß, und es stellte sich schnell heraus, dass sich dort kein Andrés in Lebensgefahr befand. Er war einfach nicht zu Hause.

Er erinnerte sich an das letzte Mal, als er diese Wohnung betreten hatte, und an das, worüber sich Erlendur und Andrés unterhalten hatten. Bei diesem Besuch hatte sich Andrés sehr eigentümlich verhalten, was vielleicht nicht zuletzt daran lag, dass er über einen längeren Zeitraum hinweg getrunken zu haben schien. Er hatte angedeutet, dass ein gefährlicher Mann in dem Viertel wohnte, ein Mann, den er von früher kannte. Erlendur und er hatten ihn so verstanden, dass er über einen Kinderschänder redete. Andrés hatte sich aber hartnäckig geweigert, ihnen mehr Informationen über diesen Mann zu geben. Auf anderem Wege hatten sie herausgefunden, dass es sich um Andrés' Stiefvater handelte, einen Mann namens Rögnvaldur, der sich zuweilen aber auch andere Namen zulegte, beispielsweise Gestur. Es war ihnen nicht gelungen, diesen Mann zu finden, da sie nur die vagen und verworrenen Hinweise von Andrés hatten, und er war weit davon entfernt, ein zuverlässiger Zeuge zu sein. Andrés hatte behauptet, dieser Rögnvaldur habe sein Leben ruiniert, er sei ein Albtraum, den er nicht loswerden könne. Er hatte sogar durchblicken lassen, dass er einen Mord begangen hatte, Genaueres wollte er aber nicht sagen. Erlendur hatte das so interpretiert, dass Andrés damit die Vernichtung seiner eigenen Persönlichkeit gemeint hatte. Als versuche er, auf diese Weise die Qualen zu beschreiben, die er durchlitten hatte, die sein Leben zerstört hatten.

Sigurður Óli fand keinen Hinweis darauf, dass sich Andrés kürzlich in der Wohnung aufgehalten hatte.

Eines fiel ihm jedoch in all dem Unrat und dem Chaos auf. Andrés hatte sich in der Küche damit beschäftigt, Leder zurechtzuschneiden. Reste davon befanden sich auf dem Küchentisch und auf dem Fußboden, auf dem Tisch lag eine Nähnadel mit starkem Zwirn. Sigurður Óli betrachtete diese Lederreste aufmerksam und überlegte, was Andrés damit vorgehabt hatte. Die Nachbarin wollte unbedingt die Wohnung so schnell wie möglich wieder verlassen, da Andrés nicht zu Hause war, aber Sigurður Óli blieb unbeirrt vor dem Küchentisch stehen, starrte auf die Schnipsel und schien sie im Geiste zurechtzulegen. Da steckte eine Struktur dahinter, die er aber nicht sofort durchschaute. Er versuchte, die Stücke zusammenzupuzzeln, um zu sehen, was der Kerl da zurechtgeschnitten hatte. Als er sich aufrichtete, um das Werk zu betrachten, sah er ein Quadrat mit etwa vierzig Zentimeter langen Seiten vor sich, aus dem ein längliches Stück herausgeschnitten worden war, das nach unten hin schmaler wurde.

Sigurður Óli starrte auf den Tisch und die Nadel mit dem Zwirn. Es waren noch ein paar kleinere Lederstücke übrig, die er versuchte, in das Bild einzufügen. Es war nicht schwierig. Er sah ein menschliches Gesicht mit Augen und Mund vor sich. Andrés schien sich eine Maske zurechtgeschnitten zu haben, aber Sigurður Óli konnte sich beim besten Willen nicht vorstellen, warum und wozu.

Sigurður Óli brauchte nicht lange, um Andrés' Freund und Begleiter aus früheren Zeiten ausfindig zu machen. Die beiden hatten sich damals auf den Straßen von Reykjavík herumgetrieben. Er hieß Hólmgeir, wurde aber allgemein nur Geiri genannt. Inzwischen war er von der schiefen wieder auf die gerade Bahn gelangt, trank nicht mehr und hatte eine feste Anstellung, aber er hatte viele Jahre in der Gosse hinter sich und war deswegen der Polizei kein Unbekannter, ganz ähnlich wie Andrés. Auch er hatte wegen Diebstahls und Körperverletzung mehrfach eingesessen, aber immer nur kurz, denn seine kriminellen Aktivitäten hielten sich in kleinem Rahmen. Als Alkoholiker und Drogenabhängiger hatte er seinen Konsum meist mit Einbrüchen und Diebstählen finanziert. Manchmal musste er sich zur Wehr setzen, wie er sich in den Polizeiberichten ausgedrückt hatte, die Sigurður Óli über ihn gefunden hatte. Nicht selten waren andere über ihn hergefallen, um ihm das zu nehmen, was er rechtmäßig besaß, aber er »hatte sich von diesen Scheißkerlen nicht fertigmachen lassen«.

Der frühere Kumpel Hólmgeir arbeitete jetzt als Nachtwächter in einem großen Möbelgeschäft einer internationalen Kette, und er war bei der Arbeit, als Sigurður Óli ihn anrief. Im Hauptdezernat hatte Sigurður Óli sich überall nach Andrés erkundigt, hatte mit alten, erfahrenen Kollegen bei der Polizei gesprochen, um in Erfahrung zu bringen, ob sie etwas über ihn wüssten. Dabei stellte sich heraus, dass er so gut wie vom Erdboden verschwunden war. Die meisten hatten alles, was Andrés betraf, längst vergessen, aber ein Polizist rief auf die dringende Bitte von Sigurður Óli hin einen pensionierten ehemaligen Kollegen an, und von ihm bekam er einige Informationen, denn er erinnerte sich sehr genau an Andrés, und in dem Zusammenhang war auch der Name seines Kumpels Hólmgeir gefallen.

Sigurður Óli beschloss, diesem Kumpel einen Besuch abzustatten, bevor er Feierabend machte. Hólmgeir erwartete ihn am Hintereingang des großen Unternehmens. Er trug eine Nachtwächteruniform, außerdem gehörten zu seiner Ausrüstung eine Taschenlampe und ein Funkgerät, das in einem an der Schulter befestigten Lederriemen steckte. Wer sich bessert, lebt besser, dachte Sigurður Óli eingedenk der Tatsache, dass dieser Hólmgeir vor zehn Jahren in der Gosse gelegen hatte.

Sigurður Óli hatte Hólmgeir bereits am Telefon gesagt, um was es ging, und ihn gebeten, darüber nachzudenken. Insofern konnte er jetzt sofort zur Sache kommen und fragte, ob Hólmgeir irgendeine Ahnung hatte, wo Andrés sich aufhalten könnte.

»Ich habe es mir durch den Kopf gehen lassen, aber ich fürchte, dass ich euch nicht wirklich weiterhelfen kann«, erklärte Hólmgeir, der nicht der Schlankste war, aber sich in seiner Uniform wohlzufühlen schien. Er ging auf die Fünfzig zu, und sein Gesicht zeugte davon, dass er einiges in seinem Leben durchgemacht hatte. Seine Stimme klang heiser und irgendwie unrein.

»Ist es lange her, seit du ihn zuletzt getroffen hast?«

»Sehr lange«, sagte Hólmgeir. »Ich weiß nicht, ob du weißt, wie dreckig es mir früher ging. Ich war auf der Straße und übernachtete in irgendwelchen grauenvollen Absteigen. Ich war ein Säufer vor dem Herrn, genau wie Andrés, und auf diese Weise haben wir uns kennengelernt. Damals war er vielleicht sogar noch schlimmer dran als ich.«

»Was für ein Mensch ist er?«, fragte Sigurður Óli.

»Vollkommen harmlos«, antwortete Hólmgeir ohne zu zögern. »Er war sehr einsam, und er wollte auch in Ruhe gelassen werden. Ich weiß nicht, wie ich das beschreiben soll, er konnte unheimlich empfindlich auf das reagieren, was man sagte oder tat. Manchmal war er total unmöglich. Ich weiß nicht, wie oft ich ihm zu

Hilfe gekommen bin, wenn irgendwelche Rüpel ihn anpöbelten. Wieso sucht ihr nach ihm?«

»Wir müssen wegen einer alten Sache mit ihm reden«, sagte Sigurður Óli, der nicht näher auf diese Frage eingehen wollte. »Es ist nicht dringend, aber wir müssten eben mit ihm sprechen.«

Sigurður Óli war von Anfang an überzeugt davon gewesen, dass der Junge auf dem Film Andrés selber war und dass er ihm den Filmstreifen geschickt hatte, um die Aufmerksamkeit der Polizei, oder besser gesagt die von Sigurður Óli, den er von einer früheren Begegnung her kannte, darauf zu richten, was für ein Verbrechen an ihm als Kind verübt worden war. Der Zeitrahmen passte. Der Junge auf dem Filmstreifen war etwa zehn Jahre alt. Andrés war Mitte Fünfzig, laut den Polizeiakten war er 1950 geboren. Seine Aussagen über seinen Stiefvater Rögnvaldur deuteten darauf hin, dass der ein Kinderschänder gewesen sein musste. Rögnvaldur hatte eine Zeit lang mit Andrés' Mutter zusammengelebt, und zwar zu der Zeit, als die Filmaufnahmen gemacht worden waren.

»Hat er irgendwann einmal darüber geredet, wieso er in der Gosse gelandet ist?«, fragte Sigurður Óli.

»Er hat nie über sich selber geredet«, antwortete Hólmgeir. »Ich hab ihn manchmal gefragt, aber nie eine Antwort bekommen. Die meisten anderen haben ewig rumgeheult und gejammert und alles zwischen Himmel und Erde dafür verantwortlich gemacht, und die wurden es nicht leid, mit ihren Anschuldigungen und ihrem Geschwätz auf alle möglichen anderen Leute zu deuten. Aber Andrés hat sich nie beklagt. Er hat sein Schicksal einfach hingenommen. Trotzdem ...«

»Was?«

»Trotzdem hat man gespürt, dass er verbittert war. Ich wusste nie so richtig, was der Grund war. Ich kannte ihn zwar, aber bin ihm nie richtig nahegekommen. Andrés war ein Buch mit sieben Siegeln. Aber irgendetwas war da. Tief in seinem Inneren kochten Ekel und Wut, und die konnten jederzeit ausbrechen. Allerdings ist bei mir auch so einiges im Nebel, da gibt es lange Abschnitte in meinem Leben, an die ich mich kaum erinnern kann. Tut mir leid.«

»Weißt du, was Andrés in den Jahren davor gemacht hat? Hat er mal irgendwo gearbeitet?«

»Andrés wollte irgendwann mal das Polsterhandwerk lernen, als er jung war.«

»Polstern?«, wiederholte Sigurður Óli und sah die Lederschnipsel auf dem Küchentisch vor sich.

»Aber daraus ist natürlich nie etwas geworden.«

»Du weißt nicht, ob er jemals irgendwelche Aufträge dieser Art erhalten hat?«

»Nein.«

»Und du weißt wirklich nicht, wo er sich aufhalten könnte?«

»Nein.«

»Hatte er irgendwelche Freunde, bei denen er Unterschlupf finden könnte?«, fragte Sigurður Óli. »Weißt du von jemandem, zu dem er vielleicht immer noch Kontakt hat?«

»Er hat nie jemanden besucht, und niemand hat je nach ihm gefragt. Er hing seinerzeit viel in der Busstation am Hlemmur herum. Da war es warm, und wenn wir uns ruhig verhielten, wurden wir auch in Ruhe gelassen. Freunde hat er aber nie gehabt, soweit ich weiß.

Allenfalls kurze Bekanntschaften. Oft haben solche Leute den Winter nicht überlebt.«

»Weißt du von irgendwelchen Angehörigen?«

»Er hat manchmal über seine Mutter geredet, aber wenn ich es richtig verstanden habe, war die schon lange tot.«

»Und was hat er über sie gesagt?«

»Soweit ich mich erinnern kann, nichts Gutes«, sagte Hólmgeir.

»Weshalb nicht?«

»Das weiß ich nicht mehr so genau. Aber ich meine mich zu erinnern, dass es mit irgendwelchen Leuten auf dem Land zu tun hatte, bei denen er war.«

»Weißt du, wer das war?«

»Nein. Aber Andrés hat gut über sie gesprochen. Ich hatte das Gefühl, er wäre lieber bei ihnen geblieben und nicht in die Stadt gekommen. Es hörte sich so an, als sei es die einzige Zeit in seinem Leben gewesen, in der es ihm gut ging.«

## *Sechsundzwanzig*

Sigurður Óli kam kurz vor Mitternacht nach Hause und setzte sich in den Sessel vor dem Fernseher. Er schaltete zunächst auf einen Sender mit einer amerikanischen Comedy-Serie, verlor aber schnell das Interesse daran und zappte so lange herum, bis er eine Football-Übertragung fand. Aber auch darauf konnte er sich nicht konzentrieren, denn er musste immer wieder an seine Mutter denken, und auch an Bergþóra und ihre Beziehung, die langsam, aber sicher in die Brüche gegangen war, ohne dass er sich bemüht hatte, irgendetwas dagegen zu unternehmen. Er hatte im Grunde genommen alles einfach so vor sich hindümpeln lassen, bis nichts mehr zu retten war. Vielleicht war ihre Beziehung an seinem Starrsinn und seiner Rücksichtslosigkeit zerbrochen.

Dann fiel ihm Patrekur ein. Er hatte nichts von ihm gehört, seit er zur Vernehmung vorgeladen worden war. Dann dachte er an Finnur, der ihm regelrecht gedroht hatte. Und das war gar nicht Finnurs Art. Er arbeitete gründlich und zog normalerweise keine voreiligen Schlüsse, aber er kannte natürlich Patrekur und Súsanna nicht. Sigurður Óli hatte nichts gegen Finnur. Er war verheiratet und hatte Familie, und bei allem, was er sich beruflich oder privat vornahm, ging er systematisch vor. Seine drei Töchter wurden mit jeweils zwei Jahren Abstand geboren und hatten alle im gleichen Monat Geburtstag. Seine Frau unterrichtete halbtags am Gymnasium. Er war sehr pedantisch und übertrieben gewissenhaft in seiner Arbeit, und er bestand immer darauf, für klare Verhältnisse im Umgang mit den Menschen zu sorgen, mit denen er sich als Kriminalbeamter befassen musste. Deswegen überraschte ihn Finnurs missbilligende Reaktion auf Sigurður Ólis Entscheidung, den Fall nicht aus der Hand zu geben, nicht sonderlich. Aber Finnur hatte genau wie alle anderen auch seine Fehler. Sigurður Óli hatte ihn an diese Tatsache erinnert, und anscheinend war es ihm gelungen, ihn zeitweilig ruhigzustellen, doch er wusste nicht, wie lange das vorhalten würde. Sigurður Óli fand nichts dabei, an der Ermittlung teilzunehmen, auch wenn sein Freund involviert war. Er war überzeugt, dass ihre Freundschaft sein Urteilsvermögen nicht beeinträchtigte. In diesem winzigen Land war es einfach nicht zu vermeiden, dass man Leute kannte, dass man freundschaftliche, familiäre oder verwandtschaftliche Beziehungen hatte. Nur eines war wichtig, nämlich dass man damit ehrlich und korrekt umging.

Als das Spiel zu Ende war, schaltete Sigurður Óli auf einen anderen Sender, doch die innere Unruhe blieb. Seine Gedanken schweiften immer wieder zu dem Stück Film ab, und er sah den flehenden Jungen vor sich. Er erinnerte sich an den kalten Januartag zu Beginn des Jahres, als er und Erlendur bei Andrés gewesen waren. Der hatte damals offensichtlich eine längere Saufperiode hinter sich, er roch genauso scheußlich, wie er aussah, und hatte urplötzlich angefangen, von sich selber als *Klein-Drési* zu reden. Erlendur war überzeugt gewesen, dass er als Kind so genannt worden war. Drési. War das der kleine Drési auf dem Film? Wo war der Rest des Films? Gab es womöglich noch mehr Filme? Was hatte der Junge von seinem Stiefvater erdulden müssen? Und wo steckte dieser Mann heute? Rögnvaldur. Sigurður Óli hatte die Polizeiakten durchforstet, aber niemanden dieses Namens gefunden, der für die Rolle von Andrés' Stiefvater in Frage kam.

Andrés hatte seinerzeit im Januar in seiner heruntergekommenen Wohnung fürchterlich ausgesehen, und jetzt, zu Beginn des Winters, schien es ihm fast noch schlechter zu gehen. Die Schattengestalt, die Sigurður Óli hinter dem Hauptdezernat getroffen hatte, war kaum noch die Hälfte von dem Nichts, das er gewesen war, mit grauen und eingefallenen Wangen, stoppelbärtig und stinkend in seinen verdreckten Klamotten, ein verängstigtes Wrack. Was war geschehen? Und wo war Andrés untergetaucht?

Musste man nicht davon ausgehen, dass der Junge in dem Film Andrés selber war?

Sigurður Óli konnte sich noch ganz genau an die Zeit erinnern, als er in diesem Alter gewesen war. Damals ließen sich seine Eltern gerade scheiden, und er lebte bei seiner Mutter. Ab und zu war er an den Wochenenden bei seinem Vater, und es kam manchmal vor, dass er ihn zu seiner Arbeit begleitete. Sein Vater arbeitete sieben Tage in der Woche, und nicht selten bis spät in den Abend. Er lernte die Arbeit eines Installateurs kennen und fand heraus, dass sein Vater unter seinen Kollegen einen Spitznamen hatte, der Sigurður Óli sehr viel Kopfzerbrechen machte. Irgendwann einmal hatte der

Vater ihn mittags mitten in der Woche mit in ein Lokal genommen, es war Aschermittwoch gewesen, an dem Tag war schulfrei. Seine Mutter war in der Arbeit unabkömmlich, und aus irgendwelchen Gründen durfte er nicht allein zu Hause sein. Wenn sein Vater sich keinen Proviant mitgenommen hatte, aß er unter der Woche mittags immer im gleichen Lokal am Ármúli, das bei allen Handwerkern beliebt war. Das Essen dort war nicht teuer, und es gab gute Hausmannskost wie Fleischbällchen oder Lammkoteletts. Die Mittagsgäste stopften sich das Essen hinein, rauchten anschließend eine Zigarette und hielten ein Schwätzchen, bevor sie sich wieder an die Arbeit begaben. Für alles zusammen brauchten sie nur zwanzig Minuten, höchstens eine halbe Stunde, dann waren sie wieder auf und davon.

An dem besagten Aschermittwoch war Sigurður Óli mit seinem Vater in das Lokal gegangen. Er stand an einem Tisch und wartete auf seinen Vater, der in der Warteschlange am Ausgabetresen stand. Sigurður Óli wurde von einem Mann angerempelt, der es eilig hatte, und verlor das Gleichgewicht. Der Mann griff blitzschnell nach ihm und konnte ihn vor dem Sturz bewahren.

»Entschuldige, mein Junge«, sagte der Mann, der ihn festhielt. »Wieso lungerst du überhaupt hier herum?«

Seine Worte klangen ziemlich barsch, so als gehöre es sich nicht für einen Jungen, Erwachsenen im Weg zu stehen. Vielleicht war er aber auch neugierig, warum ein kleiner Bursche wie er sich in ein Esslokal wie dieses verirrt hatte.

»Ich bin mit ihm hier«, sagte Sigurður Óli schüchtern und zögernd, indem er auf seinen Vater deutete, der sich in dem Augenblick zu ihm umdrehte und ihn anlächelte.

»Ach so, mit dem Dauertropf«, erwiderte der Mann und nickte seinem Vater zu, strich dem Jungen über den Kopf und beeilte sich zum Ausgang.

Die Worte des Mannes hatten nicht nur spöttisch, sondern auch geringschätzig geklungen, sie hatten Sigurður Óli überrascht. Es war ihm nie zuvor in den Sinn gekommen, über die gesellschaftliche Stellung seines Vaters nachzudenken, und er brauchte einige Zeit, um zu begreifen, dass das komische Wort dieses Mannes einen verächtlichen Beiklang hatte.

Seinem Vater gegenüber hatte er das nie erwähnt. Später fand er heraus, was das Wort bedeutete, aber trotzdem verstand er nicht, weshalb sein Vater so genannt wurde. Er hatte immer geglaubt, sein Vater sei wie alle anderen Handwerker, und es war ihm peinlich, dass er einen so abwertenden Spitznamen hatte. Sein Vaterbild bekam einen Knacks, ohne dass Sigurður Óli sich dessen richtig bewusst war. Wirkte sein Vater auf andere lächerlich? War er ein gesellschaftlicher Außenseiter? War das der Grund dafür, dass sein Vater immer allein und nicht in einem Team mit anderen arbeitete, dass er kein Interesse hatte, für eine Firma zu arbeiten, nur wenige Freunde besaß und eher eigenbrötlerisch war? Selber behauptete er, ihm läge nichts an der Gesellschaft von anderen.

Sigurður Óli hatte tagsüber seinen Vater im Krankenhaus besucht und darauf gewartet, dass er nach der Operation aus der Narkose erwachte, und dabei an die Szene gedacht, als er von dem Spitznamen erfahren hatte. Erst sehr viel später verstand er, was damals geschehen war und konnte die Gefühle beschreiben, die ihm zu schaffen gemacht hatten. Er hatte sich auf einmal in der unangenehmen Situation befunden, Mitleid mit seinem Vater zu haben. Sich in ihn hineinzuversetzen, vielleicht sogar ihn in Schutz zu nehmen.

Sein Vater rührte sich im Bett und schlug die Augen auf. Man hatte Sigurður Óli bereits mitgeteilt, dass die Operation gut verlaufen war, die Prostatadrüse war entfernt worden, und es gab keine Anzeichen für Metastasen, der Krebs schien sich nur in diesem Organ befunden zu haben. Sein Vater würde schnell wieder auf die Beine kommen.

»Wie geht es dir?«, fragte Sigurður Óli, als er sah, dass sein Vater wach war.

»So einigermaßen«, antwortete er. »Man ist aber irgendwie benommen.«

»Du siehst gut aus«, sagte Sigurður Óli. »Du musst dir jetzt viel Ruhe gönnen.«

»Vielen Dank, dass du gekommen bist, Siggi«, sagte sein Vater. »Das wäre gar nicht nötig gewesen, du brauchst dich doch nicht um einen alten Kerl wie mich zu kümmern.«

»Ich habe über dich und Mama nachgedacht.«

»Ach, tatsächlich?«

»Wieso ihr euch zusammengetan habt, wo ihr doch so unterschiedlich seid.«

»Doch ja, das sind wir, verdammt unterschiedlich. Das stellte sich auch ziemlich bald heraus, aber etwas ausgemacht hat es uns erst später. Als sie zu arbeiten anfing, da hat sie sich auf einmal verändert. Ich meine, als sie Steuerberaterin wurde. Findest du es komisch, dass sie sich mit einem Klempner wie mir eingelassen hat?«

»Ich weiß nicht«, sagte Sigurður Óli, »aber eigentlich passt es nicht so richtig zu ihr. Wenn du später sagst, meinst du damit, als ich auf die Welt gekommen war?«

»Es hat nichts mit dir zu tun, mein lieber Siggi. Deine Mutter war schon immer eine Frau, der alles zuzutrauen ist.«

Sie schwiegen, und sein Vater schlief wieder ein. Sigurður Óli blieb noch eine Weile bei ihm sitzen, doch dann stand er auf und ging.

Nachdem er noch eine Weile Fernsehen geschaut hatte, stand Sigurður Óli auf und schaltete das Gerät aus. Er warf einen Blick auf die Uhr, wahrscheinlich war es reichlich spät für einen Anruf. Trotzdem hätte er gerne mit ihr gesprochen, daran hatte er schon den ganzen Tag gedacht. Er hob den Hörer ab und hielt ihn unschlüssig in der Hand, doch dann wählte er die Nummer. Beim dritten Klingeln ging sie ans Telefon.

»Ruf ich zu spät an?«, fragte er.

»Nein ... Ist schon in Ordnung«, sagte Bergþóra. »Ich war noch nicht eingeschlafen. Stimmt was nicht? Weshalb rufst du so spät an?« Ihre Stimme klang besorgt, aber irgendwie gespannt, beinahe keuchend.

»Ich wollte einfach nur mal wieder mit dir sprechen und dir von meinem Vater erzählen, er liegt im Krankenhaus.«

»Ach?«

Er erzählte Bergþóra von der Krankheit seines Vaters und der glücklich überstandenen Operation, er würde in ein paar Tagen entlassen werden. Er habe ihn zweimal besucht und würde sich um ihn kümmern, wenn er nach Hause käme.

»Er will natürlich nicht, dass andere sich seinetwegen Umstände machen.«

»Du hast ja nie viel Kontakt zu ihm gehalten«, sagte Bergþóra, die ihren ehemaligen Schwiegervater nie richtig kennengelernt hatte.

»Nein«, sagte Sigurður Óli. »Es hat sich irgendwie so entwickelt, ich weiß auch nicht, wieso. Äh ... Mir fiel ein, ob wir uns nicht noch einmal treffen können? Vielleicht zu Hause bei dir. Oder vielleicht unternehmen wir was Nettes zusammen.«

Bergþóra verstummte plötzlich. Sigurður Óli hörte ein Rascheln im Hintergrund und gedämpfte Stimmen.

»Ist jemand bei dir?«, fragte er.

Bergþóra antwortete nicht.

»Bergþóra?«

»Entschuldige«, hörte er sie sagen, »mir ist der Hörer aus der Hand gefallen.«

»Wer ist da bei dir?«

»Wir sollten vielleicht später miteinander reden«, sagte Bergþóra. »Jetzt ist vielleicht gerade kein günstiger Augenblick.«

»Bergþóra ...?«

»Wir reden später miteinander«, sagte sie. »Ich melde mich.«

Das Gespräch wurde unterbrochen. Sigurður Óli starrte auf den Hörer. Aus irgendwelchen Gründen war ihm nie in den Sinn gekommen, dass Bergþóra sich anderweitig umgetan haben könnte. Er selber war zwar auch offen für alles, aber dass Bergþóra ihm zuvorgekommen war, brachte ihn etwas aus dem Gleichgewicht.

»Verdammte Scheiße«, hörte er sich selber wütend flüstern.

Er hätte nicht anrufen sollen.

Was wollte sie mit einem anderen?

»Scheiße«, flüsterte er wieder und knallte den Hörer auf die Gabel.

## *Siebenundzwanzig*

Es wurde nicht für notwendig erachtet, Untersuchungshaft für Kristján zu beantragen, für den Handlanger – wenn man ihn überhaupt als solchen bezeichnen konnte – des Dealers und Schuldeneintreibers Þórarinn, der aller Wahrscheinlichkeit nach Sigurlína Þorgrímsdóttir überfallen und getötet hatte. Kristján war seinen Job beim Baumarkt schon wieder los und lag auf der faulen Haut. Sigurður Óli hatte ihn schnell gefunden, nämlich in der Kneipe, in der er vor ein paar Tagen nach ihm gefragt hatte. Kristján war guter Dinge, er winkte Sigurður Óli aus einer Ecke des Lokals so jovial zu, als seien sie dick befreundet.

»Beim Baumarkt haben sie mir gesagt, du hättest aufgehört«, sagte Sigurður Óli und setzte sich zu ihm.

Es war kurz nach Mittag. Kristján saß allein an einem Tisch vor einem halbleeren Bierkrug, neben dem eine Schachtel Zigaretten und ein Feuerzeug lagen. Er sah genauso aus wie bei ihrem letzten Zusammentreffen und erklärte, nichts von Þórarinn gehört zu haben, worüber er allerdings eher froh zu sein schien. Vielleicht hoffte er sogar darauf, dass die Polizei ihn so schnell wie möglich festnehmen und lebenslänglich einlochen würde.

»Er ist kein Freund von mir, falls du das glauben solltest«, sagte Kristján.

Zu dieser Tageszeit war er fast der einzige Kunde in der Kneipe und genoss das Dasein, denn er hatte ein paar wenige Arbeitstage bezahlt bekommen und war zufrieden mit Gott und der Welt. Zu oft hatte er schon erlebt, dass er völlig abgebrannt war und sogar gehungert hatte.

»Nein, das kann ich mir gut vorstellen«, sagte Sigurður Óli. »Er ist wahrscheinlich kein Typ, in dessen Gesellschaft man sich wohlfühlt. Ich habe mit seiner Frau gesprochen. Sie hat keine Ahnung, wo er sich aufhalten könnte.«

»Ihr wisst also überhaupt nicht, wo Toggi ist?«

»Er hat sich in Luft aufgelöst. Die Frage ist bloß, wie lange er es in der Versenkung aushält, meist ist das Limit nach ein paar Tagen erreicht. Hast du eine Vorstellung, wo er sein könnte?«

»Nicht die geringste. Jetzt relax doch mal und trink ein Bier mit mir. Zigarette?«

Kristján schob ihm selbstgefällig die Schachtel hin, hier in der Kneipe hatte er sozusagen Heimvorteil, und durch das Bier fühlte er sich stark. Sigurður Óli traute seinen Ohren kaum und betrachtete diese armselige Gestalt schweigend. Wie tief konnte man sinken? Wenn es etwas gab, was er an seinem Beruf unerträglich fand, war es, solchen Gestalten wie Kristján gegenüber ein leutseliges Verhalten an den Tag legen zu müssen. Leute gut zu behandeln, die er im Grunde genommen verachtete, sich auf ihr Niveau zu begeben, sich in ihre Lage zu versetzen. Vielleicht sogar so tun zu müssen, als sei er einer von ihnen. Seinem Kollegen Erlendur fiel das leicht, er hatte Verständnis für solche Leute. Elínborg konnte bei ihren Begegnungen mit

Straftätern notfalls auf weibliche Intuition zurückgreifen. Sigurður Óli war hingegen der Überzeugung, dass Welten zwischen ihm und solchen kriminellen Burschen lagen. Sie hatten nichts gemein und würden es nie haben. Es gab keine gemeinsame Ebene, auf der sich eine verkrachte Existenz und ein anständiger Bürger begegnen konnten. Sigurður Óli war der Ansicht, dass dieses Gesocks jegliches Anrecht darauf verwirkt hatte, die Klappe aufzureißen und sich wichtig zu machen oder überhaupt gesellschaftlich wahrgenommen zu werden. Hin und wieder – so wie jetzt – sah sich Sigurður Óli allerdings gezwungen, so zu tun, als würde er so etwas wie Verständnis dafür aufbringen, was für Ansichten diese Kriminellen zu diesem und jenem hatten oder wie ihr primitives Seelenleben funktionierte. In der Hoffnung, weitere Informationen aus Kristján herausholen zu können, hatte Sigurður Óli sich entschlossen, ihn sanft anzufassen.

»Nein, danke, ich rauche nicht«, sagte er und bemühte sich zu lächeln. »Es ist außerordentlich wichtig, dass wir ihn so schnell wie möglich finden. Wenn du auch nur den Ansatz einer Ahnung hast, wo dieser Toggi, wie du ihn nennst, sein könnte oder mit wem er sich in Verbindung gesetzt haben könnte, wären wir dankbar dafür.«

Kristján war auf der Hut, denn das Verhalten dieses Bullen war auf einmal sehr viel anders als das bei ihrem ersten Zusammentreffen, und er war sich nicht sicher, wie er darauf reagieren sollte.

»Ich weiß gar nichts«, sagte er.

»Wer sind seine Kumpels? Er ist ein Unbekannter für uns, er hat sich nie strafbar gemacht. Deswegen sind wir darauf angewiesen, ein bisschen Vertrauen in Leute wie dich zu setzen, verstehst du?«

»Ja, aber wie gesagt ...«

»Ein Name würde vielleicht schon genügen. Jemand, den er dir gegenüber erwähnt hat, und wenn es auch nur ein einziges Mal gewesen ist.«

Kristján sah ihn an, leerte sein Glas und schob es Sigurður Óli hin.

»Du darfst mir gern Nachschub holen, mein Lieber«, erklärte der Bursche. »Wenn du zurückkommst, können wir uns ja ein bisschen unterhalten. Vielleicht fluppts dann bei mir.«

Nach drei Bier und nicht enden wollendem, stumpfsinnigem Geschwätz fuhr Sigurður Óli die Miklubraut entlang, auf der Suche nach einer Reparaturwerkstatt, die auf Motorräder und Motorschlitten spezialisiert war. Dort arbeitete ein Mann, der Höddi genannt wurde und der, Kristján zufolge, zu den wenigen Freunden von Þórarinn gehörte. Woher sie sich kannten, wusste Kristján nicht, aber die beiden hatten anscheinend das ein oder andere Ding zusammen gedreht, was das Eintreiben von Schulden und anderes betraf. Höddi hatte beispielsweise einmal einen weißen Range Rover im Wert von zwölf Millionen Kronen mit Lederpolstern und allem Drum und Dran auf Bitte des Besitzers in Brand gesetzt, weil der das Darlehen für den Wagen loswerden und gleichzeitig etwas aus der Versicherung herausschlagen wollte. Diese Bitte war über Toggi an ihn herangetragen worden, der den Besitzer kannte. Kristján wusste nicht genau, auf welchem Wege, denn Toggi war zu der Zeit in Spanien gewesen. Da die Sache eilte, löste Höddi das Problem für ihn, was ihm leicht von der Hand ging, denn laut Kristján war er im Hinblick auf Feuerlegen kein unbeschriebenes Blatt. Außer Höddi waren ihm keine Freunde von Toggi eingefallen.

Höddi war groß und trotz Bauchansatz athletisch gebaut. Die eiförmige Birne war völlig kahl rasiert, und der dichte blonde Bart war sehr gepflegt. Er trug eine Jeans und ein schwarzes T-Shirt mit der alten amerikanischen Südstaatenfahne. Er sah aus wie die Karikatur eines amerikanischen Rassisten. Als Sigurður Óli eintraf, beugte er sich gerade über ein chromglänzendes Motorrad. Kristjan hatte ihm gesagt, dass er gleichzeitig Besitzer und einziger Monteur in der Werkstatt war.

»Guten Tag«, sagte Sigurður Óli, »ich suche nach einem gewissen Höddi. Bist du das?«

Der Mann richtete sich auf. »Und wer bist du?«, fragte er misstrauisch. Er schien schon von weitem Probleme wittern zu können.

»Ich muss einen Mann namens Þórarinn, genannt Toggi, finden. Soweit ich weiß, kennst du ihn«, sagte Sigurður Óli. »Ich suche ihn im Rahmen einer Ermittlung. Du kannst dir sicher denken, worum es geht. Ich bin von der Kriminalpolizei.«

»Was für eine Ermittlung?«

»Eine Frau wurde überfallen und getötet.«

»Und weshalb kommst du zu mir?«

»Also, ich habe ...«

»Wer hat dich hierhergeschickt?«, fragte Höddi. »Bist du allein?«

Sigurður Óli wusste nicht, wie die zweite Frage zu verstehen war. Ein Polizist war so gesehen nie allein, aber er war sich ziemlich sicher, dass es Höddi nicht um tiefsinnige Überlegungen dieser Art ging. Weshalb also die Frage? Wollte der Kerl über ihn herfallen, falls er zugab, dass er allein unterwegs war? Auf die erste Frage konnte Sigurður Óli auch nicht antworten. Er beabsichtigte nicht, Kristján zu erwähnen, auch wenn er eigentlich die größte Lust dazu hatte. Noch nie in seinem Leben hatte er sich durch ein derartig schwachsinniges Gespräch hindurchquälen müssen.

Deswegen stellte er sich einfach breitbeinig vor Höddi auf, schwieg und sah sich in der Werkstatt um, betrachtete die Motorschlitten, die auf eine höhere Geschwindigkeit und noch mehr Krach getrimmt wurden, wie auch die Motorräder, die frisiert wie sie waren, so noch effektiver gegen die Verkehrsregeln verstoßen konnten.

Höddi trat einen Schritt auf ihn zu. »Wieso kommst du auf die Idee, dass ich etwas über diesen Toggi weiß?«

»Ich habe dir eine Frage gestellt«, entgegnete Sigurður Óli. »Hast du eine Ahnung, wo er stecken könnte?«

Höddi starrte ihn an. »Nein«, war seine Antwort. »Den kenne ich nicht.«

»Vielleicht kennst du aber einen Mann namens Ebeneser, er wird auch Ebbi genannt?«

»Hast du nicht gerade nach einem Toggi gefragt?«

»Nach Ebbi auch.«

»Kenn ich nicht.«

»Seine Frau heißt Lína, kennst du die?«

»Nein.«

In einer von Höddis Taschen meldete sich ein Handy. Sein Blick war unentwegt auf Sigurður Óli gerichtet, während der Apparat klingelte, vier, fünf, sechs

Mal. Dann endlich entschloss er sich zu antworten. Während des Gesprächs starrte er Sigurður Óli unverwandt an.

»Ja«, meldete er sich und hörte eine Weile zu.

»Ist mir scheißegal«, erklärte Höddi seinem Gesprächspartner. »Ja … Ja … Ja … Das geht mich doch einen Dreck an.«

Nachdem er erneut eine Zeit lang still zugehört hatte, sagte er: »Ist mir vollkommen schnuppe, ob das ein Verwandter von dir ist! Dem werd ich trotzdem die Knie polieren!«

Bei diesen Worten blickte er Sigurður Óli provozierend an. Sigurður Óli wusste, was der Ausdruck zu bedeuten hatte. Er wollte ganz offensichtlich jemandem mit einem Baseballschläger zu Leibe rücken. Klang nach einem Racheakt, oder es ging um Geld. Was auch immer, dieser Höddi sah offensichtlich keinen Grund, es vor der Kriminalpolizei zu verheimlichen. Anscheinend wollte er Sigurður Óli damit signalisieren, dass er ihm nichts anhaben konnte.

»Halt die Schnauze!«, fuhr Höddi seinen Gesprächspartner an. »Jaaa – jaaa – und du auch. Halt gefälligst die Schnauze, mein Lieber!«

Er brach das Gespräch ab und steckte sein Handy wieder in die Tasche.

»Hat sich Toggi in letzter Zeit bei dir gemeldet?«, fragte Sigurður Óli, der so tat, als hätte er nichts von diesem Gespräch mitbekommen.

»Ich kenn keinen Toggi.«

»Er läuft auch unter dem Namen Toggi Sprint.«

»Den kenn ich auch nicht.«

»Auf diesen Dingern bist du wohl viel im Hochland

unterwegs?«, fragte Sigurður Óli, während er auf die aufgemotzten Motorschlitten deutete.

»Was soll denn der Quatsch jetzt?«, entgegnete Höddi. »Mann, hör bloß damit auf und verpiss dich.«

»Oder vielleicht machst du auch Gletscherexpeditionen?«, fuhr Sigurður Óli unbeirrt fort, wobei er Höddis wachsenden Ärger geflissentlich ignorierte. »Könnte das nicht sein? Ich meine organisierte Fahrten im Auftrag von Firmen oder Institutionen und nicht irgendwelche privaten Ausflüge.«

»Was zum Teufel laberst du da eigentlich?«

»Organisierst du solche Fahrten? Hast du mit so etwas zu tun? Gletscherexpeditionen mit Kunden von irgendwelchen Unternehmen, inklusive Motorschlitten, Jeeps, Grillen auf dem ewigen Eis und so?«

»Gletschertouren mach ich oft. Geht dich das etwas an?«

»Dieser Ebbi, den ich erwähnt habe, der unternimmt auch solche Expeditionen. Arbeitet ihr vielleicht zusammen?«

»Leider kenn ich keinen Ebbi, mein Lieber.«

»In Ordnung«, sagte Sigurður Óli. »Das wär's dann.«

»Ja, mach dich vom Acker und lass mich in Ruhe«, entgegnete Höddi und wandte sich wieder seinem Motorrad zu.

Als Sigurður Óli wieder im Dezernat eintraf, wartete eine E-Mail von Kolfinna, der Sekretärin aus dem Beratungsunternehmen, die viel mit Lína zusammengearbeitet hatte. Sie hatte ihm versprochen, ihm eine weitere Liste mit Leuten zu schicken, die auf Einladung der Firma mit Lína Gletscherfahrten unternommen hatten.

Mitarbeiter und Kunden. Sigurður Óli druckte sie aus und überflog die Namen. Zu seiner großen Verwunderung sah er den Namen von Hermann auf der Liste, und dann blieben seine Augen an einem anderen Namen hängen, den er nur allzu gut kannte.

Es war der Name seines Freundes Patrekur.

## *Achtundzwanzig*

Sie hatten ihn misstrauisch angestarrt, als er das Alkoholgeschäft betrat und zwei Flaschen isländischen Brennivín kaufte. Er hatte sich für seine Verhältnisse in Schale geworfen, ein Gürtel hielt die Hose ordentlich hoch, er trug seine Winterjacke und hatte eine Mütze über den Kopf gestülpt, um die wirren, schmutzigen Haare zu verstecken und sich gegen die Kälte zu schützen. Dann war er die lange Strecke zum Alkoholgeschäft am Eiðistorg marschiert, denn er achtete darauf, sich nicht immer in den gleichen Läden blicken zu lassen. Er war zuletzt in der Filiale in der Austurstræti gewesen, zu der er es von der Grettisgata aus nicht allzu weit hatte, und ihm waren die schiefen Blicke aufgefallen, die ihm zugeworfen wurden. In der Kringla war er ebenfalls erst vor Kurzem gewesen. Er bezahlte immer bar, Karten hatte er sich nie zugelegt. Deswegen musste er manchmal in die Bank, um Geld abzuheben. Er erhielt eine Behindertenrente, die regelmäßig auf ein Konto eingezahlt wurde, und überdies hatte er ein kleines Guthaben aus der Zeit, als er zuletzt gejobbt hatte. Viel brauchte er nicht. Eigentlich aß er kaum noch etwas, der Schnaps war ihm Nahrung und Getränk.

Sie sahen ihn an, als hätte er etwas verbrochen. Vielleicht lag es an seiner Aufmachung, das hoffte er zumindest. Wieso sollten sie etwas ahnen? Sie wussten gar nichts. Und sie weigerten sich auch nicht, ihm den Brennivín zu verkaufen. Zwar sah er nicht wie ein Bankdirektor aus, aber sein Geld war gut genug. Sie gaben sich desinteressiert, gleichgültig – kein Wort, kein Kommentar. Was ging es ihn an, was diese Leute dachten? Sie konnten ihm egal sein. Und er? Ging er sie etwas an? Gar nichts! Er war bloß gekommen, um sich seinen Brennivín zu kaufen, und damit basta. Er benahm sich nicht auffällig, sondern war nur ein Kunde wie jeder andere.

Aber weshalb glotzten die ihn dann so an?!

Durften vielleicht nur gut gekleidete Leute Schnaps kaufen?

Mit diesen Fragen im Kopf verließ er den Laden und blickte sich um, als ginge er davon aus, verfolgt zu werden. Hatten die vielleicht die Polizei verständigt? Er beschleunigte seine Schritte. Der junge Mann an der Kasse, der ihn bedient hatte, sah ihm durch die Scheibe nach, bis er verschwunden war.

Er sah zwar nirgends Polizisten, hielt sich aber trotzdem vorsichtshalber an weniger belebte Straßen. Er blieb ein paarmal stehen, und wenn er sich sicher war, dass niemand ihn beobachtete, holte er eine der Flaschen aus der Tüte und setzte sie an den Mund. Sie war schon halb leer, als er endlich zum Friedhof kam. Die andere musste noch eine Weile reichen.

Der Friedhof an der Suðurgata war ein Ort, wo Ruhe und Frieden herrschten, deswegen ging er häufig dorthin. Er setzte sich auf eine niedrige Mauer an einem großen Grab, um sich auszuruhen, und trank einen weiteren Schluck. Es war empfindlich kalt, aber ihm war warm, dafür sorgten seine Winterjacke und der Brennivín.

Durch den Schnaps lebte er wieder etwas auf, und seine Gemütsverfassung besserte sich. Im Stillen sagte er sich mehrmals den ersten Teil einer Strophe vor, die ihm häufig einfiel, wenn er trank: *Brennivín ist wahre Nahrung, das Aroma trüget nie.* Er hatte das Stadtzentrum gemieden, um nicht auf Bekannte oder auf Polizisten zu stoßen, das musste er auf jeden Fall verhindern. Er war mehr als einmal festgenommen worden, wenn er sich dort hatte blicken lassen. Er hatte niemanden angepöbelt, sondern nur friedlich auf einer Bank auf dem Austurvöllur gesessen, und schon bauten sich zwei Polizisten vor ihm auf. Er sagte ihnen nur, sie sollten die Schnauze halten und vielleicht noch ein paar andere beleidigende Worte, auch wenn er sich daran hinterher nicht mehr erinnern konnte. Bevor er sich's versah, hatten sie ihn in eine Zelle gesperrt. Er sei den Touristen nicht zuzumuten, sagten die Polizisten.

Er ließ seine Blicke über den Friedhof schweifen, über moosbewachsene Grabsteine und Bäume, die aus schiefen Gräbern hochwuchsen. Er sah zum Himmel, der schwer verhangen und düster war, er kam ihm fast schwarz vor. Für kurze Zeit rissen die Wolken in der Ferne über den Bláfjöll auf, man sah die Sonne in einem hellblauen Himmelsstreifen aufleuchten, der dann wieder hinter einer schwarzen Wolkenbank verschwand.

Bei der Beerdigung seiner Mutter hatte er sich nicht blicken lassen. Irgendwann, irgendwo, vermutlich als sie ins Krankenhaus eingeliefert wurde, hatte sie ihn als den Verwandten angegeben, mit dem man sich im Falle ihres Ablebens in Verbindung setzen sollte. Deshalb hatte er einen Anruf bekommen, der manchmal wie aus weiter Ferne immer noch in seinem Kopf widerhallte, aus einer viel weiteren Ferne als der Streifen Himmel über den Bláfjöll.

»Und weshalb sagst du mir das?«, hatte er damals am Telefon geantwortet.

Er hatte keine Trauer gespürt. Keine Verwunderung und keine Wut. Er hatte überhaupt nichts gespürt, und das war schon lange so gewesen.

Die Frau hatte mit ihm über die weiteren Maßnahmen reden wollen, über das Beerdigungsinstitut und dergleichen, doch da hatte er schon längst nicht mehr zugehört.

»Das geht mich nichts an«, hatte er erklärt und aufgelegt.

Er trank einen Schluck aus der Flasche, blickte zu den Wolken hoch, um zu sehen, ob es irgendwo eine Wolkenlücke gäbe, sah aber nirgends einen hellen Schimmer. Er kannte den Friedhof gut, er kam hierher, um Frieden und Sicherheit zu finden. Hier war niemand, der ihn stören konnte.

Eine eigenartige Ruhe überfiel ihn zwischen den alten Grabstätten, er verweilte lange dort, und wie so oft zuvor war er sich nicht sicher, auf welcher Seite des Grabes er sich eigentlich befand.

Er hatte schon fast vergessen, warum er hier war, als er sah, dass der Polizist sich näherte. Er konnte sich im Augenblick nicht daran erinnern, wie er hieß. Irgendwas mit Sig.

Sigurður.

## *Neunundzwanzig*

Sigurður Óli stand vor dem Drucker und starrte auf den Ausdruck, als das Telefon auf seinem Schreibtisch zu klingeln begann. Er nahm gereizt den Hörer ab. Zuerst hörte er nur die röchelnden Atemzüge eines Menschen.

»Wer ist am Apparat?«, fragte er.

»Ich muss mit dir sprechen«, hörte Sigurður Óli eine Stimme sagen und erkannte sofort, dass es Andrés war.

»Andrés?«

»Ich ... Kannst du dich mit mir treffen?«

»Wo bist du?«

»In einer Telefonzelle. Ich bin ... Ich werde auf dem Friedhof sein.«

»Auf was für einem Friedhof?«

»An der Suðurgata.«

»In Ordnung«, sagte Sigurður Óli. »Wo bist du jetzt?«

»... so in zwei Stunden.«

»Alles klar. In zwei Stunden auf dem Friedhof. Wo genau?«

Sigurður Óli erhielt keine Antwort darauf, Andrés hatte aufgelegt.

Knapp zwei Stunden später parkte Sigurður Óli sein Auto auf der Ljósvallagata und betrat den Friedhof durch das westliche Tor. Er hatte keine Ahnung, wo Andrés sein könnte, wandte sich nach links und ging auf schmalen Zickzackpfaden an Gräbern und Grabmalen vorbei quer über den Friedhof, bis er fast die Südseite an der Suðurgata erreicht hatte. Da sah er Andrés auf einer niedrigen, bemoosten Mauer sitzen, die vor langer Zeit um ein Doppelgrab herum errichtet worden war. Andrés schien zu beobachten, wie Sigurður Óli auf ihn zusteuerte, und offensichtlich wollte er sich erheben, aber es gelang ihm nicht.

Ein unbeschreiblicher Gestank ging von ihm aus, eine Mischung aus Schmutz, Urin und Alkohol. Wahrscheinlich hatte er seit Wochen seine Kleidung nicht gewechselt. Das Wenige, was von seinen Händen aus den Ärmeln seiner Jacke herausschaute, starrte vor Schmutz. Er trug eine Mütze auf dem Kopf und sah genauso heruntergekommen aus wie bei ihrer letzten Begegnung hinter dem Hauptdezernat.

»Du bist also gekommen.«

»Ich versuche seit einiger Zeit, dich zu finden«, sagte Sigurður Óli.

»Und hier bin ich«, sagte Andrés.

In der Tüte aus dem Alkoholladen, die neben Andrés lag, glaubte Sigurður Óli zwei Flaschen ausmachen zu können. Er setzte sich ebenfalls auf die Mauer und sah zu, wie Andrés eine Flasche aus der Tüte holte, den Verschluss abschraubte und die Flasche an den Mund setzte. Sie war beinahe leer. Vermutlich war in alkoholisiertem Zustand mehr aus ihm herauszuholen, dachte Sigurður Óli.

»Was ist los, Andrés?«, fragte er. »Weshalb nimmst du immer wieder Verbindung zu mir auf? Was willst du von uns?«

Andrés blickte sich um, seine Augen irrten von einem Grabstein zum anderen. Dann nahm er noch einen Schluck.

»Und was machst du hier auf dem Friedhof? Ich habe dich bei dir zu Hause gesucht.«

»Nirgendwo ist Ruhe, nur hier.«

»Ja, es ist ein ruhiger Ort«, sagte Sigurður Óli, der an die Leiche des jungen Mädchens denken musste, die auf dem Grab des isländischen Freiheitskämpfers Jón Sigurðsson gefunden worden war. Bergþóra war Zeugin in dem Fall gewesen, auf diese Weise hatten sie sich kennengelernt.

Man hörte das ein oder andere Auto die Suðurgata entlangfahren, und jenseits der Friedhofsmauer duckten sich die hübschen Häuser am Kirkjugarðsstígur.

»Hast du bekommen, was ich dir geschickt habe?«, fragte Andrés.

»Du meinst den Filmstreifen?«

»Ja, den Filmstreifen. Den hab ich zum Schluss gefunden. Nicht viel, aber genug. Er hat bloß zwei kurze Filme aufbewahrt, alles andere hat er vernichtet.«

»Auf diesem Film haben wir also dich gesehen?«

»Wir? Wer sind wir? Hast du das etwa noch anderen gezeigt? Niemand sollte das sehen! Niemand! Du darfst das niemandem zeigen!«

Andrés war sehr erregt, und Sigurður Óli versuchte, ihn zu beruhigen, indem er ihm sagte, dass er eine Lippenleserin hinzugezogen hatte, um herauszufinden, was der Junge in dem Film rief. Sonst hatte niemand den Film gesehen, fügte er hinzu, diese Lüge war seiner Ansicht nach zu vertreten. Er hatte bislang noch nichts weiter unternommen, er wollte erst einmal selber herausfinden, ob es einen Grund gab, den Film an die Abteilung für Sexualverbrechen weiterzuleiten und Zeit und Leute darauf anzusetzen.

»Bist du das in dem Film?«

»Ja, das bin ich«, sagte Andrés dumpf. »Wer denn sonst?«

Er schwieg und trank wieder einen Schluck.

»Und du hast lange gebraucht, um den Film zu finden? Wo hast du ihn gefunden?«

»Meine Mutter, weißt du ... Sie war nicht ... Sie war keine starke Frau, sie wurde nicht mit ihm fertig, verstehst du«, sagte Andrés, der in gewohnter Weise nicht auf Fragen einging. Er hatte sich längere Zeit nicht rasiert, aber der Bartwuchs war spärlich. Sein Gesicht war schmutzig, und unter einem Auge befand sich eine blutige Quetschung, die von einer Schlägerei oder von einem Zusammenprall mit einem Gegenstand stammen konnte. Die kleinen grauen Augen waren schwimmend feucht und wirkten nahezu farblos, und die geschwollene Nase war schief. Möglicherweise hatte er sie sich irgendwann einmal gebrochen und nichts unternommen, vielleicht in den Jahren, als die Busstation am Hlemmur seine einzige warme Zuflucht gewesen war.

»Über wen sprichst du? Mit wem wurde sie nicht fertig?«

»Er hat sie ausgenutzt, verstehst du? Sie hat ihn bei sich aufgenommen, er besorgte ihr Schnaps und Drogen. Um mich hat sich niemand gekümmert. Er konnte mit mir machen, was er wollte.«

Die Stimme war heiser und undeutlich, aber voll aufgestauter Wut, voll Abscheu.

»Gibt es noch mehr Filme?«

»Er hat sich daran geweidet, diese Filme zu drehen«, sagte Andrés. »Er besaß ein Vorführgerät, das er in einer Schule irgendwo auf dem Land geklaut hatte. Und er besaß alle möglichen Pornofilme, die damals auf den Schiffen ins Land geschmuggelt wurden.«

Andrés verstummte wieder.

»Sprichst du über einen Mann, der Rögnvaldur heißt?«, fragte Sigurður Óli.

»Weißt du, wer das ist?«, sagte Andrés, der vor sich hinstarrte.

»Im vergangenen Januar haben wir wegen einer Ermittlung mit dir gesprochen«, sagte Sigurður Óli. »Weißt du noch? Neulich hast du dich doch daran erinnert. Damals haben wir dich nach diesem Rögnvaldur gefragt. War er nicht dein Stiefvater?«

Andrés schwieg.

»Er hat also den Film gemacht, den du uns geschickt hast?«, fragte Sigurður Óli.

»Ihm fehlt ein Zeigefinger. Er hat mir nie gesagt, warum, aber ich habe mich manchmal damit getröstet, dass das weh getan haben muss, dass er vor Schmerzen gebrüllt hat und dass es ihm recht geschah.«

»Du meinst Rögnvaldur?«

Andrés senkte den Kopf und nickte zögernd.

»Wann war das?«

»Das ist lange her, viele Jahre.«

»Wie alt warst du?«

»Zehn. Als es anfing.«

»Also um 1970? Wir haben versucht, die Zeit genauer zu bestimmen.«

»So was lässt einen nie wieder los«, sagte Andrés so leise, dass Sigurður Óli ihn kaum verstehen konnte.

»Egal, wie sehr man es versucht. Man kann es einfach nicht von sich abschütteln. Ich habe versucht, die Erinnerung daran mit Alkohol auszulöschen, aber das bringt auch nichts.«

Andrés richtete sich auf und blickte wieder zum Himmel. Es hatte den Anschein, als suche er in den Wolken nach etwas. Seine Stimme sank zu einem Flüstern herab.

»Die Teufelei hat zwei Jahre gedauert, praktisch ununterbrochen. Und dann ging er.«

## *Dreißig*

Einer der Stadtbusse fuhr geräuschvoll die Suðurgata entlang Richtung Stadtmitte, und vom Kirkjugarðsstígur hörte man lautes Gelächter. Das Leben in der Stadt ging weiter seinen gewohnten Gang, aber auf dem Friedhof bei Andrés schien die Zeit stillzustehen. Sigurður Óli wartete darauf, dass Andrés von sich aus weitersprach, er wollte ihn nicht drängen. Minuten vergingen. Unterdessen öffnete Andrés die zweite Flasche und nahm einen großen Schluck, bevor er sie wieder in die Tüte zu der anderen steckte. Aber es machte nicht den Eindruck, als habe er sich in seine eigene Welt zurückgezogen. Als er keinerlei Anstalten machte, mit der Geschichte fortzufahren, räusperte sich Sigurður Óli.

»Weshalb jetzt?«, fragte er.

Er war sich nicht sicher, ob Andrés ihn hörte.

»Weshalb jetzt, Andrés?«

Andrés wandte den Kopf und sah Sigurður Óli lange wie einen völlig Unbekannten an.

»Was?«, sagte er.

»Weshalb erzählst du uns jetzt davon?«, fragte Sigurður Óli. »Selbst wenn wir diesen Rögnvaldur finden würden, die Sache ist längst aus der Welt, längst verjährt. Wir können da gar nichts mehr unternehmen. Kein Gesetz kann ihm etwas anhaben.«

»Nein«, sagte Andrés träge. »Ihr könnt nichts machen. Ihr habt nie was machen können.«

Andrés verstummte wieder.

»Was ist aus diesem Rögnvaldur geworden?«

»Er zog bei uns aus, danach ließ er sich nie wieder blicken«, sagte Andrés. »Ich hörte die ganzen Jahre nichts von ihm. Er war einfach verschwunden.«

»Und dann?«

»Dann habe ich ihn wiedergesehen. Das hab ich euch gesagt.«

»Wir haben ihn seinerzeit nicht gefunden. Wir sind dem allerdings auch nicht weiter nachgegangen, nachdem unser Fall gelöst war und sich herausstellte, dass er nichts damit zu tun hatte. Und das, was du uns seinerzeit gesagt hast, hat uns nicht weitergeholfen. Du hast nur irgendwelche vagen Andeutungen gemacht und wolltest nichts aussagen. Weshalb willst du also jetzt darüber reden?«

Sigurður Óli wartete auf eine Antwort, aber Andrés sagte keinen Ton, sondern starrte auf seine Füße.

»Wenn ich mich richtig erinnere, hast du damals angedeutet, dass er jemanden in deinem Alter umgebracht hat. Darüber haben wir nichts in unseren Archiven gefunden. Hast du dich damals selber gemeint? Hast du das, was er dir angetan hat, so empfunden? Dass er etwas in dir umgebracht hat?«

»Vielleicht wäre es besser gewesen, wenn er mich tatsächlich umgebracht hätte«, antwortete Andrés. »Vielleicht wäre das besser gewesen. Ich weiß nicht mehr, was ich euch gesagt habe. Ich bin ... Ich fühle mich elend, und das schon seit Langem.«

»Es gibt Hilfe für Menschen wie dich«, sagte Sigurður Óli. »Für Menschen, die so etwas durchgemacht haben. Hast du dich an solche Institutionen gewandt?«

Andrés schüttelte den Kopf. »Ich wollte dich treffen, um dir zu sagen … Um dir zu sagen – egal was passiert, egal wie das alles ausgeht –, dass es nicht ganz und gar meine Schuld ist. Verstehst du das? Nicht alles ist meine Schuld. Ich möchte, dass du das weißt, dass ihr das wisst.«

»Wie was ausgeht?«, fragte Sigurður Óli. »Was meinst du damit?«

»Es wird sich zeigen.«

»Hast du diesen Rögnvaldur aufgespürt?«

Andrés antwortete nicht.

»Ich kann dich nicht gehen lassen, ohne dass du mir das sagst. Du kannst nicht einfach irgendwelche Andeutungen machen und dann Schluss.«

»Ich will gar nichts entschuldigen. Die Lage ist so, wie sie ist, und daran lässt sich nichts ändern. Nachdem er gegangen war, habe ich versucht zu … Habe ich versucht, mich aufzurappeln, aber ich … das … Ich konnte es nicht betäuben oder aus dem Bewusstsein verbannen. Ich fand heraus, wie ich es mit Schnaps und Rauschmitteln in den Hintergrund drängen konnte, und dann ging es nur noch darum, an das Zeug heranzukommen, an diejenigen, die es mir verschaffen konnten, um es auf diese Weise irgendwie in Schach zu halten. Gleich, nachdem er fort war. Ich hatte schon mit zwölf zum ersten Mal einen Rausch. Ich habe gesnifft, ich hab alles genommen, was mir unter die Finger kam. So war es einfach. Ich will gar nichts entschuldigen.«

Wieder verstummte Andrés. Er hustete und holte die Flasche aus der Tüte.

»Es wird sich zeigen«, sagte er.

»Was?«

»Es wird sich zeigen.«

»Ich habe gehört, dass du mal polstern gelernt hast«, sagte Sigurður Óli. Er wollte versuchen, so lange wie möglich mit Andrés zu reden, ihn dazu bringen, sich zu öffnen und möglicherweise mehr über diesen Rögnvaldur preiszugeben. Man brauchte kein Sachverständiger zu sein, um zu sehen, dass Andrés geistig wie körperlich vor dem Zusammenbruch stand.

»Ich hab manchmal versucht, mich zusammenzureißen«, sagte Andrés. »Aber es hat nie lange vorgehalten.«

»Hast du in letzter Zeit irgendwelche Lederarbeiten gemacht?«, erkundigte sich Sigurður Óli vorsichtig.

»Was meinst du damit?«, sagte Andrés und schien mir einem Mal auf der Hut zu sein.

»Deine Nachbarin hatte Angst um dich«, sagte Sigurður Óli. »Sie glaubte, dir könnte etwas zugestoßen sein, und wir sind in deine Wohnung gegangen. Ich habe Lederschnipsel in der Küche gefunden, und als ich die zusammenlegte, entstand etwas wie ein Gesicht.«

Andrés schwieg.

»Was hast du da zurechtgeschnitten?«

»Nichts«, sagte Andrés, der jetzt in alle Richtungen spähte, wie um einen Fluchtweg zu finden. »Ich weiß überhaupt nicht, weshalb ihr in meiner Wohnung wart. Ich kapier das nicht.«

»Deine Nachbarin war besorgt«, wiederholte Sigurður Óli.

»Das hast du ihr eingeredet.«

»Nein, gar nicht.«

»Du hattest kein Recht, meine Wohnung zu betreten.«

»Was hast du mit dem Leder gemacht?«

»Das geht dich nichts an.«

»Wir haben damals im Januar Kinderpornos bei dir gefunden, erinnerst du dich?«, fragte Sigurður Óli.

»Ich ...« Andrés verstummte.

»Was hast du damit gemacht?«

»Du verstehst das nicht«, sagte Andrés.

»Nein.«

»Ich ... Ich verachte niemanden mehr als mich selber ... Ich ...«

Andrés verstummte wieder.

»Wo ist Rögnvaldur?«, fragte Sigurður Óli.

»Ich weiß es nicht.«

»Ich kann dich nicht gehen lassen, ohne dass du es mir sagst.«

»Ich wusste nicht, was ich tun sollte. Doch dann erinnerte ich mich auf einmal daran, wie der Bauer das mit dem Eisenstift gemacht hat. Da wusste ich, wie ich es hinkriegen könnte.«

»Eisenstift?«

»Er ist nicht dicker als ein Ein-Kronen-Stück.«

Andrés war kaum noch zu verstehen.

»Wo ist Rögnvaldur?«, fragte Sigurður Óli wieder. »Weißt du, wo er ist?«

Andrés gab ihm keine Antwort darauf, er starrte schweigend auf den Boden.

»Ich wollte immer dorthin zurück«, sagte er dann. »Aber ich habe es nie geschafft.« Wieder Schweigen.

»Rögnvaldur war ein gottverdammter Unmensch. Ich empfinde nichts als Verachtung für ihn – und Abscheu. Abscheu!«

Andrés richtete seinen starren Blick in irgendeine unendliche Ferne, auf Ereignisse, die nur er kannte, und dorthin richtete sich auch sein Flüstern, das Sigurður Óli kaum verstehen konnte.

»Am meisten aber verabscheue ich mich selbst.«

In diesem Augenblick meldete sich Sigurður Ólis Handy, und die Stille auf dem Friedhof wurde jäh durchbrochen. Er beeilte sich, es aus seiner Manteltasche zu ziehen und sah, dass es Patrekur war. Er zögerte, wusste nicht, ob er sich für Andrés oder das Gespräch entscheiden sollte, sah Andrés an und dann wieder das Display. Er entschloss sich zu antworten.

»Ich muss mit dir reden«, sagte er, noch bevor Patrekur etwas sagen konnte.

»In Ordnung«, sagte Patrekur.

»Du hast mich belogen«, sagte Sigurður Óli.

»Was?«

»Findest du das in Ordnung, mich anzulügen?«

»Was ist denn ...«

»Findest du es in Ordnung, mich anzulügen und mich in Schwierigkeiten zu bringen?«

»Was soll das?«, entgegnete Patrekur. »Ich hab keine Ahnung, wovon du redest.«

»Du hast gesagt, du hättest Lína nie in deinem Leben getroffen.«

»Ja.«

»Behauptest du das etwa immer noch?«

»Immer noch? Wovon redest du eigentlich?«

»Ich rede über dich, Patrekur! Und mich!«

»Jetzt reg dich doch bloß nicht so auf. Ich habe keine Ahnung, was du mit deinem Gefasel andeuten willst.«

»Du hast eine Gletscherfahrt mit ihr unternommen, du Idiot!«, sagte Sigurður Óli. »Zusammen mit noch ein paar anderen Idioten. Erinnerst du dich vielleicht jetzt? Das war vor einem Jahr. Erinnerst du dich jetzt an Lína?«

Patrekur schwieg lange.

»Sollten wir nicht miteinander reden?«, fragte er schließlich.

»Und ob, du Idiot«, zischte Sigurður Óli ins Telefon.

Er hatte Andrés während des Anrufs den Rücken zugewendet, um in Ruhe sprechen zu können, und als er sich jetzt wieder umdrehte, war Andrés spurlos verschwunden.

Er reagierte rasch, beendete das Gespräch und ging auf demselben Weg zurück, auf dem er gekommen war. Wohin er auch blickte, Andrés war nirgends zu sehen. Er lief kreuz und quer über den Friedhof und hielt Ausschau nach allen Richtungen, ohne Erfolg. Andrés war ihm durch die Lappen gegangen.

»Scheiße, Scheiße, Scheiße«, fluchte er laut und blieb stehen. Andrés hatte sich blitzschnell aus dem Staub gemacht, und er konnte durch jedes beliebige Friedhofstor entwischt sein, während Sigurður Óli mit Patrekur gesprochen hatte.

Sigurður Óli ging die Ljósvallagata hinauf, setzte sich in seinen Wagen und fuhr los. Er verbrachte einige Zeit damit, im Auto die umliegenden Straßen abzuklappern, in der Hoffnung, irgendwo auf Andrés zu stoßen, aber seine Suche blieb erfolglos.

Der Mann war wie vom Erdboden verschluckt. Sigurður Óli hatte nach wie vor keine Ahnung, wo er sich derzeit aufhielt, ob er tatsächlich diesen Rögnvaldur aufgespürt hatte und was das für Konsequenzen haben könnte.

Er vergegenwärtigte sich noch einmal das Gespräch mit ihm. Andrés hatte über seine Mutter gesprochen und zum Schluss etwas über einen Stift gesagt, der nicht dicker wäre als eine Ein-Kronen-Münze. Darüber, dass er Rögnvaldur verabscheute. Und dass Sigurður Óli wissen sollte, dass es nicht alles seine Schuld war, wie auch immer es ausginge.

Aus irgendwelchen Gründen war es ihm anscheinend wichtig, dass die Polizei das wusste.

*Einunddreißig*

Patrekur wirkte verlegen, als Sigurður Óli das Café betrat und sich ihm gegenüber an den Tisch setzte. Es war dasselbe Café, in dem sie sich zu dem ersten Gespräch getroffen hatten. Aber diesmal war dort wesentlich mehr los, und ihnen wurde schnell klar, dass der Treffpunkt nicht gut gewählt war, weil sie sich dort nicht in Ruhe unterhalten konnten. Also beschlossen sie einen Ortswechsel. Sie waren im Stadtzentrum und schlugen den Weg zum Hafen ein, vorbei am ehemaligen Direktionsgebäude von Eimskip, der isländischen Dampfschifffahrtsgesellschaft. Sie überquerten die Tryggvagata, dann die vierspurige Sæbraut und befanden sich schließlich im östlichen Teil des Hafens, wo ein riesiges Konzert- und Konferenzcenter entstehen sollte. Unterwegs hatten sie meist geschwiegen, das Bauvorhaben lieferte ihnen jetzt einen neutralen Gesprächsstoff.

»Wir sind in der Planungsphase«, sagte Patrekur. Er blieb stehen und blickte über das Gelände, das für den Gebäudekomplex vorgesehen war. »Ich weiß gar nicht, ob den Leuten wirklich klar ist, von was für Größenordnungen wir hier sprechen. Was für ein Ungetüm hier hingepflanzt wird.«

»Und das alles für die paar tausend lächerlichen Gestalten, die hierzulande Musikveranstaltungen besuchen?«, fragte Sigurður Óli, der seine liebe Mühe damit hatte, das Wort Sinfonie korrekt zu buchstabieren.

»Keine Ahnung, ehrlich gesagt.«

Sie hatten es bislang vermieden, auf Patrekurs Lüge zu sprechen zu kommen. Sigurður Óli wollte abwarten, was Patrekur von sich aus dazu sagen würde, und wahrscheinlich gingen Patrekurs Gedanken in die gleiche Richtung. Also redeten sie weiter über die überdimensionale Konzerthalle. Patrekur war der Meinung, sie sei ein gutes Beispiel für den absurden Größenwahn einer winzigen Nation. Sigurður Óli kam es fast so vor, als schlummerte immer noch etwas von dem Menschen in ihm, der zu Gymnasialzeiten von liberalen zu revolutionären Ansichten umgeschwenkt war.

»Ich glaube, diese Finanzfritzen ticken allmählich durch«, erklärte er.

»Und was ist mit dir?«, fragte Sigurður Óli. »Bist du nicht auch durchgetickt?«

Da Patrekur es vorzog, nicht auf diese Frage zu antworten, verging einige Zeit mit Schweigen.

»Hast du etwas von Hermann gehört?«, fragte Sigurður Óli.

»Nein«, antwortete Patrekur.

Sigurður Óli hatte die Vernehmungsprotokolle ausgedruckt und durchgelesen. Hermann und Patrekur hielten sich an das, was sie ihm bereits erzählt hatten. Es war zu erwarten, dass Finnur sie sich noch einmal vorknöpfen würde. Patrekur hatte rundheraus abgestritten, Lína gekannt oder irgendetwas mit ihr zu tun gehabt zu haben. Beide sagten aus, keinen Lieferwagenfahrer namens Þórarinn zu kennen und behaupteten, nichts mit dem Überfall auf Lína zu tun zu haben.

»Was hat es mit deiner Bekanntschaft mit dieser Lína auf sich?«, fragte Sigurður Óli.

»Ich hatte gehofft, du würdest das unter den Tisch fallen lassen«, antwortete Patrekur. »Ich hatte vor, dir die Wahrheit zu sagen, wenn alles ausgestanden war. Du wirst es mir vielleicht nicht glauben, aber so hatte ich mir das vorgestellt.«

»Beantworte einfach nur meine Fragen«, sagte Sigurður Óli. »Wir waren das doch alles genau durchgegangen? Und jetzt bitte keine Ausflüchte mehr.«

»Ich fühle mich mies, weil ich dich angelogen habe.«

»Komm zur Sache.«

»Ich hab vor einem Jahr an dieser Gletschertour teilgenommen«, sagte Patrekur. »Die wurde für ausländische Kunden unserer Firma arrangiert. Es waren drei Gruppen, eine bestand aus Mitarbeitern von unserer Firma, in einer waren Leute aus Línas Betrieb, und dann noch irgendwelche Banker. Línas Mann war für die Organisation und die Durchführung verantwortlich. Es war so eine typische Incentive-Tour für ausländische Gäste, wilde isländische Natur, ewiges Eis und viel Alkohol. Wir sind auf den Vatnajökull raufgefahren und haben da gegrillt. Damit ging ein ganzes Wochenende drauf, am zweiten Abend haben wir in Höfn übernachtet.«

»Und Hermann war auch dabei?«

»Ich hatte ihn ebenfalls eingeladen, aber dann stellte sich heraus, dass er sich nur für einen Tag freimachen konnte. Er hat mich und Lína miteinander bekannt gemacht. Sie kam irgendwann zu uns, und er war auf einmal seltsam verlegen. Jetzt weiß ich natürlich, warum er nicht die ganze Zeit dabei sein wollte. Er kannte sie ja ziemlich gut.«

Patrekur zögerte.

»Und?«, sagte Sigurður Óli.

»Und ich bin damals mit Lína ins Bett gegangen.«

Patrekur sah Sigurður Óli an wie ein geprügelter Hund.

»Du bist mit Lína ins Bett gegangen?«

Patrekur nickte. »Ebbi war nicht bei uns im Hotel, er hat anderswo übernachtet, und sie ... wir ... Also es endete damit, dass wir miteinander geschlafen haben.«

»Moment mal ...« Sigurður Óli konnte nicht glauben, was er da hörte.

»Ich hätte es dir sofort sagen sollen.«

»Ist es normal für dich, dass du Súsanna betrügst?«

»Es ist nur ein einziges Mal zuvor passiert«, gestand Patrekur. »Vor zwei Jahren. Das war eine ähnliche Situation, aber eine andere Frau. Damals war ich in den Ostfjorden, wegen dem Kárahnjúkar-Kraftwerk. Ich war ziemlich knülle, aber das ist natürlich keine Entschuldigung. Lína war nicht nur attraktiv, sie ging auch aufs Ganze, und ich selber war ... Ja, ich ... Ich war scharf auf sie, das muss ich natürlich zugeben.«

»Natürlich?«

»Wie soll man das ausdrücken? Es ist passiert. Ich habe keine Entschuldigung. Es hat sich einfach so ergeben.«

»Hat sie dir gesagt, woher sie Hermann kannte und dass sie Geld von ihm erpressen wollte?«

»Nein, selbstverständlich nicht.«

»Sie hat keine Aufnahmen von dir machen wollen?«

»Spar dir deinen Spott!«

Sigurður Óli zuckte mit den Achseln.

»Du kannst dir nicht vorstellen, wie erschrocken ich war, als Hermann und seine Frau neulich zu uns kamen und fragten, ob ich nicht einen Freund bei der Polizei hätte. Als er dann sagte, worum es ging und wer involviert war, bin ich fast durchgedreht. Meine größte Sorge war, dass er Lína ins Spiel bringen würde, dass sie ihm etwas erzählt hatte. Ich hab nur an mich selber gedacht, ich konnte nicht anders.«

»Du bist doch gar nicht der Typ für so was«, sagte Sigurður Óli. Es fiel ihm schwer, Mitleid mit seinem Freund zu haben, auch wenn der reuevolle Ton in seiner Stimme echt klang.

»Glaubst du, das wüsste ich nicht?«

»Und was ist mit dem, was ihr über Hermanns Schnitzelpartys erzählt habt? Dass sie sich rein zufällig kennengelernt haben?«

»Was Hermann sagt, stimmt«, entgegnete Patrekur. »Ich glaube nicht, dass er lügt. Wir hatten keine Ahnung, dass sie zu solchen Swinger-Partys gingen, und Súsanna war total schockiert. Sie versteht so etwas nicht. Lügen und Fremdgehen und so etwas, dafür hat sie überhaupt kein Verständnis. Wir wollten Hermann und seiner Frau helfen, Súsanna natürlich vor allem ihrer Schwester, das habe ich dir auch so gesagt. Das war ganz selbstverständlich für uns. Ich habe ihnen versprochen, mit dir Kontakt aufzunehmen und dich zu bitten, dich einzuschalten, Lína und Ebbi ein bisschen unter Druck zu setzen und die ganze Angelegenheit aus der Welt zu schaffen, bevor sie außer Kontrolle geriet. Natürlich hätte ich dir die ganze Wahrheit sagen sollen. Aber ich war zu feige und egoistisch. Ich habe dich hintergangen, das weiß ich. Ich hätte dir selbstverständlich die Wahrheit sagen müssen, wo ich dich da schon hineingezogen habe. Es war aber so eine furchtbar heikle Angelegenheit. Als dann Lína überfallen wurde, entwickelte sich daraus eine regelrechte Katastrophe. Also habe ich völlig dicht gemacht. Ich bin fix und fertig wegen dieser ganzen Scheiße, das kann ich dir sagen.«

»Dir ist nicht eingefallen, selber mit Lína zu reden? Du kanntest sie ja schließlich.«

»Nach dieser Affäre in Höfn habe ich keine Verbindung mehr zu ihr gehabt, und ich wollte auf gar keinen Fall mit ihr reden.«

»Hat sie die Idee zur Erpressung vielleicht von dir?«

»Verdammt noch mal, nein. Das glaube ich nicht.«

»Hast du mit ihr über Hermann und seine Frau gesprochen, dass sie Karriere in der Politik machen will?«

»Das ... Nein, das glaube ich nicht, ich kann mich jedenfalls nicht daran erinnern.«

»Und warum hast du mich da reingezogen?«

»Es sollte einfach nicht an die Öffentlichkeit gelangen«, sagte Patrekur. »Du solltest dafür sorgen, dass das Problem vorher vom Tisch war. Die beiden haben sich total hirnrissig aufgeführt, die haben alles Mögliche angedroht, die Klatschblätter, das Internet. Es sah ganz so aus, als sei Hermann irgendwelchen Wahnsinnigen in die Klauen geraten. Ich wollte nichts damit zu tun haben, und es wäre mir nie im Leben eingefallen, mit den beiden zu reden. Ich ging davon aus, dass du genau der richtige Mann wärst, um sie auf den Boden der Tatsachen zurückzuholen und sie dazu zu bringen, mit dem Scheiß aufzuhören, ihnen ordentlich Druck zu machen, so wie wir es besprochen hatten. Du hättest das bestimmt geschafft. Die beiden waren zwar unverschämt, aber ich hatte trotzdem das Gefühl, dass sie eigentlich ganz leicht von diesem Irrsinn abzubringen sein würden.«

»Sind sie wirklich so hoch verschuldet? Weißt du etwas darüber?«

»Hermann ist sich ganz sicher, er glaubt, dass sie deswegen so weit gegangen sind. Und sie haben nicht unbedingt nur bei den Banken Schulden, bei denen stehen sie wahrscheinlich schon auf einer schwarzen Liste. Es geht wohl auch um Drogen, und Hermann ist sich ziemlich sicher, dass sie Schulden bei Leuten haben, die mit so etwas dealen. Und dass sie deswegen überfallen wurde.«

»Weißt du ganz sicher, dass sie User waren?«

»Hermann hat mir erzählt, dass sie ihnen Ecstasy und Amphetamin angeboten haben. Anscheinend hatten sie genug von dem Zeug auf Lager.«

»Wusste er, woher sie das bekamen?«

»Nein, danach hat er sie nicht gefragt«, sagte Patrekur.

»Du hast Lína seit diesem Vorfall nicht mehr getroffen?«

»Nein. Oder ja, sie hat mich einmal bei der Arbeit angerufen. Wollte wissen, wie es mir so ginge. Wir haben eine Weile miteinander geredet, und dann habe ich deutlich zu verstehen gegeben, dass sie nicht wieder anrufen solle. Das Ganze sei ein Fehler gewesen, und ich würde sie nicht wiedersehen wollen.«

»Aber sie wollte dich wiedersehen?«

»Ja.«

»Und du hast abgelehnt?«

»Ja.«

»Weiß Ebbi, dass ihr miteinander geschlafen habt?«

»Ich glaube nicht«, sagte Patrekur. »Zumindest gehe ich nicht davon aus. Angesichts ihrer Lebensweise kann es allerdings gut sein, dass sie ihm davon erzählt hat. Darüber weiß ich aber nichts.«

Sie schwiegen beide und sahen auf die alten Lagerhäuser am Faxi-Kai, mit deren Abriss man bereits begonnen hatte, um Platz für die große Konzerthalle zu schaffen. Sigurður Óli meinte sich an die kritische Stimme eines Wirtschaftsexperten in der Zeitung zu erinnern, der sich über diesen Größenwahn mokierte und behauptete, dieses überdimensionale Gebäude sei der Traum von Neureichen, die mit diesem Monument dokumentieren wollten, was für Finanzgenies die Isländer seien. Auf der gegenüberliegenden Straßenseite stand der kantige Klotz der Notenbank wie eine Felsbastion, von außen mit pechschwarzem und bleischwerem Gabbro aus den Ostfjorden verkleidet.

»Ich hätte dir das mit Lína sofort sagen sollen«, seufzte Patrekur. »Ich hatte die ganze Zeit eine Scheißangst, dass du es rausfinden würdest. Ich möchte unsere Freundschaft nicht aufs Spiel setzen, und ich hoffe, dass das nicht der Fall ist.«

Sigurður Óli antwortete nicht darauf. Sie standen schweigend am Hafen und beobachteten das rege Treiben. Sigurður Óli dachte an Ebbi und Lína, an Drohungen, Erpressung, Geldeintreiber, Gletscherfahrten, Anlageberater. An seinen Kollegen Finnur und diesen Versager Pétur, der in der Nähe des Hauptdezernats brutal zusammengeschlagen worden war. An Bergþóra und ihr letztes Telefongespräch, an seinen Vater im Krankenhaus.

»Wirst du Súsanna davon erzählen?«, fragte er schließlich.

»Das habe ich bereits getan«, sagte Patrekur. »Ich hielt es einfach nicht mehr aus und habe ihr alles gestanden.«

»Und?«

»Ich weiß es nicht. Sie braucht Zeit zum Nachdenken. Sie war natürlich wütend, oder besser, sie ist völlig ausgerastet. Ihrer Meinung nach sind alle total übergeschnappt, jeder vögelt mit jedem.«

»Vielleicht hat es etwas mit dem Wirtschaftsboom zu tun«, sagte Sigurður Óli. Er sah seinen Freund an. »Hast du Lína etwas angetan, Patrekur?«

»Nein, nichts.«

»Du hast sie nicht zum Schweigen bringen wollen?«

»Nein. Ich soll sie umgebracht haben? Du bist wohl wahnsinnig! Ich habe nichts damit zu tun, nicht das Allergeringste. So liegt die Sache wirklich nicht.«

»Und Hermann?«

»Nein, das glaube ich nicht, auf keinen Fall. Aber du musst ihn natürlich selber fragen. Ich habe dir alles gesagt, was ich weiß.«

»In Ordnung. Wer war sonst noch auf dieser Tour dabei? Ich kannte keinen von den Namen.«

»Lauter Ausländer«, sagte Patrekur. »Ingenieure wie ich, Leute aus den Banken. Ich kannte die kaum. Es waren Amerikaner darunter, die sich hier über geothermale und erneuerbare Energie informieren wollten. Ich wurde mitgeschickt, weil ich in Amerika studiert habe, und wir sehr viele Untersuchungen im Bereich zukünftige Energiequellen machen. Und dann …«

»Ja?«

»Einer von denen ist kurz darauf verunglückt, einer von den Bankern. Ich weiß nicht mehr, wie er hieß. Sie haben irgendeine gemeinsame Reise gemacht, und er verschwand spurlos. Er wurde erst in diesem Frühjahr gefunden, beziehungsweise das, was noch von ihm übrig war.«

## *Zweiunddreißig*

Der Mann, der Höddi genannt wurde, wohnte in einem alten und ziemlich heruntergekommenen Reihenhaus in Breiðholt. Zwei Motorschlitten standen in der Einfahrt zur Garage, beide mit einer Plane zugedeckt. Ein großer, relativ neuer Jeep mit Anhänger war auf der Straße vor dem Haus geparkt, daneben ein Motorrad. Wenn das Höddis Spielzeuge waren, musste seine Reparaturwerkstatt einiges abwerfen. Sigurður Óli hatte sich bereits seit einigen Stunden an seine Fersen geheftet. Höddi war nach der Arbeit ins Fitness-Studio und anschließend nach Hause gefahren. Andere Hausbewohner hatte Sigurður Óli nicht bemerkt, und er wusste nicht, ob Höddi eine Familie hatte. Er war vor drei Jahren einmal wegen Körperverletzung festgenommen worden, doch die Anklage wurde fallen gelassen. Mehr war in den Polizeiakten nicht über ihn zu finden.

Sigurður Óli hatte sein Auto in einiger Entfernung von dem Reihenhaus geparkt und den Motor abgestellt. Während er in dem kalten Wagen wartete, dachte er an Andrés, von dem er nichts mehr gehört hatte. Er wusste nicht, wie er ihn aufspüren könnte, aber er wusste auch nicht, ob das überhaupt einen Sinn hatte. Weshalb meldete sich Andrés ständig bei der Polizei? Es lag auf der

Hand, dass Ereignisse aus seiner Kindheit schwer auf ihm lasteten. Er hatte wohl immer noch eine Rechnung offen, auch wenn alles lange zurücklag. Er war voll Bitterkeit und Wut und Hass auf die Menschen, die dafür verantwortlich waren. Sein Schweigen über die Mutter bezeugte das. Alles, was er über diesen Rögnvaldur sagte, zeugte von abgrundtiefem Hass. Sigurður Óli überlegte, ob es zu einem Zusammentreffen gekommen war und was dabei passiert sein konnte. Wie begegnet man einem solchen Henkersknecht, seinem Peiniger? Bei Andrés konnte keine Rede von Nachsicht oder Vergebung sein, so viel stand fest.

Sigurður Óli hatte Andrés mitnehmen wollen, damit er die Hilfe bekam, die er brauchte, und um herauszufinden, was genau er wollte. Aus dem, was er bisher von sich gegeben hatte, war nicht viel zu entnehmen gewesen, etliches war komplett unverständlich. Trunksucht und Verwahrlosung hatten ihn schwer gezeichnet, er hatte sich seit langer Zeit völlig vernachlässigt und schlug sich nur mit seinen quälenden Gedanken herum. Der Alkohol diente ihm dazu, die Qualen zu lindern. Sigurður Óli hatte sich mit sämtlichen Alkoholläden in Reykjavík in Verbindung gesetzt, Andrés kurz beschrieben und darum gebeten, ihm Bescheid zu geben, falls er sich blicken ließe.

Sigurður Óli verspürte Mitleid mit dem Jungen auf dem Filmstreifen. Es war eigentlich nicht seine Art, Mitgefühl mit den unselige Gestalten zu empfinden, mit denen er beruflich zu tun hatte, aber die Angst und die Hilflosigkeit des Jungen in dem alten Filmstreifen berührten ihn. Normalerweise vertrat er die Meinung, dass es die Randfiguren der Gesellschaft sich selber zuzuschreiben hatten, wie es ihnen erging. Er verrichtete nur seine Arbeit, und wenn er sich abends ausgestempelt hatte, ließ er sie hinter sich und musste sich erst am nächsten Morgen wieder damit befassen. Einigen seiner Kollegen gingen schwierige Fälle nahe, vor allem Neulingen, aber auch einigen der älteren Kollegen. Seiner Meinung nach war das nur hinderlich. Man hatte ihm oft diese kalte und nüchterne Einstellung vorgeworfen, aber darum scherte er sich nicht.

Andrés' Fall hatte jedoch eine starke Wirkung auf ihn, ohne dass er im Grunde genommen wusste, warum – abgesehen davon, dass es um einen Fall von Kindesmissbrauch ging. Die Kriminalpolizei musste sich ständig mit solchen Fällen befassen, aber Sigurður Óli hatte die Auswirkungen dieser Art von jahrelanger Gewalttätigkeit noch nicht oft so hautnah zu Gesicht bekommen. Andrés führte seinen jetzigen Zustand auf diese furchtbare Kindheit zurück, und er war ganz offensichtlich immer noch voller Trauer und Zorn.

Die Scheiben des Autos beschlugen, und er öffnete das Fenster einen Spalt, um die Feuchtigkeit herauszulassen. Er wusste nicht, wie lange er das Haus von Höddi noch im Auge behalten wollte. Es war bereits nach zehn, und in und vor dem Haus rührte sich nichts.

Sein Handy klingelte, und er sah, dass es seine Mutter war.

»Hast du schon nach deinem Vater geschaut?«, fragte Gagga ohne weitere Begrüßung, als er sich gemeldet hatte.

Er erzählte ihr, dass die Operation gut verlaufen sei und der Alte guter Dinge, er würde bald entlassen werden.

»Und hast du dich schon untersuchen lassen?«, fragte sie daraufhin.

»Nein«, antwortete er, »das hat Zeit.«

»Klemm dich dahinter«, sagte Gagga. »So etwas sollte man nicht auf die lange Bank schieben.«

»Mach ich«, sagte Sigurður Óli lahm. Er war sich nicht sicher, ob er dieses Versprechen in die Tat umsetzen würde. Das hatte nicht nur mit dieser speziellen Untersuchung zu tun. Sigurður Óli hatte schon seit Langem eine ausgesprochene Phobie vor Ärzten, und Arztbesuche jeglicher Art waren das Schlimmste, was er sich vorstellen konnte. Er hasste den Geruch in den Wartezimmern und Arztpraxen, die alten Zeitschriften, die Warterei und vor allem die Begegnung mit den Ärzten. Am schlimmsten waren die Zahnärzte. Er konnte sich nichts Unangenehmeres vorstellen, als auf dem Stuhl zu liegen und zu diesen Großverdienern hochzustarren und sie über die teuren Zeiten jammern zu hören. Dicht darauf folgten die HNO-Ärzte. Seine Mutter hatte ihm irgendwann die Mandeln entfernen lassen, weil ihrer Meinung nach Übel wie Schnupfen, Erkältungen, Halsentzündungen und Ohrenschmerzen nur darauf zurückzuführen waren. Noch heute mochte er kaum daran zurückdenken, an die Betäubung und den widerwärtigen Geschmack im Mund. Die Unfallambulanz war ein Kapitel für sich. Sigurður Óli hatte sich einige Male nach Handgreiflichkeiten dort behandeln lassen müssen. Es ärgerte ihn maßlos, wie lange man dort warten musste, gar nicht zu reden von der antiseptischen Atmosphäre und den uralten, zerfledderten Zeitschriften. Besonders eklig fand er die Zeitschriften in den Arztpraxen. Er hatte zwar irgendwo gelesen, dass sie keine Infektionsherde darstellten, auch wenn sie tagaus, tagein nur von schwerkranken Menschen angefasst wurden, aber das hatte ihn keineswegs überzeugt.

Das war offenbar alles gewesen, was seine Mutter mit ihm zu besprechen hatte, sie beendete das Gespräch. Keine fünf Minuten später meldete sich sein Handy wieder, diesmal war es Bergþóra.

»Wie geht's deinem Vater?«, fragte sie.

»Prima«, antwortete Sigurður Óli kurz angebunden.

»Stimmt was nicht?«

»Ich bin bei der Arbeit.«

»Dann will ich nicht stören«, sagte Bergþóra.

Bei diesen Worten kam Höddi aus seinem Haus. Er machte die Tür sorgfältig hinter sich zu und fasste zweimal an die Klinke, um sich zu vergewissern, dass sie fest verschlossen war. Dann ging er zu seinem Jeep und kuppelte den Anhänger ab.

»Nein, es ist schon in Ordnung«, sagte Sigurður Óli und versuchte, nicht zu abweisend zu klingen, obwohl ihm das angesichts ihres letzten Telefongesprächs schwerfiel. »Hab ich dich gestern Abend gestört?«

Höddi schob den Anhänger zu den Motorschlitten hinüber und stellte ihn ab. Dann schwang er sich in den Jeep und fuhr los. Erst nach einiger Zeit ließ Sigurður Óli den Motor an und folgte ihm in einiger Entfernung.

»Nein, das war in Ordnung«, sagte Bergþóra. »Ich hatte schon seit einiger Zeit vor, dir zu sagen, dass ich vor drei Wochen einen Mann kennengelernt habe, wir haben uns ein paarmal getroffen.«

»Ach ja?«

»Ich wollte es dir an dem Abend sagen, als wir essen waren, aber irgendwie bin ich nicht dazu gekommen.«

»Und wer ist es?«

»Niemand, den du kennst«, sagte Bergþóra. »Auf jeden Fall ist er nicht bei der Polizei. Er arbeitet in einer Bank. Und er ist sehr nett.«

»Schön, dass er nett ist«, sagte Sigurður Óli, der sich bemühte, Höddi auf den Fersen zu bleiben, ohne dass er es merkte, und gleichzeitig mit Bergþóra über Dinge zu reden, die er im Grunde genommen überhaupt nicht hören wollte, ohne dass sie es merkte.

»Ich höre, dass du beschäftigt bist«, sagte Bergþóra. »Vielleicht reden wir lieber später miteinander.«

»Nein, es ist schon in Ordnung«, sagte Sigurður Óli, während er hinter Höddi auf die sechsspurige Breiðholtsbraut einbog. Höddi hatte ein ziemliches Tempo drauf. Gegen Abend waren die Temperaturen unter null gesunken, die Straßen waren spiegelglatt, und Sigurður Óli hatte noch keine Zeit gehabt, Winterreifen aufziehen zu lassen. Der Wagen schleuderte etwas in der Kurve, aber er bekam ihn wieder unter Kontrolle. Der Abstand zu Höddi, der jetzt in nördlicher Richtung raste, wurde immer größer.

»Hattest du etwas Spezielles zu besprechen?«, fragte Bergþóra.

»Ich?«

»Als du gestern Abend angerufen hast. Es war so spät, ich dachte, es wäre vielleicht etwas passiert.«

»Nein, ich ...«

Er näherte sich einer Kreuzung und bog bei Gelb in den Bústaðavegur ein. Wieder rutschte der Wagen weg. Höddi war bereits oben auf dem Hügel an der Bústaðakirkja. Sigurður Óli befürchtete, ihn aus den Augen zu verlieren. Und er spürte, dass er im Begriff war, Bergþóra zu verlieren.

»... wollte bloß hören, wie es dir geht. Ich weiß nicht, ich hatte das Gefühl, dass unser letztes Treffen ziemlich schiefgelaufen ist. Ich wollte mit dir darüber reden.«

»Bist du etwa am Steuer?«

»Ja.«

»Und dabei telefonierst du? Ist das vernünftig?«

»Nein, wohl nicht.«

Höddi bog auf den Réttarholtsvegur ein. Als Sigurður Óli die Ampel erreichte, stand sie auf Rot. Es war nicht viel Verkehr. Er blickte sich blitzschnell nach allen Seiten um und fuhr um die Ecke.

»Ich weiß, dass es mich im Grunde genommen nichts angeht, aber ich fand, dass ...«

»Was?«

»Ich fand, dass du ... Gestern Abend am Telefon hast du so komisch geklungen«, sagte Bergþóra in dem Augenblick, als Höddi die Brücke über die Miklubraut überquerte. »Findest du es schlimm, dass ich mich mit diesem Mann treffe? Hast du etwas dagegen?«

»Ich ...«, setzte Sigurður Óli an und wünschte, dass er sich besser hätte konzentrieren können. »Ich kann ja gar nichts dagegen haben. Du kannst tun, was du möchtest.«

Bergþóra schwieg und schien darauf zu warten, dass er noch etwas sagte. Seine Stimme passte nicht zu dem, was er sagte. Das Schweigen war erdrückend, und Sigurður Óli überlegte verzweifelt, was er sagen konnte. Er hatte am Abend zuvor angerufen, um Bergþóra zu fragen, ob sie bereit sei, sich noch einmal mit ihm zu treffen, und hatte versprechen wollen, dass es anders werden würde als beim letzten Mal. Er hatte vor, sich zu bessern, ihren Standpunkt anzuhören, nicht steif und langweilig zu sein. Nicht wie seine Mutter zu sein. Aber er fand nicht die richtigen Worte, da er sich voll darauf konzentrieren musste, über die eisglatten Straßen durch die Stadt zu schlittern.

»Ich will dich nicht weiter stören«, sagte Bergþóra schließlich. »Wir hören voneinander. Fahr vorsichtig. Du solltest nicht beim Fahren telefonieren.«

Er hätte nichts lieber gewollt, als sie länger hinzuhalten und etwas zu sagen, was von Herzen kam, aber sein Kopf war leer.

»Okay«, sagte er.

Blöder hätte es wohl nicht laufen können, dachte Sigurður Óli, während er sah, wie Höddi ins Vogar-Viertel einbog. Bergþóra hatte aufgelegt.

## *Dreiunddreißig*

Sigurður Óli hatte Höddis Jeep aus den Augen verloren, da er bei diesen Straßenverhältnissen mit seinen Sommerreifen nicht schneller fahren konnte. Er bog ebenfalls ins Vogar-Viertel ein, fuhr bis zum Ende der Straße, aber nur um festzustellen, dass es sich um eine Sackgasse handelte. Er wendete, fuhr wieder zurück und hielt Ausschau nach dem Jeep, bog in die nächste Straße ein und kam zu einer Kreuzung. Er fuhr aufs Geratewohl nach links. Er war schon im Begriff, die Verfolgung aufzugeben, als er Höddis Jeep auf dem Parkplatz vor einem Schnellrestaurant sah.

Er fuhr langsam an dem Haus vorbei. An der Theke hatte sich eine Schlange gebildet, Höddi stand ungefähr in der Mitte und starrte auf das Leuchtschild mit der Speisekarte oberhalb der Theke. Sigurður Óli parkte den Wagen in sicherer Entfernung und wartete. Er hatte sich spontan dazu entschlossen, Höddi auf eigene Faust ein wenig näher unter die Lupe zu nehmen. Normalerweise machte er so etwas nicht allein, sondern zusammen mit zahlreichen anderen Polizisten, und derartige Aktionen waren immer gut durchdacht. Die Genehmigung, ihn zu beschatten, hätte er aber nur bekommen, wenn er etwas Konkreteres als Höddis unangenehme Art in der Hand gehabt hätte. Der Mann war ihm unbeschreiblich auf die Nerven gegangen, aber das war kein Grund, um ihn rund um die Uhr zu beschatten.

Die Schlange vor der Theke rückte langsam vorwärts. Sigurður Óli hielt es für das Wahrscheinlichste, dass Höddi nur eine Spritztour mit seinem Jeep unternommen hatte, um sich in seinem Lieblingslokal einen Hamburger zu holen. Er sah ganz danach aus, als könne er davon eine ganze Reihe verdrücken.

Beim Gedanken an die brutzelnden Hamburger da drinnen bekam Sigurður Óli ebenfalls Hunger, was nicht gerade zu seiner Konzentration beitrug. Er stand kurz davor, zu kapitulieren und auf dem Weg nach Hause ebenfalls bei einem Schnellimbiss anzuhalten, als Höddi herauskam und sich mit seiner Tüte in den Jeep setzte.

Er durchquerte das Vogar-Viertel jetzt in nördlicher Richtung, überquerte die Sæbraut und fuhr hinunter in das Gewerbegebiet an der Elliðavogur-Bucht. Dort bog er nach rechts ab und fuhr an einer Häuserreihe vorbei, in der sich Reparaturwerkstätten und kleinere Firmen befanden. Vor einer Werkstatt hielt er, stieg aus und öffnete mit einem Schlüssel die Tür, machte aber kein Licht. Sigurður Óli konnte nicht erkennen, was es für eine Werkstatt war. Aber er erinnerte sich nur zu genau, dass Þórarinn auf der Flucht vor ihm in Richtung dieses Gewerbegebiets gesprintet war. War hier sein Unterschlupf? Hatte er sich hier versteckt, nachdem er Lína überfallen hatte?

Sigurður Óli hielt es nicht für geraten, Höddi zu folgen, er war sich relativ sicher, dass er es nicht allein mit zwei Geldeintreibern gleichzeitig aufnehmen konnte. Da er keinen Beweis dafür hatte, dass sich Toggi Sprint hier verbarg, konnte er im Augenblick aber auch keine Unterstützung anfordern. Gut möglich, dass Höddi hier einfach nur etwas zu erledigen hatte. Angesichts der vielen Fahrzeuge, die der Mann besaß, fielen wahrscheinlich genug Reparaturen an. Also wartete er in sicherer Entfernung ab und behielt die Werkstatt im Auge.

Etwa eine halbe Stunde später öffnete sich die Tür wieder und Höddi kam heraus, die Tüte aus dem Schnellrestaurant hatte er nicht mehr bei sich. Er setzte sich ins Auto, ohne nach rechts oder links zu blicken, und fuhr davon.

Sigurður Óli ließ geraume Zeit verstreichen, bevor er ausstieg und zu der Werkstatt ging. Er horchte an der Tür, hörte aber nichts. Ein Blick auf das Schild über der Tür verriet ihm den Namen der Firma: Birgirs Autowerkstatt. Um hinter das Haus zu gelangen, musste er an der ganzen Häuserreihe mit allen ihren Werkstätten entlanggehen. Er zählte mit, um den richtigen Hintereingang zu finden, sah aber, dass die Autowerkstatt auf dieser Seite keinen Ausgang hatte. Also ging er zurück zum Eingang an der Straße und drückte vorsichtig die Klinke hinunter, doch die Tür, die sich neben der großen Schiebetür befand, war fest verschlossen. Er schlug dreimal dagegen, sodass das blecherne Werkstatttor dröhnte. Noch einmal horchte er an der Tür, hörte aber nichts. Er hämmerte ein weiteres Mal noch kräftiger dagegen, aber auch diesmal geschah nichts. Er glaubte jedoch, drinnen ein leises Quietschen zu hören, das aber gleich wieder verstummte.

Sigurður Óli sah nur zwei Möglichkeiten: entweder in die Werkstatt einzubrechen oder darauf zu warten, bis die Belegschaft am nächsten Morgen eintreffen würde. Er blickte auf seine Armbanduhr, das würde eine lange Nacht werden. Er sah sich nach einem schweren Gegenstand oder einem Stein um. Die Tür hatte vier kleine Fenster, und nirgendwo war ein Aufkleber, der darauf hinwies, dass das Haus bewacht war. Wahrscheinlich gab es da drinnen nichts, was es sich zu klauen lohnte.

Ganz in der Nähe lag ein Stück Rohr herum, er hob es auf und schlug damit gegen eine der Scheiben, die in tausend Stücke zersplitterte. Er entfernte die Scherben aus dem Rahmen und steckte den Arm durch die Öffnung, tastete nach der Verriegelung und öffnete die Tür. Falls jemand ihn danach fragte, würde er sagen, dass er einen anonymen Hinweis bekommen und die Tür so vorgefunden hätte.

Sigurður Óli betrat die Werkstatt und machte die Tür hinter sich zu. Er tastete nach einem Lichtschalter in der Nähe des Eingangs, fand drei davon in einer Reihe und betätigte einen von ihnen. Ein schwaches Neonlicht flammte ganz hinten in der Werkstatt an der Decke auf, wo sich die Gestelle mit den Reifen befanden. Er blieb zunächst am Eingang stehen, um sich zu orientieren. Hier sah es genauso aus wie in jeder anderen Kfz-Werkstatt, und Sigurður Óli überlegte, wer dieser Birgir sein könnte. Möglicherweise handelte es sich um einen Verwandten von Höddi, oder es bestand irgendeine Verbindung zu Þórarinn.

»Hallo!«, rief Sigurður Óli, erhielt aber keine Antwort. »Þórarinn! Hörst du mich?«

Er ging an einem kleinen Raum vorbei, der mit einer Glaswand abgeteilt war. Eine Art Theke mit zwei Stühlen diente wohl zur Auftragsabwicklung mit Kunden, auf dem Tisch lag ein Haufen schmutziger Zeitschriften. Von etwas weiter hinten drang ihm schwacher Kaffeegeruch in die Nase, und als er eine Tür öffnete, sah er den Kaffeeraum mit drei Stühlen und einem Tisch, auf dem jede Menge Becher und eine dreckige Kaffeemaschine standen. Im Abfalleimer daneben lag die Tüte, die Höddi mit in die Werkstatt genommen hatte, und eine Schachtel mit einem halb gegessenen Hamburger und Pommes. Sigurður Óli betrachtete den Abfalleimer lange. Konnte es sein, dass Höddi so sehr daran gelegen war, seinen Hamburger ungestört und in Ruhe essen zu können, dass er damit spätabends zu einer menschenleeren Werkstatt am Elliðavogur fuhr?

»Þórarinn! Polizei! Wir wissen, dass du hier drin bist. Wir müssen mit dir reden.«

Keine Reaktion.

Sigurður Óli ging zurück in die Werkstatt.

»Hör auf mit dem Versteckspiel!«, rief er.

Er wollte nicht zu lange in der Werkstatt bleiben. Er fand es irgendwie bescheuert, nach diesem Toggi Sprint zu rufen, in der vagen Hoffnung, dass er irgendwo zwischen Ersatzteilen oder Reifengestellen in Deckung gegangen war. Wenn der sich nicht hier in der Werkstatt versteckte, gab Sigurður Óli eine mehr als lächerliche Figur ab.

Er ging quer durch den Raum und fragte sich, ob nicht irgendetwas fehlte. Er hatte im Laufe der Zeit unterschiedliche Autos besessen und häufig genug Reparaturwerkstätten aufsuchen müssen. Wenn es um Kleinigkeiten ging, hatte er gewartet, andernfalls hatte er jemanden gebeten, ihn abzuholen oder sich schlimmstenfalls ein Taxi genommen, aber das tat er nur, wenn gar keine andere Möglichkeit bestand. Meist versuchte er, die Mechaniker dazu zu bringen, die Reparatur so schnell fertigzustellen, dass er darauf warten konnte. Währenddessen hing er entweder in der Werkstatt herum oder machte einen kleinen Spaziergang. Er kannte sich also relativ gut in Autowerkstätten aus, und irgendwie kam es ihm so vor, als wäre dieser Birgir nicht sonderlich gut bestückt.

Er stand mitten in der Werkstatt, als ihm klar wurde, was fehlte.

Die Hebebühne.

Im gleichen Augenblick meinte er, ein schwaches Geräusch unter sich zu hören. Sigurður Óli richtete den Blick nach unten, er stand auf einer großen, rechteckigen Metallplatte, und es war, als wäre das Geräusch irgendwo von da unten gekommen. Er stampfte mit dem Fuß auf.

»Þórarinn!«, rief er, ohne eine Antwort zu erhalten.

Sigurður Óli wusste jetzt, weshalb es keine Hebebühne gab. Anstatt das Fahrzeug in die Höhe zu hieven, um am Unterboden arbeiten zu können, wurde es über eine Versenkung im Boden gefahren, und der Mechaniker kletterte hinunter in die Grube. Vielleicht konnte Birgir sich keine Hebebühne leisten. Vielleicht brauchte er auch gar keine, und deswegen war die Grube abgedeckt.

Sigurður Óli fand schnell heraus, wie man die Blechplatte öffnen konnte, und er war überrascht, wie leicht sie sich bewegen ließ. Unten in der Grube hockte Þórarinn. Er lehnte mit dem Rücken gegen die Wand und starrte zu ihm hoch.

»Verfluchte Scheiße, wie habt ihr mich gefunden?«, sagte er. Er war anscheinend völlig überrumpelt, stand auf, ohne Sigurður Óli aus den Augen zu lassen, kletterte aus der Grube hoch und klopfte sich den Dreck von den Kleidern.

»Du hast hoffentlich nicht vor, irgendwelche Mätzchen zu machen?«, fragte Sigurður Óli.

»Wie zum Teufel hast du das herausgefunden?« Þórarinn machte keine Anstalten, Widerstand zu leisten.

»Das erzähle ich dir vielleicht später mal«, sagte Sigurður Óli, der bereits Verstärkung angefordert hatte. Der erste Streifenwagen würde in weniger als drei Minuten da sein. »Bist du schon lange hier?«

»Gerade erst gekommen.«

»Wo warst du die ganze Zeit?«

»Verdammt noch mal, das war ein Schock«, sagte Þórarinn, ohne auf die Frage einzugehen. »Ich hab mir gerade den Hamburger reingezogen, als ihr an die Tür gehämmert habt. Mir fiel nur noch die Grube ein. War es Höddi? Bist du ihm nachgefahren?«

Þórarinn versuchte, sich unauffällig in Richtung Tür zu schieben.

»Bleib, wo du bist!«, befahl Sigurður Óli. »Die Streifenwagen sind unterwegs. Du kommst hier nicht weg.«

»Bist du allein?«, fragte Þórarinn verwundert.

Es war das zweite Mal an diesem Tag, dass Sigurður Óli diese Frage gestellt wurde.

»Zwei stehen draußen«, sagte Sigurður Óli. »Sie warten auf uns.«

Er hoffte, dass diese Lüge glaubwürdig genug klang, um Þórarinn in Schach zu halten. Er hatte keine Lust auf eine weitere Verfolgungsjagd. In der Ferne hörte man Sirenen.

»Außerdem wird es hier gleich von Bullen nur so wimmeln. Du hörst sie schon.«

»Wer hat dir von Höddi erzählt?«

»Immer mit der Ruhe«, sagte Sigurður Óli, der sich zwischen Tür und Þórarinn positioniert hatte. »Wir hätten dich ohnehin gefunden. Oder du hättest dich gestellt. Das macht ihr zum Schluss ja immer.«

## *Vierunddreißig*

Þórarinn wurde ins Hauptdezernat an der Hverfisgata gebracht. Es war schon nach Mitternacht, und man war der Meinung gewesen, dass es mit den Vernehmungen Zeit bis zum nächsten Morgen hatte. Þórarinn wurde in eine Zelle gebracht, und Sigurður Óli fuhr nach Hause. Er wusste genau, dass jeder Versuch, den anderen irgendwelche Lügen darüber aufzutischen, wie er Þórarinn aufgespürt hatte, zwecklos war. Er hatte das zunächst vorgehabt, aber nun ging es nur darum, Kristján da herauszuhalten. Deswegen hatte er gesagt, ein anonymer Anrufer habe ihm berichtet, dass dieser Höddi in irgendeiner Verbindung zu Þórarinn stehen würde. Der Hinweis war zwar nicht sonderlich zuverlässig gewesen, er hatte sich aber trotzdem entschlossen, auf eigene Faust das Ganze zu überprüfen. Er war Höddi auf den Fersen geblieben und hatte beobachtet, wie der einen Hamburger gekauft und damit zum Elliðavogur gefahren war. Und da war ihm wieder eingefallen, in welche Richtung Toggi Sprint an dem Abend des Überfalls auf Lína gerannt war, und er hatte sich kurzerhand entschlossen, der Sache nachzugehen. Höddi war in die Werkstatt gegangen und ohne die Tüte mit dem Hamburger wieder herausgekommen. Er war in die Werkstatt eingebrochen und hatte Þórarinn gefunden.

Auf diese Weise hoffte er, die Aufmerksamkeit von Kristján ablenken zu können, auch wenn es sich dabei um eine kleine Notlüge handelte. Kristján war zwar ein Vollidiot, aber es bestand kein Grund, ihm zwei Geldeintreiber auf den Hals zu hetzen. Niemand zweifelte an Sigurður Ólis Darstellung, alle waren froh, dass Þórarinn gefasst worden war, wie es sich genau zugetragen hatte, spielte keine große Rolle. Die Polizei improvisierte schließlich öfter.

Noch in derselben Nacht wurden Höddi und Birgir, der Besitzer der Werkstatt, bei einem weiteren Einsatz festgenommen und in die Hverfisgata gebracht. Den Baseballschläger, mit dem Þórarinn auf Lína losgegangen war, fand man in einem Müllcontainer zweihundert Meter von der Werkstatt entfernt. An ihm klebte Blut.

Als Sigurður Óli schließlich nach Hause fahren wollte, lief ihm Finnur über den Weg.

»Du hättest Verstärkung anfordern sollen«, sagte Finnur, der die Ermittlung leitete. »Der Fall ist nicht deine Privatangelegenheit, auch wenn deine Freunde involviert sind.«

»Ich werde beim nächsten Mal daran denken«, sagte Sigurður Óli.

Die Vernehmung der drei Beteiligten begannen schon früh am nächsten Morgen, und Sigurður Óli nahm daran teil. Birgir behauptete, keine Ahnung gehabt zu haben, dass seine Werkstatt als Versteck für Kriminelle diente, und er stritt rundheraus ab, in irgendeiner Form daran beteiligt zu sein. Seinen Angaben zufolge war Höddi Miteigentümer der Firma und besaß deswegen einen Schlüssel. Weder er noch sein Mechaniker hatten Þórarinn während der Öffnungszeiten des Betriebs bemerkt, er konnte sich nicht vorstellen, dass er sich zu den normalen Arbeitszeiten dort versteckt hatte. Die Werkstatt sei klein, und wenn sie arbeiteten, kämen sie auch bis in die hintersten Ecken. Also hatte er sich wahrscheinlich nur nachts dort aufgehalten. Weder Birgir noch sein Mechaniker waren je mit dem Gesetz in Konflikt geraten, und da ihre Aussagen glaubwürdig klangen, sah man keinen Grund, sie länger festzuhalten.

»Und wer bezahlt die Scheibe?«, fragte Birgir niedergeschlagen, als er erfuhr, dass die Tür zur Werkstatt beschädigt worden war. Er hatte einfließen lassen, dass der Betrieb nicht allzu gut lief und kaum unvorhergesehene Einbußen verkraften konnte.

»Schick uns die Rechnung«, sagte Sigurður Óli, klang aber nicht sonderlich ermutigend.

Höddi machte ihnen mehr Probleme. Seine ohnehin schon miese Laune war nach dem Aufenthalt in der Zelle auf den Gefrierpunkt gesunken, er zeigte sich renitent, ging auf keine Fragen ein und hatte es anscheinend nur darauf angelegt, sie zu provozieren.

»Woher kennst du Þórarinn?«, fragte Sigurður Óli zum dritten Mal.

»Halt die Schnauze«, sagte Höddi. »Und sieh dich vor, wenn ich erst mal hier raus bin.«

»Ach was, du willst mir wohl die Knie polieren?«

»Schnauze.«

»Willst du mir vielleicht drohen, du Armleuchter?«

Höddi starrte Sigurður Óli an, der ihn angrinste.

»Schnauze«, wiederholte er.

»Woher kennst du Þórarinn?«

»Wir haben zusammen deine Mutter gevögelt.«

Höddi wurde wieder in die Zelle gebracht.

Þórarinn wirkte alles andere als eingeschüchtert, als er zur Vernehmung vorgeführt wurde. Er trat mit einem Rechtsanwalt auf, pflanzte sich im Vernehmungsraum breitbeinig Sigurður Óli gegenüber auf einen Stuhl und begann ungerührt und taktfest mit dem Fuß auf den Boden zu trommeln. Finnur war ebenfalls bei dem Verhör anwesend. Sie fragten Þórarinn zunächst danach, wo er sich in den letzten Tagen aufgehalten hatte, und die Antwort ließ nicht auf sich warten. Nachdem er an dem bewussten Montagabend die Polizei abgehängt hatte, war er zu der Werkstatt von Birgir gerannt und hatte sich dort in der Nähe versteckt. Anschließend war er zu Höddi geflüchtet. Zuerst hatte Höddi ihn bei sich zu Hause versteckt, aber nachdem Sigurður Óli bei ihm aufgekreuzt war, hatte er ihm befohlen, sich in Sicherheit zu bringen und bei der Werkstatt auf ihn zu warten. Nach Feierabend hatten sie sich dort getroffen, Höddi hatte ihn hereingelassen und ihm am späten Abend etwas zu essen gebracht. Þórarinn hatte eigentlich vorgehabt, für einige Tage in Höddis Sommerhaus im Borgarfjörður unterzutauchen, um das Weitere zu planen.

»Du hast nicht in Betracht gezogen, dich zu stellen?«, fragte Finnur.

»Ich habe sie nicht umgebracht«, sagte Þórarinn. »Sie war am Leben, als der da eintraf«, sagte er und deutete auf Sigurður Óli. »Der hat sie umgebracht. Ich wusste, dass ihr versuchen würdet, mir das, was er getan hat, in die Schuhe zu schieben. Deswegen bin ich geflüchtet.«

Sigurður Óli sah Þórarinns Rechtsanwalt verwundert an. »Glaubst du das etwa?«, fragte er. »Hast du dich überhaupt nicht mit der Sache vertraut gemacht?«

»Das ist seine Aussage«, erklärte der Rechtsanwalt achselzuckend.

»Sie war tatsächlich noch am Leben, als ich euch überrascht habe«, sagte Sigurður Óli, »und sie war auch noch am Leben, als sie von den Sanitätern ins Krankenhaus gebracht wurde. Dort ist sie aber einen Tag später gestorben. Die Obduktion hat ergeben, dass sie an den Folgen eines Hiebs auf den Kopf gestorben ist, und zwar von einem Baseballschläger. Ich hatte keinen solchen Schläger dabei. Ich glaube, du hast dir einen der schlechtesten Rechtsanwälte im ganzen Land genommen, Þórarinn. Selbst ein vierjähriges Kind hätte dir sagen können, was ich jetzt sage, und dann hättest du nicht schon gleich zu Anfang wie ein Idiot dagestanden.«

Þórarinn sah seinen Rechtsanwalt an.

»Wir würden gern wissen, was du da zu suchen hattest«, sagte der Rechtsanwalt in dem Versuch, das Gesicht zu wahren. »Was wolltest du eigentlich von Sigurlína? Ich glaube, mein Mandant hat das Recht, Auskunft darüber zu bekommen.«

»Das geht euch überhaupt nichts an«, sagte Sigurður Óli. »Þórarinn ist ein Dealer, und er hat seine Methoden, um Schulden einzutreiben. Ich habe ihn in Línas Haus überrascht, und da lag sie bereits bewusstlos auf dem Boden und hatte eine blutende Wunde am Kopf. Der Grund für meine Anwesenheit war die Ermittlung in einem Fall, der nichts mit diesem zu tun hat. Þórarinn hat mich niedergeschlagen und es geschafft, einem nicht ganz kleinen Polizeiaufgebot zu entkommen – er hat einen irren Sprint eingelegt, könnte man sagen. Das zeugt wohl nicht gerade von seiner Unschuld!«

»Was wolltest du von Sigurlína, Þórarinn?«, fragte Finnur, der bislang keinen Ton gesagt hatte.

Sigurður Óli überlegte, was wohl in Finnur vorging, und wie er mit der grotesken Anschuldigung von Þórarinn und seinem Rechtsanwalt umgehen würde. Die beiden konnten auf gar keinen Fall wissen, weshalb Sigurður Óli an dem bewussten Abend bei Lína vorgesprochen hatte, ihnen ging es nur darum, die Tatsachen zu verschleiern und ihn als Kriminalbeamten unglaubwürdig zu machen. Er war sich nicht sicher, ob es jemals zur Sprache kommen müsste, was genau er von Lína gewollt hatte. Es war immer noch völlig unklar, wie es in dieser Sache weitergehen würde. Da er nur zu einem ganz geringen Teil Einfluss darauf hatte, konnte er nur das Beste hoffen. Die weitere Bearbeitung des Falls lag in den Händen von Finnur, und Sigurður Óli machte sich deswegen keine sonderlichen Sorgen.

Þórarinn sah wieder seinen Rechtsanwalt an. Der nickte.

»Drogenschulden«, sagte er. »Ja, es stimmt, ich verkaufe manchmal Stoff, und sie schuldete mir Geld. Es gab eine Auseinandersetzung, ich musste mich wehren und hab ihr einen Schlag versetzt. Ich wollte ihr aber nichts antun. Es steckte keinerlei Absicht dahinter, ich hatte es überhaupt nicht auf so etwas angelegt. Aber ich geriet in Panik, als der Idiot da auftauchte«, sagte Þórarinn und deutete auf Sigurður Óli.

»Ist das die Verteidigungsstrategie?«, fragte Sigurður Óli.

»Es war ein Unfall, es war keine Absicht«, erklärte Þórarinn. »Sie ist auf mich losgegangen, und ich hab mich gewehrt. Basta.«

»Sie ist auf dich losgegangen?«

»Ja.«

»Du bist mit einem Baseballschläger in das Haus eingedrungen, hast dort alles kurz und klein geschlagen, und sie ging auf dich los?«

»Ja.«

»Das reicht im Augenblick«, sagte Finnur.

»Darf ich dann gehen?«, fragte Þórarinn grinsend. »Ich habe keine Zeit für diese Spielchen. Ich habe eine Familie zu ernähren. Als Lieferwagenfahrer hat man nicht das Gehalt eines Bankdirektors.«

»Ich glaube, es wird noch eine ganze Weile dauern, bis du wieder Aufträge übernimmst«, sagte Finnur.

»In welchem Auto bist du zu Lína gefahren?«, fragte Sigurður Óli.

Þórarinn überlegte. »Auto?«

»Ja.«

»Was hat das mit der Sache zu tun?«

»Wenn du ihr nichts tun wolltest und das alles aus Versehen passiert ist, weshalb hast du dir dann ein Auto ausgeliehen, um zu ihr zu fahren?«

»Ein Auto ausgeliehen?«, fragte der Rechtsanwalt. »Was hat das mit der Sache zu tun?«

»Das lässt auf Vorsatz schließen, auf zielgerichteten Willen, so lautet das wohl in eurem Jargon. Es war ihm darum zu tun, dass seine Anwesenheit in der Nähe des Hauses nicht nachzuweisen war.«

»War es Kiddi?«, fragte Þórarinn und beugte sich vor. »Natürlich! Du hast mit Kristján gesprochen. Das verdammte Arschloch! Verdammt noch mal, den werde ich ...«

»Was für ein Kiddi?«, fragte Finnur und sah Sigurður Óli an.

»Bleib bei der Sache«, sagte Sigurður Óli schroff; er wusste, dass er zu viel gesagt hatte, und zu früh.

»Hat Kristján mich verpfiffen? Hat er dir von Höddi erzählt? Verdammte Schweinerei!«

»Was für ein Kristján?«, fragte Finnur.

»Keine Ahnung, wovon er redet«, sagte Sigurður Óli.

## *Fünfunddreißig*

Er brauchte lange, um wach zu werden, und hatte keine Ahnung, ob es Tag oder Nacht war. Also blieb er bewegungslos liegen, während er versuchte, sich zurechtzufinden. Dann erinnerte er sich dunkel an eine Begegnung auf dem Friedhof, an Kälte und nebliges Wetter, an schiefe Bäume und Grabsteine, die in alle Richtungen kippten. Und an Ruhe.

Er wusste nicht mehr, worüber genau er bei dem Treffen mit dem Polizisten gesprochen hatte. Er erinnerte sich aber daran, dass er gekommen war und dass sie eine Weile zusammengesessen hatten. Er hatte sich mit ihm unterhalten, und dann war etwas passiert – mehr wusste er nicht mehr. Er erinnerte sich nicht, was vorgefallen war, wie sie auseinandergegangen waren und wie viel er ihm gesagt hatte. Er hatte ihm alles sagen wollen. Als er den Polizisten anrief und ihn bat, zum Friedhof zu kommen, hatte er ihm die ganze Geschichte erzählen wollen – von der Grettisgata, von Rögnvaldur und seiner Mutter, von dem, was ihm als Kind widerfahren war und wie man ihn behandelt hatte. Er hatte vorgehabt, den Polizisten zur Grettisgata zu bringen und ihm den Abschaum zu zeigen und alles zu gestehen. Aber dann hatte er es doch nicht getan, was auch immer der Grund dafür war. War er weggelaufen? Er kam erst jetzt hier auf dem Fußboden in der Kellerwohnung auf der Grettisgata wieder zu sich.

Er richtete sich unter Mühen auf und tastete nach der Tüte. Die eine Flasche war leer, aber die andere noch knapp halb voll. Er nahm einen kräftigen Schluck, wobei ihm sofort einfiel, dass er so schnell wie möglich wieder zum Alkoholladen musste. Und plötzlich erinnerte er sich, dass er über die Friedhofsmauer geklettert war. Auf der Straße war er beinahe von einem Auto überfahren worden. Und er erinnerte sich an den Polizisten, der telefoniert hatte.

Er war unschlüssig, ob er ihn noch einmal anrufen und sich ein weiteres Mal mit ihm verabreden sollte. Er war sich ziemlich sicher, dass er ihm bereits ein kleines Stück von dem Film geschickt hatte. Es waren zwei Filme gewesen, soweit er sich erinnerte. Mehr hatte er nicht gefunden, obwohl er die ganze Wohnung auf den Kopf gestellt, Wände aufgebrochen und Bodenbretter hochgestemmt hatte.

Die zwei Filme hatte er gefunden, aber es hatte lange gedauert, bis er den Versuch gemacht hatte, sie sich anzusehen, und dabei hatte sich herausgestellt, dass es zu viel für ihn war. Als er den Filmstreifen eingelegt hatte, ließ er ihn durchlaufen, und dann tauchte das Bild an der weißen Wand auf. Er sah den Jungen, der er selber war, und er erinnerte sich an alles, was geschehen war, als der Film aufgenommen wurde. Er hatte Probleme damit, die letzten vierundzwanzig Stunden zu rekapitulieren, aber die Ereignisse, die so viele Jahrzehnte zurücklagen, vergaß er nie. Er schaltete das Vorführgerät sofort wieder aus und holte den Film heraus. Irgendwo in dem ganzen Krempel fand er eine Schere, schnitt ein

Stück von dem Film ab und steckte ihn in eine Plastiktüte, die auf dem Boden lag.

Er wollte nicht, dass jemand diese Bilder sah. Sie waren sein Geheimnis. Deswegen warf er die Rollen in die Spüle in der Küche und zündete sie an, sah zu, wie sie verbrannten. Es qualmte und stank fürchterlich, was einem bei einem derartigen Unrat auch nicht verwundern konnte. Er öffnete das Fenster in der Küche und ein anderes im Wohnzimmer, um den Gestank und den Rauch abziehen zu lassen. Er achtete darauf, dass alles bis auf das kleinste Schnipselchen vernichtet wurde, und zum Schluss ließ er Wasser laufen und spülte die Reste in den Abfluss.

Das war also weg. Das war also erledigt.

Er trank wieder einen Schluck und leerte die Flasche beinahe vollständig. Er musste unbedingt wieder zum Alkoholladen.

Und er musste unbedingt wieder mit dem Polizisten reden und ihm gegenüber reinen Tisch machen.

Nicht die Flucht ergreifen.

Diesmal nicht die Flucht ergreifen.

## *Sechsunddreißig*

Ebeneser reagierte nicht, als Sigurður Óli die Klingel betätigte und anschließend gegen die Tür hämmerte. Sigurður Óli versuchte es auch mit Rufen, aber nichts half. Ebenesers Jeep stand vor dem Haus, und er war sich sicher, dass Ebeneser zu Hause war. Er versuchte, durch die Fenster etwas zu erkennen, warf zunächst einen Blick in die Küche und sah, dass dort dringend sauber gemacht werden musste. Dann ging er hinters Haus und spähte durch die Scheibe ins Wohnzimmer. Nach einiger Zeit konnte er einen Fuß ausmachen, der unter einer Wolldecke hervorschaute, der Kopf steckte unter der Decke. Er trommelte so heftig gegen die Scheibe, dass es dumpf widerhallte. Ebeneser bewegte sich zwar, aber nur, um sich auf die andere Seite zu wälzen. Der Wohnzimmertisch war übersät mit Bierdosen und Schnapsflaschen. Ebbi hatte wohl sein Elend im Alkohol ertränkt.

Sigurður Óli schlug ein weiteres Mal gegen die Scheibe und schrie Ebenesers Namen, der ganz allmählich zu Bewusstsein zu kommen schien. Er brauchte aber geraume Zeit, um sich darüber klar zu werden, woher der Krach kam. Dann sah er den lästigen Bullen vor dem Wohnzimmerfenster. Er setzte sich auf und versuchte, die Orientierung wiederzugewinnen. Sigurður

Óli ging wieder in den Vorgarten und wartete vor der Haustür, aber nichts geschah. Hatte Ebeneser sich vielleicht wieder schlafen gelegt? Ungeduldig klingelte er erneut und hämmerte gegen die Tür.

Nach einiger Zeit öffnete sie sich, und ein reichlich angeschlagener Ebbi erschien.

»Was soll denn das Theater?«, fragte er mit heiserer Stimme.

»Hast du etwas dagegen, wenn ich dich einen Augenblick störe?«, fragte Sigurður Óli. »Es dauert nicht lange.«

Ebeneser sah ihn an und kniff die Augen zusammen. Es war immer noch hell draußen, obwohl der Tag sich bereits dem Ende zuneigte. Er blickte auf seine Uhr, sah Sigurður Óli an und trat einen Schritt zur Seite. Sigurður Óli folgte ihm ins Wohnzimmer, wo sie Platz nahmen.

»Entschuldige das Chaos hier«, sagte Ebeneser. »Ich bin nicht ...«

Er suchte krampfhaft nach einer Ausrede für die Unordnung und seinen eigenen Zustand, aber da ihm nichts einfiel, gab er den Versuch auf.

»Ich habe in den Nachrichten gesehen, dass ihr den Kerl geschnappt habt«, sagte er.

»Ja, wir haben den Täter gefunden«, antwortete Sigurður Óli. »Er hat auch sein Motiv genannt, aber zum gegenwärtigen Zeitpunkt kann man nicht wissen, was davon wahr und was gelogen ist. Deswegen benötige ich weitere Informationen.«

»Was für ein Motiv?«

»Das Motiv dafür, dass er Lína attackiert hat«, sagte Sigurður Óli.

»Und was für ein Mensch ist das?« Ebeneser war anscheinend immer noch nicht wieder völlig bei sich.

»Er heißt Þórarinn. Wir wissen, dass er über Lína hergefallen ist.«

»Sie kannte keinen Þórarinn«, sagte Ebbi. Er griff nach einer Bierdose und schüttelte sie, um zu sehen, ob noch ein Schluck drin war. Sie war leer.

»Nein. Sie kannten sich nicht.«

Sigurður Óli war darauf bedacht, Ebeneser nicht zu viel über den Stand der Ermittlungen zu sagen. Er teilte ihm den Sachverhalt in knappen Worten mit und informierte ihn darüber, unter welchen Umständen man Þórarinn gefunden hatte. Dann kam er auf sein Anliegen zurück, jetzt, nachdem die Vernehmungen liefen, noch einmal einige Punkte durchzugehen. Ebeneser hörte ihm offensichtlich nicht zu.

»Aber vielleicht brauchst du ja noch etwas Zeit, um dich wieder zu fangen«, sagte Sigurður Óli.

»Nein«, sagte Ebbi, »es ist schon in Ordnung.«

»Es dauert auch nicht lange«, sagte Sigurður Óli und hoffte, dass er nicht zu viel versprach.

Ebeneser sah mitgenommen und müde aus. Seine Apathie und Mattigkeit gingen aber wohl auch auf andere Ursachen zurück als nur auf einen gewöhnlichen Kater. Sigurður Óli kam es beinahe so vor, als hätte er ihn falsch eingeschätzt, als hätte Línas Tod Ebbi wesentlich tiefer getroffen, als er angenommen hatte. Er nahm sich vor, einfühlsam und rücksichtsvoll zu sein, was nicht zu seinen stärksten Seiten gehörte. Außerdem war dieser Mann ihm unsympathisch, und er erinnerte sich nur allzu deutlich an Patrekurs Worte, dass Ebbi und Lína sich total hirnrissig aufgeführt hatten, als sie damit drohten, alles in Klatschblättern und im Internet zu veröffentlichen.

»Was für einen Grund hat dieser Kerl genannt, den ihr festgenommen habt?«, fragte Ebeneser.

»Drogenschulden«, sagte Sigurður Óli. »Ich weiß auch aus anderen Quellen, dass es um Stoff geht. Ihr beide, du und Lína, habt Rauschgift genommen. Drogenschulden sind für uns eine relativ wahrscheinliche Erklärung.«

Ebeneser blickte Sigurður Óli lange ins Gesicht, ohne etwas zu sagen.

»Wir schulden niemandem etwas«, sagte er nach einiger Zeit.

»Þórarinn dealt nicht nur, sondern er treibt auch das Geld ein. Trotzdem ist er kaum mit dem Gesetz in Konflikt gekommen. Er ist überaus vorsichtig und tarnt sich mit einen Job als Lieferwagenfahrer. Was für einen anderen Grund könnte dieser Mann gehabt haben, über Lína herzufallen, als dass ihr bei ihm ganz schön in der Kreide gestanden habt? Kannst du mir das sagen?«

Ebeneser schwieg lange und schien über die Frage nachzudenken.

»Ich weiß es nicht«, sagte er. »Ich ... Lína und ich haben Drogen konsumiert, das will ich gar nicht abstreiten. Aber wir haben beide geschuftet wie verrückt, und wir konnten uns das leisten. Diesen Þórarinn kenne ich überhaupt nicht, und Lína auch nicht, soweit ich weiß. Ich habe wirklich nicht die geringste Ahnung, weshalb er über Lína hergefallen ist.«

»In Ordnung«, sagte Sigurður Óli. »Wenn es also nicht Drogen waren, sondern irgendwas anderes, was könnte das sein? Was habt ihr beide sonst noch gemacht, abgesehen von Rauschgiftkonsum und Erpressung?«

Ebeneser gab ihm keine Antwort darauf.

»Es ist doch ganz offensichtlich, dass ihr irgendjemanden maßlos provoziert habt. Wer könnte das sein?«

Immer noch schwieg Ebbi.

»Vor was fürchtest du dich? Vor wem hast du Angst? Habt ihr noch andere Leute zu erpressen versucht?«

»Also diese Aufnahmen, die wir gemacht haben«, sagte Ebeneser schließlich nach langem Überlegen. »So was haben wir noch nie gemacht, es war auch das erste und einzige Mal. Lína wollte das einfach mal ausprobieren, um zu sehen, was dabei herauskäme. Sie sagte, falls es klappte, würde für uns ein bisschen Geld herausspringen. Wenn nicht, dann eben nicht. Ich will jetzt nicht versuchen, das auf sie abzuschieben, aber sie hatte die Idee, und sie war viel entschlossener als ich. Aber wir haben gar nichts unternommen, wir haben die ganze Zeit nichts mit den Aufnahmen gemacht, bis neulich, als Lína sie im Fernsehen gesehen hat.«

»Die Frau von Hermann?«

»Ja.«

»Und ihr habt ihnen ein Foto geschickt?«, fragte Sigurður Óli. Ebeneser hatte soeben zum ersten Mal zugegeben, dass sie einen Erpressungsversuch unternommen hatten.

»Ja. Lína wusste, dass sie politisch sehr engagiert war, und sie wollte es einfach mal drauf ankommen lassen. Wir haben uns einen Spaß daraus gemacht.«

»Spaß? Ihr habt zwei Familien das Leben zur Hölle gemacht! Und Lína wurde umgebracht!«

Sigurður Óli war in Wut geraten und hatte sich entsprechend scharf ausgedrückt. Er rief sich zur Ordnung. Für ihn gab es keinen Anlass, wütend zu werden, auch wenn er die betroffenen Menschen persönlich kannte. Finnur hatte ihn davor gewarnt, dass er nicht imstande sein würde, neutral zu bleiben.

»Entschuldige«, sagte er und klang etwas milder. »Willst du nicht einfach die Verantwortung von dir weisen?«

»Überhaupt nicht«, erklärte Ebeneser. »Lína hatte dauernd solche Einfälle.«

»Was für Einfälle? Leute zu erpressen?«

»Nein, einfach nur alle möglichen verrückten Ideen. Aber sie hat sie meist nicht in die Tat umgesetzt. Nur in diesem Fall.«

»Hätte sie es dir gesagt, wenn sie es noch einmal getan hätte?«

»Ja, das hätte sie.«

»War es dir egal, dass sie mit anderen Männern schlief?«

»Das war einfach unsere Einstellung«, sagte Ebeneser. »Ihr war es auch egal, wenn ich mit anderen Frauen zusammen war. Es war einfach so.«

»Und Partnertausch?«

»Das haben wir schon seit unserer Gymnasialzeit gemacht. Es fing schon damals an, als wir uns kennenlernten. Und irgendwie ging es immer so weiter.«

»Hat sie dir gesagt, mit wem sie geschlafen hat?«

»Manchmal. Eigentlich meistens.«

»War darunter auch jemand aus ihrer Firma?«

»Nicht, dass ich wüsste.«

»Warst du dabei, wenn sie diese Gletschertouren oder Hochlandfahrten mit Kunden unternahm?«

»Meistens. Lína hatte mich bei der Firma ins Spiel gebracht und denen gesagt, dass ich als Reiseleiter viele Trips organisiert hätte und dass ich auch solche Incentive-Touren organisieren könnte. Sie sind darauf eingegangen und waren wohl auch sehr zufrieden. Die Touren waren ein großer Erfolg.«

»Kanntest du die Leute, die an solchen Fahrten teilnahmen?«

»Nein.«

»Waren es Banker? Ingenieure? Ausländische Investoren?«

»Ja, irgendetwas in der Art. Und ziemlich viele Ausländer.«

»Soweit ich weiß, ist dort vor einiger Zeit ein Unfall passiert«, sagte Sigurður Óli. »Ein Mann verschwand spurlos und wurde erst viele Monate später gefunden. Weißt du etwas darüber?«

»Lína hat das irgendwann einmal erwähnt, ich kann mich aber nicht mehr genau erinnern, was sie gesagt hat. Es ist aber nicht auf einer von meinen Fahrten passiert.«

»Kannte sie all diese Leute?«

»Das glaube ich nicht.«

»Sie hat nicht mit ihnen geschlafen?«

Ebeneser antwortete nicht. In der Frage schwang ein Unterton mit, der ihm nicht gefiel. Sigurður Óli hielt die Frage einfach für vollkommen berechtigt. Lína hatte es sich nicht entgehen lassen, mit Patrekur zu schlafen, und sie und Ebbi hatten seinen Aussagen zufolge alles andere als ein normales Eheleben geführt.

»Ich hätte gern die Aufnahmen«, sagte Sigurður Óli.

»Was für Aufnahmen?«

»Die Fotos von euch beiden, zusammen mit Hermann und seiner Frau. Hast du die hier?«

Ebeneser überlegte, dann stand er auf und ging in die Küche, von der aus man in eine kleine Abstellkammer gelangte. Sigurður Óli blieb im Wohnzimmer sitzen, während Ebeneser die Aufnahmen holte. Er kam kurze Zeit später mit einem Umschlag zurück, den er Sigurður Óli reichte.

»Sind das alle?«, fragte Sigurður Óli.

»Ja.«

»Hast du die nicht auch auf dem Computer?«

»Nein. Wir haben die Fotos mit einem Fotodrucker ausgedruckt und eines von ihnen abgeschickt, um ihnen zu zeigen, dass es uns ernst war. Und dann haben wir die Bilder auf der Karte gelöscht. Es ist eine Digitalkamera. Wir hatten nie vor, die unter die Leute zu bringen. Das war ... Es sollte ein Jux sein.«

Ebeneser schien nicht mehr dazu zu sagen zu haben. Er fühlte sich offensichtlich ziemlich elend und ließ seine Blicke durchs Wohnzimmer schweifen.

»Verdammte Schweinerei«, stöhnte er.

»Streitest du immer noch ab, dass ihr finanzielle Schwierigkeiten hattet?«, fragte Sigurður Óli.

Ebeneser schüttelte den Kopf. Ihm war anzusehen, dass er kapituliert hatte. Sigurður Óli befürchtete, dass er anfangen würde zu weinen.

»Die Schulden sind uns total über den Kopf gewachsen«, gab er schließlich zu. »Das Haus hier. Der Jeep. Alles zu hundert Prozent auf Pump, und außerdem mit Hypotheken belastet. Wir haben überall Schulden. Auch bei den Dealern.«

»Wer hat euch die Drogen besorgt?«

»Ich möchte da lieber niemanden nennen.«

»Du kommst wahrscheinlich nicht darum herum.«

»Ich verrate nichts.«

»Hat der Typ euch gedroht?«

»Wir kaufen das Zeug bei verschiedenen Leuten. Niemand hat uns bislang gedroht, das ist einfach Quatsch. Und ich kenne keinen Þórarinn. Ich hab nie was von ihm gekauft. Keine Ahnung, wieso er behauptet, dass wir Schulden bei ihm haben, das stimmt einfach nicht.«

»Er wird Toggi genannt.«

»Sagt mir nichts.«

»Du hast also keine Idee, weshalb er über Lína hergefallen ist?«

»Nein, wirklich keine.«

»Du musst die nächsten Fragen entschuldigen«, sagte Sigurður Óli, »aber wir müssen einfach weiterkommen. Weißt du, ob Lína mit Männern geschlafen hat und sich dafür bezahlen ließ?«

Die Frage rief keine Reaktion bei Ebeneser hervor. Anfangs hatte er sich schockiert gegeben, wenn ihm Fragen dieser Art gestellt wurden, jetzt schien es ihm vollkommen gleichgültig zu sein. Sigurður Óli überlegte, was für eine Beziehung sie wohl geführt hatten. Auf was sie beruht hatte.

»Falls sie das getan haben sollte, hat sie mir nichts darüber erzählt. Mehr kann ich dazu nicht sagen.«

»Wäre es dir egal gewesen?«

»Lína war eine sehr spezielle Frau«, entgegnete Ebeneser.

»Welche Männer würden in Frage kommen, wenn so etwas gelaufen wäre? Jemand aus ihrer Firma?«

Ebeneser zuckte die Achseln, er schien keine Ahnung zu haben. »Aber ich erinnere mich an etwas, das sie gesagt hat, es ging um diesen Mann, der verschwunden ist, der auch auf einer dieser Incentive-Touren von uns dabei war.«

»Du meinst diesen Banker, der spurlos verschwunden ist?«

Ebeneser nahm wieder eine Bierdose zur Hand, und als er sie schüttelte, gluckerte es. Er leerte sie und zerdrückte sie mit einem krachenden Geräusch.

»Die hatten da irgendeinen Coup gelandet.«

»Einen Coup?«

»Es ging um irgendein dubioses Projekt, das diese Typen, die mit ihm unterwegs waren, ausgeklügelt hatten«, sagte Ebeneser. »Lína hat so etwas in der Art angedeutet.«

»Wann?«

»Noch vor einigen Tagen.«

»Was genau hat sie gesagt?«

»Nicht viel, nur, dass es unglaublich sei, was diese Leute vorhätten.«

»Was?«

»Das weiß ich nicht. Es ging um irgendwelche finanziellen Transaktionen. Lína hat es auch nicht genau verstanden, aber sie spürte, dass etwas im Gange war, das sie unglaublich fand.«

»Inwiefern?«

»Wie kaltschnäuzig die waren, irgendetwas in der Art. Unglaublich kaltschnäuzig.«

## *Siebenunddreißig*

Sigurður Óli öffnete den Umschlag mit den Fotos nicht. Im Grunde genommen wusste er gar nicht, was er damit machen sollte. Als er wieder in seinem Büro in der Hverfisgata angekommen war, schob er ihn in eine Schreibtischschublade. Es konnte gut sein, dass Ebeneser gelogen hatte, als er behauptete, sie nicht auf dem Rechner zu haben. Bei Ebbi wusste man nicht, wo man dran war. Sigurður Óli war der Meinung, dass diese Aufnahmen angesichts der neusten Entwicklungen in der Ermittlung keinerlei Bedeutung mehr für sie hatten. Ebbi war bemüht gewesen, die Angelegenheit herunterzuspielen. Die Erpressung war eher eine Art Spiel gewesen, das Lína angeleiert hatte. Falls es geklappt hätte, hätte sie es gut gefunden, falls nicht, dann wäre die Sache Ebbi zufolge einfach wieder unter den Tisch gefallen.

Während er sich das ganze Gespräch noch einmal durch den Kopf gehen ließ, klingelte das Telefon auf seinem Schreibtisch.

»Ja?«, meldete sich Sigurður Óli.

»Ich ... war nicht ...«

»Hallo?«

Erst raschelte es am anderen Ende der Leitung, und dann hörte er ein dumpfes Geräusch.

»Was ist?«, fragte Sigurður Óli. »Wer ist am Apparat?«

Er erhielt keine Antwort.

»Andrés?« Sigurður Óli hatte das Gefühl, die Stimme erkannt zu haben.

»Ich sagte … war nicht …«, hörte er näseln, die Stimme war undeutlich und konturlos. »Ich hab dir noch nicht gesagt …«

Der Satz wurde nicht vollendet. Sigurður Óli hörte nur noch keuchende Atemzüge.

»Andrés, bist du das? Was hast du mir nicht gesagt?«

»… weiß … weiß genau … der Unmensch …«

»Was meinst du damit? Was willst du mir sagen?«

»Bist du das, der vom Friedhof?«

»Ja. Was willst du? Weshalb bist du abgehauen? Wo bist du? Kann ich dich irgendwo abholen?«

»Wo ich bin? Wen kümmert das? Wer unternimmt denn schon was? Niemand! Niemand hat je etwas unternommen. Und jetzt … jetzt hab ich ihn, das verfluchte Scheusal.«

»Wen?«, fragte Sigurður Óli. »Wen hast du?«

Schweigen am anderen Ende der Leitung. Sigurður Óli wartete ab. Eine ganze Weile hörte er gar nichts, und dann sprach Andrés auf einmal weiter, er schien sich einen Ruck gegeben zu haben.

»Ich … ich hab ihn mir geschnappt! Das wollte ich dir auf dem Friedhof sagen. Ich wollte dir sagen, dass ich ihn habe. Und er kommt nicht los. Mach dir keine Gedanken, er kommt nicht los. Ich habe … Ich habe eine Maske gemacht, und damit war er … Das fand er nicht gut. Er fand auch nicht gut, mich zu sehen, nach all diesen Jahren, das kann ich dir sagen. Er hat sich nicht gefreut, Klein-Drési zu sehen, nein. Nein, das hat er nicht.«

»Wo bist du, Andrés?«, fragte Sigurður Óli mit Nachdruck. Auf dem Display sah er die Nummer. Er gab sie ins Internet-Telefonbuch ein, und auf dem Monitor erschienen Name und Adresse von Andrés. »Ich kann dir helfen«, sagte Sigurður Óli. »Lass mich dir doch helfen, Andrés. Bist du in deiner Wohnung?«

»Und ich konnte es mit ihm aufnehmen«, fuhr Andrés fort, als hätte er Sigurður Óli gar nicht gehört. »Ich ... Ich hatte gedacht, es würde vielleicht schwierig werden. Aber er ist nur noch ein altes Wrack.«

»Sprichst du von Rögnvaldur? Hast du Rögnvaldur in deiner Gewalt?«

Die Verbindung brach ab. Sigurður Óli rannte los, rief die Auskunft an und bat um die Nummer von Andrés' Nachbarin. Er wusste die Adresse, konnte sich aber auf die Schnelle nicht auf den Namen besinnen, er überlegte angestrengt.

Margrét Eymunds.

Er wurde durchgestellt. Als Margrét beim dritten Klingeln an den Apparat ging, saß Sigurður Óli bereits in seinem Auto. Er nannte seinen Namen, und als er sicher sein konnte, dass die Frau sich an seinen früheren Besuch erinnerte, bat er sie, zu ihrem Nachbarn zu gehen und nachzuschauen, ob er zu Hause sei.

»Meinst du Andrés?«, fragte sie.

»Würdest du bitte versuchen, ihn so lange aufzuhalten, bis ich eintreffe, wenn er zu Hause sein sollte? Würdest du das bitte für mich tun? Er hat mich angerufen, und ich glaube, dass er Hilfe braucht. Machst du das bitte?«

»Was denn, willst du etwa, dass ich für dich spioniere?«

»Sprichst du von einem schnurlosen Telefon?«

»Ja.«

»Ich versuche, ihm zu helfen. Ich habe das Gefühl, dass er sich etwas antun könnte. Würdest du ihm dein Telefon geben, damit ich mit ihm reden kann?«

»Moment mal.«

Er hörte am Telefon, dass sich eine Tür öffnete, dann hörte er, wie Margrét anklopfte und nach Andrés rief. Sigurður Óli musste die Fahrt verlangsamen und fluchte. Es war ein Unfall passiert, und der Verkehr war ins Stocken geraten.

»Andrés, du siehst ja schrecklich aus«, hörte er Margrét sagen.

Sigurður Óli drückte wie wild auf die Hupe und versuchte, die Spur zu wechseln. Andrés war nicht zu hören, und Margrét konnte er nur so weit verstehen, dass sie ihm sagte, ein Mann von der Kripo wolle mit ihm sprechen, und die Frage, wo er hin wolle, und dann glaubte Sigurður Óli zu hören, wie sie in mütterlichem Ton zu ihm sagte, er könne sich doch so nicht auf der Straße blicken lassen. Er versuchte, mit Margrét zu reden, aber sie hatte offensichtlich den Apparat nicht am Ohr.

Er hatte inzwischen die Unfallstelle passiert und überholte die anderen Autos in rasendem Tempo, als Margrét sich wieder meldete.

»Hallo?«, sagte sie mit unsicherer Stimme.

»Ja, ich bin noch dran«, sagte Sigurður Óli.

»Der arme Mann«, entgegnete Margrét. »Er sah fürchterlich aus.«

»Ist er weg?«

»Ja, ich konnte ihn nicht zurückhalten. Er wollte gar nicht mit mir reden, ist einfach nur irgendwie die Treppe hinunterklabastert. Ich hatte den Eindruck, dass er schwer betrunken war.«

»In welche Richtung ist er gegangen, als er auf der Straße war?«

»Das habe ich nicht gesehen. Ich hab nicht sehen können, wo er hinging.«

Als Sigurður Óli schließlich das Haus erreichte, hielt er Ausschau nach Andrés, sah ihn aber nirgends. Er drehte ein paar Runden durch die umliegenden Straßen, aber der Mann war ihm wieder entwischt. Also fuhr er zurück zu Andrés' Wohnung, parkte und klingelte bei Margrét. Sie ließ ihn ins Haus und erwartete ihn mit besorgter Miene auf dem Treppenabsatz.

»Hast du ihn gefunden?«, fragte sie, als Sigurður Óli auftauchte.

»Er ist verschwunden. Hat er dir noch etwas gesagt?«

»Nein, nichts. Der arme Mann. Er war verdreckt und hat fürchterlich gestunken, er sah völlig heruntergekommen aus. So schlimm habe ich es noch nie erlebt.«

»Hast du eine Idee, wo er hingegangen sein könnte?«

»Nein. Ich habe ihn gefragt, aber er hat nicht darauf geantwortet. Er hat gar nichts gesagt, sondern ist nur ganz eilig die Treppe hinunter und hinaus auf die Straße.«

»Hatte er irgendetwas dabei, als er die Wohnung verließ?«

»Nein, nichts.«

»Hat er dir gegenüber jemals einen Rögnvaldur erwähnt?«

»Rögnvaldur? Nein, nicht, dass ich wüsste. Ist das ein Freund von ihm?«

»Nein«, sagte Sigurður Óli. »Er hat wohl keine Freunde.«

Margrét öffnete ein weiteres Mal die Tür zu Andrés' Wohnung für ihn, in der es noch genauso aussah wie das letzte Mal. Margrét blieb an der Tür stehen, während Sigurður Óli sich rasch in der Wohnung umblickte. Anscheinend war Andrés wohl eigens zu dem Zweck in seine Wohnung gegangen, um Sigurður Óli anzurufen und ihm zu sagen, dass Rögnvaldur in seinen Händen war, was auch immer das bedeutete.

Sigurður Ólis Handy meldete sich. Es war ein Kollege vom Rauschgiftdezernat. »Ich habe gehört, dass du Hörður Vagnsson festgenommen hast«, sagte der Kollege am Telefon.

»Höddi? Ja. Was ist mit ihm?«

»Dem sind wir schon seit geraumer Zeit auf den Fersen, aber bislang ist noch nichts dabei herausgekommen. Vor Kurzem haben wir sein Telefon abgehört, und ich dachte, das würde dich vielleicht interessieren.«

»Gibt es die Aufzeichnungen schon in schriftlicher Form?«

»Ja, ich lege sie dir auf den Schreibtisch.«

»Könnt ihr ihm damit etwas nachweisen?«

»Irgendwann schaffen wir das schon. Es sei denn, du wärst uns zuvorgekommen? Eines solltest du über diesen Höddi aber wissen, der gute Junge ist reichlich unterbelichtet.«

Sigurður Óli hörte ein Klicken am anderen Ende der Leitung.

»Habt ihr vielleicht auch seinen Freund Þórarinn unter die Lupe genommen?«

»Toggi?«

»Ja.«

»Von ihm kennen wir nur den Namen. Er hat sich sehr bedeckt gehalten, falls er tatsächlich ein Dealer ist. Wir können uns nicht vorstellen, dass er das schon über längere Zeit macht. Auf jeden Fall hätte er dann mehr Grips im Kopf als Höddi.«

Sigurður Óli hatte das Hauptgebäude dieser Bank noch nie betreten und war fasziniert von dem, was er sah. Wohin man blickte, Reichtum und Luxus. Es war, als befände er sich mitten in Reykjavík in einer völlig anderen Welt. Er fand das Design beeindruckend, Glas und Stahl und dunkles Holz, klare klassische Linien und exotische Pflanzen. Hier war wirklich nicht gekleckert, sondern geklotzt worden, alles vom Teuersten und Feinsten. Es dauerte eine Weile, bis er etwas ausgemacht hatte, was wie eine Rezeption aussah. Dort versuchte ein älterer Herr, eine Rechnung zu bezahlen.

»Hier kannst du das nicht bezahlen«, erklärte die Dame an der Empfangstheke, die so etwas wie eine kleine Insel inmitten all dieser Pracht war.

»Wieso denn nicht?«, fragte der Mann. »Ist das hier denn keine Bank?«

»Doch, aber mit dieser Rechnung musst du in eine von unseren Filialen gehen.«

»Wieso kann ich hier keine Rechnung bezahlen?«, moserte der Mann.

»Was kann ich für dich tun?«, fragte die Dame und

sah Sigurður Óli an. Anscheinend hatte sie keine Lust mehr, sich mit dem Mann abzugeben.

»Sverrir aus der Großkundenabteilung, ist er im Haus?«

Die Frau gab seinen Namen in den Computer ein.

»Tut mir leid, er ist im Augenblick nicht im Haus, wird aber in ungefähr zwei Stunden zurück sein.«

»Und Knútur?«, fragte Sigurður Óli. »Knútur Jónsson? In derselben Abteilung?«

»Erwartet er dich?«, fragte die Frau in leicht singendem Tonfall.

»Nein.«

»Und wo ist die nächste Filiale?«, fragte der ältere Herr, der immer noch nicht die Hoffnung aufgegeben hatte, seine Rechnung bezahlen zu können.

»Am Laugavegur«, antwortete die Frau, ohne ihn anzusehen.

»Knútur ist in einer Besprechung. Möchtest du warten? Was soll ich ihm sagen, wer ihn sprechen möchte? Geht es um Unternehmensberatung?«

Sigurður Óli beschloss, nur die letzte Frage zu beantworten, und bejahte sie. Er sah dem älteren Herrn nach, der soeben mit der Rechnung in der Hand das Gebäude durch die imposante Glastür verließ.

»Dritter Stock«, sagte die Frau. »Der Aufzug ist da vorne.«

Sigurður Óli hatte etwa eine Viertelstunde im dritten Stock gewartet, als ein Mann und ein junges Paar aus dem Konferenzzimmer herauskamen. Der blonde, kräftige Mann hatte ein seltsam kindliches Gesicht. Er trug einen sündhaft teuren Anzug und verabschiedete sich lächelnd von seinen Gesprächspartnern, wobei er erklärte, er werde ihnen nähere Informationen über Geldmarkt-Konten zukommen lassen. Anschließend wandte er sich Sigurður Óli zu.

»Du wartest wohl auf mich?«, fragte er, immer noch lächelnd.

»Wenn du Knútur bist«, sagte Sigurður Óli.

»Das passt. Geht es um Unternehmensberatung?«

»Eigentlich nicht. Ich bin von der Kriminalpolizei und würde gern etwas mehr darüber erfahren, was seinerzeit passiert ist, als dein Kollege Þorfinnur ums Leben kam. Es wird nicht viel Zeit in Anspruch nehmen.«

»Wieso das denn? Wird das wieder aufgerollt?«

»Wir sollten vielleicht lieber nicht hier auf dem Flur miteinander reden.«

Knútur sah Sigurður Óli eine Weile an, bevor er einen Blick auf seine Armbanduhr warf. Er erklärte, dass seine Zeit äußerst knapp bemessen sei, aber er könne ihn dazwischenschieben, auch wenn er keine Ahnung hätte, worum es ging. Sigurður Óli rührte sich nicht vom Fleck, schwieg und wartete darauf, dass Knútur ihn endlich in sein Büro führte.

## *Achtunddreißig*

Das, was Knútur über die Ereignisse zu sagen hatte, als sein Kollege Þorfinnur vor einem Jahr auf Snæfellsnes tödlich verunglückt war, stimmte ziemlich genau mit dem überein, was in den Polizeiberichten stand. Er und seine drei Kollegen waren zu einem Arbeitswochenende ins Hotel Búðir gefahren und hatten sich dort für zwei Nächte einquartiert. Es ging zwar in erster Linie um die Erledigung von geschäftlichen Dingen, aber sie wollten sich auch ein wenig auf der Halbinsel umsehen. Sie waren am Freitagnachmittag in zwei Jeeps zusammen losgefahren, und als sie abends am Hotel eintrafen, war es windstill und frostig gewesen. Am Samstag hatten sie sich Zeit für Ausflüge genommen. Zwei von ihnen, Knútur und Arnar, schlossen sich einer Gruppe von Reisenden an, die auf den Snæfellsjökull hinauf wollten. Die beiden anderen, Sverrir und Þorfinnur, fuhren zu den Steilklippen von Svörtuloft an der westlichsten Spitze der Halbinsel. Nachmittags wollten sie sich wieder im Hotel treffen. Im Laufe des Tages war aber unvorhergesehenerweise ein Tief herangerückt, und es begann zu stürmen und zu schneien. Die beiden Männer, die die Gletscherexpedition unternommen hatten, kehrten zur vereinbarten Zeit ins Hotel zurück, aber die beiden anderen, die nach Svörtuloft gefahren waren, ließen auf sich warten. Sie hatten keine besonderen Vorsichtsmaßnahmen getroffen, denn im Hotel wusste man, wo sie hinwollten.

Die Handys von Sverrir und Þorfinnur hatten kein Netz mehr, als sie von der Landstraße auf die Jeep-Piste einbogen, die zur Steilküste führte.

Nur einer der beiden kehrte von Svörtuloft zurück. Sobald Sverrir wieder Empfang hatte, meldete er sich telefonisch und sagte, dass er nicht wüsste, was aus Þorfinnur geworden war. Sverrir hatte nach einer Stunde Wanderung genug und wollte zurück zum Auto, doch Þorfinnur wollte unbedingt weitergehen, und sie vereinbarten, dass Sverrir mit dem Jeep nach Beruvík fahren sollte, um Þorfinnur dort abzuholen. Als Sverrir dort eintraf, war Þorfinnur nirgends zu sehen. Er hatte eine ganze Weile gewartet und dann mindestens eine Stunde nach ihm gesucht. Unterdessen verschlimmerte sich das Wetter zusehends. Er fragte seine Kollegen, ob sie etwas von Þorfinnur gehört hatten, doch das hatten sie nicht. Seit sich ihre Wege getrennt hatten, waren drei Stunden vergangen. Knútur und Arnar fuhren daraufhin ebenfalls zu den Lavafelsen an der Westspitze der Halbinsel, dort suchten sie zu dritt nach ihrem Kollegen. Zu guter Letzt entschlossen sie sich, die Polizei und die Rettungsmannschaften zu verständigen.

Als die Suchmannschaft bei der Wetterstation Gufuskálar eintraf und nach Svörtuloft fuhr, war es bereits stockfinster und das Unwetter hatte seinen Höhepunkt erreicht. Die drei Kollegen nahmen ebenfalls an der Suche teil. Sverrir zeigte ihnen, wo genau Þorfinnur und er sich getrennt hatten, aber das war auch das Einzige, was er beisteuern konnte. Die Lava-Felder in dieser Gegend waren sehr unwegsam, und Dunkelheit und Unwetter zwangen die Rettungsmannschaft nach ein paar Stunden zum Rückzug. Am nächsten Morgen wurde bei Tagesanbruch weitergesucht, und man ging die ganze Küstenstrecke mit den Lava-Klippen ab. Das Meer peitschte die schwarzen Felsen, und der Sturm tobte immer noch so sehr, dass man am Klippenrand kaum stehen konnte.

Von den Einheimischen in der Rettungsmannschaft erfuhren sie, woher die Klippen ihren Namen hatten. Seeleute hatten die steil aufragenden schwarzen Felsen »Svörtuloft« genannt, weil an ihnen nicht wenige Fischerboote gestrandet und die bedrohlichen Klippen häufig das Letzte waren, was die Schiffbrüchigen vor Augen hatten. Überall waren tiefe Spalten, Abgründe und gefährliche Risse an der Kante, wo wegen der ständig anbrandenden See auch immer wieder Felsbrocken abbrachen. Man ging davon aus, dass Þorfinnur dem Klippenrand zu nahe gekommen sein musste, dass die Kante nachgegeben hatte oder dass er gestolpert und in die Tiefe gestürzt war.

»Er wurde nicht gefunden«, sagte Knútur zu Sigurður Óli. »Er war wortwörtlich wie vom Erdboden verschluckt. Ich hätte nie gedacht, dass ich das einmal erleben würde.«

»Er wurde im nächsten Frühjahr gefunden«, sagte Sigurður Óli.

»Ja, genau. Ich kann dir nicht beschreiben, wie entsetzlich das alles war. Grauenvoll. Þorfinnur hatte keine Familie, er war Junggeselle, aber das ist natürlich kein Trost.«

»Spielt das für dich eine Rolle?«

»Nein, natürlich nicht.«

»Es ist jetzt ein Jahr her.«

»Ja.«

»Soweit ich weiß, kannte sich keiner von euch in der Gegend aus«, sagte Sigurður Óli.

»Doch, Sverrir. Er stammt von dort und kennt sich aus ... Also deswegen ... Nein, ich kenne mich dort nicht aus. Ich bin zum ersten Mal auf diesem Gletscher gewesen. Ich weiß nicht, ob ich da jemals wieder hin möchte.«

»Die Obduktion ergab nur, dass Þorfinnur an den Folgen eines Unfalls gestorben sein musste. Schwedische Touristen haben ihn in einer kleinen, sandigen Bucht gefunden, wo die Leiche angetrieben worden war. Sie war nach all dieser Zeit vollkommen unkenntlich, aber man konnte ihn trotzdem identifizieren. Wie gesagt, das Ergebnis lautete Unfalltod, er muss dem Klippenrand zu nahe gekommen und abgestürzt sein.«

»Ja, so muss es wohl gewesen sein.«

»Ihr habt alle vier hier in dieser Bank gearbeitet?«

»Ja.«

»Und Sverrir war der Letzte, der Þorfinnur lebend gesehen hat?«

»Ja. Er hat es natürlich sehr bereut, dass er ihn alleine ließ. Sverrir gibt sich wohl die Schuld daran, wie es gelaufen ist. Aber es ist natürlich nicht seine Schuld. Þorfinnur konnte manchmal sehr dickköpfig und unnachgiebig sein.«

»Er wollte unbedingt alleine weitergehen?«

»Ja, so hat es Sverrir uns gesagt. Þorfinnur war total begeistert von der wilden Landschaft.«

Das Handy des Bankers klingelte, er warf einen Blick auf die Nummer und entschuldigte sich bei Sigurður Óli, er müsse das Gespräch annehmen. Er saß an seinem Schreibtisch und drehte sich auf dem Stuhl zur Seite, um in Ruhe sprechen zu können. Es entging Sigurður Óli aber nicht, dass sich das Gespräch um ein kleines Kammerensemble drehte.

»Wie bist du an diese Musiker herangekommen, die neulich bei dir gespielt haben?«, fragte Knútur. »Nein, es dreht sich nur um eine kleine Essenseinladung bei mir«, antwortete er auf die nächste Frage seines Gesprächspartners. »Ja, ich weiß, es ist sehr kurzfristig, aber es hat einfach so viel Stil. Einer der Eigner wird auch kommen. Ich fand es wirklich smart, dass du die bei dir hast spielen lassen.«

Er notierte sich etwas auf einem Zettel und beendete das Gespräch kurz darauf, um sich wieder Sigurður Óli zuzuwenden.

»Sonst noch etwas?«, fragte er mit einem Seitenblick auf die Uhrzeit auf seinem Bildschirm. Anscheinend hatte er keine Zeit, sich noch länger mit Sigurður Óli zu unterhalten.

»Wart ihr alle vier mit den gleichen Aufgaben betraut?«

»Nein, aber einiges hat sich überschnitten. Wir arbeiteten in vieler Hinsicht zusammen.«

»Kannst du mir etwas mehr darüber erzählen?«

»Nein, das sind Firmeninterna. Es gibt nicht umsonst das Bankgeheimnis. Ich kann dir nur so viel sagen, dass wir hier für Großkunden arbeiten.«

Knútur lächelte.

Sigurður Óli hörte sehr genau den herablassenden

Ton heraus, in dem Knútur mit ihm sprach. Der Banker war um einiges jünger als er, aber höchstwahrscheinlich fünfzigmal reicher, dieser Mann mit dem kindlichen Gesicht, der Kammermusiker zu einer Essenseinladung engagierte. Zwar bewunderte Sigurður Óli solche Leute, die es aus eigener Anstrengung im Leben zu etwas gebracht hatten, aber er verspürte keinen Neid ihnen gegenüber. Knúturs Auftreten fand er ermüdend, und das mit den Musikern ging ihm spontan auf die Nerven.

»Das verstehe ich gut«, sagte er. »Ihr vier habt euch also nicht sonderlich gut gekannt?«

»Nun ja, aufgrund der gemeinsamen Tätigkeit in der Bank kannten wir uns recht gut. Wieso fragst du mich ausgerechnet jetzt nach diesen Vorfällen? Steht das im Zusammenhang mit einer Ermittlung?«

»Um die Wahrheit zu sagen, ich weiß es nicht. Kennst du eine Frau namens Sigurlína Þorgrímsdóttir?«

»Sigurlína Þorgrímsdóttir?«, sagte Knútur nachdenklich. Er stand auf, um zu signalisieren, dass das Gespräch seinerseits beendet war, ging zur Tür und öffnete sie. Sigurður Óli blieb unbeirrt sitzen. »Nicht, dass ich wüsste. Sollte ich sie kennen?«

Knútur nickte jemandem auf dem Korridor zu. Die nächste Besprechung stand bevor. Kapitalmarktanlagen warteten auf neue Kunden.

»Sie war Sekretärin in einem Wirtschaftsprüfungs- und Beratungsunternehmen«, sagte Sigurður Óli. »Sie wurde in ihrem eigenen Haus überfallen. Darüber wurde in den Nachrichten berichtet, sie ist dann im Krankenhaus gestorben.«

»Ich habe davon gehört, aber an die Frau kann ich mich nicht erinnern.«

»Ihr wart alle vier mit dabei, als die Firma, bei der sie arbeitete, eine Gletschertour organisierte. Das war kurz vor diesem schrecklichen Ereignis auf Snæfellsnes. Ihr Mann hat die Tour geleitet. Sie wurde meist Lína genannt.«

»Ach, die. Sie wurde überfallen?«, sagte Knútur und schien sich auf einmal zu besinnen. »Wisst ihr, was dort vorgefallen ist?«

»Die Ermittlung läuft auf vollen Touren. Du erinnerst dich also an sie?«

»Ja, wo du diese Gletschertour erwähnst. Sie hat sehr viel Spaß gemacht. Die Fahrt, meine ich.«

»Du hast keine Verbindung zu ihr gehalten? Nach dieser Tour?«

»Nein, absolut nicht.«

»Aber vielleicht jemand anderes von deinen Kollegen aus der Bank?«

»Nein, das glaube ich nicht. Davon weiß ich nichts.«

»Ganz sicher?«

»Ja«, entgegnete Knútur, »ganz sicher. Aber danach solltest du die anderen fragen. Ich zumindest habe diese Frau überhaupt nicht gekannt. Hat sie etwas über uns gesagt?«, fragte er.

Sigurður Óli konnte es sich nicht verkneifen, den Mann ein wenig zu provozieren.

»Ja«, sagte er, »sie hat mit ihrem Mann über euch gesprochen. Sie fand, dass ihr unglaublich wart.«

»Wieso?«

»Sie hat irgendeinen Plan erwähnt. Weißt du, was das sein könnte?«

»Einen Plan?«

»Irgendetwas, was ihr geplant habt, irgendeine Transaktion, die im Gange war. Sie hat wörtlich gesagt, ihr wärt unglaublich kaltschnäuzig. Sie wusste nicht, worum es ging, aber ich werde nicht lange brauchen, um das herauszufinden. Vielen Dank für deine Kooperation.«

Sie verabschiedeten sich mit einem Händeschütteln. Knútur blieb in der offenen Tür stehen, sein kindliches Gesicht war aus den Fugen geraten.

## *Neununddreißig*

Mit Höddi und Þórarinn kamen sie nicht viel weiter. Die beiden gaben sich immer noch unverfroren und pampig, als die Vernehmungen am Nachmittag fortgesetzt wurden.

»Was ist das für eine Tussi?«, fragte Höddi, als er gebeten wurde, sich zu der Frage zu äußern, ob er Lína gekannt hatte.

»Deine Ausdrucksweise ist nicht gerade hilfreich«, sagte Finnur.

»Ausdrucksweise«, wiederholte Höddi höhnisch. »Willst du mir vielleicht vorschreiben, wie ich mich auszudrücken habe? Und spar dir das geschraubte Gesülze.«

»Woher kennst du Þórarinn?«, fragte Sigurður Óli.

»Ich kenne ihn gar nicht. Was für einen Þórarinn? Müsste ich den kennen?«

Sie ließen Höddi wieder in seine Zelle bringen, dann wurde Þórarinn in den Vernehmungsraum geführt. Er setzte sich, und seine Blicke wanderten zwischen Finnur und Sigurður Óli hin und her. Er schien sich zu amüsieren.

»Du behauptest, dass du Schulden bei Sigurlína eintreiben wolltest und sie deswegen mit dem Baseballschläger angegriffen hast. Ihr Mann weiß aber von keinen Schulden bei dir. Er sagt, dass sie nie etwas bei dir gekauft haben.«

»Muss er darüber Bescheid wissen?«, fragte Þórarinn.

»Meinst du damit, dass Lína deine Kundin war, ohne dass ihr Mann davon wusste?«

»Mannomann, in was für einer Welt lebst du eigentlich? Sie hat mir Geld für Stoff geschuldet. Und es war Notwehr, nichts anderes.«

»Und du bist bereit, wegen so einem bisschen Geld sechzehn Jahre in den Knast zu gehen?«

»Was soll das heißen?«

»Willst du dich tatsächlich wegen so einer Lappalie zu lebenslänglich verknacken lassen? Wegen so einem bisschen Stoff?«

»Ich kapier nicht, was du sagst.«

»Wegen ein paar lumpigen Kröten für Stoff?«

»Was …? Du meinst, da steckt was anderes dahinter? Meinst du das?«

Die Frage klang ehrlich. Þórarinns Rechtsanwalt, der ebenfalls anwesend war, richtete sich auf.

»Alle möglichen Umstände könnten zu deinen Gunsten angeführt werden«, erklärte Finnur.

»Falls du, sagen wir mal, im Auftrag von jemand anderem gehandelt hättest, falls du nur ein Werkzeug gewesen wärst«, mischte sich Sigurður Óli ein. »Wenn du selber nichts mit der eigentlichen Sache zu tun hast. Keine direkte Verbindung dazu hast und keine persönlichen Interessen.«

Sigurður Óli versuchte, es möglichst positiv auszudrücken. Er war sich überhaupt nicht sicher, ob das, was er gesagt hatte, nicht jeglicher Grundlage entbehrte.

»Und vor Gericht könnten wir die Sache so darstellen, dass du kooperativ gewesen bist«, fuhr er fort. »Das würde dir möglicherweise zugutekommen.«

»Kooperativ?«

»Uns geht es nur darum, den Fall aufzuklären. Die Frage ist, was du beabsichtigst. Zu welchem Urteil sollen wir deiner Meinung nach kommen? Diesen Blödsinn über Notwehr kannst du dir jedenfalls schenken. Du warst am Tatort. Du hast den Tod von Lína herbeigeführt. Das wissen wir, das wissen alle. Uns fehlt einzig und allein das Motiv. Der wahre Grund dafür, weshalb du in Línas Haus warst. Wenn wir den Fall danach beurteilen, was du uns erzählt hast, bedeutet das sechzehn Jahre Knast für dich, bei guter Führung vielleicht auch nur zehn. Und das wegen Schulden, die sich wohl kaum auf mehr als hundert- oder zweihunderttausend belaufen dürften.«

Sigurður Óli hatte erreicht, dass Þórarinn aufmerksam zuhörte.

»Vielleicht ist es nachzuvollziehen, dass du die Kontrolle über dich verloren hast und zu fest zugeschlagen hast, dass du sie nur verletzen, aber nicht töten wolltest, verstehst du? Es macht ja auch keinen Sinn, sie umzubringen. Tote bezahlen nicht, und du würdest nicht nur dein Geld nicht zurückbekommen, sondern dich in eine wesentlich schlimmere Lage bringen. Wie unten in der Grube bei Birgir. Aber vielleicht gibt es ja auch noch eine andere Möglichkeit. Nehmen wir mal an, dass dich jemand zu Lína geschickt und darum gebeten hat, ihr ordentlich eins überzuziehen. Und du hast dann etwas zu fest zugeschlagen. In dem Fall liegt die Verantwortung bei dem, der dich geschickt hat. Möglicherweise hat er dir aber auch den Auftrag gegeben, sie zu beseitigen. Wenn das der Fall ist, läuft derjenige all die Jahre frei herum, die du im Knast verbringst. Findest du das in Ordnung?«

Þórarinn hörte immer noch aufmerksam zu.

»Und dann gibt's natürlich auch noch eine ganz simple Erklärung«, fuhr Sigurður Óli fort. »Dass du zu ihr gegangen bist, um sie umzubringen, und zwar nicht wegen irgendwelcher Drogenschulden oder für jemanden, der dich geschickt hat, sondern aus einem anderen Grund, den du für dich behalten willst. Das ist auch sehr gut möglich, du verstehst, was ich meine, dass du nur aus einem Grund zu ihr nach Hause gegangen bist, um sie umzubringen, und dass du gerade zum letzten Hieb ausgeholt hast, als du gestört wurdest. Ich finde das gar nicht so unwahrscheinlich, so wie du weggerannt bist. Und nicht zuletzt auch wegen der Tatsache, dass du alles getan hast, um deine Spur zu verwischen, als du zu ihr gefahren bist. Das lässt darauf schließen, dass das alles sorgfältig durchgeplant und von vornherein beschlossene Sache war. Es war dein fester Vorsatz, Lína umzubringen.«

Es war ein reichlich langer Vortrag gewesen, und es war keineswegs sicher, ob Þórarinn alles kapiert hatte, was Sigurður Óli gesagt und angedeutet hatte. Wie er versucht hatte, neue Wege aufzuzeigen und andere auszuschließen. Außerdem wusste Sigurður Óli sehr genau, dass alles, was er gesagt hatte, nur auf vagen Verdachtsmomenten beruhte. Aber er hatte sich nun mal dazu entschlossen, die Karten auf den Tisch zu legen und die Reaktion abzuwarten. Einiges von dem, was er gesagt hatte, musste in Þórarinns Ohren völlig absurd klingen, aber anderes konnte möglicherweise ein Gespräch in Gang bringen, so hoffte jedenfalls Sigurður Óli.

»Bist du der Meinung, dass es deine Aufgabe ist, solche absurden Vorträge zu halten?«, fragte Þórarinns Rechtsanwalt, ein korpulenter Mann mit schläfrig wirkenden Augen.

»Soweit ich weiß, hat niemand mit dir gesprochen«, sagte Sigurður Óli.

Þórarinn kicherte. Finnur saß schweigend neben Sigurður Óli und verzog keine Miene.

»Darf ich fragen, was das zu bedeuten hat?«, fragte der Rechtsanwalt.

»Das ist der großartigste Schwachsinn, den ich je gehört habe«, erklärte Þórarinn.

»Na prima, Toggi«, sagte Sigurður Óli. »Der Fall ist also aufgeklärt. Wir könnten nicht zufriedener sein.«

»Genau, das sieht man dir an.«

»Es dreht sich nur um die Frage, was du möchtest, wie dieser Mord in unseren Berichten bewertet wird. Gibt es da wirklich jemand so Bedeutenden, dass er unbedingt aus allem herausgehalten werden muss und die Annehmlichkeiten des Lebens genießen kann, während du zu sechzehn Jahren Knast verurteilt wirst? Dann wärst du aus reiner Blödheit der Gelackmeierte.«

»Also, jetzt hör aber mal«, sagte der Rechtsanwalt.

»Meiner Meinung nach solltest du darüber nachdenken.«

»Danke schön«, erklärte Þórarinn. »Du bist ein wahrer Engel.«

Sie trafen sich in einem Thai-Restaurant in der Nähe vom Hlemmur. Sigurður Óli spürte sofort, dass Bergþóra nicht mehr so gestresst war. Sie saß schon am Tisch, als er eintraf, stand auf und gab ihm einen Kuss auf die Wange. Er kam direkt von dem Verhör mit Þórarinn.

»Kommt ihr mit den Ermittlungen voran?«, fragte Bergþóra.

»Ich weiß es nicht. Vielleicht ist der Fall komplizierter, als wir dachten. Und du? Wie geht es dir?«

»Ganz gut.«

»Du hast also jetzt einen anderen?«

Er versuchte, die Frage so klingen zu lassen, als hätte er nichts dagegen. Das gelang ihm aber nicht so recht, und Bergþóra spürte es.

»Ich weiß nicht, ist ja erst drei Wochen her.«

»Du bist drei Wochen mit ihm zusammen?«

»Ja, oder einen Monat. Er arbeitet bei einer Bank.«

»Wer arbeitet heutzutage nicht bei einer Bank?«

»Ist was nicht in Ordnung?«

»Doch, alles in bester Ordnung. Ich dachte bloß, wir ... Ich meine, wir hätten ... noch weiter versuchen wollen ...«

»Das dachte ich auch«, sagte Bergþóra. »Aber von dir kam nichts.«

»... und jetzt das.«

»... du hast nie Stellung bezogen.«

Der Kellner kam zu ihrem Tisch und nahm die Bestellung entgegen. Sie überließen es ihm, zwei Gerichte von der Speisekarte zu wählen. Sigurður Óli bestellte sich ein Bier zum Essen, Bergþóra ein Glas Weißwein. Sie unterhielten sich sehr leise miteinander, denn das

Lokal war klein, und sämtliche Tische waren besetzt. Der Duft von thailändischer Küche, die leise asiatische Musik im Hintergrund und das Geplauder der anderen Gäste wirkten beruhigend. Nachdem der Kellner wieder gegangen war, schwiegen sie zunächst eine Weile.

»Man könnte ja fast glauben, ich würde dich betrügen, ich würde fremdgehen«, sagte Bergþóra schließlich.

»Nein«, sagte Sigurður Óli. »Natürlich nicht. Du warst also schon mit ihm zusammen, als wir uns das letzte Mal getroffen haben? Davon hast du mir nichts gesagt.«

»Nein. Das hätte ich vielleicht tun sollen. Ich hatte es auch vor, aber zwischen uns ist es ja aus. Ich weiß nicht, was wir sind. Uns gibt es gar nicht mehr. Es ist einfach vorbei. Ich habe vielleicht geglaubt, dass noch irgendwas zwischen uns sein könnte, aber bei unserem letzten Treffen ist mir klar geworden, dass es vorbei ist.«

»Ich war ziemlich verwirrt, als ich dich neulich abends angerufen habe. Als ich merkte, dass jemand bei dir ist.«

»Du hast uns beiden keine Chance gegeben.«

Bergþóra sagte das ganz ohne Emotion, ihre Stimme klang weder vorwurfsvoll noch ungehalten. Der Kellner brachte ihnen die Getränke. Das Bier kam aus Thailand, es war gut gekühlt und erfrischend.

»Ich bin mir nicht sicher, ob das wirklich so stimmt«, sagte Sigurður Óli, klang aber keineswegs überzeugend.

»Ich war zu einem weiteren Versuch bereit«, sagte Bergþóra, »und ich glaube, dass ich getan habe, was ich konnte. Es kam aber nie eine Reaktion von dir, du warst immer so negativ und starrsinnig. Jetzt ist es vorbei damit, wir können wieder unser eigenes Leben leben. Ich war richtig erleichtert, als ich merkte, dass ich nicht mehr ständig in die Defensive gehen muss. Ich lebe mein Leben weiter und du deins.«

»Es ist also vorbei«, sagte Sigurður Óli.

»Es ist schon lange vorbei«, sagte Bergþóra. »Wir haben bloß Zeit gebraucht, um uns darüber klar zu werden. Ich habe es geschafft und mich mit dem Gedanken ausgesöhnt.«

»Das ist wohl kein normaler Bankangestellter, mit dem du dich triffst«, sagte Sigurður Óli.

»Er ist prima. Er spielt Klavier.«

»Hast du ihm gesagt, dass ...«

Er hatte diese Frage geäußert, ohne nachzudenken, aber mitten im Satz merkte er, dass sie völlig deplatziert war. Die unausgesprochenen Worte lagen jedoch in der Luft, und Bergþóra wusste ganz genau, was er hatte fragen wollen. Sie kannte ihn gut genug, um zu wissen, dass irgendwann der Unmut durchbrechen würde.

»Muss es wirklich so enden?«, sagte sie.

»Nein, natürlich nicht. Ich wollte nicht ... Ich hab an dem Abend bei dir angerufen, weil ich dich fragen wollte, ob wir nicht versuchen sollten, unsere Beziehung wieder zu flicken. Da war es aber schon zu spät. Das ist meine Schuld. Ich kann niemand anderem die Schuld geben. So gesehen hast du recht.«

»Ich habe ihm gesagt, dass ich keine Kinder bekommen kann.«

»Da habe ich erst begriffen, dass es wirklich vorbei ist«, sagte Sigurður Óli. »Als ich dich an dem Abend angerufen habe.«

»Du bist manchmal genau wie deine Mutter«, sagte Bergþóra irritiert.

»Und ich wollte dir sagen, wie leid mir alles tut, wie dumm das alles war.«

»Es tut mir auch leid«, sagte Bergþóra. »Aber es ist vorbei.«

»Ich glaube, es hat nichts mit meiner Mutter zu tun«, sagte Sigurður Óli.

»Mehr, als du denkst«, sagte Bergþóra und leerte ihr Glas.

## *Vierzig*

Der Lehrer fragte ihn wieder, weshalb er so bedrückt sei. Es war in der Naturkundestunde. Er hatte seine Hausaufgaben nicht gemacht und befürchtete, dass er nach etwas gefragt wurde, was er nicht wusste. Der Lehrer hatte sich schon vor ein paar Tagen nach seinem Befinden erkundigt, und da hatte er genauso wenig gewusst, was er antworten sollte. Er interessierte sich für Naturkunde, hatte sich aber nicht zu Hause vorbereitet, weder für Naturkunde noch für Rechnen noch für irgend etwas anderes. Er wusste, dass er hinter den anderen zurückblieb, aber er schaffte es einfach nicht, sich am Riemen zu reißen. Dazu war er viel zu kraftlos. Und zu willenlos. Er hatte kaum noch Kontakt zu den Kindern, die er anfangs kennengelernt hatte. Er wusste nicht, dass er bedrückt wirkte, und er war nicht imstande, auf die Frage des Lehrers zu antworten. Er sah ihn nur an und sagte nichts.

»Ist etwas nicht in Ordnung, Andrés?«, fragte der Lehrer.

Die ganze Klasse glotzte. Warum musste der Lehrer so etwas fragen? Weshalb konnte er ihn nicht einfach in Ruhe lassen?

»Nein«, antwortete er.

Aber es war nicht alles in Ordnung.

Er lebte in ständiger Panik. Rögnvaldur hatte gesagt, er würde ihn umbringen, wenn er irgendjemandem erzählte, was sie da machten. Dieser Drohung bedurfte es aber überhaupt nicht, er hätte nie im Leben zu irgendjemandem über so etwas sprechen können. Was hätte er auch sagen sollen? Er hätte es nicht einmal in Worte fassen können, und sein ganzes Sinnen und Trachten war darauf gerichtet, sämtliche Gedanken daran zu verdrängen.

An das Widerwärtige, das er irgendwo wegschließen musste, wo niemand daran rühren konnte.

Er schloss es dort ein, wo Blut und Tränen die Wände herunterliefen und seine Schreie nie gehört wurden.

Der Lehrer merkte, dass dem Jungen die Aufmerksamkeit, die sich auf ihn richtete, unangenehm war, und ging zu etwas anderem über, indem er Andrés bat, ihm zwei mehrjährige Pflanzen zu nennen, was der Junge nach einigem Zögern tat. Der Lehrer wandte sich dem nächsten Schüler zu, und die Aufmerksamkeit wurde von ihm abgelenkt.

Er atmete auf. Bedrückt. Seit er zu seiner Mutter zurückgekehrt war, war er nicht mehr froh gewesen. Sein Leben war zu einem einzigen unaufhörlichen Albtraum geworden. Er fürchtete sich davor, morgens aufzuwachen, und er fürchtete sich davor, abends einzuschlafen. Er fürchtete sich davor, in die Schule zu gehen und davor, dass ihm diese Fragen gestellt wurden, weshalb er so bedrückt war, ob er keine sauberen Sachen zum Anziehen hatte, weshalb er kein Pausenbrot dabeihatte. Er fürchtete sich vor dem Aufwachen, denn sobald er wach war, erinnerte er sich an alles. Er fürchtete sich vor dem Einschlafen, weil er nie wusste, wann Rögnvaldur in der Nacht auftauchen und ihn mitnehmen würde. Er fürchtete sich vor dem Tag, weil er dann ganz allein auf der weiten Welt war.

Seine Mutter war nie zu Hause, wenn es geschah, aber sie wusste sehr genau, was im Gange war. Er wusste, dass sie es wusste, denn einmal hatte er gehört, wie sie Rögnvaldur bat, ihren Jungen in Ruhe zu lassen. Sie war wie immer betrunken.

»Misch dich da nicht ein«, hatte Rögnvaldur geantwortet.

»Es reicht«, hatte seine Mutter gesagt. »Und weshalb nimmst du das eigentlich alles auf?«

»Halt die Klappe«, war die Antwort gewesen.

Er drohte ihr auch, und manchmal schlug er sie.

Und dann war Rögnvaldur eines Tages verschwunden. Das Vorführgerät, die Filme, die Kamera, seine Klamotten, die Schuhe und die Stiefel und sein Rasierzeug im Badezimmer, seine Mützen, Jacken – all das war weg, als er eines Morgens aufwachte. Rögnvaldur war manchmal für kurze Zeit weggefahren, aber dann hatte er seine Sachen immer dagelassen. Diesmal sah es ganz so aus, als hätte er nicht vor, zurückzukommen. Er war weg, und mit ihm sein gesamter Besitz.

Ein Tag verging. Zwei Tage. Drei Tage. Von Rögnvaldur keine Spur. Fünf Tage. Zehn Tage. Zwei Wochen, kein Rögnvaldur ließ sich blicken. Er wachte nachts auf, weil es ihm so vorkam, als hätte er ihn angestoßen. Aber da war kein Rögnvaldur. Drei Wochen. Er versuchte, seine Mutter auszufragen.

»Kommt er zurück?«

Ihre Antwort war immer dieselbe: »Als würde ich das wissen!«

Ein Monat.

Ein Jahr.

Zu dem Zeitpunkt hatte er bereits angefangen, seine Qual zu betäuben. Er war überrascht, wie gut es tat, Klebstoff zu schnüffeln.

Er setzte alles daran, den Zugang zu den Kammern zu verschließen, wo das Blut an den Wänden herunterlief.

Und Rögnvaldur kehrte nicht zurück.

Er blickte zum grauen, düsteren Himmel hinauf.

Er fühlte sich seltsam wohl auf dem Friedhof. Er lehnte mit dem Rücken gegen einen alten, bemoosten Grabstein. Ihm war kalt, aber das machte ihm nichts aus. Er hatte das Gefühl, ein wenig geschlafen zu haben. Die Abenddämmerung senkte sich über die Stadt, und das Rauschen des Verkehrs drang über die Kirchhofmauer und durch die großen Bäume über längst vergessenen Gräbern bis zu ihm vor. Er war zu allen Seiten vom Frieden des Todes umgeben.

Hier stand die Zeit still.

Hier hatte sie nichts verloren.

## *Einundvierzig*

Sigurður Óli wusste nicht, wie viel Bedeutung Andrés oder dem, was er bei ihrem letzten Gespräch gesagt hatte, beizumessen war. Das Gespräch war verworren gewesen. Andrés schien ihm mitteilen zu wollen, dass er Rögnvaldur in seine Gewalt bekommen hatte, und er hatte eine Maske erwähnt, was zu den Lederstücken passte, die Sigurður Óli bei ihm in der Küche gefunden hatte. Andrés rief ihn an, um ihm diese Informationen zu übermitteln, aber sein Zögern deutete darauf hin, dass er selber nicht wusste, was er als Nächstes tun wollte, was er überhaupt damit bezweckte. In seiner Wohnung hatte er sich allem Anschein nach seit Längerem nicht aufgehalten. Sigurður Óli versuchte herauszufinden, wer dieser Rögnvaldur war, der immer wieder in den Gesprächen mit Andrés auftauchte, und wo er wohnte. Es gab im Hauptstadtbereich nur wenige Männer dieses Namens und des entsprechenden Alters, und keiner von ihnen wurde vermisst. Andrés' Stiefvater war schon früher unter falscher Flagge gesegelt, hatte andere Namen verwendet. Das konnte immer noch der Fall sein, was die Suche nach ihm erschwerte. War es wirklich denkbar, dass Andrés ihn angegriffen hatte, oder handelte es sich um Wahnvorstellungen eines Mannes, der übermäßig Alkohol konsumierte?

Konnte man das, was eine gesellschaftliche Randexistenz, ein Penner, sagte, tatsächlich ernst nehmen?

Diese Fragen und andere gingen Sigurður Óli durch den Kopf, als er nach dem Abendessen mit Bergþóra zu seiner Mutter fuhr. Trotz allem hatte er das Gefühl, dass man Andrés ernst nehmen musste. Dass er nie über diese albtraumartigen Erlebnisse seiner Kindheit hinweggekommen war. Dass er dringend Hilfe brauchte. Und dass er selber darum bat, auch wenn er es in seltsamer Weise zum Ausdruck brachte. Die kurze Filmsequenz und ihre Begegnung auf dem Friedhof genügten Sigurður Óli, um dem, was Andrés sagte, Glauben zu schenken. Andrés ließ ihm einfach keine Ruhe, er musste dauernd an ihn denken, und dazu bedurfte es nur eines geringfügigen Anlasses, es konnte irgendetwas sein, was er sah oder hörte. Was hatte Andrés über seine Mutter gesagt? Frag mich nicht nach ihr, ich will nicht über sie reden. Was hatte Bergþóra über ihn selber gesagt? Du bist ihr manchmal so unglaublich ähnlich. Nach allem, was sie durchgemacht hatten, hatte Bergþóra schließlich die Entscheidung getroffen, einen Schlussstrich unter ihre Beziehung zu setzen. Für sie war es aus, jeder würde seinen Weg gehen. Im Grunde genommen wusste er überhaupt nicht, wie er mit dieser Zukunftsperspektive umgehen sollte. Er hatte sich endlich dazu durchgerungen, ihrer Beziehung noch einmal eine Chance zu geben, sein Bestes zu geben – und nun war es zu spät. Wut stieg in ihm hoch. Sie hatte über Gefühlskälte und Snobismus bei ihm und seiner Mutter gesprochen. Er konnte sich nicht erinnern, in ihrer ganzen Beziehung jemals etwas Negatives über Bergþóra gesagt zu haben.

Sigurður Óli fühlte sich müde und deprimiert. Am liebsten wäre er nach Hause gefahren, aber ihm gingen zu viele Fragen durch den Kopf. Auch wenn sie eigentlich nichts miteinander zu tun hatten, wollte er unbedingt die Meinung seiner Mutter dazu hören. Eine der Fragen hatte damit zu tun, dass sie seine Mutter war, eine andere zielte darauf ab, was sie als Wirtschaftsberaterin von der sogenannten isländischen Expansion und dem gigantischen Wachstum der Banken hielt.

Gagga wunderte sich etwas über seinen späten Besuch. Sigurður Óli ging mit ihr in die Küche. Er hörte den Fernseher im Wohnzimmer und fragte, ob Sæmundur zu Hause sei. Gagga sagte, er sähe sich irgendetwas im Fernsehen an. Auf ihre Frage, ob er ihn nicht begrüßen wolle, schüttelte Sigurður Óli den Kopf. Seine Mutter hatte Kaffee gekocht, aber er bat um eine Orangenlimonade. Sie hatte meist ein paar Flaschen da, für den Fall, dass er sich blicken ließ.

»Du hast neulich über die Banken gesprochen. Du kennst dich da doch ganz gut aus, oder?«, fragte Sigurður Óli.

»Was willst du wissen?«

»Wieso haben die auf einmal so viel Geld? Woher kommt das Geld? Welche Machenschaften könnten irgendwelche Banker ausklügeln, die nicht ans Licht kommen dürfen? Kennst du dich mit so etwas aus?«

»Ich weiß es nicht«, sagte Gagga. »Man hört seit einiger Zeit so das ein oder andere. Einige behaupten, dass es auf eine Katastrophe zusteuert, wenn es so weitergeht. Dieses unglaubliche Wachstum im isländischen Wirtschaftsleben beruht ja zum allergrößten Teil auf ausländischen Geldanleihen, und jetzt deutet einiges daraufhin, dass diese Quellen langsam versiegen. Sollte es tatsächlich zu einer ernsten Finanzkrise auf der Welt kommen, und davon ist durchaus bereits die Rede gewesen, dann wird es unsere Banken hart treffen. Die eigentliche Gefahr besteht wohl darin, dass sie hierzulande das Tempo immer noch mehr anheizen, statt es zu drosseln und vorsichtiger zu agieren. Erst gestern habe ich gehört, dass sie an mehr Devisen herankommen wollen, indem sie Depositkonten in anderen europäischen Ländern eröffnen wollen. Es gibt da irgendwelche Pläne, soweit ich weiß. Hast du jetzt etwa die Banken im Visier?«

»Ich weiß es nicht«, sagte Sigurður Óli. »Möglicherweise Leute, die bei diesen Banken arbeiten.«

»Isländische Kapitalbesitzer haben über ihre Firmen große Anteile an den Banken gekauft, und deswegen genießen sie Sonderrechte im Hinblick auf Konditionen für Kredite. Wenn so etwas bestimmte Größenordnungen erreicht, ist das nicht nur moralisch fragwürdig, sondern auch gefährlich. Sie benutzen die Banken, die ja öffentliche Aktiengesellschaften sind, zu ihren eigenen Zwecken. Sie teilen die größten Unternehmen hierzulande unter sich auf, und im Ausland kaufen sie alles, was ihnen unter die Finger kommt. Das Ganze wird durch Billigkredite angeheizt. Um den Wert der Gesellschaften zu steigern, inszenieren sie alle möglichen akrobatischen Transaktionen. Hinter solchen Wertsteigerungen steckt meist traurig wenig Kapital. Sie reißen sich das Geld der normalen Aktionäre unter den Nagel, indem sie ihnen die eigenen Anteile zu völlig überhöhten Preisen verkaufen. Die oberen Etagen in den Banken schanzen sich selber Optionsverträge für Hunderte von Millionen oder sogar Milliarden zu und nehmen in derselben Bank Kredite auf, die wiederum mit ihren Bankaktien abgesichert sind. Sie gehen überhaupt kein Risiko ein.«

»Ja, so etwas hört man ständig.«

»Auf diese Weise lassen sie sich für die Zusammenarbeit mit den Eignern bezahlen«, fuhr Gagga fort. »Und dann gibt es da noch diese ganzen Fälle von Cross ownership, wo die Eigentumsverhältnisse in Firmen sozusagen kreuz und quer mit anderen Firmen verquickt sind, alle haben Anteile bei allen. Es sind immer wieder dieselben Leute, die solche Geschäfte machen, die Kredite gewähren und aufnehmen. Gefährlich ist das vor allem deshalb, weil das ganze Kartenhaus zusammenstürzen wird, wenn auch nur ein Glied in der Kette bricht.«

Sigurður Óli sah seine Mutter nachdenklich an. »Ist das denn alles legal?«

»Ich gebe nur das wieder, was man so hört. Weshalb redest du nicht mit deinen Kollegen darüber? Oder hast du das schon getan?«

»Ich muss das wohl bald tun«, sagte Sigurður Óli und dachte an Finnur.

»Ich glaube, dass die isländischen Gesetze noch nicht einmal die Hälfte von dem abdecken, womit sich diese Leute befassen. Das, was im Parlament abläuft, ist lächerlich. Dort hinken sie dreißig Jahre hinter dem her, was hier passiert. Die debattieren doch nur über die Preise für landwirtschaftliche Erzeugnisse oder so etwas. Das Parlament hat überhaupt keinen Einfluss. Die Entscheidungen liegen bei den Ministern, und wenn sie überhaupt etwas tun, dann protegieren sie die Banker und die Expansionswikinger und ebnen ihnen sämtliche Wege. Sie düsen sogar in deren Privatjets in der Weltgeschichte herum. Es wird gemunkelt, dass die Schulden der Banken auf das Doppelte des Bruttosozialprodukts zusteuern, und niemand unternimmt etwas. Was ist denn das für eine Ermittlung bei dir?«

»Im Grunde genommen habe ich keine Ahnung«, sagte Sigurður Óli, »ich weiß noch nicht mal, ob meine Überlegungen irgendwie Sinn machen. Es geht darum, dass vier Banker zu einem Arbeitswochenende nach Snæfellsnes gefahren sind, aber nur drei kehrten zurück. Der vierte stürzte an den Klippen ab. So gesehen muss das nicht weiter verdächtig sein. Seine Leiche wurde erst Monate später gefunden, aber da war nicht mehr festzustellen, ob irgendeine Gewalteinwirkung stattgefunden hatte. Ein Jahr nach diesem Wochenendtrip wird die Sekretärin einer Unternehmensberatung überfallen und getötet. Die Firma hatte kurz vorher diese vier Männer zu einer Incentive-Fahrt eingeladen, und die Sekretärin und ihr Mann haben den Trip organisiert. Die Sekretärin steckte privat in der Klemme, sie und ihr Mann waren hoch verschuldet. Ein ausgeflippter Typ von der Sorte, die sich sehr leicht in Schwierigkeiten bringt.«

»Du musst also herausbekommen, ob vier Banker krumme Dinger gedreht haben, die einen von ihnen und ein Jahr später diese Frau das Leben gekostet haben?«

Sigurður Ólis Gesicht verzerrte sich. »Vielleicht auch nur zwei von diesen Bankern. Es müssen nicht unbedingt alle vier an irgendwelchen Machenschaften beteiligt gewesen sein.«

»Was für Machenschaften?«

»Ach, ich hab schon viel zu viel erzählt. Du darfst das auf gar keinen Fall irgendjemandem gegenüber erwähnen. Das wäre mein Ruin, ich habe ohnehin im Augenblick keinen sonderlich guten Stand. Wahrscheinlich mache ich auch zu viel Aufhebens um die Sache. Höchstwahrscheinlich geht es nur um Drogenschulden. Wir haben zwei Idioten in Haft, die wahrscheinlich für den Tod der Frau verantwortlich sind. Sie wollten sich ihr Geld holen und sind dabei zu weit gegangen.«

»In Bezug auf die Banken heutzutage kann man gar nicht übertreiben«, sagte Gagga. »Soweit man hört, bringen diese Geldhaie Millionen und Milliarden in sogenannten Steuer-Oasen in Sicherheit, um sich auf diese Weise ihren gesellschaftlichen Verpflichtungen hierzulande zu entziehen. Sie gründen ein Privatunternehmen nach dem anderen, über die sie dann Geschäfte abwickeln, bei denen alle möglichen Geheimkonten eine Rolle spielen. Die Chance, solchen Praktiken auf die Spur zu kommen, ist gleich null, denn in den Steuer-Oasen tut man alles dafür, dass nichts bekannt wird.«

»Und was ist mit Geldwäsche?«

»Da kenn ich mich nicht aus.«

»Vielleicht haben die vier die Bank beklaut.«

»Das wäre durchaus im Bereich des Möglichen, es würde mich zumindest nicht wundern.«

»Es wäre natürlich das Einfachste, davon auszugehen, sich auf diese Schiene einzuschießen, wenn der Verdacht auf irgendwelche illegalen Geschäfte besteht. Ich weiß nur, dass sie angeblich unglaublich kaltschnäuzig waren und dass irgendein großer Coup im Gange war.«

»Ein Coup?«

»Ja, irgendwelche Machenschaften. Die hatten angeblich einen unglaublich kaltschnäuzigen Plan, den sie zusammen ausgeheckt haben. Zu zweit, zu dritt oder zu viert.«

»Es muss womöglich noch nicht einmal etwas mit der Bank zu tun haben?«

»Nein. Ich habe mit einem von ihnen gesprochen.«

»Und?«

»Dabei kam nichts heraus. Er war so beschäftigt, dass er kaum Zeit für mich hatte. Er musste sich ein Kammerensemble für eine private Essenseinladung bestellen.«

»Ein Kammerensemble?«

Sigurður Óli hörte, dass Sæmundur im Wohnzimmer hustete, und hoffte, dass er jetzt nicht in die Küche kommen würde.

»Ich habe mich mit Bergþóra getroffen«, sagte er. »Wir sind jetzt endgültig im Reinen.«

»Ach, und was bedeutet das?«

»Es ist vorbei.«

»War es nicht längst vorbei?«

»Sie hat einen Neuen.«

»Und du bist deswegen ziemlich down?«

»Eigentlich ja.«

»Du wirst schon eine andere finden. Sie hat also der Beziehung ein Ende gemacht?«

»Ja. Sie ist wie gesagt eine neue Beziehung eingegangen.«

»Das sieht ihr ähnlich«, sagte Gagga.

»Was soll das heißen?«

»Sie fackelt nicht lange.«

»Du hast sie nie gemocht.«

»Nein«, sagte seine Mutter. »Das stimmt wahrscheinlich. Und trauere du ihr bloß nicht nach, das ist völlig unangebracht.«

»Wie kannst du so etwas sagen? Und du gibst es so einfach zu, dass du sie nicht gemocht hast?«

»Soll ich dir lieber etwas vorlügen? Du warst viel zu gut für Bergþóra. Das ist meine Meinung, und ich denke gar nicht daran, damit hinter dem Berg zu halten.«

Sigurður Óli starrte seine Mutter an. Eine Frage, über die er schon lange nachgedacht hatte, drängte sich ihm auf.

»Was hast du in Papa gesehen?«

Seine Mutter sah ihn an, als hätte sie die Frage nicht verstanden.

»Weshalb habt ihr euch damals zusammengetan?«

»Was soll das denn?«, entgegnete Gagga.

»Ihr seid so verschieden«, sagte Sigurður Óli. »Das musst du doch auch gesehen haben. Und trotzdem … Was war da zwischen euch?«

»Lassen wir das lieber.«

»Hast du nicht mehr von eurer Beziehung profitiert als er?«

»Ich? Profitiert?«

»Er hat dich während des Studiums unterstützt.«

»Mein Lieber! Die Menschen tun sich zusammen und trennen sich wieder, ohne dass es dafür besondere Gründe geben muss. So war es bei mir und deinem Vater. Der Fehler lag wahrscheinlich bei mir, das gebe ich gern zu. Und jetzt hör auf damit.«

Er machte sich Gedanken, ob es nicht schon viel zu spät war, als er die Klingel betätigte. Er wollte ihn nicht aus dem Bett holen. Es verging geraume Zeit, und er war schon im Begriff, wieder zu gehen, als von innen die Klinke heruntergedrückt wurde. Die Tür öffnete sich.

»Du bist es, Siggi?«, sagte sein Vater.

»Warst du schon im Bett?«

»Nein, überhaupt nicht. Komm rein, mein Lieber. Ist Bergþóra auch mitgekommen?«

»Nein, ich bin allein«, sagte Sigurður Óli.

Sein Vater trug einen alten, blauen Bademantel, der etwas offenstand und den Blick auf einen dünnen Plastikschlauch freigab. Er merkte, dass Sigurður Óli auf den Schlauch starrte.

»Ich hab immer noch den Katheter«, sagte sein Vater. »Er wird morgen entfernt.«

»Ach so. Und wie geht es dir sonst?«

»Gut. Leider habe ich überhaupt nichts im Haus, Siggi. Bist du nicht hungrig?«

»Nein, gar nicht. Ich wollte nur auf dem Nachhauseweg bei dir vorbeischauen und fragen, ob dir vielleicht etwas fehlt.«

»Mir fehlt nichts. Stört es dich, wenn ich mich hinlege?«

Sein Vater legte sich auf das Sofa im Wohnzimmer. Sigurður Óli setzte sich auf einen Sessel. Sein Vater schloss die Augen. Er sah sehr mitgenommen aus. Wahrscheinlich wäre es besser für ihn gewesen, wenn er noch etwas länger im Krankenhaus geblieben wäre, aber nirgendwo wurde so gekürzt wie im Gesundheitswesen. Die Leute wurden so schnell wie möglich aus dem Krankenhaus entlassen. Sigurður Óli sah sich im

Wohnzimmer um: Bücherschrank und Anrichte, ein alter Fernseher. Die eingerahmte Meisterprüfung zum Installateur. Zwei Fotos von ihm selber standen auf einem Tisch, und ein dreißig Jahres altes Bild von seinen Eltern. Sigurður Óli konnte sich genau an den Anlass erinnern, das Bild war an dem letzten Geburtstag entstanden, an dem sie noch alle zusammenlebten.

Er erzählte seinem Vater, wie es mit Bergþóra gelaufen war. Der hörte Sigurður Óli schweigend zu, der nicht viele Worte machte, sondern nur das Wichtigste berichtete. Er wartete auf eine Reaktion, doch die blieb aus. Nach einer Weile glaubte er, sein Vater sei eingeschlafen und wollte sich gerade auf Zehenspitzen davonmachen, als er die Augen halb öffnete.

»Ihr habt jedenfalls keine Kinder«, sagte er.

»Vielleicht wäre es anders gelaufen, wenn wir Kinder bekommen hätten«, sagte Sigurður Óli. Seinen Worten folgte ein langes Schweigen. Wieder glaubte er, sein Vater sei eingeschlafen. Er traute sich nicht, ihn zu wecken. Doch sein Vater öffnete auf einmal die Augen und sah Sigurður Óli an.

»Sie leiden am meisten darunter. Das wirst du wohl aus eigener Erfahrung wissen. Die Kinder sind immer die Leidtragenden.«

## *Zweiundvierzig*

Am darauffolgenden Tag fand Sigurður Óli heraus, dass einer der engsten Freunde von Þorfinnur Ragnar hieß und Isländisch an der Pädagogischen Hochschule unterrichtete. Auf den Namen war er in dem Polizeibericht über die Ereignisse auf Snæfellsnes gestoßen, denn dieser Ragnar hatte an der Suche nach seinem Freund teilgenommen. Sigurður Óli traf am frühen Nachmittag an der Hochschule ein und erkundigte sich nach Ragnar. Er erfuhr, dass er im Unterricht sei, aber das Seminar sei gleich zu Ende. Sigurður Óli wartete auf dem Korridor vor dem Hörsaal geduldig darauf, dass sich die Tür öffnete und die Studenten herauskamen.

Er brauchte nicht lange zu warten. Bald füllte sich der Korridor mit lebhaft diskutierenden Studenten mit ihren College-Taschen und Laptops. Handys klingelten. Ragnar unterhielt sich noch mit zwei Studenten, als Sigurður Óli sich in den Hörsaal hineintraute. Er hielt sich im Hintergrund, solange Ragnar auf die Fragen der Studenten einging, die sich anscheinend um eine Prüfung drehten, die der Dozent ihnen vorgelegt hatte. Offensichtlich hatten die Studenten schlecht abgeschnitten. »Es dreht sich einfach darum, sich etwas mehr ins Zeug zu legen«, hörte er Ragnar sagen.

Die Studenten verließen den Hörsaal ziemlich geknickt. Sigurður Óli stellte sich Ragnar vor und sagte, er wolle ihm einige Fragen über seinen Freund Þorfinnur stellen, der auf Snæfellsnes tödlich verunglückt war. Ragnar war gerade dabei, das Laptop in seiner Tasche zu verstauen, hielt aber inne, als er hörte, worum es ging. Er war relativ klein, hatte einen großen Mund mit fleischigen Lippen und große, treuherzige Augen, die unruhig blinzelten. Das rote Haar war voll und dicht, und er trug auffällige Koteletten. Sigurður Óli hatte nicht gewusst, dass so etwas jetzt wieder in Mode war.

»Endlich«, sagte er. »Das war aber auch an der Zeit, dass ihr euch endlich mal dazu bequemt.«

»Wozu?«, fragte Sigurður Óli.

»Na, diesen Fall zu untersuchen«, sagte Ragnar. »Es war alles andere als normal, wie er verunglückt ist.«

»Wieso sagst du das?«, fragte Sigurður Óli.

»Also, ich meine, die ganze Geschichte ist doch mehr als seltsam. Sie fahren zu viert nach Snæfellsnes und wollen angeblich gemeinsam etwas unternehmen, aber auf einmal ist Þorfinnur ganz allein unterwegs und verschwindet.«

»Das ist nicht das erste Mal, dass so etwas passiert«, entgegnete Sigurður Óli. »Überall in Island ereignen sich Unfälle dieser Art. Das hat einfach etwas mit dem Wetter und den landschaftlichen Gegebenheiten zu tun.«

»Ich hatte alle möglichen Einwände, auf die überhaupt nicht eingegangen wurde. Diese Männer, die bei ihm waren, ließen beispielsweise ziemlich viel Zeit verstreichen, bevor sie etwas unternommen haben. Und ihre Aussagen stimmten keineswegs in allen Punkten überein, sie waren widersprüchlich, beispielsweise in Bezug darauf, wann sie losgefahren sind und wann sie wieder zurückkommen wollten. Und dieser Sverrir hat einfach nur Schwachsinn geredet.«

»Inwiefern?«

»Er sagte, Þorfinnur hätte unter gar keinen Umständen allein weitergehen dürfen. Sie hätten zusammenbleiben müssen. Er behauptete, dass Þorfinnur darauf bestanden hätte, dass Sverrir allein zum Auto ging. Aber weshalb? Dazu hat er sich nicht geäußert. Er hat nur gesagt, dass Þorfinnur allein in der Lava weiterwandern wollte, und er selber sei zum Auto zurückgegangen.«

»Ist das nicht eine glaubwürdige Erklärung dafür, was passiert ist?«

»Jeder weiß, dass man dort immer auf der Hut sein muss, dass ohne Vorwarnung schlimme Unwetter hereinbrechen können. Und überall lauern Gefahren, Steilklippen und Spalten, vor denen man sich in Acht nehmen muss. Gerade an den Klippen von Svörtuloft.«

»Unternahm Þorfinnur öfter solche Wanderungen?«

»Ja, das tat er. Er war ein richtiger Trekking-Freak.«

»Hat er jemals eine Frau namens Sigurlína oder Lína erwähnt? Sie hat mit diesen Bankern und anderen kurz vor dem Unglück eine Gletschertour unternommen.«

»Nein, daran kann ich mich nicht erinnern.« Ragnar sah Sigurður Óli fragend an. »Ist das nicht die Frau, die umgebracht wurde? Hieß sie nicht so?«

»Ja.«

»Besteht zwischen diesen Vorfällen eine Verbindung? Bist du deswegen hier?«

Ragnars große Augen waren unverwandt auf Sigurður Óli gerichtet.

»Darüber kann ich nichts sagen«, antwortete der. »Wir sind dabei, die Hintergründe auszuleuchten. Wir wollen wissen, womit sie sich befasste. Dazu gehört auch diese Gletschertour mit einer Gruppe von isländischen Bankern und ein paar Ausländern. Weißt du, womit dein Freund und diese anderen bei der Bank befasst waren?«

»Ich hab das nie so richtig begriffen«, sagte Ragnar. »Ich weiß, dass Þorfinnur irgendetwas mit Geldmarktfonds und mit Rentenversicherungskapital zu tun hatte. Darauf sind wir aber nie näher eingegangen, weil mich Gespräche über Geld und alles, was damit zusammenhängt, anöden, deswegen haben wir das Thema möglichst vermieden.«

»Ich gehe davon aus, dass er ein aufrechter Charakter war.«

»Grundanständig, und zwar in allem, was er machte.«

»Hat er jemals über irgendwelche Probleme in der Bank gesprochen?«

»Nein.«

»Oder über seine Arbeitskollegen beziehungsweise Freunde in der Bank, die mit ihm in Snæfellsnes waren?«

»Nein. Freunde waren sie meines Wissens nicht. Þorfinnur hat sie kennengelernt, als er vor vier oder fünf Jahren in der Bank angefangen hat.«

»Sie sind also keine langjährigen Freunde?«

»Er hat sie nie so genannt, und ich glaube, er war keineswegs sonderlich darauf erpicht, mit ihnen nach

Snæfellsnes zu fahren. Er hätte am liebsten einen Rückzieher gemacht.«

»Trotzdem ist er mitgefahren.«

»Ja, und nicht zurückgekehrt.«

* * *

Sverrir ließ Sigurður Óli eine Dreiviertelstunde vor seinem Büro warten, bevor er sich blicken ließ. Währenddessen eilten Bankangestellte auf dem Flur hin und her, ohne Sigurður Óli auch nur eines Blickes zu würdigen.

Endlich öffnete Sverrir die Tür, steckte den Kopf heraus und starrte ihn an.

»Du bist Sigurður?«, fragte er.

»Sigurður Óli, ja.«

»Und was willst du von mir?«

»Ich möchte mit dir über Þorfinnur sprechen.«

»Bist du von der Polizei?«

»Ja.«

»Wozu rollt ihr das denn jetzt wieder auf?«

Da Sverrir keine Anstalten machte, ihn in sein Büro zu bitten, blieb Sigurður Óli auf seinem Stuhl sitzen. Der war mit einem kleinen Tisch verbunden, auf dem Zeitschriften lagen, die er sich nicht angesehen hatte.

»Möchtest du, dass wir hier auf dem Flur miteinander reden?«, fragte Sigurður Óli.

»Nein, selbstverständlich nicht, entschuldige. Bitte, komm herein.«

Sverrirs helles, geräumiges Büro war mit einer modernen Ledergarnitur ausgestattet. Auf den beiden Flachbildschirmen an der Wand waren die Devisenkurse und diverse andere Tabellen zu sehen.

»Hat es Spannungen zwischen dir und Þorfinnur gegeben? Haben sich deswegen eure Wege getrennt?«, fragte Sigurður Óli und setzte sich Sverrir gegenüber an den Schreibtisch.

»Spannungen? Wieso fragst du nach so langer Zeit danach? Ist etwas Neues ans Licht gekommen? Spannungen? Woher hast du diese Information? Du bist derjenige, der mit Knútur geredet hat?«

Die Fragen sprudelten nur so aus Sverrir heraus. Sigurður Óli überlegte, ob er auf alle eingehen sollte.

»Knútur hat mir Fragen beantwortet, dich ich ihm in Bezug auf Sigurlína gestellt habe. Sie hat behauptet, ihr wärt dabei, einen unglaublich kaltschnäuzigen Plan durchzuziehen. Und deshalb befasse ich mich jetzt damit. Wie du schon richtig bemerkt hast, das ist das Neue an dem Fall. Was hattet ihr da eigentlich vor, und weshalb seid ihr kaltschnäuzig?«

Sverrir sah Sigurður Óli lange an.

»Ich habe keine Ahnung, worauf du hinaus willst«, sagte er. »Knútur ist zu mir hochgekommen und hat mir erzählt, dass du dich mit ihm über Þorfinnur unterhalten hast, und zwar mit allen möglichen Andeutungen und Anspielungen. Ich finde das geschmacklos.«

»Hast du Sigurlína Þorgrímsdóttir gekannt?«

»Ich konnte mich nur deswegen an sie erinnern, weil Knútur meine Erinnerungen an diese Gletschertour ein wenig aufgefrischt hat. Ich hatte keine Ahnung, dass es sich um die Frau handelte, die überfallen wurde.«

»Was ist da zwischen dir und Þorfinnur vorgefallen? Weshalb bist du allein zum Auto zurückgekehrt? Habt ihr euch gestritten? Was ist passiert?«

»Du hast doch wohl die Berichte gelesen. Denen habe ich nichts hinzuzufügen. Ich wollte ihn in Beruvík abholen, aber er ist nie dort angekommen.«

»Soweit ich gehört habe, konnte er störrisch und unnachgiebig sein, so hat sich jedenfalls jemand über ihn geäußert.«

»Das konnte er sein, oh ja. Er wollte noch ein Stück weiterlaufen, weiter, als ich in Anbetracht der vorgerückten Zeit und des Wetters für ratsam hielt. Ich wollte zurück zum Auto, aber er wollte weiterlaufen. Wir einigten uns darauf, dass ich zum Auto gehen und ihn in Beruvík abholen sollte, dorthin führt ein fahrbarer Weg durch die Lava.«

»Er ist also stur weitermarschiert, und dir ist es nicht gelungen, ihn davon abzuhalten. Und dann tauchte er nicht wieder auf.«

»Es steht alles in den Berichten. Und er ist nicht einfach weitermarschiert. Er war zum ersten Mal dort, und die Landschaft faszinierte ihn.«

»Du bist schon öfter dort gewesen?«

»Oh ja. Ich stamme aus der Gegend.«

»Und du kennst dich dort gut aus?«

»Ja.«

»War es deine Idee, dort hinzufahren?«

»Ja, man kann vielleicht sagen, dass sie von mir stammt«, sagte Sverrir nach kurzem Überlegen.

»Und du bist schon oft in der Lava unterwegs gewesen?«

»Oft nicht.«

»Aber du weißt, wie gefährlich das sein kann. Trotzdem hast du ihn allein weitergehen lassen.«

»Dort ist es nicht gefährlicher als an tausend anderen

Stellen in Island. Man muss einfach die nötige Vorsicht walten lassen.«

»Was war das für ein Coup, den Sigurlína erwähnt hat?«, fragte Sigurður Óli.

»Da war nichts, und von einem Coup kann keine Rede sein«, entgegnete Sverrir. »Ich weiß nicht, was sie damit gemeint hat oder in welchem Zusammenhang sie das gesagt hat. Vielleicht war es einfach ein Witz?«

»Den Eindruck hatte ihr Mann nicht.«

»Den kenne ich nicht. Und die Dame habe ich auch nicht gekannt, und ich habe keine Ahnung, weshalb sie diesen Unsinn über uns erzählt hat.«

»Kurze Zeit später ist einer von euch tödlich verunglückt, im gleichen Herbst.«

»Ich glaube, ich kann dir da nicht weiterhelfen. Ich bin sehr beschäftigt, meine Zeit ist äußerst knapp bemessen.«

Sverrir stand auf.

»Seine Leiche wurde in der kleinen Bucht von Skarðsvík angetrieben. Bist du schon einmal dort gewesen?«

»Ja. Er hat zu viel riskiert, er ist verunglückt. Der Fall war abgeschlossen, das sollte ich dir eigentlich nicht sagen müssen.«

»Der Zustand der Leiche nach dem monatelangen Aufenthalt im Meer war so, dass bei der Obduktion keine Verletzungen mehr festgestellt werden konnten«, sagte Sigurður Óli und stand ebenfalls auf. »Du hast Sigurlína nicht näher kennengelernt?«

»Nein!«

»Sie war das, was man sehr freizügig nennt, sie hat sich ihren Spaß mit Männern gemacht und es genossen, sie um den Finger zu wickeln, sogar völlig charakterfeste und anständige Männer.«

»Tja, also, wie gesagt, ich kannte sie überhaupt nicht«, sagte Sverrir und öffnete die Tür.

»Sagen dir die Namen Þórarinn und Hörður etwas, ihre Spitznamen sind Toggi und Höddi? Der eine ist Lieferwagenfahrer, der andere hat eine Reparaturwerkstatt. Beide dumm wie Bohnenstroh.«

»Die kenne ich nicht. Wieso sollte ich?«

»Sie arbeiten beide nebenbei als Schuldeneintreiber. Der eine hat Sigurlína umgebracht, dieser Toggi, der hat auch den Beinamen Sprint, weil er wie ein Irrer rennt. Ich glaube, der Mann wird ziemlich bald gesprächig werden und auspacken. Vielleicht sehen wir uns dann wieder.«

»Soll das eine Drohung sein?«

»Würde mir nicht im Traum einfallen«, erklärte Sigurður Óli. »Hat einer von euch mit dieser Sigurlína geschlafen?«

»Ich nicht«, sagte Sverrir. »Und ich betone noch einmal, dass ich alle diese Fragen völlig unpassend und geschmacklos finde. Ich habe keine Ahnung, wonach du suchst, aber ich bin mir sehr sicher, dass es auch eine andere Vorgehensweise gibt.«

## *Dreiundvierzig*

Der vierte Mann, der bei dem schicksalhaften Arbeitswochenende auf Snæfellsnes dabei gewesen war, hieß Arnar, und sein Büro lag eine Etage höher als das von Sverrir. Nachdem Sigurður Óli sich im Empfang erkundigt hatte, fuhr er im Aufzug nach oben und hatte keine Probleme, die Tür mit dem Namensschild von Arnar Jósefsson zu finden. Er klopfte einige Male dezent an, und als sich nichts rührte, öffnete er selber die Tür. Arnar war mit dem Handy am Ohr vom Schreibtisch aufgestanden und sah Sigurður Óli fragend an.

»Ich würde gerne mit dir über Þorfinnur reden. Er hat hier gearbeitet und ist tödlich verunglückt.«

Arnar entschuldigte sich bei seinem Gesprächspartner, versprach zurückzurufen und beendete das Gespräch.

»Ich kann nicht sehen, dass du einen Termin bei mir hast«, sagte er, während er in seinem Kalender auf dem Schreibtisch blätterte.

»Nein, den habe ich auch nicht«, entgegnete Sigurður Óli. Er stellte sich in knappen Worten vor und ging kurz auf den Grund für seinen Besuch ein. »Ist es korrekt, dass du seinerzeit mit deinen Kollegen unterwegs warst, als Þorfinnur verunglückte?«

Arnar hörte auf, in seinem Kalender zu blättern, bedeutete Sigurður Óli, Platz zu nehmen, und setzte sich selber hinter seinen Schreibtisch.

»Wird etwa noch einmal in dem Fall ermittelt?«

»Kannst du mir in groben Zügen sagen, was damals passiert ist?«, entgegnete Sigurður Óli, ohne auf die Frage einzugehen.

Arnar gab sich damit zufrieden und begann, Sigurður Óli zu schildern, was auf dieser Reise passiert war, als sein Kollege Þorfinnur verunglückte. Seine Darstellung stimmte mit dem überein, was sowohl Knútur als auch Sverrir gesagt hatten. Arnar bestätigte, dass Sverrir Þorfinnur als Letzter lebend gesehen hatte.

»Was für ein Verhältnis hattet ihr zueinander?«, fragte Sigurður Óli. »Wart ihr gut befreundet?«

»Ich habe wohl das Recht zu wissen, weshalb du diese Fragen stellst.«

»Deine Freunde haben dir nichts erzählt?«

»Knútur hat mit mir gesprochen, er hat keine Ahnung, was da im Gange ist.«

»Nein. Das wird sich noch herausstellen. Wart ihr vier eng befreundet?«

»Befreundet? Das kann man so nicht sagen. Wir waren nur relativ gut miteinander bekannt.«

»Ihr habt zusammengearbeitet?«

»Natürlich haben wir zusammengearbeitet, wir waren ja alle bei derselben Bank. Was genau möchtest du von mir wissen?«

Sigurður Óli holte ein zusammengefaltetes Blatt Papier aus der Innentasche seines Mantels.

»Kannst du mir sagen, was für Leute das sind?«, fragte Sigurður Óli und reichte Arnar die Liste mit den Namen der Leute, die mit auf der Gletschertour waren.

Arnar nahm die Liste entgegen, ging sie kurz durch und reichte dann Sigurður Óli das Blatt zurück.

»Nein, nur die Leute, die uns dazu eingeladen haben, die von dem Wirtschaftsprüfungsunternehmen.«

»Diese Ausländer kennst du nicht?«

»Nein«, erklärte Arnar.

»Du hast auf dieser Reise eine gewisse Sigurlína Þorgrímsdóttir von dem Wirtschaftsprüfungsunternehmen kennengelernt. Ging diese Bekanntschaft tiefer?«

»Nein. Sie hat die Fahrt organisiert, nicht wahr?«

»Das passt. Hat einer von deinen Bankkollegen die Bekanntschaft mit ihr intensiviert?«

»Ich glaube nicht.«

»Keiner?«

»Nein. Es wäre auch nur Þorfinnur in Frage gekommen«, sagte Arnar und sah sich bemüßigt hinzuzufügen: »Er war nicht verheiratet.«

»Soweit ich weiß, hat das für sie keine Rolle gespielt«, sagte Sigurður Óli. »Wie gut hat er Sigurlína gekannt?«

»Ich habe damit nur gemeint, dass sie mit ihm flirtete, ihn anzumachen versuchte und so etwas. Þorfinnur war ziemlich gehemmt, was Frauen betrifft. Er war richtig unbeholfen in weiblicher Gesellschaft. Gibt es sonst noch etwas? Ich möchte nicht unhöflich sein, aber ich bin außerordentlich beschäftigt.«

»Und, war etwas zwischen ihnen?«

»Nein«, sagte Arnar, »nicht, dass ich wüsste.«

»Aber zwischen ihr und Sverrir oder Knútur?«

»Ich weiß nicht, worauf du hinauswillst.«

»Sigurlína war so«, entgegnete Sigurður Óli, »wenn du verstehst, was ich meine.«

»Danach musst du die beiden schon selber fragen.«

Bevor er das Bankgebäude verließ, stattete Sigurður noch einmal Sverrir und Knútur einen kurzen Besuch ab, um ihnen die Liste mit den Namen zu zeigen und ihnen dieselbe Frage zu stellen wie Arnar, ob sie die Namen auf der Liste kannten. Er hatte sie ihnen absichtlich nicht gleich beim ersten Besuch gezeigt, um sie zu überrumpeln und konfus zu machen und sie im Ungewissen darüber zu lassen, über welche Informationen er verfügte. Sverrir sah sich das Blatt kaum an, reichte es Sigurður Óli zurück und sagte, dass er keinen von den anderen Teilnehmern gekannt hatte. Knútur nahm sich etwas mehr Zeit, sich die Namen anzusehen. Er wirkte in Sigurður Ólis Nähe unsicherer als die beiden anderen, sagte aber das Gleiche, er habe außer seinen Kollegen niemanden auf dieser Reise gekannt.

»Ganz sicher?«, fragte Sigurður Óli.

»Ja, absolut«, antwortete Knútur.

Er ging zum Ausgang, als jemand seinen Namen rief. Er drehte sich um und sah seine Klassenkameradin Steinunn mit einem strahlenden Lächeln auf ihn zukommen. Er hatte sie seit dem Klassentreffen nicht mehr gesehen, wo sie ihm über ihre neue Arbeit in der Bank erzählt hatte. Und sie hatte erwähnt, dass er nicht ihr Typ sei.

»Was machst du denn hier, brauchst du ein Darlehen?«, fragte Steinunn mit den blonden Haaren, den dunklen Augenbrauen und der knallengen schwarzen Hose, eine dralle Barbie.

»Nein, ich …«

»Wolltest du zu Goofy?«, fragte sie. »Der macht Urlaub in Florida.«

»Nein, ich habe mit ein paar anderen Leuten hier im Haus gesprochen«, antwortete Sigurður Óli. »Wie geht's dir?«

»Prima. Es macht Spaß, hier zu arbeiten, das ist was anderes als beim Finanzamt. Du hast bestimmt genug zu tun, zwei Morde in Reykjavík, ist das nicht ein bisschen übertrieben?«

»Ja. Ich bin mit dem Fall der Frau beschäftigt, die erschlagen wurde.«

»Grauenvoll, so zu enden. Ich habe gehört, dass es ein Geldeintreiber gewesen sein soll. Stimmt das? Man hört ja so einiges.«

»Das wird sich alles herausstellen«, sagte Sigurður Óli. Steinunn war offensichtlich nichts darüber zu Ohren gekommen, dass Patrekur zur Vernehmung vorgeladen worden war, und darüber war er froh.

»Diese Typen haben auch überall ihre Finger drin«, sagte Steinunn.

»Ja.«

»Wer hat da neulich noch über diese Typen gesprochen?«, sagte sie wie zu sich selber.

»Hat jemand, den du kennst, über Geldeintreiber gesprochen?«

»Ja, irgendwie im Zusammenhang mit Mobbing in der Schule, aber ich kann mich nicht mehr genau erinnern. Auf jeden Fall hat der Typ dem ein Ende bereitet.«

»Wer war das?«

»Der Schuldeneintreiber? Keine Ahnung.«

»Nein, ich meine, wer hat dir das erzählt?«

»Wie gesagt, ich erinnere mich nicht mehr, wo ich das gehört habe. Ich lass es dich wissen, wenn es mir wieder einfällt. Es war jemand, den wir beide kennen.

Glaube ich zumindest. Aber vielleicht bringe ich da auch was total durcheinander. Möglicherweise habe ich es auch im Finanzamt gehört.«

»Du sagst mir Bescheid«, sagte Sigurður Óli.

»Nett, dich getroffen zu haben. Grüß Bergþóra von mir, oder ist es zwischen euch völlig vorbei?«

»Bis demnächst«, sagte Sigurður Óli und sah zu, dass er aus dem Gebäude kam.

## *Vierundvierzig*

Kolfinna, Línas Kollegin bei der Unternehmensberatung, hatte Sigurður Óli die Listen mit den Namen derjenigen überlassen, die an den Gletschertouren der Firma teilgenommen hatten. Sie hatte sich sofort an ihn erinnert, als Sigurður Óli sich wieder bei ihr meldete. Aber sie war sehr in Eile wegen einer Besprechung, die sie vorbereiten musste. Also rannte Sigurður Óli über die Flure des Unternehmens neben ihr her, bis er sie endlich dazu bringen konnte, etwas langsamer zu gehen. Er reichte ihr die zweite Namensliste.

»Könntest du die vielleicht mit mir durchgehen? Ich muss wissen, was für Leute das sind«, bat er sie.

»Ich bin echt unter Zeitdruck.«

»Ist dir inzwischen etwas mehr zu Lína eingefallen?«

»Haben diese Leute etwas mit ihr zu tun?«, fragte Kolfinna und blickte auf die Liste. »Scheiße, die Besprechung hat schon angefangen«, sagte sie nach einem Blick auf ihre Armbanduhr.

»Ich weiß es nicht«, sagte Sigurður Óli. »Den kenne ich«, sagte er, indem er auf Patrekurs Namen am Ende der Liste deutete. »Und diesen Hermann auch. Und ich weiß, wer diese vier sind«, sagte er und ließ den Finger an den Namen der vier Banker entlanggleiten. »Lína und Ebeneser natürlich auch. Da sind aber noch jede Menge andere Namen, drei Ausländer beispielsweise, oder sind es vielleicht gar keine Ausländer?«

»Den Namen nach zu urteilen, ja. Meinst du, dass sie hier in Island leben oder die isländische Staatsbürgerschaft haben?«

»Weißt du, wer die anderen Leute sind?«

»Die beiden hier arbeiten bei uns, Snorri und Einar. Sie sind meines Wissens für den hier zuständig, Guðmundur, das ist ein ganz großer Fisch, und auch für diesen Ísak, ebenfalls ein sehr wichtiger Kunde. Die Ausländer kenne ich nicht. Vielleicht solltest du mit Snorri reden, der könnte etwas wissen.«

»Snorri?«

»Er ist unser Verbindungsmann zur Hauptniederlassung. Vielleicht kennt er diese Ausländer. Sorry, ich muss jetzt wirklich los. Nett, dich zu sehen.«

Snorri war kaum weniger beschäftigt als Kolfinna, und Sigurður Óli musste sich damit abfinden, zwanzig Minuten vor seinem Büro zu warten, bevor sich die Tür öffnete und er hineingebeten wurde. Während ihres Gesprächs klingelte ständig das Telefon.

Sigurður Óli informierte Snorri über den Stand der Dinge und sagte ihm, weshalb er Auskünfte über die Ausländer brauchte, die an dieser Incentive-Fahrt teilgenommen hatten. Er erwähnte weder den Überfall auf Sigurlína noch Þorfinnurs Tod noch ließ er einfließen, dass sich die Kriminalpolizei dafür interessierte, welche internen und persönlichen Verbindungen es gab. Snorri überflog die Liste. Er war ein schlanker, drahtiger Typ, der sich offensichtlich im Fitness-Studio einiges abverlangte. Er hatte die Antworten sofort parat und verlor sich nicht in Nebensächlichkeiten.

»Diese beiden sind bei unserer Firma«, sagte Snorri und zeigte auf die Namen von zwei Ausländern. »Wir sind im Grunde genommen nur eine Dependance eines internationalen Wirtschaftsprüfungs- und Beratungsunternehmens, das sieht man ja schon am Namen. Diese beiden sind für die Kommunikation der Filialen mit der Zentrale zuständig, sowohl hier in Island als auch in den anderen skandinavischen Ländern. Sie besuchen uns regelmäßig, und wir hielten es damals für eine gute Idee, sie zu dieser Incentive-Fahrt auf den Gletscher einzuladen. Soweit ich weiß, waren sie begeistert.«

»Und der hier?«, fragte Sigurður Óli und deutete auf den dritten Namen.

»Hm, über den weiß ich wenig«, sagte Snorri. »Ich meine aber, er wäre mit den vier Leuten von der isländischen Bank zusammen gewesen. Aber wir können ihn ja mal unter die Lupe nehmen.«

»Wenn es dir nichts ausmacht«, sagte Sigurður Óli.

»Kein Problem.«

Snorri öffnete eine Suchmaschine im Internet und gab den Namen des Mannes ein. Eine ganze Reihe von Links tauchte auf, und er öffnete den obersten, schloss ihn aber gleich wieder. Dann den nächsten. Nach einer knappen Minute hatte er die Informationen, die er brauchte.

»Er hat eine leitende Position in einer Luxemburger Bank«, sagte Snorri. »Kein Top-Manager, aber eine gute Position. Mittlere Führungsebene. Alain Sörensen. Vater Franzose, Mutter Schwedin. Geboren 1969, in Schweden aufgewachsen. Experte in SWAP-Geschäften. Verheiratet, zwei Kinder. Ausbildung in Frankreich. Hobbys: Fahrradfahren und Reisen. Ist das der Mann?«, fragte Snorri und sah von seinem Monitor auf.

»Es ist derselbe Name«, sagte Sigurður Óli.

»Also mit unserer Firma hat er nichts zu tun, das kann ich mit einiger Sicherheit sagen.«

»Dann ist es wohl wahrscheinlich, dass er über die isländischen Banker mit eingeladen wurde?«

»Sehr wahrscheinlich. Sie waren die einzigen in dieser Gruppe, die Verbindungen zu ausländischen Banken hatten.«

Sigurður Óli musste sofort an die drei Männer denken, die behauptet hatten, niemanden auf der Liste zu kennen, als er sie ihnen vorgelegt hatte.

»Worum geht es?«, fragte Snorri. »Die Polizei wird sich ja wohl kaum dafür interessieren, wenn sich irgendwelche Banker treffen?«

»Sollte man eigentlich meinen«, entgegnete Sigurður Óli. »Kannst du mir ein wenig darüber erzählen, was in der Finanzwelt eigentlich los ist? All diese Banken, all diese neuen Milliardäre und dieser ganze Cash-Flow.«

»Das ist gar nicht kompliziert«, erklärte Snorri.

»Sind das alles Finanzgenies?«

»Weit entfernt. Das Problem ist, dass die wenigsten von denen, die sich diese neuen Milliardendeals an Land ziehen, die wenigsten von denen, die wir hier in Island Expansionswikinger nennen, sich wirklich in der Finanzwirtschaft auskennen, und nicht wenige von ihnen verfügen nur über eine durchschnittliche Intelligenz.«

»Mich fasziniert, ehrlich gesagt, aber doch, was sie alles erreicht haben«, sagte Sigurður Óli.

»Ja, ja. Na klar, die kaufen große Unternehmen in Dänemark und England auf, und Island hat auf diese Weise international von sich reden gemacht. Manche von ihnen sind cleverer als andere, und selbstverständlich hat das Wachstum der Banken hierzulande unglaublich viele Arbeitsplätze geschaffen, nicht zuletzt für Leute wie mich. Auch die Nation hat finanziell gewaltig davon profitiert. Aber Finanzgenies sind sie nicht. Die haben bloß rausgefunden, dass es überall auf der Welt Unmengen von billigen Krediten gibt, Kurzzeitdarlehen, und auf diese Darlehen stürzen sie sich. Es sind gar nicht so viele Leute, aber zwischen ihnen gibt es ein regelrechtes Spinnennetz von Eigneranteilen, und sie nehmen sämtliche Darlehen, die sie bekommen können. Und dann leihen sie sich selber Geld oder ihren Firmen oder wem auch immer, um Unternehmen aufzukaufen oder Anteile an Banken und Fluggesellschaften zu kaufen, und bezahlen dafür horrende Summen – und immer wieder stecken dieselben Personen dahinter.«

»Ist das nicht okay?«, fragte Sigurður Óli.

»Oberflächlich betrachtet scheffeln sie Geld und sammeln Unternehmen«, sagte Snorri. »Aber in Wirklichkeit steigen nur die Aktien in ihren Gesellschaften, und zwar so, dass alle glauben müssen, sie würden gewaltig Profit machen, und damit steigt ihre Kreditwürdigkeit. Es deutet aber einiges darauf hin, dass sie selber den Wert ihrer Aktien überdimensional in die Höhe treiben. Wenn Privatpersonen und sogenannte institutionelle Investoren wie beispielsweise die Rentenversicherungen sehen, dass Aktien im Wert steigen, klinken sie sich ein und kaufen diese Aktien. Aufgrund dieser angeblichen Wertsteigerung können dann unsere Wikinger wieder neue Kredite bekommen. Die Steigerung als solche ist beeinflusst von einer Unternehmensbewertung, die völlig unrealistisch ist. Und so weiter und so fort.«

»Unterliegt denn so etwas überhaupt keiner Kontrolle?«

»Diese Leute bestimmen selber den Wert ihrer Firmen. Zum Beispiel operieren sie mit dem sogenannten Goodwill-Unternehmenswert, der im Grunde genommen nichts anderes als eine spekulative Prognose über einen zukünftigen Wert der Firma ist, und setzen ihn mit dem faktischen Unternehmenswert gleich. Streng genommen beruhen diese Zahlen, die in die Milliarden gehen können, auf purer Fantasie. Kontrolle gibt es da so gut wie keine.«

»Goodwill-Unternehmenswert?«, murmelte Sigurður Óli.

»Die tun alles, was in ihrer Macht steht, um die Zahlen zu schönen«, sagte Snorri. »Wenn man nach diesem Modell verfährt, darf allerdings nichts aus dem Ruder laufen, sonst platzt die Seifenblase. Nicht ein einziger Kredit darf ausfallen, dann geht alles zum Teufel. Dir ist offensichtlich noch nie etwas über den Goodwill-Unternehmenswert zu Ohren gekommen, da kannst du dich ja auf etwas gefasst machen, wenn du erst mal was von Kreditlinien hörst.«

»Aber ist dann nicht so eine Firma wie diese hier verantwortlich dafür, dass das alles mit rechten Dingen zugeht?«

»Das ist ja mein Reden. Deshalb sind wir auch dabei, uns so peu à peu aus der Tätigkeit für diese Leute herauszuziehen«, erklärte Snorri. »Ich habe hier im Haus dafür gekämpft, und allmählich hört man auf mich. Wir nehmen nicht mehr an so etwas teil.«

»Und dieser Alain Sörensen?«

»Den kenn ich nicht«, sagte Snorri. »In den Banken wird so einiges praktiziert, was die Überführung von Geldern in Steuer-Oasen und dergleichen betrifft. Aber den Mann kenne ich nicht.«

»In Steuer-Oasen?«

»Nein. Der sitzt ja in Luxemburg. Sehr viele von diesen Transfers laufen über Luxemburg.«

## *Fünfundvierzig*

Am Nachmittag wurden Þórarinn und Hörður weiter vernommen. Sigurður Óli und Finnur führten sie in Litla-Hraun durch, wohin man die beiden überführt hatte, nachdem die Untersuchungshaft verfügt worden war. Sie begannen mit Þórarinn. Sigurður Óli hatte Finnur über seine Recherchen in Bezug auf Línas Kontakte zu den Bankern informiert. Er hatte ihm auch mitgeteilt, dass er sich mit den Bankern unterhalten hatte, dass jedoch nicht viel dabei herausgekommen sei. Sie einigten sich auf eine gemeinsame Taktik beim Verhör von Þórarinn, der bislang außerordentlich unkooperativ gewesen war. Es war an der Zeit, ihm deutlich klarzumachen, in was für einer Lage er sich befand.

»Ein ermüdender Zeitgenosse«, bemerkte Finnur.

»Unerträglich«, stimmte Sigurður Óli zu.

Der Untersuchungshäftling schien guter Dinge zu sein, als er, gefolgt von seinem Rechtsanwalt, in das Vernehmungszimmer geführt wurde. Er setzte sich grinsend und breitbeinig auf den ihm zugewiesenen Stuhl und schlug mit einem Fuß rhythmisch auf den Boden.

»Gibt's hier eigentlich auch was anderes als Haferbrei zu fressen?«, fragte er.

»Du solltest versuchen, dich daran zu gewöhnen«, sagte Finnur.

Sigurður Óli schaltete das Aufnahmegerät ein und eröffnete das Verhör mit der Frage, die er bereits zuvor gestellt hatte: Weshalb Þórarinn mit einem Baseballschläger bewaffnet zu Lína nach Hause gekommen war und sie so zugerichtet hatte, dass es ihren Tod herbeiführte. Þórarinn hielt sich an seine Aussage, dass sie ihm Geld für Drogen geschuldet hatte und dass es nicht seine Absicht gewesen sei, so weit zu gehen. Er sprach immer noch von Notwehr.

»In Ordnung«, sagte Sigurður Óli. »Etwas anderes. Kennst du einen Banker namens Sverrir?«

»Wer ist das?«

»Antworte auf meine Frage!«

»Ich kenne keinen Sverrir. Was behauptet der? Der lügt sich was über mich zusammen! Ich kenn den Typ überhaupt nicht.«

»Und einen Mann namens Arnar? Der arbeitet bei derselben Bank.«

»Kenn ich nicht.«

»Und der Dritte, nach dem ich dich frage, heißt Knútur. Kommt dir der Name bekannt vor?«

»Nein.«

»Und dann ist da noch Þorfinnur.«

»Nein. Was sind das für Leute?«

»Waren diese Männer, die ich genannt habe, Kunden von dir?«

»Nein.«

»Hast du sonstige Verbindungen zu ihnen gehabt?«

»Nein.«

»Hat einer von denen mit dir über Lína gesprochen?«

»Ich hab doch gesagt, ich kenne diese Leute nicht.«

»Du streitest also ab, Kontakte zu ihnen gehabt zu haben?«

»Ja. Ich kenne sie nicht.«

»Hast du den Namen Alain Sörensen schon einmal gehört?«

»Wer zum Teufel soll das sein?«

»Schon gut«, sagte Sigurður Óli. »Das wär's auch schon. Vielen Dank.«

Er streckte die Hand nach dem Aufnahmegerät aus und schaltete es aus.

»Gut, du wirst also zu lebenslänglich verurteilt werden, da du alleinverantwortlich für den Tod von Lína bist«, erklärte Sigurður Óli. »Da hast du, was du wolltest und bist jetzt sicher zufrieden. Herzlichen Glückwunsch.«

»Was? Ist es schon vorbei?«, fragte Þórarinn erstaunt. »Was sind das für Leute, nach denen du mich gefragt hast?«

»Meiner Ansicht nach ist der Fall eindeutig«, sagte Finnur zu Þórarinns Rechtsanwalt. Sowohl er als auch Sigurður Óli schenkten dem Häftling keine Beachtung mehr, sondern hielten sich an den Rechtsanwalt. Sie erklärten, dass der Fall aus ihrer Sicht aufgeklärt sei, mit Þórarinn habe die Polizei nichts mehr zu besprechen, das Ganze ginge jetzt direkt an den Staatsanwalt. Þórarinn lauschte aufmerksam. Langsam, aber sicher schien ihm zu dämmern, dass er zu einer Randfigur geworden war.

»Wir gehen davon aus, dass er bis zur Urteilsverkündung hier in Litla-Hraun in Untersuchungshaft bleiben wird, die Zeit wird dann üblicherweise später vom

Strafmaß abgezogen«, sagte Sigurður Óli zu dem Rechtsanwalt.

»Sag das noch mal mit der Verantwortung«, sagte Þórarinn, dessen Blicke zwischen Sigurður Óli und Finnur hin- und herwanderten.

»Verantwortung?«, fragte Sigurður Óli. »Was meinst du?«

»Wenn jemand ... Du hast doch beim letzten Mal so was dahergeredet, wenn man nur ... Wenn man nur ein Werkzeug ist, oder was du da gesagt hast.«

»Du meinst, was ich über die Mitschuld gesagt habe?«

»Ja, was hast du damit gemeint?«

»Soll das etwa bedeuten, dass du deine Aussage ändern willst?«

Þórarinn schwieg.

»Willst du deine Aussage ändern?«, fragte Finnur.

»Es ist nicht sicher, dass ich die alleinige Schuld habe«, sagte Þórarinn zu Sigurður Óli. »Das will ich sagen. Nach dem, was du letztens gesagt hast, muss das nicht voll und ganz meine Schuld sein. Das hast du das letzte Mal behauptet.«

»Was willst du damit sagen?«, fragte Sigurður Óli. »Versuch mal, dich etwas klarer auszudrücken.«

»Ich meine bloß, dass die Schuld nicht allein bei mir liegt.«

»Ach, tatsächlich?«

»Ja.«

»Da musst du schon sehr viel konkreter werden«, sagte Finnur. »Worum geht es genau?«

Þórarinns Rechtsanwalt lehnte sich zu ihm hinüber und flüsterte ihm etwas ins Ohr. Þórarinn nickte. Der

Rechtsanwalt flüsterte weiter, und Þórarinn schüttelte den Kopf.

»Mein Mandant hat Interesse daran bekundet, mit der Polizei zusammenzuarbeiten«, erklärte der Rechtsanwalt, nachdem sie ihr Gespräch beendet hatten. »Er möchte wissen, ob er Zugeständnisse eurerseits erwarten kann, wenn er euch Informationen gibt.«

»Es gibt keine Zugeständnisse von unserer Seite«, erklärte Finnur. »Aber man weiß natürlich nicht, wie die Staatsanwaltschaft auf so etwas reagiert.«

»Er hat uns viel zu lange an der Nase herumgeführt«, sagte Sigurður Óli.

»Er ist zur Kooperation bereit«, sagte der Rechtsanwalt.

»Mann, jetzt regt euch ab«, sagte Þórarinn. »Was soll denn das?«

»Na schön«, sagte Sigurður Óli und setzte sich wieder. »Dann also raus mit der Sprache.«

Etwa eine Stunde später wurde Höddi in das Vernehmungszimmer geführt, er hatte ebenfalls seinen Rechtsanwalt dabei. Sigurður Óli und Finnur erwarteten ihn. Das Aufnahmegerät summte leise. Sigurður Óli sprach gewissenhaft Ort und Uhrzeit und die Namen der Anwesenden auf Band. Es hatte ganz den Anschein, als spürte Höddi, dass etwas vorgefallen war, dass sich das Blatt zu seinen Ungunsten gewendet hatte. Seine Blicke irrten unruhig zwischen Sigurður Óli, Finnur und seinem Rechtsanwalt hin und her, der darauf mit einem Achselzucken reagierte.

Finnur räusperte sich. »Dein Freund und Partner Þórarinn hat bei seiner Vernehmung ausgesagt, dass er den Überfall auf Sigurlína Þorgrímsdóttir begangen hat, weil er dir eine Gefälligkeit schuldig war.«

»Das ist gelogen«, erklärte Höddi.

»Er sagt, dass du ihn beauftragt hast, Sigurlína zu Hause einen Besuch abzustatten«, fuhr Finnur fort. »Es ging darum, ihr Angst zu machen, ihr schmerzhafte Verletzungen zuzufügen und ihr nachdrücklich deutlich zu machen, dass sie mit Schlimmerem zu rechnen hätte, wenn sie nicht zur Vernunft kommen würde. Und außerdem ging es um Fotos, die Þórarinn sich von ihr aushändigen lassen sollte.«

»Das ist eine Lüge!«

»Þórarinn behauptet außerdem, dass du wiederum von einer dritten Person, die du gut kennst, um diesen Gefallen gebeten wurdest, und dass du es witzig gefunden hättest, dass ausgerechnet diese Person sich an dich gewandt hat.«

»Verdammter Quatsch.«

»Þórarinn sagt auch, dass er für den Überfall auf Sigurlína keine Bezahlung erhalten hat, sondern er dir einen Gefallen schuldig war. Du hättest für ihn einen Jeep in Brand gesetzt, und zwar auf dem Gelände eines Autohändlers in Selfoss im Zusammenhang mit einem Versicherungsbetrug, den ein Bekannter von Þórarinn ausgeheckt hatte.«

»Was sagt er da? Der Kerl ist ja übergeschnappt!«

»Außerdem behauptet Þórarinn, dass er Sigurlína keineswegs vorsätzlich umgebracht hat, die beiden Hiebe hätten sie einfach unglücklich getroffen. Es sei weder seine noch deine Absicht gewesen und auch nicht die Absicht der Person, die dich engagiert hat, den Tod von Sigurlína herbeizuführen. Es habe sich um einen Unfall gehandelt, für den er allerdings verantwortlich sei.«

Finnur legte eine Pause ein. Er und Sigurður Óli konnten nicht sicher sein, ob Þórarinn die Wahrheit gesagt hatte, aber seine Aussage hatte glaubwürdig geklungen, auch wenn sie teilweise recht lückenhaft gewesen war. Er hatte sich willens gezeigt, den Fall zu einem Abschluss zu bringen und ihnen bei der Aufklärung zu helfen. Möglicherweise hatte Höddi recht, es konnte sich um einen Versuch von Þórarinn handeln, die Tat auf Höddi abzuschieben. Sigurður Óli und Finnur hielten das aber für ziemlich unwahrscheinlich.

Höddi starrte die beiden Kriminalbeamten an. Sie ließen ihm Zeit, sich die neue Sachlage durch den Kopf gehen zu lassen. Schließlich wandte sich Höddi seinem Rechtsanwalt zu, und die beiden steckten ihre Köpfe zusammen. Der Rechtsanwalt bat um eine kurze Unterbrechung der Vernehmung, um sich mit seinem Mandanten beraten zu können. Dem wurde stattgegeben, und er und Höddi begaben sich auf den Korridor.

»Das ist doch totaler Schwachsinn«, hörten sie Höddi noch sagen, bevor die Tür ins Schloss fiel. Sigurður Óli und Finnur warteten geduldig. Es verging geraume Zeit, bevor die beiden wieder ins Vernehmungszimmer zurückkehrten.

»Ich will wieder in meine Zelle«, sagte Höddi.

»Wer wollte, dass du zu Sigurlína gehst?«

»Niemand«, sagte Höddi.

»Zu welchem Zweck solltest du zu ihr gehen?«, fragte Finnur.

»Zu keinem Zweck, und mich hat niemand um etwas gebeten.«

»Was sollte Sigurlína unterlassen?«, fragte Sigurður Óli.

Höddi antwortete nicht.

»Kennst du die Namen der folgenden Männer: Sverrir, Arnar oder Knútur? Sie arbeiten alle bei derselben Bank«, warf Finnur ein.

Wieder kam keine Antwort.

»Hat einer von denen dich zu Sigurlína geschickt, um sie zur Raison zu bringen?«

Keine Antwort.

»Und was ist mit zwei Männern, die Patrekur und Hermann heißen?«, fragte Finnur, und der Blick, den er Sigurður Óli zuwarf, gab zu verstehen, dass Sigurður auch nach ihnen hätte fragen müssen.

»Ich will zurück in meine Zelle«, erklärte Höddi. »Ihr kriegt mich nicht dazu, Toggis verdammte Lügen zu bestätigen. Der versucht nur, das alles auf mich abzuwälzen, das müsst ihr doch sehen! Kapiert ihr das nicht?! Er hat diese Tussi umgebracht. Er allein, und niemand anderes. Der soll sich bloß nicht einbilden, dass er mir das in die Schuhe schieben kann!«

»Kennst du diese Männer, die wir genannt haben?«

»Nein! Die kenne ich nicht.«

»Was sollte Lína unterlassen?«, fragte Sigurður Óli.

Þórarinns Antworten waren diesbezüglich sehr schwammig gewesen, er hatte sich nur darauf berufen, dass Höddi sich so ähnlich ausgedrückt hatte. Den genauen Wortlaut hatte er angeblich vergessen, und er wusste nicht mehr genau, was Lína unterlassen sollte. Deswegen hatte er ihr nur gesagt, sie solle mit dem aufhören, was sie machte. Þórarinn hatte angeblich beim Haus gewartet, bis Lína nach Hause kam. Er ging davon aus, dass sie allein war. Er hatte das Auto in angemessener Entfernung geparkt und war zum Angriff übergegangen, als sie ihn ins Haus gelassen hatte. Er hatte ihr keinerlei Möglichkeit gegeben, Erklärungen zu verlangen oder sich zu wehren. Er konnte sich ebenfalls nicht genau an das erinnern, was sie gesagt hatte. Zuerst hatte er ihr einen Schlag auf die Schulter versetzt und ihr ausgerichtet, um was es ging. Anscheinend wollte oder konnte sie aber nicht verstehen, was Sache war. Er hatte ihr dann einen weiteren Schlag versetzen wollen, wieder an der Schulter oder irgendwo am Oberkörper, doch er hatte zu weit ausgeholt und sie am Kopf getroffen. Daraufhin war Sigurlína zusammengebrochen. Dann hatte er jemanden ins Haus kommen hören und sich versteckt.

»Bist du wirklich so dämlich, dass du dich nicht erinnern kannst?«, fragte Sigurður Óli.

»Schnauze!«, sagte Höddi.

»Mit was sollte sie aufhören?«, fragte Finnur. »Was hat Lína gemacht, was du unterbinden solltest?«

»Nichts.«

»Wer hat dich darum gebeten?«

»Niemand.«

Sigurður Óli schaltete das Aufnahmegerät aus. »Wir machen morgen weiter«, sagte er. »Du lässt dir hoffentlich heute Nacht die Sache durch den Kopf gehen.«

»Vergiss es«, sagte Höddi.

## *Sechsundvierzig*

Der Abend war bereits fortgeschritten, als Sigurður Óli vor einer eindrucksvollen Villa in einem neuen Stadtteil am Elliðavatn vorfuhr. Das kastenförmige Haus hatte ein Flachdach und war weiß verputzt; aus den riesigen Fenstern mit Aluminiumrahmen hatte man eine hervorragende Aussicht auf den See. Vor den zwei Garagentoren standen zwei schwarze Jeeps. Das Grundstück rund um das Haus war von Gartenarchitekten angelegt worden: eine Sonnenveranda mit Jacuzzi, und durch den Garten führten Wege mit brandungsgeschliffenem Geröll und Natursteinplatten. Große Bäume waren gepflanzt worden, unter anderem ein Goldregen.

Sigurður Óli betätigte die Klingel. Vor der Haustür stand ein kleines Kinderfahrrad mit bunten Bändern an den Lenkergriffen und nur noch einem Stützrad rechts. Da hatte jemand Fortschritte gemacht.

Ihm war sehr wohl bewusst, dass er im Begriff war, sich das schwächste Glied in der Kette vorzuknöpfen. Doch er hatte nicht die geringsten Zweifel an der Richtigkeit seines Tuns. Seiner Meinung nach war es einen Versuch wert, ein wenig Druck auszuüben und zu sehen, was dabei herauskam.

Die Tür wurde von einer Frau um die dreißig geöffnet, die ihn freundlich anlächelte. Sie trug ein weißes

T-Shirt und brandneue Jeans, und sie schien ziemlich beschäftigt zu sein.

»Könnte ich vielleicht mit Knútur sprechen«, sagte Sigurður Óli ruhig. Er wollte nichts überstürzen. Vermutlich würde die Frau diesen Besuch nie im Leben wieder vergessen können.

»Komm herein«, sagte die immer noch lächelnde Frau liebenswürdig. »Er packt gerade seinen Koffer, und ich backe, du musst mich also entschuldigen.«

»Vielen Dank«, sagte Sigurður Óli. »Hat er eine größere Reise vor?«

»Nein, nur nach London und dann nach Luxemburg.«

»Die Arbeit nimmt ihn sehr in Anspruch«, sagte Sigurður Óli.

»Ja, und ewig diese Reisen«, sagte die junge Frau, so als sei das etwas äußerst Lästiges.

Sie fragte ihn weder nach seinem Namen noch danach, was er von ihrem Mann wollte. Sie war geradeheraus und freimütig und kannte offensichtlich keinen Argwohn. Vielleicht war es das kindliche Gesicht gewesen, das sie fasziniert hatte, dachte Sigurður Óli.

»Anschließend wollen wir uns in Griechenland treffen und ein bisschen Urlaub machen«, fügte sie hinzu, bevor sie sich auf den Weg in die Küche machte. »Dazu haben wir uns gestern entschlossen. Er sagt, er hätte es verdient.«

Ein schüchterner Junge, der ungefähr fünf Jahre alt sein mochte, tauchte in der Tür zur Küche auf, er war über und über mit Mehl bestäubt. Er sah Sigurður Óli misstrauisch an und beeilte sich wieder zurück in die Küche.

Die Frau war durch die Küche nach hinten gegangen,

um ihrem Mann Bescheid zu sagen. Knútur tauchte aus den verwinkelten Tiefen des Hauses auf. Als er Sigurður Óli in der Diele sah, war er sofort auf der Hut.

»Was willst du denn hier?«, fragte er leise, beinahe flüsternd.

»Wir müssen dir noch ein paar Fragen stellen, das duldet leider keinen Aufschub«, antwortete Sigurður Óli. »Die Ermittlung ist in vollem Gange, und es sind noch ein paar Einzelheiten zu klären.«

Er verwendete den Plural, so als sei er nicht allein unterwegs. Im Prinzip war er das ja auch nicht. Er unterzog sich auch nicht der Mühe, Erklärungen darüber abzugeben, weshalb die Ermittlung keinen Verzug duldete.

»Was ist los?«, fragte Knútur und blickte ängstlich in Richtung Küche.

»Es wäre vielleicht besser, wenn wir uns irgendwo zusammensetzen könnten«, schlug Sigurður Óli vor.

»Ist es etwas Wichtiges?«

»Durchaus denkbar.«

»Dann komm in mein Büro.«

Sigurður Óli folgte Knútur durch das luxuriöse Wohnzimmer mit Walnussparkett auf dem Fußboden, einer weißen Ledergarnitur und Grafiken an den Wänden.

»Hat es mit dem Kammerensemble geklappt?«, erkundigte sich Sigurður Óli.

»Wie bitte?«

»Als wir uns vor ein paar Tagen trafen, hast du ein Kammerensemble bestellt.«

»Ach ja. Das hat prima geklappt.«

»Haben die hier gespielt?«

»Ja.«

»Du willst verreisen?«

»Nein. Oder doch. Hat Maja dir das erzählt? Ich muss für ein paar Tage weg. Business.«

»Und Urlaub im Anschluss daran?«

Knútur ließ Sigurður Óli an seinem Büro den Vortritt. »Wir wollen ein paar Tage in Griechenland verbringen«, sagte er und schloss die Tür hinter sich.

»Es hat hoffentlich nichts mit mir zu tun«, sagte Sigurður Óli und sah sich in dem Büro um, das ganz nach seinem Geschmack war. Keine Bücher. Weiße Regale mit Kunstgegenständen, helles Parkett. Ein Fernseher mit Flachbildschirm und eine Stereoanlage, die mehr gekostet haben musste, als er in einem Monat verdiente. Zwei Computermonitore auf dem weißlackierten Schreibtisch. Ganz sicher Fußbodenheizung. So würde er es auch haben wollen, wenn er Geld wie Heu besäße.

»Nein«, sagte Knútur und versuchte zu lächeln.

»Seid ihr erst kürzlich hier eingezogen?«, fragte Sigurður Óli.

»Vor einem halben Jahr.«

»Das muss ja ganz schön was gekostet haben. Und die beiden Autos. Aber vielleicht ist das ja alles nur geliehen. Heutzutage gibt es ja alles auf Pump.«

Knútur zwang sich wieder zu einem Lächeln. Er hatte nicht vor, sich über seine finanzielle Lage auszulassen.

»Wie viel bist du wert?«, fragte Sigurður Óli. »Ist das nicht ein beliebtes Party-Spiel in euren Kreisen? Wenn das Kammerensemble weg ist und ihr versucht, nicht am Cognac zu ersticken? Wie viel bist du wert?«

»Nein, das weiß ich nicht. Was …?«

»Was glaubst du selber, was du wert bist? Weißt du das präzise?«

Knútur gab sich einen Ruck. »Ich habe keine Ahnung, was dich das angeht.«

»Uns, das heißt die Polizei, geht es möglicherweise etwas an.«

»Ich weiß nicht, weshalb es …«

»Wir wissen von Alain Sörensen«, schnitt ihm Sigurður Óli das Wort ab.

Knútur zeigte keinerlei Reaktion.

»Wir wissen von Luxemburg.«

Immer noch reagierte Knútur nicht. Er starrte Sigurður Óli an, der ein weiteres Mal die Liste mit den Teilnehmern der Gletscherfahrt aus der Tasche zog und ihm reichte.

»Es war ein Leichtes, diese Connection zwischen euch herauszufinden«, sagte er.

Knútur nahm das Blatt entgegen.

»Weshalb hast du so getan, als würdest du Sörensen nicht kennen?«

»Ich kenne ihn nicht«, sagte Knútur und reichte ihm das Blatt zurück.

»Ihr habt zusammen eine Gletschertour unternommen, das weiß ich aus sicherer Quelle.«

»Das ist nicht wahr.«

»Ich habe Zeugen«, sagte Sigurður Óli, der mit Patrekur telefoniert hatte. Patrekur hatte Sigurður Óli bestätigt, dass dieser Schwede, wie er Sörensen nannte, ganz eindeutig mit den vier Bankern zusammen gewesen war. Er konnte sich gut an diese Leute erinnern. Sigurður Óli fand das ausreichend. Er räusperte sich:

»Sie bestätigen, dass Alain Sörensen mit euch zusammen war.«

Knútur war blass geworden.

»Trotzdem hast du, genau wie deine Kollegen, abgestritten, irgendeinen Namen auf der Liste zu kennen. Und auch jetzt behauptest du immer noch, diesen Mann nicht zu kennen.«

Knútur schwieg.

»Was für einen Grund gibt es dafür, dass ihr lügt? Kannst du mir das sagen? Weshalb haltet ihr bei einer derartig unbedeutenden Frage eine Lüge für notwendig? Eine Lüge, die euch so leicht nachzuweisen ist.«

Knútur gab ihm keine Antwort darauf.

»Da kommt man natürlich auf den Gedanken, dass ihr etwas zu verbergen habt.«

Sigurður Óli trat einen Schritt auf Knútur zu. »Wir wissen alles über diesen Mann«, sagte er. In Wirklichkeit wusste er so gut wie gar nichts, und erst recht nichts, was man als unlautere Machenschaft bezeichnen konnte. »Vater von zwei Kindern. Schwedisch-französisches Elternhaus, aufgewachsen in Schweden, ausgebildet in Frankreich. Hobbys Fahrradfahren und Reisen. Wahrscheinlich ist er deswegen das Risiko eingegangen, nach Island zu kommen und sich mit euch zu treffen, weil er so gern reist.«

Immer noch schwieg Knútur. Er hob die Namensliste hoch und starrte sie an.

»Wir beabsichtigen, ihm in Luxemburg einen Besuch abzustatten«, sagte Sigurður Óli.

Allem Anschein nach stand Knútur kurz davor, die Nerven zu verlieren. Er hatte keine Antworten auf die Fragen parat, die Sigurður Óli ihm stellte.

»Es könnte problematisch sein, wenn es um größere Betrügereien geht«, sagte Sigurður Óli. »Und wir wissen vermutlich höchstens die Hälfte darüber, wie …«

Knútur traute sich anscheinend nicht, von dem Blatt Papier hochzuschauen.

»… wie Lína euch in die Quere gekommen ist.«

Knúturs Frau öffnete die Tür und unterbrach das Gespräch. »Möchtet ihr nicht einen Kaffee, ihr beiden?«

Knútur blickte hoch. Seine Frau sah sofort, dass etwas nicht stimmte.

»Was ist?«, fragte sie besorgt.

Knúturs Augen füllten sich mit Tränen.

»Was ist passiert?«, fragte sie. »Was ist los?«

Sie ging zu ihrem Mann, der versuchte, die Tränen zurückzudrängen. Er schlang seine Arme so fest um seine Frau, als sei sie der letzte Halt in seinem Leben.

»Was ist?«, fragte sie noch einmal und sah Sigurður Óli fragend an. »Was ist denn, Liebling? Ist jemand gestorben?«

Knútur vergrub sich in der Umarmung seiner Frau. Sie sah Sigurður Óli mit verwunderter und besorgter Miene an.

»Was geht hier vor, Knútur? Wer ist dieser Mann?«

Sie ließ ihren Mann los und blickte ihm in die Augen.

»Oh Gott«, sagte Knútur.

»Was ist?«

»Ich halte das nicht mehr aus«, sagte Knútur.

Die Frau wandte sich Sigurður Óli zu. »Wer bist du?«, fragte sie.

Sigurður Óli sah Knútur an. Er hatte nur vorgehabt, ihn ein wenig unter Druck zu setzen, mit so einer vehementen Reaktion hatte er nicht gerechnet. Knútur schien am Rande eines Abgrunds zu stehen.

»Ich bin von der Kriminalpolizei«, antwortete Sigurður Óli. »Du kannst ihn zum Hauptdezernat begleiten, wenn du möchtest. Ich glaube, er muss mit mir kommen. Und ich gehe davon aus, dass er auch über Nacht dort bleiben wird.«

Sie starrte Sigurður Óli an, als würde sie nicht verstehen, was er sagte. Sie verstand die Worte, aber sie konnte sie nicht in die ihr bekannte Welt einordnen. Die Bedeutung überstieg ihr Vorstellungsvermögen. Sigurður Óli sah ihr das an und hoffte, Knútur würde ihm zu Hilfe kommen. Seine Miene blieb reglos.

»Was meint er damit, Knútur?«, fragte die Frau. »Antworte mir. Antworte mir, Knútur! Sag doch etwas!«

Ihr Sohn erschien jetzt in der Tür zum Büro und sah Sigurður Óli genauso misstrauisch an wie zuvor.

»Sag endlich etwas«, schrie die Frau Knútur an. »Steh doch nicht rum wie ein Ölgötze! Stimmt das, was dieser Mann sagt?«

»Mama«, sagte der Junge in der Tür.

Die Frau hörte das Kind gar nicht. »Weswegen? Was hast du dir zuschulden kommen lassen?«

Knútur sah seine Frau schweigend an.

»Was hast du dir zuschulden kommen lassen?«, wiederholte sie.

»Der Kleine will euch etwas sagen«, warf Sigurður Óli ein. »Euer Sohn.«

»Mama!«, sagte der Junge. »Mama!«

Endlich wandte sich die Mutter ihm zu.

»Was ist denn, mein Junge?«

Der Junge sah immer noch misstrauisch zu Sigurður Óli hinüber. Er hatte ihnen den schönen Abend verdorben.

»Kuchen fertig.«

## *Siebenundvierzig*

Sie übernachteten damals auf Kosten der Bank in einem feudalen Hotel ganz in der Nähe des Piccadilly. Die Zimmer waren riesengroß, richtige Suiten mit jeweils separatem Büro und zwei Badezimmern. Alles, was sie im Hotel bestellten, wurde über die Bank abgerechnet. Alles, was sie unternahmen, ging auf Rechnung der Bank. Sogar die Theaterbesuche. Sverrir hatte sich unbedingt *The Mouse Trap* ansehen wollen, und auch ein anderes Theaterstück mit einer berühmten amerikanischen Schauspielerin, das im Westend gezeigt wurde. Sverrir ging gern ins Theater. Sie aßen in den teuersten asiatischen Restaurants, denn sowohl Sverrir als auch Arnar hielten englisches Essen für ungenießbar. Mr Chow war ihr Favorit, ein China-Restaurant in der Nähe von Harrods. Sie gingen meistens dorthin, wenn sie im Auftrag der Bank in London waren, und sie überließen es immer den Kellnern, das Menü für sie zusammenzustellen.

Auf den beiden wichtigen Konferenzen, an denen sie mitsamt einigen Dutzend anderer Bankmanager der mittleren und höheren Führungsebene aus der ganzen Welt teilnahmen, ging es um die Derivatgeschäfte mit kleineren Währungen, um Risiken und Renditen. Zwei Vorträge drehten sich um Steuer-Oasen, und dafür interessierten sich Sverrir und Arnar besonders. Sie hatten an Präsentationen für finanzstarke Kunden teilgenommen, wo derartige Steuer-Paradiese vorgestellt wurden. Transaktionen dieser Art waren ganz einfach und hatten viele Vorteile. Wenn man eine Gesellschaft beispielsweise auf den Virgin Islands registrierte und alle Einnahmen auf ein dortiges Konto eingingen, war es möglich, sich der Steuergesetzgebung im eigenen Land zu entziehen und sich unter anderem auch die Vermögenssteuer zu sparen. Sehr viele hatten sich diesen Service der Bank zunutze gemacht.

Nach dem zweiten Vortrag war Alain Sörensen auf sie zugekommen und hatte sie mit Handschlag begrüßt. Sverrir kannte ihn recht gut von ähnlichen Konferenzen und Besprechungen, und sie hatten auch wegen der Wirksamkeit von isländischen Holding-Gesellschaften in den Steuer-Oasen eng zusammengearbeitet. Sörensen war ein Experte auf diesem Gebiet und hatte der isländischen Bank mit Rat und Tat zur Seite gestanden. Sie hatten sich bereits am Tag zuvor auf der Konferenz getroffen, und Sverrir hatte ihn mit Arnar bekanntgemacht und dabei erwähnt, dass Alain Sörensen bei einer alteingesessenen Bank in Luxemburg arbeitete und großes Interesse an Island und seinem wirtschaftlichen Aufschwung hätte.

Alain Sörensen hatte gefragt, ob er sie zu einem Sushi-Essen einladen dürfe.

Sverrir und Arnar hatten einander angesehen.

»Okay«, hatte Sverrir geantwortet. »Sure.«

Sie hatten eigentlich wieder zu Mr Chow gehen wollen, aber Sushi war auch in Ordnung.

Er führte sie zunächst in eine exklusive Bar in der Nähe, und bei diversen Gin Tonics unterhielten sie sich über Gott und die Welt und kaum über Bankgeschäfte. Ein wenig später begaben sie sich in das japanische Restaurant, das Sörensen vorgeschlagen hatte. Obwohl die beiden Isländer nicht so recht wussten, ob man mitten in London rohem Fisch trauen konnte, erhoben sie keine Einwände. Die Kellner begrüßten Sörensen wie einen guten Stammkunden. Nach einer angenehmen Unterhaltung über Island und Sörensens Wunsch, die Insel einmal zu besuchen, weil eines seiner Hobbys das Reisen sei, kam er zur Sache – den isländischen Nominalzinsen.

Er kannte sich auf diesem Gebiet außerordentlich gut aus. Die beiden waren auch sehr überrascht, wie gut er sich mit dem isländischen Markt auskannte, so wusste er, dass Sparer in Island sehr viel höhere Zinsen für ihre Einlagen erhielten als andernorts in Europa. Die Zinsen auf Einlagenkonten waren zweistellig, und sie waren wertgesichert.

»Oh ja«, sagte Sverrir. »Bei steigender Inflationsrate erhöhen sich die Zinsen, wenn die Expansion fortschreitet, und das tut sie ja ständig. Die Zinssteigerung ist enorm.«

»Ich begreife aber nicht, weshalb die isländischen Banken sich nicht diese großen Unterschiede im Zinsniveau zunutze machen und Einlagenkonten in Europa anbieten, sie könnten doch wesentlich höhere Zinsen anbieten als alle anderen.«

»Ich glaube, da gibt es bereits jemanden, der mit diesem Gedanken spielt«, warf Arnar lächelnd ein.

Und schließlich kam Sörensen auf sein eigentliches Anliegen zu sprechen. Es handelte sich um ein überaus verlockendes Angebot – Alain Sörensen hatte nicht weniger als fünfundvierzig Millionen Euros zur Disposition. Er wollte nicht darauf eingehen, woher das Geld stammte, nur dass es sich derzeit auf Tortola befände, der größten Insel der Virgin Islands. Er könne ihnen das Geld über seine Bank in Luxemburg zu äußerst günstigen Zinsen leihen und ein Konto eröffnen, von dem nur sie Kenntnis hätten. Diese fünfundvierzig Millionen könnten sie dazu verwenden, wertbeständige Anlagen mit entsprechenden Renditen in Island zu erwerben, beispielsweise Staatsanleihen oder Pfandbriefe. Die Zinserträge würden an Sörensen in Luxemburg gehen, und er würde dafür sorgen, dass sie zwischen ihnen aufgeteilt würden. In Anbetracht der hohen Zinssätze in Island wäre der Profit bei einer solchen Summe beträchtlich. Ihre Anteile würden auf das Konto eines Privatunternehmens oder eines Briefkastenunternehmens eingezahlt werden, das sie in Tortola gründen müssten.

Auf seine Ausführungen folgte ein längeres Schweigen.

»Was für Geld ist das?«, fragte Sverrir.

Sörensen antwortete mit einem Lächeln.

»Es geht also um Schwarzgeld?«, fragte Arnar.

»Ich habe doch gesagt, dass ihr euch keine Gedanken darüber zu machen braucht«, sagte Sörensen. »Ich, beziehungsweise meine Bank, wir leihen euch dieses Geld wie bei einer ganz normalen geschäftlichen Transaktion, was es ja eigentlich auch ist. Wahrscheinlich wäre es sogar am günstigsten, die Euros in Yen umzutauschen, um dadurch die Zinsgewinne zu maximieren.«

Nach Sushi und Sake waren sie in eine Sportbar nebenan gegangen. An diesem Mittwochabend wurden

Spiele der UEFA Champions-League übertragen. Sörensen setzte sich mit ihnen vor eine Großleinwand, auf der ein Spiel von Arsenal London gezeigt wurde.

»Das ist eine Menge Geld«, sagte Sverrir.

»Ich gehe davon aus, dass ihr es auf speziellen Konten deponiert, die ihr für diesen Zweck einrichtet«, sagte Sörensen.

»Wieso ausgerechnet wir?«, fragte Arnar.

»Wir blicken in die Zukunft, und da hat Island ausgezeichnetes Potenzial«, erklärte Alain Sörensen. »Wir gehen davon aus, dass die Zinsen noch weiter steigen, sodass wir gute Profite machen können. Im isländischen Hochland gibt es gewaltige Bauprojekte, die Banken expandieren, und die Risikoinvestitionen mit billigen Krediten werden natürlich zusätzlich zu den hohen Zinsen auch Inflation zur Folge haben. Ich habe das mal von der heutigen Situation ausgehend für euch durchgerechnet, die Zahlen sind alles andere als schlecht. In isländischen Kronen. Meine Bank kann Gesellschaften für euch gründen, und sie könnte sich auch um deren Administration kümmern.«

Er zog ein Blatt Papier aus seiner Brusttasche und reichte es über den Tisch. Sverrir nahm es entgegen, überflog die Zahlen und gab es an Arnar weiter.

»Ihr verstoßt gegen keine Gesetze«, erklärte Sörensen. »Ihr nehmt bloß einen Kredit von meiner Bank entgegen, investiert mit dem Geld in Island, und die Rendite geht nach Tortola. Das ist alles völlig legal.«

»Du bist also in erster Linie auf der Suche nach Investitionsmöglichkeiten in Island, und zwar mit Geld, dass du in Umlauf bringen möchtest, und wir kassieren die Rendite?«

»Genau, eine simple Spekulationsstrategie mit Währungen, Currency-Carry-Trade.«

»Geht es dabei um Geldwäsche?«, erkundigte sich Arnar, der Sörensen kaum kannte und von Natur aus etwas voreilig war.

Der Bankmanager aus Luxemburg sah die beiden an.

»Wenn ihr euch die Sache überlegen wollt, dann ist das ganz in Ordnung«, sagte er. »Und wenn ihr vielleicht noch mit anderen Kollegen in der Bank reden wollt, um den Kredit unter mehr Leute zu streuen, um keine Verdachtsmomente aufkommen zu lassen, dann ist das ebenfalls in Ordnung. Es handelt sich ja schließlich um eine nicht ganz unerhebliche Summe für ganz normale Banker.«

»Wieso brauchst du uns als Zwischenglied?«, fragte Sverrir. »Warum investierst du nicht einfach selber mit diesem Geld in Island? Machst selber Geschäfte mit der isländischen Krone?«

»Das könnte ich natürlich, wenn ich daran interessiert wäre«, antwortete Sörensen. »Aber meine Kredite haben, wie soll ich mich ausdrücken, im Augenblick bereits die obere Marge erreicht. Ich bin ja kein richtig großer Investor, sondern nur ein Banker wie ihr. Bis jetzt noch. Was sich aber hoffentlich demnächst ändern wird, und dann hätte ich großes Interesse daran, in Island zu investieren, vermutlich in recycelbare Energie. Soweit ich weiß, gibt es ein hervorragendes Potenzial in Bezug auf Wasserkraft und geothermale Energie, und darauf werden sich in Zukunft auch die Investoren konzentrieren. Ich hoffe darauf, dass ihr mir dabei behilflich sein werdet, wenn es so weit ist.«

Alain Sörensen lächelte.

»Dein Interesse richtet sich also darauf, an der isländischen Zinspolitik zu verdienen?«, fragte Sverrir.

»Nicht nur meins«, entgegnete Sörensen. »Das Wirtschaftswunder bei euch erweckt überall die Aufmerksamkeit von Investoren, die mit den Differenzen im Zinsniveau spekulieren. Eure *Glacier Bonds* haben sich gut verkauft.«

»Ja, die sind weggegangen wie warme Semmeln«, sagte Arnar.

Sörensen warf einen Blick auf seine Armbanduhr und sagte, er müsse sich jetzt leider verabschieden.

»Ihr signalisiert mir ein Ja oder Nein«, sagte er. »Und falls ihr mehr braucht als fünfundvierzig Millionen – das ließe sich ebenfalls einrichten.«

»Das ist ein Haufen Geld«, sagte Sverrir.

»Verteilt es auf drei oder vier Leute, wenn ihr vertrauenswürdige Personen kennt. Wie bereits gesagt, halte ich es für vernünftig, die Summe zu streuen. Ich kann euch niedrige Zinsen garantieren, und null Tilgung im ersten Jahr. Und die Rendite teilen wir unter uns auf.«

Sverrir und Arnar fuhren im Taxi zurück ins Hotel und saßen noch bis spät in der Nacht in der Hotelbar zusammen, um das Angebot von Alain Sörensen zu überdenken. Carry-Trade-Geschäfte konnten erhebliche Profite erbringen. Von spontaner Abneigung gegenüber dem Angebot, das Sörensen ihnen unterbreitet hatte, konnte keine Rede sein, und sie waren sich einig, die Sache ernsthaft ins Auge zu fassen. Angeblich war ja der Kredit von Sörensens Bank ein Kredit wie jeder andere, und wieso sollten sie sich Gedanken darüber machen, woher das Geld stammte, auch wenn Sörensen fairerweise angedeutet hatte, dass es dubioser Herkunft war. Aus Erfahrung wussten sie, dass sich isländische Unternehmer und andere Kunden der Bank ohne irgendwelche Bedenken Steueroasen und Briefkastenunternehmen zunutze machten.

»Es geht um ein ziemlich großes Ding«, sagte Arnar.

»Soweit ich sehe, könnte es aber hinhauen«, entgegnete Sverrir.

»Du kennst Sörensen ein bisschen?«

»Ja, wir stehen schon seit einiger Zeit in geschäftlicher Verbindung. Er hat mich oft nach der Lage in Island gefragt, und wie du gesehen hast, ist er hervorragend informiert.«

»Ja«, sagte Arnar grinsend.

Sie diskutierten das Angebot wieder und wieder, die negativen ebenso wie die positiven Aspekte. Die Bank, für die Alain Sörensen arbeitete, hatte einen guten Ruf und galt als überaus solide. Allerdings war die Herkunft des Geldes zweifelhaft. Immer wieder kamen sie auf diese beiden Punkte zurück.

»Sollten wir das nicht einfach in Angriff nehmen?«, fragte Sverrir schließlich. Es war schon spät in der Nacht, und außer ihnen befand sich niemand mehr in der Bar.

»Mir fällt Þorfinnur ein«, sagte Arnar. »Er hat zur gleichen Zeit wie ich in der Bank angefangen, und ich weiß, dass er auch vom großen Geld träumt.«

»Ja. Es ist sicher vernünftig, den Kredit zu streuen. Aber nicht zu weit, es darf nichts bekannt werden.«

»Nein, das muss selbstverständlich ganz unter uns bleiben«, sagte Arnar. »Wenn wir uns darauf einlassen, sollte niemand etwas davon erfahren. Niemand darf etwas wissen.«

»Aber nicht, weil es sich um kriminelle Aktivitäten handelt«, sagte Sverrir.

»Es vereinfacht die Sache aber, wenn wir uns aus dem Radarbereich heraushalten.«

»Keine schlechten Zahlen«, sagte Sverrir, der das Blatt von Sörensen in der Hand hielt.

»Unglaublich, diese Zinsen«, sagte Arnar und grinste wieder. »Für Leute, die Geld haben.«

* * *

Knútur saß bei Sigurður Óli im Büro und hatte ihm geschildert, wie der Deal mit Alain Sörensen seinen Anfang genommen hatte. Finnur war ebenfalls anwesend. Knútur war mit Sigurður Óli zum Hauptdezernat gefahren, hatte aber keinen Rechtsanwalt hinzuziehen wollen. »Vielleicht später«, sagte er niedergeschlagen. »Ich will einfach nur erzählen, wie es war.« Sigurður Óli hatte Finnur telefonisch über die wichtigsten Fakten informiert. Gleich am nächsten Morgen würde der Fall an die Kollegen von der Abteilung für Wirtschaftskriminalität weitergeleitet werden. Knútur hatte seiner Frau unter Tränen zu erklären versucht, wieso an diesem ganz normalen Herbstabend ein Kriminalbeamter bei ihnen zu Hause aufgetaucht war. Sigurður Óli hatte währenddessen den Raum verlassen, aber darauf geachtet, dass die Tür offen blieb. Zehn Minuten später kamen die beiden zusammen mit dem Jungen heraus. Die junge Frau ging sofort mit ernster Miene zum Angriff auf Sigurður Óli über.

»Hätte das nicht anders geschehen können?«, zischte sie. Ihre freundliche Miene war wie weggeblasen.

»Danach solltest du vielleicht Knútur fragen«, hatte Sigurður Óli ruhig geantwortet.

Der saß nun vor ihnen und hatte ihnen über die Anfänge der Finanzgeschäfte mit dem Bankmanager aus Luxemburg berichtet. Sverrir und Arnar waren entschlossen gewesen, Sörensens Angebot anzunehmen, und zwar eigentlich schon an dem Abend, an dem er es ihnen unterbreitet hatte. Beide waren ganz normale Gehaltsempfänger bei der Bank, die zwar nicht schlecht verdienten, aber auch nicht mehr. Wie die anderen Bankangestellten besaßen sie ein paar Aktien, aber ansonsten waren sie nicht am Marktgeschehen beteiligt, wie es so schön hieß. Sie hatten keinen Anspruch auf Optionsverträge wie die Topmanager, die einen Kredit bei der Bank aufnahmen, um Bankaktien zu kaufen, mit einer Hypothek auf den Aktien und einer Versicherung gegen Verluste. Sie waren nur ganz normale Bankangestellte, die sich dienstbeflissen um die Kunden der Bank kümmerten.

»Und du bist auf den Zug gesprungen?«, fragte Finnur.

»Ohne zu überlegen«, antwortete Knútur. »Alle verdienen sich hier in Island eine goldene Nase, warum wir nicht auch?«

»Und Þorfinnur? Ist der auch aufgesprungen?«

Knútur nickte. »Wir steckten zu viert drin.«

»Sonst niemand?«

»Nein.«

»Was geschah mit Þorfinnur?«

»Danach musst du Sverrir fragen.«

»Du weißt es aber auch«, sagte Finnur.

»Ich weiß nur, dass er … dass er es nachher bereut

hat. Er hatte uns gesagt, dass er da nicht länger mitmachen würde.«

»Und dann habt ihr ihn euch vom Hals geschafft.«

»Darüber musst du mit Sverrir reden.«

»War das der Plan, über den Lína gesprochen hat?«

»Lína?«

»Sigurlína Þorgrímsdóttir. Sie wurde vor ein paar Tagen ermordet.«

»Ach ja. Ich weiß nicht, wer das ist. Das habe ich dir auch schon gesagt, ich weiß nichts über diese Lína.«

»Sie war auf dieser Gletschertour dabei, auf der auch Alain Sörensen mitgefahren ist. Arnar kann sich an sie erinnern. Du hast behauptet, du kennst sie nicht.«

Knútur schwieg.

»Sie wusste aber, was ihr da am Laufen hattet«, sagte Sigurður Óli.

»Rede mit Sverrir. Der weiß das alles. Ich habe meinen Namen nur für den Kredit hergegeben, und ich habe Konten eröffnet. Er weiß alles über Þorfinnur. Ich hätte Þorfinnur niemals etwas antun können. Ganz bestimmt nicht.«

»Sverrir aber wohl?«, fragte Sigurður Óli. »Hätte er Þorfinnur zum Schweigen bringen können?«

»Danach musst du ihn selber fragen.«

»Sind in euren Gesprächen jemals Namen wie Þórarinn oder Hörður gefallen? Der eine ist Lieferwagenfahrer, der andere hat eine Reparaturwerkstatt.«

»Nein.«

»Vielleicht kennst du ihre Spitznamen, Toggi und Höddi?«

»Nein. Ich habe wirklich überhaupt nichts mit der Sache zu tun. Sverrir und Arnar haben alles geregelt.

Sie waren überzeugt davon, dass ich schlappmachen würde, deswegen wollten sie mich ins Ausland schicken.«

»Und du hast schlappgemacht.«

»Wenn man es schlappmachen nennen kann, die Wahrheit zu sagen.«

Eine Weile herrschte Schweigen, dann räusperte Knútur sich. Sigurður Óli sah, dass er mit sich kämpfte.

»Þorfinnur wollte aussteigen, als er erfuhr, woher dieses Geld von Sörensen stammte«, sagte Knútur.

»Das Geld von Sörensen?«

»Ja. Alain ist es irgendwie einmal rausgerutscht, als er sich vor uns aufspielen wollte. Er hätte es uns nie sagen dürfen.«

»Und was war das für Geld?«

»Þorfinnur ist total ausgerastet.«

»Was war das für Geld?«

Knútur zögerte. »Ich ... Rede mit Sverrir. Er hat alles entschieden.«

## *Achtundvierzig*

Im Interesse der Ermittlung hielt man es nicht für ratsam, mit der Festnahme von Sverrir und Arnar bis zum nächsten Morgen zu warten. Die Polizei fuhr gegen Mitternacht mit dem Haftbefehl bei ihnen zu Hause vor, und sie wurden wegen des Verdachts auf groß angelegte Geldwäsche ins Hauptdezernat an der Hverfisgata gebracht. Sigurður Óli war der Meinung, dass es nicht lange dauern würde, bis auch die Mordanklagen wegen Sigurlína und Þorfinnur folgen würden.

Er selber war bei der Festnahme nicht dabei. Er hatte zwar nie besonderes Mitleid mit Verdächtigen, aber der Besuch bei Knútur, bei dem er mitansehen musste, wie dessen ganze Welt zusammenbrach, hatte ihm gereicht. Die offiziellen Vernehmungen von Sverrir und Arnar würden am nächsten Tag beginnen. Beide hatten die Anwesenheit ihrer Rechtsanwälte verlangt. Den Angaben der Polizisten zufolge, die sie abgeführt hatten, waren beide sehr ruhig, um nicht zu sagen gelassen gewesen. Es hatte beinahe den Anschein gehabt, als hätten sie mit der Polizei gerechnet. Sigurður Óli ging davon aus, dass die Frau von Knútur sie telefonisch informiert hatte, dass es kein Entkommen mehr gab. Die erste Nacht würden sie im Hauptdezernat verbringen und am nächsten Tag in Untersuchungshaft nach Litla-Hraun gebracht werden.

Er beschloss, auf ihr Eintreffen im Hauptdezernat zu warten, und las unterdessen die schriftlichen Aufzeichnungen der abgehörten Telefongespräche durch, die Höddi in den letzten Wochen geführt hatte. Eine völlig uninteressante Lektüre, und er war kaum imstande, sich darauf zu konzentrieren.

Er hatte draußen auf dem Korridor einen jungen Delinquenten gesehen, einen von diesen Gewalttätern, bei denen es ihn immer danach gelüstete, ihnen zu sagen, was für Armleuchter sie waren. Ihm fiel Pétur ein, dem er ordentlich die Leviten gelesen hatte. Wenig später waren sie sich im Krankenhaus wiederbegegnet. Der junge Mann hatte seine Methode am eigenen Leib zu spüren bekommen, er war ganz in der Nähe des Hauptdezernats brutal zusammengeschlagen worden. Sigurður Óli wusste nicht, ob der- oder diejenigen, die dahintersteckten, gefasst worden waren. Der Fall unterstand Finnur, er selber wusste zu wenig darüber.

Er überlegte, ob Finnur auch mit dem Fall des Jungen auf dem Korridor befasst war. Er versuchte, sich auf das aufgezeichnete Gewäsch von Höddi zu konzentrieren, gab es aber bald auf und ging hinaus auf den Korridor.

»Und was ist es jetzt wieder, Kristófer?«, fragte er und setzte sich zu dem jungen Mann mit der Platzwunde an der Stirn.

»Geht dich nichts an«, sagte Kristófer. Er war zweiundzwanzig Jahre alt und erinnerte in vieler Hinsicht an diesen Pétur, aber er war kräftiger und hatte am ganzen Körper Tätowierungen. Ein Tattoo am Hals reichte bis in den Nacken. Er war bekannt dafür, Leute in Schlägereien zu verwickeln, entweder allein oder mit irgendwelchen Kumpeln. Dabei spielte es keine Rolle, ob er zugedröhnt oder völlig nüchtern war. Meist geschah das im Stadtzentrum, vor allem wenn gegen Morgen etliche Menschen allein unterwegs waren. Er war im Grunde genommen kein draufgängerischer Typ, ebenso wenig wie die anderen, die über nichtsahnende Leute herfielen, die ihnen körperlich unterlegen waren.

»Hast du wieder jemanden zusammengeschlagen?«, fragte Sigurður Óli.

»Verpiss dich!«

»Und was ist jetzt, hat man dich schon verhört und wartest du nur darauf, dass sie dich laufen lassen?«

»Verpiss dich.«

»Eigentlich müsstest du dich doch freuen. Unser System ist ja so toll für Armleuchter wie dich.«

»Ja, super.«

»Was war los?«

Kristófer antwortete nicht.

»Wen hast du zusammengeschlagen?«

»Der Typ ist auf mich losgegangen.«

»Immer dieselbe Leier«, sagte Sigurður Óli.

Kristófer schwieg.

»Immer fallen andere über dich her. Findest du das nicht komisch?«

»Ich kann nichts dafür.«

»Nein, ich weiß. Es ist ja nicht deine Schuld, wie du bist.«

Kristófer schwieg.

»Ich sollte mich da eigentlich nicht einmischen«, sagte Sigurður Óli und stand auf.

»Weshalb machst du es dann?«, entgegnete Kristófer.

Sigurður Óli überflog den Bericht über die Festnahme von Kristófer vom gleichen Abend. Er war vor einer Disco, wo ältere Schüler zusammen gefeiert hatten, über einen neunzehn Jahre alten Gymnasiasten hergefallen. Der bewusstlose Junge wurde im Krankenwagen zur Unfallambulanz gebracht. Kristófer hatte mehrfach zugetreten, und der Junge hatte schwere Verletzungen davongetragen. Es gab abweichende Zeugenaussagen darüber, wie es zu der Schlägerei gekommen war. Ein Zeuge hatte ausgesagt, dass Kristófer ohne irgendwelchen Anlass auf den Jungen zugegangen und ihm einen heftigen Kopfstoß versetzt hatte.

»Wieso mach ich mir eigentlich Gedanken wegen dieser Idioten?«, stöhnte Sigurður Óli und legte den Bericht weg. Er versuchte vergeblich, Finnur zu erreichen, vermutlich kümmerte der sich um die Festnahme von Sverrir und Arnar. Schließlich wandte er sich wieder den Aufzeichnungen von Höddis Telefongesprächen zu. Die meisten Telefonate waren kurz, vor allem die mit seiner Frau, die ihn zum Einkaufen schickte oder ihn bat, bei ihrer Mutter vorbeizuschauen oder die Kinder zu irgendwelchen Schulveranstaltungen zu bringen. Sie rief auch häufig kurz vor Arbeitsschluss an, wenn er auf dem Nachhauseweg Hähnchen, Hamburger oder Pizza besorgen sollte. In anderen Telefongesprächen mit Freunden ging es um Erfolge im Fitness-Studio, was er gestemmt hatte, was andere gestemmt hatten, aber auch um Fußball und Motorschlitten, um Reparaturen und fehlende Ersatzteile. Auch Kunden der Werkstatt hatten ihn angerufen. Sigurður Óli ging die ganzen Aufzeichnungen durch, fand aber kein Gespräch mit Þórarinn, in dem es um Sigurlína gegangen wäre. Er kam zu dem Schluss, dass die beiden sich vermutlich getroffen hatten, wenn es ernsthaftere Angelegenheiten zu besprechen gab.

Er hörte Schritte auf dem Korridor und stand auf. Die Polizisten brachten Arnar ins Hauptdezernat, und Sigurður Óli sah zu, wie er inhaftiert wurde.

»War Finnur bei euch?«, fragte er einen der Polizisten.

»Nein, den habe ich nicht gesehen«, antwortete der Polizist. »Ist er nicht schon nach Hause gegangen?«

»Wahrscheinlich. Er geht jedenfalls nicht ans Telefon.«

Arnar sah Sigurður Óli an. Es sah zunächst so aus, als wolle er etwas sagen, doch dann besann er sich und senkte den Blick. Kurze Zeit später gab er sich einen Ruck.

»Habt ihr Sverrir auch geholt?«, fragte er.

Sigurður Óli nickte.

»Knútur hat ausgepackt?«

»Wir reden morgen miteinander«, sagte Sigurður Óli. »Gute Nacht.«

Er sah, dass Kristófer nicht mehr auf dem Korridor war. Und er sah Finnur, der eben in sein Büro zurückkehrte. Sigurður Óli rief seinen Namen. Finnur überhörte das und schloss die Tür hinter sich. Sigurður Óli stieß sie wieder auf und marschierte ins Zimmer.

»Wo ist Kristófer?«, fragte er. »Habt ihr ihn schon wieder freigelassen?«

»Machst du dir etwa Sorgen seinetwegen?«, fragte Finnur.

»Wo ist er?«

»Ich weiß es nicht. Wahrscheinlich wieder auf freiem Fuß. Das geht mich nichts mehr an. Wieso fragst du mich danach?«

»Wo ist er hingegangen?«

»Wo ist er hingegangen? Glaubst du vielleicht, dass ich mich dafür interessiere, was diese Idioten machen, wenn sie hier rauskommen?«

Sigurður Óli verließ Finnurs Büro, rannte über die Gänge und zum Hintereingang nach draußen. Dort fuhr gerade ein Streifenwagen vor, aus dem Sverrir ausstieg. Sigurður Óli lief zum Einfahrtstor hinaus auf die Straße und rief Kristófers Namen. Er blickte kurz Richtung Snorrabraut und entschied sich dann für die andere Richtung. Er rannte zunächst zum Haus der Freimaurer, machte dort wieder kehrt, lief in Richtung Meer und bog zum Borgartún ein. Er rief einige Male nach Kristófer und verlangsamte seine Schritte. Bei einer kleinen Nebenstraße wollte er schon wieder umkehren, als er in einiger Entfernung einen Mann am Boden liegen sah und drei andere, die wegrannten.

Sigurður Óli beeilte sich, als er sah, wie die drei in ein Auto sprangen, das von einem vierten gefahren wurde. In Sekundenschnelle war das Auto um die nächste Ecke verschwunden. Der am Boden liegende Mann stöhnte vor Schmerzen, sein Gesicht war blutüberströmt. Es war Kristófer. Er lag mit offenem Mund auf dem Rücken, die Schneidezähne fehlten, die Augenpartie war von Schwellungen entstellt. Sigurður Óli brachte ihn in die Seitenlage und bestellte einen Krankenwagen.

»Was für Leute waren das?«

»Keine … Ahnung«, flüsterte Kristófer.

»Was ist passiert?«

»Sie … Sie haben … mir hinterm Dezernat aufgelauert.«

Wenig später war Sigurður Óli zurück im Hauptdezernat und stürmte zu Finnurs Büro. Finnur war im Begriff, es zu verlassen, als Sigurður Óli auftauchte, ihn ins Zimmer zurückschob und die Tür zuschlug.

»Mann, was soll das«, rief Finnur und machte Anstalten, auf Sigurður Óli loszugehen.

»Ich habe gerade einen Krankenwagen für Kristófer bestellt«, sagte Sigurður Óli.

»Kristófer? Was geht mich das an?«

»Wäre es nicht angebrachter zu fragen, was passiert ist?«

»Wovon redest du eigentlich?«

»Ich dachte, ich hätte dich gewarnt. Ich werde es weiterleiten, wenn du nicht damit aufhörst.«

»Ich versteh nicht, was du meinst. Mach, dass du rauskommst!«

»Ich spreche darüber, dass du irgendwelche Leute über die Kriminellen informierst, die hier das Haus verlassen! Willst du so Gerechtigkeit üben? Geht es darum?«

Finnur trat ein paar Schritte zurück.

»Ich weiß wirklich nicht, was du dir da zusammenphantasierst«, sagte er, doch er klang nicht mehr ganz so selbstsicher.

»Ich weiß, dass diese Gewalttäter viel zu leichte Strafen bekommen, dass sie oft direkt nach der Vernehmung einfach wieder auf die Straße hinausspazieren können. Aber glaubst du wirklich, dass das eine Lösung ist?«

Finnur schwieg.

»Ich weiß, dass du das vor drei Jahren schon einmal gemacht hast, wegen dieses Mädchens in der Pósthússtræti. Und ich bin nicht der Einzige, der es weiß. Und jetzt hast du wieder damit angefangen. Es gibt hier Leute, die so etwas nicht gutheißen.«

»Die Menschen wollen Gerechtigkeit«, sagte Finnur.

»Du willst Gerechtigkeit«, sagte Sigurður Óli.

»Heute Abend wurde ein Junge bewusstlos ins Krankenhaus eingeliefert, das hat dein lieber Kristófer getan«, sagte Finnur. »Völlig grundlos, nur so aus Spaß. Wir wissen nicht, ob der Junge das heil überstehen wird, wenn er aufwacht. Wir wissen nur, dass dein lieber Kristófer und seine Freunde sich wieder mal einen Spaß gemacht haben. Ich habe den Vater des Jungen informiert, dass wir Kristófer im Laufe des Abends zum Hintereingang rauslassen würden, falls er der Meinung sei, noch eine Rechnung mit Kristófer begleichen zu müssen.«

»Und der organisiert sich ein paar Kerle und macht Hackfleisch aus dem Jungen.«

»Den Leuten reicht es allmählich. Sie wollen Gerechtigkeit. Dein Kristófer hat heute Abend auch kein Mitleid gezeigt.«

»Du weißt, dass die Empörung der Leute direkt nach so einem Überfall am größten ist«, sagte Sigurður Óli. »Sie wollen Rache, sie wollen Blut sehen. Bist du der Meinung, dass du diesen Rachedurst schüren solltest? Ist es deine Aufgabe, sich die Wut dieser Leute zunutze zu machen, damit du die Genugtuung hast, dass irgendeine Art von Gerechtigkeit vollzogen wird?«

»Das Mädchen in der Pósthússtræti war ein genauso unschuldiger Passant wie der Junge heute Abend«, sagte Finnur.

»Ich weiß, dass du mit ihr verwandt bist. Das macht es nur noch schlimmer.«

»Sie haben ihr brutale Fußtritte an den Kopf versetzt. Zwei Idioten, die sich einfach einen Spaß gemacht haben. Sie wird sich nie wieder davon erholen. Die haben ein paar Monate gekriegt, das meiste war auf Bewährung, weil sie sich vorher kaum etwas zuschulden haben kommen lassen, und ihr Alter wurde ihnen auch zugutegehalten.«

»Und du hast dafür gesorgt, dass sie zusammengeschlagen wurden«, sagte Sigurður Óli. »Dass jemand ihnen hier hinter dem Gebäude auflauerte, um ihnen mit gleicher Münze heimzuzahlen.«

»Meiner Meinung nach wirkt das besser als ein paar Monate auf Bewährung. Ich weiß wirklich nicht, weshalb du dich so aufregst.«

»Du solltest damit aufhören«, sagte Sigurður Óli.

»Da missverstehst du etwas, Siggi. Ich mach überhaupt nichts.«

»Nun tu bloß nicht so.«

»Hast du meine Verwandte mal gesehen, nachdem sie aus dem Krankenhaus entlassen wurde?«

»Nein. Aber du machst das nicht noch einmal. Dann muss ich es weiterleiten, und ich weiß, dass du das lieber nicht möchtest.«

»Die werden überhaupt nicht bestraft, diese Typen. Und dann fangen sie wieder von vorne an. Was soll man denn tun?«

»Du musst damit aufhören.«

Finnur öffnete die Tür für Sigurður Óli. »So ganz persönlich bin ich der Meinung«, sagte er, »dass man diese verdammten Idioten erschießen sollte, sobald sie gefasst werden.«

## *Neunundvierzig*

Sverrir saß auf der Liege in seiner Zelle. Er sprang auf, als der Riegel zurückgeschoben wurde. Sigurður Óli betrat die Zelle, und hinter ihm schloss sich die Tür wieder. Er hatte sich nach dem Streit mit Finnur immer noch nicht wieder beruhigt.

»Woher kommt das Geld?«, fragte er und baute sich vor der massiven Tür auf.

»Das Geld?«

»Woher kommt es?«

»Ich verstehe ni…«

»Knútur hat uns alles Wichtige gesagt«, unterbrach ihn Sigurður Óli.

Sverrir starrte ihn an.

»Ich rede nur im Beisein meines Rechtsanwalts mit dir.«

»Wir werden gleich morgen früh damit beginnen«, sagte Sigurður Óli. »Ich wollte nur noch mal sehen, wie es dir geht, und dich nach dem ein oder anderen Detail fragen, mit denen wir uns später genauer befassen werden. Zum Beispiel, woher das Geld stammt, das ihr für Alain Sörensen gewaschen habt. Soweit ich weiß, ist ihm das dir gegenüber mal herausgerutscht. Mit wem macht Sörensen Geschäfte? Für wen bringt er dieses Geld in Umlauf?«

»Sörensen?«, fragte Sverrir.

»Ja. Sörensen.«

»Was hat Knútur euch erzählt?«

»Alles über Alain Sörensen, woher du ihn kennst, dass du und Arnar ihn in London getroffen habt und ihr einen Kredit bei ihm aufnehmen wolltet, um von den hohen Zinsen hierzulande zu profitieren. Den Gewinn wolltet ihr euch teilen. Wir werden gleich morgen damit anfangen, eure Vermögen in Augenschein zu nehmen, eure Bankguthaben, eure Aktiengeschäfte und wie das alles heißt. Dabei kommt ganz sicher sehr viel Interessantes heraus. Beispielsweise das ein oder andere über Briefkastenunternehmen und Steuer-Oasen.«

Sverrir setzte sich wieder.

»Wie gesagt, Knútur ist ausgesprochen kooperativ«, fuhr Sigurður Óli fort. »Er hat ausgesagt, ihr hättet ihn für eine Weile außer Landes schicken wollen. In euren Augen hat er wohl versagt? Wieso habt ihr überhaupt einen so unsicheren Kantonisten ins Boot geholt?«

Sverrir antwortete nicht.

»Þorfinnur wusste, woher das Geld stammte«, sagte Sigurður Óli. »Aber er hat das nicht akzeptiert, ganz und gar nicht. Knútur hat gesagt, er sei total ausgerastet.«

Sverrir saß auf der Liege und starrte vor sich hin, um den durchdringenden Blick von Sigurður Óli zu vermeiden. Die blaue Kunststoffmatratze, auf der er heute Nacht würde schlafen müssen, knarrte bei jeder Bewegung.

»Weshalb ist Þorfinnur ausgerastet?«

»Ich will, dass mein Rechtsanwalt dabei ist«, sagte Sverrir. »Das ist doch wohl mein gutes Recht.«

»Und weshalb war dieser Überfall auf Sigurlína erforderlich? Was für eine Rolle hat sie gespielt?«

»Ich kenne diese Sigurlína nicht.«

»Was hat sie euch getan? Kannst du dich nicht an sie erinnern? Sie war auf dieser Gletschertour im letzten Jahr dabei. Als Alain Sörensen nach Island kam. Sie hat von eurem Plan gewusst und gesagt, ihr wärt unglaublich kaltschnäuzig. Wer hat ihr davon erzählt?«

»Ich weiß nicht, worüber du redest.«

»Wer von euch hat mit ihr geschlafen?«, fragte Sigurður Óli.

»Ich will meinen Rechtsanwalt«, erklärte Sverrir. »Mein Rechtsanwalt muss dabei sein.«

Arnar saß in einer anderen Zelle auf seiner Pritsche, die fest im Boden verankert war. Die Matratze war ebenfalls blau. Er machte sich nicht die Mühe aufzustehen, als Sigurður Óli in die Zelle eingelassen wurde. Er hob nur kurz den Kopf und starrte dann weiter auf die Wand gegenüber. Es war schon nach Mitternacht. Arnar wirkte zwar bedrückt und niedergeschlagen, aber müde schien er nicht zu sein.

In der Hoffnung auf irgendeine Reaktion stellte Sigurður Óli ihm dieselben Fragen, die er kurz zuvor Sverrir gestellt hatte. Er informierte ihn darüber, dass Knútur mit der Kriminalpolizei kooperierte, fragte ihn nach der Geldwäsche, nach der Herkunft von Sörensens Geld und nach Lína, die von dem Plan gewusst hatte. Schließlich fragte er noch, weshalb sie es für notwendig gehalten hatten, ihr einen Geldeintreiber auf den Hals zu hetzen, der ihr den Schädel eingeschlagen hatte.

Bei den letzten Worten schien Arnar, der sich bis dahin alles schweigend angehört hatte, aufzuhorchen.

»Von was für einer Lína redest du eigentlich immer?«, fragte er. Er blickte Sigurður Óli an und stand auf.

»Sie hieß Sigurlína und wurde vor Kurzem ermordet. Zwei Schuldeneintreiber sind in eurem Auftrag zu ihr nach Hause gefahren und sind dabei so ungeschickt vorgegangen, dass sie starb. Die Tat ist zwar nur von einem der beiden begangen worden, aber schuldig sind sie beide.«

»Davon weiß ich nichts. Wenn das stimmt, muss Sverrir voll und ganz den Verstand verloren haben.«

»Sie hat herausgefunden, was ihr im Schilde geführt habt. Vielleicht hat sie euch gedroht, sich damit an die Medien zu wenden. Ihr Vorgehen war nicht unbedingt geschickt, sie verstand sich nicht darauf, Leute zu erpressen. Ihr ging es nur ums Geld. Weshalb habt ihr nicht einfach gezahlt? Wäre das nicht am einfachsten gewesen? Gewinn habt ihr schließlich genug gemacht!«

Arnar trat einen Schritt auf Sigurður Óli zu, der sich gegen die Tür lehnte.

»Vielleicht wusste sie, woher das Geld stammte«, sagte Sigurður Óli.

»Ich weiß nichts von dieser Lína. Ich habe nur in den Nachrichten gehört, dass eine Frau umgebracht wurde.«

»Sie wusste über euch Bescheid. Und sie musste sterben. Was ist mit Þorfinnur passiert? Wie ist er gestorben?«

»Ich weiß nichts über diese Frau.«

»Und Þorfinnur? Über ihn weißt du sicher etwas.«

Arnar schwieg lange. Dann drehte er sich wieder zu der Liege um und setzte sich. Sigurður Óli wartete. Die Sekunden vergingen eine nach der anderen.

»Warst du daran beteiligt, ihn loszuwerden?«

»Nein«, sagte Arnar.

»Ihn über die Klippen von Svörtuloft zu stoßen? Seid ihr deswegen nach Snæfellsnes gefahren?«

»Ich war nicht mit Sverrir und Þorfinnur zusammen. Ich gehe davon aus, dass Sverrir die Wahrheit sagt.«

»Dann zu etwas anderem«, sagte Sigurður Óli. »Woher stammte das Geld?«

»Das Geld?«, echote Arnar.

»Das ihr für Alain Sörensen in Umlauf gebracht habt? Was war das für Geld? Weshalb ist Þorfinnur ausgerastet? Sverrir will sich dazu nicht äußern. Knútur ebenfalls nicht, er verweist nur auf Sverrir. Woher stammte das Geld?«

Arnar antwortete nicht.

»Früher oder später wird es sich schon herausstellen«, sagte Sigurður Óli.

Arnar richtete sich auf seiner Liege auf und versuchte, gerade zu sitzen. Im Gegensatz zu Sverrir hatte er noch mit keinem Wort seinen Rechtsanwalt erwähnt.

»Þorfinnur ist ausgerastet, als er es herausfand, und hat damit gedroht, zur Polizei zu gehen«, sagte er. »Sverrir ist es zwar gelungen, ihn zu beruhigen, aber nur für kurze Zeit.«

Arnar seufzte tief.

»Sörensen hat immer gesagt, wir bräuchten nicht zu wissen, woher das Geld käme, und Sverrir und ich hatten das akzeptiert. Bereits nach kurzer Zeit hat Þorfinnur aber angefangen, Fragen zu stellen. Er hatte Gewissensbisse. Meiner Meinung nach wollte er einfach aussteigen, ihm fehlte nur ein Anlass. Seine Sorge drehte sich darum, dass wir an irgendwelchen Drogengeschäften verdienten. Das wollte er auf keinen Fall. Und als sich dann herausstellte, woher es wirklich stammte, war das seiner Meinung nach noch zehnmal schlimmer als Drogen.«

»Und er hat gedroht auszupacken?«

Arnar starrte vor sich hin.

»Er wollte aussteigen. Sverrir fand, dass er ziemlich riskante Dinge von sich gab, ich habe ihn aber nicht näher danach gefragt. Sverrir war der Meinung, dass wir etwas unternehmen müssten. Das hat er aber nur zu mir gesagt, das möchte ich betonen. Knútur wusste nichts davon. Ihn und Þorfinnur haben wir mit ins Boot genommen, weil diese Kredite so hoch waren, dass sie aufgeteilt werden mussten. Þorfinnur war wie Knútur, ein bisschen einfältig, aber gegen viel Geld hatte er nichts. Alle wollten Profit machen.«

»Ist das die Erklärung? Geldgier?«

»Wir haben einfach eine Gelegenheit beim Schopf ergriffen. Wir beobachten ja schon die ganze Zeit, wie die anderen sich aufführen. Vielleicht wollten wir so sein wie die.«

Arnar sah auf.

»Sverrir hat mir nicht gesagt, was bei dieser Wanderung genau passiert ist. Danach musst du ihn selber fragen. Aber natürlich habe ich da einen gewissen Verdacht. Und ihr vermutlich auch, jetzt wo die ganze Chose geplatzt ist.«

»Weshalb sind die beiden zu den Svörtuloft-Klippen gefahren? Weil Sverrir sich da auskannte?«

»Es sollte ein Gag sein. Alles, was Sörensen gesagt hatte, stimmte haargenau. Die Expansion schritt weiter fort, die Zinsen der Notenbank sind seit dem letzten Jahr auf das Doppelte gestiegen.«

»Moment mal, was für ein Gag?«

»Du weißt, dass die Notenbank wegen der Architektur und der schwarzen Verkleidung diesen Spitznamen weg hat, Svörtuloft. Sverrir fand das witzig. Er sagte, er würde uns die richtigen Klippen von Svörtuloft zeigen. Ich wusste noch nicht mal, dass es die überhaupt gibt.«

»Und über Lína weißt du nichts?«

»Nein.«

»Sie hat aber etwas über euch gewusst. Hat sie euch gedroht?«

»Nein. Ich kenne sie nicht.«

»Sie war auf dieser Gletschertour. Erinnerst du dich nicht an sie? Als Alain Sörensen zu Besuch kam und ihr mit ihm diese Abenteuertour unternommen habt?«

Arnar überlegte.

»War das die Frau, die die Tour organisiert hat?«

»Genau.«

»Dann habe ich eine schwache Erinnerung an sie. Also, ich glaube, Knútur ist ein bisschen auf sie abgefahren.«

»Knútur?«

»Vielleicht hab ich das aber nicht richtig in Erinnerung.«

»War Knútur mit Lína zusammen?«

Arnar antwortete nicht auf die Frage. Irgendetwas schien in ihm vorzugehen. Sigurður Óli wartete geduldig.

»Kinderpornographie«, sagte er schließlich.

»Was?«

»Das Geld, was wir für Sörensen gewaschen haben, war Schwarzgeld. Einiges davon stammte von Drogengeschäften, aber das meiste vom Porno-Markt, vor allem Kinderpornographie.«

»Pornographie mit Kindern?«

Arnar nickte. »Wir waren an der Geldwäsche für einen Porno-Ring beteiligt, darunter waren Leute, die Kinderpornos herstellten. Þorfinnur ... war nicht bereit, sich damit abzufinden.«

## *Fünfzig*

Kurz darauf ließ Sigurður Óli Knútur erneut in sein Büro holen. Er hatte vor, ihn noch einmal nach Sigurlína zu fragen, um dann Feierabend zu machen und ins Bett zu gehen. Es war ein langer Tag geworden, aber seine Neugierde ließ ihm keine Ruhe. Finnur war bereits nach Hause gefahren. Sigurður Óli wusste nicht, ob er sich seine Worte zu Herzen genommen hatte.

Die Tür öffnete sich, und Knútur wurde in das Büro geführt. Er setzte sich auf einen Stuhl vor dem Schreibtisch. Seinem kindlichen Gesicht sah man deutlich an, wie ängstlich und besorgt er war. Er würde vermutlich in dieser Nacht wenig Schlaf finden. Vielleicht hielt ihn der Gedanke an seine Frau und seinen Sohn wach, vielleicht aber auch der an das Schicksal von Þorfinnur. Oder die Herkunft des Geldes, an dem sie sich eine goldene Nase hatten verdienen wollen.

»Du hast gewusst, woher das Geld von Alain Sörensen stammte, nicht wahr?«, fragte Sigurður Óli.

»Ich werde erst etwas sagen, nachdem ich mit meinem Rechtsanwalt gesprochen habe«, erklärte Knútur. »Ich habe meine Meinung geändert. Ich möchte einen Rechtsbeistand dabeihaben. Das ist mein gutes Recht. Ich würde gern wieder zurück in die Zelle.«

»Ja, und ich würde gern Feierabend machen«, sagte

Sigurður Óli. »Machen wir es also kurz. Es gibt einen Punkt, den ich noch einmal mit dir durchgehen möchte, es dauert auch gar nicht lange. Soweit ich weiß, hast du Lína besser gekannt, als du zugeben wolltest. Die Frau, die umgebracht wurde.«

Knútur antwortete nicht. Während er auf Knútur wartete, hatte Sigurður Óli noch einmal die Aufzeichnungen der Telefongespräche von Höddi durchgelesen, die das Rauschgiftdezernat abgehört hatte. Der Stapel Blätter lag vor ihm auf dem Schreibtisch.

»Du hast dich auf dieser Gletschertour mit eurem Freund Sörensen mit ihr eingelassen.«

»Wer behauptet das?«

»Das spielt jetzt keine Rolle. Du hast bis zum heutigen Abend behauptet, du würdest sie überhaupt nicht kennen. Weshalb diese Lügen über sie? Kannst du mir das erklären?«

Sigurður Óli griff nach dem Stapel Papier, zog ihn zu sich heran, um den Eindruck zu erwecken, als habe er noch genügend andere Dinge zu tun, als seien seine Fragen mehr oder weniger nebensächlich. Er überflog den Ausdruck und blätterte die Papiere durch. Knútur sah ihm schweigend dabei zu.

»War es wegen deiner Frau?«, fragte Sigurður Óli. »Geht es darum? Das kann ich gut verstehen.«

»Ich will meinen Rechtsanwalt sprechen«, sagte Knútur.

»Eines solltest du über Lína wissen«, sagte Sigurður Óli. »Sie war wohl eine äußerst amüsante, liebenswürdige und lebenslustige Frau, aber sie hatte ein spezielles Interesse an verheirateten Männern. Ich konnte mich noch nicht näher damit befassen, aber soweit ich weiß, fand sie verheiratete Männer spannender. Sie und ihr Mann hatten eine recht unkonventionelle Beziehung. Fremdgehen war gestattet. So denken nicht alle, aber die beiden taten es. Ich weiß nicht, ob sie dir das gesagt hat.«

Knútur schwieg.

»Ich erzähle dir jetzt, was ich glaube, korrigier mich, wenn ich dummes Zeug rede. Du hast mit ihr geschlafen. Vielleicht sogar, nachdem ihr wieder zurück in der Stadt wart. Vielleicht ein paarmal, oder auch nur einmal. Gut möglich, dass sie dir gesagt hat, sie hätte Fotos von euch gemacht und dir gedroht hat, sie deiner Frau zu schicken. In dieser Hinsicht kannte sie keine Hemmungen, und vertrauen konnte man ihr nicht. Vielleicht hast du ihr, während ihr zusammen im Bett gelegen habt, auch erzählt, dass ...«

»Das ist nicht wahr«, sagte Knútur.

»... dass ihr vier von der Bank ein supertolles Ding am Laufen hattet, das euch Unsummen Geld einbrachte. Du hast ihr nicht alles erzählt, aber immerhin so viel, dass sie ihrem Mann von diesem Plan erzählt hat, und wie unglaublich kaltschnäuzig ihr wärt.«

»Das ... Das stimmt nicht.«

»Du wolltest ein bisschen angeben.«

»Nein.«

»Hat sie Fotos von euch gemacht?«

»Nein.«

»Ihr habt aber miteinander geschlafen?«

»Sie hat keine Fotos gemacht«, sagte Knútur böse. Es war das erste Mal, dass Sigurður Óli eine Gemütsveränderung bei ihm wahrnahm. »Und sie hat auch nicht gedroht, meiner Frau etwas zu sagen. Ich habe sie zweimal getroffen. Beide Male in Reykjavík und ...«

Knútur verstummte.

»Wird das bekannt werden?«

»Sag mir einfach, was passiert ist.«

»Ich will nicht, dass meine Frau davon erfährt.«

»Das kann ich verstehen.«

»Es war einfach so«, sagte Knútur. »Ich bin noch nie zuvor fremdgegangen. Ich ... Sie war ziemlich forsch.«

»Und du hast etwas ausgeplaudert?«

»Sie wollte wissen, was ich so in der Bank machte. Ich glaube, sie fand mich eher spannend, weil ich bei der Bank arbeitete, und nicht, weil ich verheiratet war. Wir haben darüber nie gesprochen.«

»Aber viel über die Bank? Und du hast versucht, dich ein bisschen wichtigzumachen.«

»Ich habe ihr gesagt ...«

Knútur zögerte.

»Ich weiß nicht, ob ich versucht habe, mich wichtigzumachen. Sie war einfach sehr neugierig und fragte mich danach, was für Mittel und Wege es gäbe, keine Steuern bezahlen zu müssen und dergleichen. Sie interessierte sich für Steuer-Oasen, und es kann sein, dass ich ihr gesagt habe, ich würde ein paar Leute kennen, die ein todsicheres Ding drehten und dabei Geld scheffelten. Ich hab aber nicht gesagt, wer das war. Und ich habe alle möglichen Beispiele angeführt. Aber ... es kann sein, dass sie daraus geschlossen hat, ich wäre irgendwie daran beteiligt.«

»Und du hast nicht versucht, ihr damit zu imponieren?«

Knútur schwieg.

»Und deinen Freunden Sverrir, Arnar und Þorfinnur – hast du denen davon etwas gesagt?«

»Nein.«

»Bestimmt nicht?«

»Ich habe niemandem davon erzählt.«

»Wollte sie Geld von dir?«

»Nein.«

»Hast du ihr diese Geldeintreiber auf den Hals gehetzt, um sie zum Schweigen zu bringen?«

»Nein. Zum Schweigen zu bringen? Ich ... Ich hatte keinen Grund dazu. Und ich kenne auch keine solchen Leute.«

»Deine Frau durfte das unter keinen Umständen herausfinden.«

»Nein, aber deswegen hätte ich doch Lína nichts angetan.«

»Du kennst Þórarinn und Hörður nicht?«

»Nein.«

»Hat sie versucht, Geld von dir zu erpressen, als sie erfuhr, mit was ihr vier euch befasst habt?«

»Nein. Sie wusste nichts davon, darüber habe ich ihr nichts erzählt.«

»Ich glaube, du lügst«, sagte Sigurður Óli und stand auf. »Aber wir gehen das alles morgen noch einmal in Ruhe durch.«

»Ich lüge nicht«, sagte Knútur.

»Das wird sich zeigen.«

Knútur stand ebenfalls auf. »Ich lüge nicht.«

»Wusstest du, woher Alain Sörensens Geld kam?«

»Nein, anfangs nicht.«

»Aber später?«

Knútur schwieg.

»Musste Þorfinnur deswegen sterben?«, fragte Sigurður Óli.

»Ich will mit meinem Rechtsanwalt sprechen«, sagte Knútur.

»Ist es korrekt, dass ihr nach Snæfellsnes gefahren seid, um Þorfinnur wieder ins Boot zu holen?«

»Ich will einen Rechtsanwalt.«

»Das ist wohl tatsächlich am besten«, sagte Sigurður Óli und brachte Knútur wieder in seine Zelle.

Kurze Zeit später kehrte er in sein Büro zurück, um seine Autoschlüssel zu holen. Er setzte sich noch einmal hinter seinen Schreibtisch und ging im Geiste die Gespräche mit den drei Bankern durch. Anscheinend waren sie zur Kooperation bereit. Sverrir am wenigsten, da vermutlich der Großteil der Verantwortung auf seinen Schultern lag.

Sigurður Óli blätterte noch einmal durch die Abhöraufzeichnungen von Höddi. Er hatte sie noch nicht vollständig durchgesehen und wusste auch nicht, ob es überhaupt noch eine Rolle spielte. Doch dann stieß er auf ein Gespräch mit jemandem, der sich anscheinend schon einmal mit Höddi in Verbindung gesetzt hatte und zu ihm in die Werkstatt gekommen war. Das Gespräch hatte erst vor kurzer Zeit stattgefunden.

SE: Wirst du das für mich tun?

HV: Kein Problem, meine Liebe.

SE: Ich kann dir fünfzig Mille geben.

HV: Ist gebongt.

SE: Also, dann tschüss.

HV: Okay, bye.

Sigurður Óli starrte auf das Blatt. »SE: Wirst du das für mich tun?« Die Namen von Höddis Gesprächspartnern waren in einer Liste beigefügt. Er schlug nach und sein Verdacht bestätigte sich. Ein seltsames Gefühl der Betäubung und Leere überkam ihn, und es fiel ihm wie Schuppen von den Augen. Er würde Knútur für einige seiner Beschuldigungen Abbitte leisten müssen, und auch bei Finnur musste er sich entschuldigen, der die ganze Zeit recht gehabt hatte. Er hatte bei der Ermittlung eklatant versagt.

»Was war eigentlich mit dir los«, flüsterte Sigurður Óli und legte das Blatt langsam wieder auf den Tisch.

Noch in derselben Nacht fuhr er die ganze Strecke über die Berge bis nach Litla-Hraun, nur um Höddi eine einzige Frage zu stellen. Er wusste, dass er in dieser Nacht ohnehin nicht viel Schlaf finden würde, und es graute ihm vor dem morgigen Tag. Es graute ihm vor dem Unvermeidlichen, aber er wollte lieber selber das Notwendige in die Wege leiten, als es anderen zu überlassen. Anschließend würde er sich von der Ermittlung zurückziehen. Sigurður Óli wusste, dass er mit Blindheit geschlagen gewesen war, und er wusste auch nur zu gut, weshalb. Er hatte sich für ausreichend stark, für ausreichend unparteiisch und für einen ausreichend guten Kriminalbeamten gehalten, um unvoreingenommen zu sein, egal, mit wem er es zu tun hatte.

Und jetzt wusste er, dass er nichts von alledem war.

Er brachte einen der diensthabenden Aufseher dazu, Höddi zu wecken und ihn ins Vernehmungszimmer zu bringen. Der Mann reagierte zunächst ablehnend auf dieses Ansinnen, ließ sich dann aber von Sigurður Óli davon überzeugen, dass es von größter Wichtigkeit für die Ermittlung sei.

Sigurður Óli und Höddi waren nur zu zweit im Vernehmungszimmer, da es sich nicht um ein offizielles Verhör handelte.

»Bist du total durchgeknallt?«, fragte Höddi stinksauer. Er hatte fest geschlafen, als der Aufseher ihn weckte.

»Nur eine Frage«, sagte Sigurður Óli.

»Was soll das denn?«, fragte Höddi. »Warum zum Teufel lässt du mich mitten in der Nacht wecken?«

»Woher kennst du Súsanna Einarsdóttir?«

## *Einundfünfzig*

Er hatte sich das Auto seiner Mutter ausgeliehen, um sie abzuholen. Er wollte mit ihr ins Kino gehen.

»Was hast du vor?«, hatte Gagga wie immer gefragt, wenn er sie um das Auto bat. Auch wenn er noch keinen einzigen Unfall gebaut hatte, war ihr Vertrauen in seine Fahrkünste begrenzt, denn er besaß erst seit einem Jahr den Führerschein.

»Ins Kino«, hatte er gesagt.

»Allein?«

»Mit Patrekur«, log er, weil er keine Lust hatte, sich näher zu erklären, vielleicht später, wenn er Erfolg gehabt hatte.

»Hast du schon deine Hausaufgaben gemacht?«

»Ja!«

Er hatte sich die Kinoanzeigen angesehen und den Film gefunden, den sie erwähnt hatte, einen amerikanischen Film, der im Laugarásbíó gezeigt wurde und vielleicht ganz gut zum Anlass passte. Die Vorankündigung versprach einen romantischen Unterhaltungsfilm. Das klang leicht und unproblematisch, er fühlte sich ohnehin schon gestresst genug. Hoffentlich war der Film kein totaler Schwachsinn.

Er hatte sie auf einem Schulschwoof getroffen. Er ging meist zu diesen Veranstaltungen, vor allem, wenn

Patrekur dabei war. Patrekur wusste von einer Party, die davor noch stattfinden sollte, und hatte auch eine Flasche Wodka für sie organisiert, die ein Onkel von ihm, der zur See fuhr, ins Land geschmuggelt hatte.

Er hatte das Zeug viel zu schnell in sich hineingekippt, und als er in die Disco kam, fühlte er sich von der Hitze, dem Krach und der Menschenmenge wie erschlagen. Ihm wurde schwindelig, der Schweiß perlte ihm von der Stirn, und er musste sich setzen. Plötzlich stand sie vor ihm und fragte, ob ihm schlecht wäre. Er hatte irgendeine Antwort gemurmelt. Er wusste zwar, dass sie auch auf dem Gymnasium war, hatte aber noch nie mit ihr gesprochen und kannte sie nicht.

Sie nahm ihn beim Arm, ging mit ihm zum Eingang und schickte ihn auf die Herrentoilette, wo er sich übergeben musste. Das Würgen schien kein Ende nehmen zu wollen. Die Aufpasser, die für Ordnung zu sorgen hatten, beförderten ihn an die frische Luft. Er schleppte sich mit letzter Kraft nach Hause, wo seine Mutter ihn ungewöhnlich verständnisvoll in Empfang nahm.

»Lass die Finger vom Alkohol«, hörte er sie durch seine benebelten Sinne sagen. »Du hast überhaupt nicht die Konstitution dazu.«

Einige Tage später traf er das Mädchen, das ihm beigestanden hatte, auf einem der Schulkorridore wieder. Er konnte sich gut an ihre Hilfsbereitschaft erinnern, und sie hatte die Szene auch nicht vergessen.

»Geht's dir wieder besser?«, fragte sie.

»Ja«, antwortete er zögernd. »Du darfst nicht glauben, dass ich normalerweise so viel …«

Er hatte saufen sagen wollen, fand aber, dass das nicht sein Stil sei. Ihm war das alles überaus peinlich.

»Natürlich nicht«, sagte sie und verschwand in einem der Klassenräume.

Er behielt sie in den nächsten Tagen aus der Ferne im Auge, und in der folgenden Woche setzte er sich in der Cafeteria zu ihr, wo sie ihr Pausenbrot aß und eine Zeitung las, die jemand liegen gelassen hatte. Er hatte sie eine Weile beobachtet, bevor er zur Tat schritt. Zu verlieren gab es nichts, dachte er.

»Steht was Interessantes drin?«, fragte er.

»Die ist uralt«, antwortete sie und sah von der Zeitung hoch.

»Okay«, sagte er. »Hast du eine Freistunde?«

»Nein, ich schwänze. Ich finde den Lehrer unerträglich, was aber auf Gegenseitigkeit beruht, also sind wir quitt.«

»Ist er ...?«

»Ach, der spielt sich uns Mädchen gegenüber immer so auf. Bist du nicht der mit diesem neoliberalen Blättchen?«

»Milton? Ja.«

»Sehr beliebt bist du hier auf der Schule nicht.«

»Hier wimmelt es ja auch von Linken«, erklärte Sigurður Óli.

Danach trafen sie sich noch einige Male zufällig und redeten ein paar Worte miteinander. Und dann sprach sie ihn einmal in der Schulgarderobe an, wo er nach seinem Anorak suchte.

»Hast du heute Abend schon etwas vor?«, fragte sie plötzlich. »Hast du Lust, ins Kino zu gehen?«

»Was? Ja ... Nein. Äh, ja.«

»Könntest du mich mit dem Auto abholen, oder ...?«

Er überlegte. Es würde nicht einfach sein, das Auto

von seiner Mutter zu bekommen, aber es war den Versuch wert.

»Ja, ich hol dich ab«, sagte er.

Abends fuhr er vor ihrem Haus vor und wartete. Unsicher, wie er bei seinem ersten Rendezvous war, wollte er nicht klingeln und nach ihr fragen. Und hupen wollte er auch nicht, das konnte als Frechheit ausgelegt werden. Also blieb er im Auto sitzen und wartete geduldig auf sie. Die Minuten zogen sich endlos dahin, bevor sie endlich zur Haustür herausgeschossen kam.

»Wartest du schon lange?«, fragte sie, nachdem sie sich auf den Beifahrersitz gesetzt hatte.

»Nein«, antwortete er.

»Ich habe die ganze Zeit darauf gewartet, dass du hupst.«

»Ich hab wirklich nicht lange gewartet.«

»Sind wir zu spät dran?«

»Nein, auf keinen Fall.«

Den Film fanden sie beide sehr enttäuschend, und so gab es nicht viel, worüber sie reden konnten, als sie wieder im Auto saßen. Er fuhr in Richtung Innenstadt, weil er vorhatte, dort ein oder zwei Runden zu drehen und bei einer Eisbude zu halten. Die Kioske hatten noch offen. Sie unterhielten sich über die Hauptdarstellerin, die ihr auf die Nerven gegangen war, und er ließ sich darüber aus, dass der Film im Grunde genommen kein bisschen witzig gewesen wäre. Er kaufte das Eis für sie, genauso wie er die Kinokarten und das Popcorn bezahlt hatte, und dann fuhr er wieder in das Viertel, wo sie wohnte. Es war mitten in der Woche, und zu dieser Stunde waren nicht viele Leute unterwegs. Bevor sie sich versahen, standen sie wieder vor ihrem Haus.

»Vielen Dank für alles«, sagte sie, als sie das Eis aufgegessen hatte.

»Danke gleichfalls«, sagte er.

Sie rückte etwas näher zu ihm herüber, und er begriff, dass sie ihm einen Kuss geben wollte. Er schob sich ebenfalls näher an sie heran. Ihre Lippen waren nach dem Eis noch kalt und ihre Zunge mit dem leichten Vanillegeschmack fühlte sich kühl an.

Die nächsten Tage musste er ständig an sie denken. Er sehnte sich danach, sie wiederzusehen, aber auf den Schulkorridoren war sie nirgends zu entdecken. Er erinnerte sich dunkel, dass sie eine Reise erwähnt hatte, die sie mit ihren Eltern unternehmen wollte. Das war wahrscheinlich die Erklärung. Er versuchte, bei ihr anzurufen, aber niemand ging ans Telefon. Zweimal fuhr er abends zu ihrem Haus und sah, dass nirgendwo Licht brannte. Er hatte noch nie solche seltsamen Gefühle gehabt, war so gespannt gewesen, so erwartungsvoll, hatte solche Sehnsucht verspürt.

Am Wochenende darauf verabredete er sich mit Patrekur in einem beliebten Vergnügungslokal im Stadtzentrum. Es war voll, und der Lärm grenzte ans Unerträgliche. Patrekur erzählte ihm, dass er ein tolles Mädchen kennengelernt hatte, das auch auf dem Gymnasium war. Er winkte jemandem in der Menschenmenge zu.

Und auf einmal stand Súsanna vor ihnen.

Das Mädchen, um das seit dem Kino-Abend alle seine Gedanken gekreist waren.

»Hallo«, schrie sie, um den Krach zu übertönen. »Ihr kennt euch?«, fragte sie verwundert.

»Ja«, rief Patrekur. »Kennst du Siggi?«

Sigurður Óli sah die beiden an und begriff überhaupt nichts mehr.

»Wir waren mal zusammen im Kino«, rief sie. »Ein bescheuerter Film«, fügte sie lachend hinzu. »Fandest du nicht auch?«

»Bist du ... Seid ihr ...?«

Sigurður Óli fiel es nicht leicht, Worte für das zu finden, was er sagen wollte. Sein Flüstern ging in dem Lärm unter, und im nächsten Moment waren die beiden in der Menschenmenge verschwunden.

## *Zweiundfünfzig*

Er ging davon aus, dass ihre Kinder in der Schule waren und dass sie kurz vor Mittag allein zu Hause sein würde. Er hatte sich nicht telefonisch angemeldet, sondern nur an ihrem Arbeitsplatz angerufen und erfahren, dass Súsanna krankgeschrieben und schon einige Tage nicht mehr bei der Arbeit erschienen war. Er überlegte, ob er Patrekur anrufen sollte, damit er dabei sein konnte, verwarf den Gedanken aber wieder. Das war Súsannas Angelegenheit, Patrekur würde erst davon erfahren, nachdem er mit ihr gesprochen hatte. Er überlegte auch, ob es nicht besser wäre, jemand anderen damit zu beauftragen, beschloss aber dann doch, selber zu gehen. Wenn er sie ins Hauptdezernat gebracht hatte, würden andere den Fall übernehmen.

Er fuhr vor dem Haus vor. Patrekur und Súsanna lebten in einem schönen Einfamilienhaus in Grafarholt. Sie hatten es mit verschiedenen Darlehen gekauft, darunter auch eines in ausländischer Währung, einem sogenannten Fremdwährungskredit. Patrekur hatte ihm gesagt, dass sie mit den Raten gut klarkamen, auch wenn sie sich monatlich auf weit über hunderttausend Kronen beliefen. Sigurður Óli wusste außerdem, dass sie sich zwei Autos auf Kredit gekauft hatten.

Sie kam selbst zur Tür und schien nicht besonders

erstaunt zu sein, ihn zu sehen. Sie trug eine Jeans und eine hübsche, hellblaue Bluse. Sie versuchte es mit einem Lächeln, das aber viel knapper und verlegener ausfiel als gewohnt. Trotz der Enttäuschung in der Vergangenheit hatte er Súsanna immer gern gemocht. Sie hatte einen entschlossenen Gesichtsausdruck und ein aufrichtiges Wesen, und er hielt sie für vernünftig, ehrlich und amüsant. Sie hatte dichtes, blondes Haar und dunkle Augen und war seiner Meinung nach überhaupt nicht gealtert. Er fand, dass sie eine gute Partnerin für Patrekur war. Soweit er wusste, war die Ehe zwischen ihr und Patrekur über all die Jahre hinweg gut gewesen. Zumindest hatte er bis zu dem Augenblick, als Patrekur ihm gestand, mit Sigurlína geschlafen zu haben, nie etwas anderes gehört.

»Du weißt wahrscheinlich, weshalb ich gekommen bin«, sagte er, nachdem sie ihn hereingelassen hatte. Er gab ihr wie immer zur Begrüßung einen Kuss auf die Wange.

»Hast du schon mit Patrekur gesprochen?«, fragte sie.

»Nein.«

»Ich hatte gedacht, du würdest zusammen mit ihm kommen«, sagte Súsanna.

»Wäre dir das lieber gewesen?«, fragte Sigurður Óli.

»Nein, wahrscheinlich nicht.«

»Können wir uns irgendwo hinsetzen?«

»Natürlich, komm herein.«

Aus dem Wohnzimmerfenster ging der Blick auf den westlichen Teil von Reykjavík. Sie setzten sich. Sigurður Óli hatte die ganze Nacht kein Auge zugetan.

»Ich habe mich mit einem Mann unterhalten, der Hörður heißt. Er sagt, dass er dich schon seit der Grundschule kennt«, begann Sigurður Óli. »Er wird meist Höddi genannt. Er befindet sich in Untersuchungshaft in Litla-Hraun, er ist mitschuldig an dem Tod einer Frau, die Lína genannt wurde.«

»Ich kenne ihn«, sagte Súsanna.

»Er erzählte mir, dass ihr euch immer gut verstanden hättet. Auf eure Freundschaft in der Grundschule ist er nicht näher eingegangen. Er hat nur gesagt, dass ihr immer Spaß miteinander gehabt habt, wenn es Klassen- oder Jahrgangstreffen gab.«

»Ja«, sagte Súsanna.

»Er sagt, du hättest ihn einmal um eine Gefälligkeit gebeten. Es hatte etwas mit einer Freundin von dir zu tun, beziehungsweise deren Tochter.«

»Vielleicht wäre es doch besser, wenn Patrekur hier wäre«, sagte Súsanna.

»Wie du willst«, sagte Sigurður Óli. »Wir können ihn anrufen. Ich habe keine Eile, wir können uns Zeit lassen.«

»Du glaubst bestimmt, dass ich …«

»Ich glaube gar nichts, Súsanna.«

Sie sah ihn lange an. »Es war vor drei Jahren«, sagte sie schließlich. »Meine Freundin hatte große Probleme. Ihre Tochter war auf dem Gymnasium, und da gab es eine Clique, die ihr ständig gedroht hat und Geld von ihr wollte, obwohl sie ihnen nichts schuldete. Das Mädchen hatte solche Angst vor diesen Typen, dass sie sogar die Schule abbrechen wollte. Ich habe Höddi gefragt, ob er etwas für sie tun könnte. Ich wusste, dass er solche … Aufträge übernimmt, dass er manchmal Schulden bei Leuten eintreibt. Er hat sich der Sache angenommen, und danach wurde das Mädchen in Ruhe gelassen.

Meine Freundin war sehr dankbar. Ich habe Höddi nie danach gefragt, was er gemacht hat.«

»Er hat dir also geholfen?«, fragte Sigurður Óli.

»Ja, oder besser gesagt, meiner Freundin.«

»Hast du ihn seitdem getroffen? Oder von ihm gehört?«

Súsanna zögerte.

»Hast du ihn ein weiteres Mal um einen Gefallen gebeten?«

Súsanna gab ihm keine Antwort.

»Ich komme gerade von ihm«, sagte Sigurður Óli. »Ich soll dir Grüße ausrichten und dir sagen, dass er so lange dicht gehalten hat, wie es möglich war. Er sagt, dass du dich mit ihm in Verbindung gesetzt hast.«

»Wahrscheinlich glaubst du, dass ich verrückt bin«, erklärte Súsanna nach langem Schweigen.

»Ich glaube vor allem, dass du einen Fehler gemacht hast«, sagte Sigurður Óli. »Hast du dich mit Höddi in Verbindung gesetzt?«

»Ja«, erklärte Súsanna. »Als diese entsetzlichen Leute meiner Schwester drohten, fiel mir ein, dass Höddi vielleicht ein Wörtchen mit denen reden könnte.«

»Und Lína angreifen?«

»Nein, er sollte nur mit ihr reden.«

»Hast du gewusst, dass er Gewalt anwenden würde?«

»Nein.«

»Du hast ihn nicht speziell darum gebeten?«

Súsanna hielt es nicht länger auf dem Sofa aus. Sie stand auf, ging zu dem großen Fenster und schaute hinaus auf die Stadt, ohne den Anblick zu genießen. Sie wischte sich mit dem Blusenärmel über die Augen.

»Hast du ihn darum gebeten, Lína anzugreifen?«

»Ich habe ihn darum gebeten, uns diese Leute vom Hals zu schaffen. Ich bin auf keine Einzelheiten eingegangen. Sie hat meine Schwester erpresst. Sie hat mit Patrekur geschlafen. Ich glaubte, dass sie ihn mir wegnehmen wollte. Ich wollte diese Leute los sein.«

»Súsanna, deine Schwester hat sich auf Sexpraktiken eingelassen, die meist unweigerlich dazu führen, dass man solche Leute wie Lína kennenlernt. Und es war Patrekur, der sich in sie vergafft hat. Dafür kannst du ihr doch nicht die Schuld geben.«

»Sie sollte nicht sterben«, sagte Súsanna mit Tränen in den Augen.

Sigurður Óli sah, dass sie versuchte, gegen das Weinen anzukämpfen, vergebens.

»Ich habe ihn nicht darum gebeten. Ich war ... Ich war einfach so wütend. Auf Patrekur natürlich, aber auch auf sie. Sie hat alles kaputt gemacht. Und sie wollte diese Bilder ins Internet stellen.«

»Hat vielleicht deine Schwester diese Idee gehabt?«, fragte Sigurður Óli.

Súsanna versuchte, tief durchzuatmen. Sie kämpfte mit den Tränen.

»Versuchst du, sie in Schutz zu nehmen?«, fragte Sigurður Óli.

»Sie wusste von Höddi, ich meine, von dem, was er für meine Freundin getan hat. Sie hat mich gefragt, ob ich mit ihm sprechen und sie dazu bringen könnte, diese Fotos auszuhändigen. Selber konnte sie das schließlich nicht tun. Höddi ist immer nett zu mir gewesen, zu allen in der Klasse. Ich hab einfach versucht zu ignorieren, was er macht oder was von ihm behauptet wird. Darüber möchte ich gar nichts wissen.«

»Sie steckt also auch drin?«

»Ja.«

»Der Mann, den Höddi losgeschickt hat, kriegte irgendwelche unklaren Anweisungen, wie er bei Lína vorzugehen hatte, er sollte die Fotos holen und ihr einen Denkzettel verpassen. Er hat zu fest zugeschlagen. Glaubst du, dass Höddi nicht die richtigen Anweisungen gegeben hat?«

»Das weiß ich nicht. Ach, ich hätte nie mit ihm reden sollen. Du kannst dir nicht vorstellen, wie entsetzlich ich mich gefühlt habe.«

»Nein, wahrscheinlich nicht.«

»Was soll ich tun? Was kann ich noch tun? Es ist alles vorbei. Mein Leben ist ruiniert, und das von meiner Schwester auch. Was sollen wir machen? Du musst uns helfen. Was können wir tun? Und alles nur wegen dieser Leute!«

Sigurður Óli schwieg. Es war ihm seinerzeit sehr nahegegangen, dass Súsanna sich von ihm abgewandt hatte. Aber er hatte es nie zur Sprache gebracht, weder ihr noch seinem Freund gegenüber. Nachdem sie und Patrekur ein Paar waren, hatte er nur ein einziges Mal mit ihr über diesen einen Kinobesuch gesprochen. Das war einige Wochen später gewesen, Patrekur hatte eine Party gegeben. Súsanna war zu ihm gekommen und hatte ihm gesagt, sie hätte keine Ahnung gehabt, dass Patrekur und er Freunde waren. Spielt keine Rolle, hatte er geantwortet, und sie hatte ihn gefragt, ob zwischen ihnen alles in Ordnung sei. Er hatte zustimmend genickt. Vergiss es, hatte er gesagt.

»Ich kann dir keine Ratschläge geben, Súsanna«, sagte Sigurður Óli. »Nur den einen, der auf der Hand liegt, dass du nicht versuchst, irgendwelche Dinge zu beschönigen, was dich, Patrekur und Höddi oder Lína betrifft. So war es, so ist es, und daran lässt sich nie mehr etwas ändern. Je eher du dich damit abfindest, desto besser.«

»Es war ein Unfall. Sie sollte nicht sterben. Auf gar keinen Fall!«

Sie schwiegen lange. Súsanna starrte immer noch zum Fenster hinaus auf die Stadt, die im Westen fast zu allen Seiten vom Meer umschlossen war.

»Du hast deine Gründe gehabt«, sagte Sigurður Óli.

»Die findest du aber nicht besonders stichhaltig.«

»Einige sind verständlicher als andere. Neulich landete ein kleiner Filmstreifen auf meinem Schreibtisch, auf dem ein Junge zu sehen war. Er war vielleicht zehn oder zwölf, er hat sein ganzes Leben gelitten. Die Sequenz dauert nur zwölf Sekunden, aber es ist alles zu sehen, was es dazu zu sagen gibt. Sein ganzes Leben im Kleinformat, seine Qualen. Niemand kümmerte sich um ihn, er wurde missbraucht. Das liefert vermutlich alle Erklärungen dafür, wie es ihm im Leben erging und wer er heute ist, Jahrzehnte später.«

Sigurður Óli stand auf.

»Ich habe es immer vermieden, in einen Klagegesang einzustimmen, aber in diesem Fall ist einfach nichts anderes möglich als die Teufelei, die ihm angetan wurde, in Rechnung zu stellen. Ich würde es verstehen, wenn er sich rächen wollte ...«

»Aber nicht, wenn ich das wollte?«, fragte Súsanna.

In diesem Augenblick öffnete sich die Haustür. Patrekur kam ins Wohnzimmer. Er hatte Sigurður Ólis

Auto in der Einfahrt gesehen, und seine besorgte Miene war nicht zu übersehen.

»Was ist hier los?«, fragte er und starrte die beiden an. Er spürte sofort, dass irgendetwas nicht stimmte und versuchte, Súsanna in die Arme zu nehmen. Sie ließ das nicht zu, sondern wich ihm aus und machte eine abwehrende Handbewegung.

»Was ist?«, fragte Patrekur.

Er blickte seine Frau an und dann Sigurður Óli. Sein Gesicht war ein einziges Fragezeichen.

»Was geht hier vor?«, fragte Patrekur.

»Súsanna?«, sagte Sigurður Óli.

Súsanna begann zu schluchzen.

»Súsanna kennt …«

»Ich will ihm das sagen, gestatte mir das bitte«, unterbrach Súsanna ihn.

»Selbstverständlich«, sagte Sigurður Óli. »Ich geh solange hinaus.«

Eine gute Stunde später fuhr er mit Súsanna und Patrekur zum Hauptdezernat an der Hverfisgata. Patrekur durfte sie nur bis zum Hintereingang am Parkplatz begleiten, dort mussten sich die Eheleute voneinander verabschieden. Patrekur hatte immer noch nicht völlig begriffen, was geschehen war, und er konnte sich kaum von seiner Frau trennen.

Sigurður Óli machte sich auf die Suche nach Finnur, um ihn über die neuesten Entwicklungen zu informieren und ihm mitzuteilen, dass er sich von der Ermittlung zurückziehe. Er war dankbar, dass Finnur sich mit irgendwelchen hämischen Bemerkungen zurückhielt. Vielmehr nutzte er die Gelegenheit, ihm mitzuteilen, dass Alain Sörensen in Luxemburg wegen des Verdachts auf Geldwäsche verhaftet worden sei. Die drei Banker waren jetzt also wichtige Zeugen in dem bevorstehenden Prozess gegen ihn. Da die beiden Fälle so eng miteinander verzahnt waren, konnte Sigurður Óli sich auch nicht mehr an den Ermittlungen im Zusammenhang mit Þorfinnurs Tod beteiligen. Bevor er nach Hause fuhr, beschloss er, trotzdem noch einmal mit Sverrir zu reden, der darauf wartete, aus seiner Zelle im Hauptdezernat in die Untersuchungshaft nach Litla-Hraun gebracht zu werden.

»Weshalb seid ihr vier nach Snæfellsnes gefahren?«, fragte er, nachdem sich die Stahltür hinter ihm geschlossen hatte.

Sverrir saß wieder auf der blauen Matratze. Er hatte in der Nacht kaum geschlafen, und am Morgen war sein Rechtsanwalt bei ihm gewesen. Die offiziellen Vernehmungen würden an Nachmittag beginnen, und zwar in Litla-Hraun.

»Ging es darum, Þorfinnur loszuwerden?«

Sverrir schwieg sich aus. Er lehnte mit dem Rücken an der Wand, der Kopf war auf die Brust gesunken. Er hatte nicht einmal hochgeschaut, als Sigurður Óli die Zelle betreten hatte.

»Oder ging es darum, Þorfinnur wieder auf eure Seite zu ziehen?«

Sverrir antwortete nicht.

»Þorfinnur hatte herausgefunden, woher das Geld stammte, das ihr für Alain Sörensen gewaschen habt. Er ist ausgerastet. An Geschäften mit Pornographie, gar nicht zu reden von Kinderpornographie, beteiligt zu sein, kam für ihn überhaupt nicht in Frage. Du dagegen fandest das völlig in Ordnung. Arnar und Knútur hatten dazu keine Meinung. Þorfinnur wollte den ganzen Kram hinschmeißen, aber nicht genug damit, er hatte auch vor, sich mit den zuständigen Behörden in Verbindung zu setzen, um ihnen zu melden, was da vor sich ging. Er wollte klare Linien, er wollte sich aus dem Sumpf befreien, in den ihr ihn hineingezogen hattet, er wollte wieder von vorne anfangen.«

Sverrir war stumm wie ein Grab und starrte auf die Wand vor ihm.

»Und dann ist dir eine Methode eingefallen, wie ihr ihn loswerden konntet. Dazu musstet ihr aber raus aus der Stadt. Alle wissen, dass es immer wieder Unfälle bei Reisen in Island gibt – die Landschaft und das Wetter stellen immer eine Gefahrenquelle dar. Du wolltest unbedingt Arnar und Knútur mit dabeihaben, um keine Verdachtsmomente aufkommen zu lassen. Es sollte wie ein Arbeitswochenende aussehen. Ich weiß nicht, inwieweit die beiden am Tod von Þorfinnur beteiligt waren. Kannst du mir das sagen? Sie haben sich angeblich erst in letzter Sekunde dazu entschlossen, auf den Gletscher zu fahren, oder war auch das abgesprochen?«

Sverrir gab immer noch keinen Ton von sich.

»Þorfinnur hat sich ganz sicher mit dir und den anderen gestritten«, fuhr Sigurður Óli fort. »Ihr wolltet ihn dazu überreden, die Sache zu überdenken, aber Þorfinnur blieb unbeirrbar. Er hatte etliche Millionen an dem Deal verdient, aber er wollte sie loswerden. Du hast ihm klargemacht, dass er euch mit in den Abgrund reißen würde. Du hast ihm gesagt, dass du einen Weg wüsstest, um ihn da herauszuhalten, du würdest seine Kredite übernehmen und seine Spur verschleiern. So hätte man die Sache gut deichseln können. Aber darauf ist Þorfinnur nicht eingegangen, er wollte sich radikal von diesem Schandfleck befreien. Ihm war es nicht egal, woher das Geld stammte.«

Sverrir hatte aufgehört, auf die Wand zu starren. Er richtete sich auf und setzte sich auf die Kante der Pritsche.

»Ich habe nichts mit dem Tod von Þorfinnur zu tun«, erklärte er schließlich. »Es kann schon sein, dass das, was du über unsere Zusammenarbeit bei der Geldwäsche gesagt hast, gewisse Parallelen zur Realität hat. Ich habe keine Ahnung, was Arnar und Knútur dir gesagt haben. Ich komme wohl nicht umhin zuzugeben, dass ich mich zusammen mit ihnen und Alain Sörensen an einem Versuch zur Geldwäsche beteiligt habe, das ist mir bewusst. Dafür werde ich auch die Verantwortung übernehmen. Aber mit Þorfinnurs Tod habe ich nicht das Geringste zu tun. Wir haben uns gestritten, das stimmt. Über Geld, über unsere Geheimkonten, über die Herkunft des Geldes. Die war ihm tatsächlich nicht gleichgültig. Ich habe versucht, ihn davon zu überzeugen, dass das keine Rolle spiele, aber wenn er den Kram hinschmeißen würde, müssten wir das auch tun. Ich konnte ihn aber nicht von seiner Meinung abbringen. Er wollte dieses Geld zurückgeben und die Konten zugänglich machen – und die ganze Sache an die Polizei weiterleiten. Wir anderen drei waren nicht dagegen, die Zusammenarbeit mit Sörensen aufzukündigen, und wir wären sogar auch bereit gewesen, das Geld zurückzuzahlen. Wir waren fast zu allem bereit, was Þorfinnur verlangte, aber wir konnten nicht zustimmen, damit an die Öffentlichkeit zu gehen.«

Sverrir stand auf und holte tief Luft. »Darüber haben wir uns gestritten«, sagte er. »Das war das Einzige, was wir nicht wollten. Mit allem anderen wären wir einverstanden gewesen.«

»Und deswegen hast du ihn über die Klippe gestoßen?«

»Ich ... Ich habe ihn einfach stehen lassen«, erklärte Sverrir. »Ich ... Wir haben uns über Sörensen und diese Konten gestritten, und er blieb steif und fest bei seiner Meinung. Da habe ich ihm gesagt, er solle sich zum Teufel scheren, bin zum Auto zurückgegangen und hab ihn da allein zurückgelassen. Ich war wütend.«

»Bislang hast du immer gesagt, dass du zum Auto gegangen bist. Es war keine Rede davon, dass ihr euch gestritten habt.«

»Ja, ich weiß«, sagte Sverrir. »Aber inzwischen wisst ihr ja alles über diese Konten. Ich wurde wütend und ließ ihn dort zurück. Ob du mir glaubst oder nicht, ist deine Entscheidung, aber so war es. Ich gebe mir die Schuld daran, was mit ihm passiert ist, und das hat mir die ganze Zeit schwer auf der Seele gelastet. Ich hatte indirekt Schuld an seinem Tod, das gebe ich zu. Weil ich ihn allein zurückgelassen habe. Aber Mord war es nicht, das bestreite ich rundheraus. Ich hatte die Absicht, zu ihm zu fahren und ihn abzuholen. Er ist verunglückt.«

Sigurður Óli blickte Sverrir eindringlich an, aber der wich seinem Blick aus und starrte stattdessen auf die Wände, die ihn immer mehr einzuengen schienen.

»Hat er geahnt, was du vorhattest?«, fragte Sigurður Óli. »So ganz zum Schluss?«

»Hast du nicht gehört, was ich gesagt habe? Ich war nicht bei ihm.«

»War er sofort tot, als er unten auf den Felsen aufprallte?«

Sverrir gab ihm keine Antwort auf diese Frage.

»Oder hat er vielleicht noch eine Weile gelebt?«

Sigurður Óli war entschlossen, keine Schonung walten zu lassen.

»Ich habe ihm nichts getan«, sagte Sverrir.

»Hast du seine Schreie gehört, als er abstürzte?«

»Ich denke nicht daran, auf so eine Frage zu antworten.«

»Es wird gewiss nicht einfach sein, das alles zu beweisen, aber es ist eine Tatsache, dass diese Fahrt auf deine Initiative zurückgeht, dass Þorfinnur mit dir losgefahren ist. Und du bist allein zurückgekehrt, und für dich ging es um deine Existenz. Ich bezweifle sehr, dass du dich da so einfach herausreden kannst.«

Sigurður Óli drehte sich um und schlug gegen die Stahltür, damit ihm aufgeschlossen wurde.

»Ich habe ihn nicht umgebracht«, beharrte Sverrir.

»Ich glaube, dass du dich immer noch weigerst, den Tatsachen ins Auge zu blicken«, entgegnete Sigurður Óli. »Ich denke, die Richter werden sich in dieser Sache auf Þorfinnurs Seite stellen. Ich bin der Ansicht, dass du ihm den Stoß versetzt hast, weil du eine Möglichkeit sahst, ihn ein für alle Mal loszuwerden. Vielleicht hattest du das sogar geplant, bevor ihr zu diesem Arbeitswochenende aufgebrochen seid. Vielleicht sogar ihr drei zusammen. Denkbar wäre allerdings auch, dass es sich um eine Kurzschlussreaktion gehandelt hat. Egal wie, es läuft aufs Gleiche hinaus. Du hast ihn über die Klippe gestoßen.«

Die Stahltür quietschte ein wenig, als sie sich öffnete. Sigurður Óli trat auf den Flur und bedankte sich bei dem Aufseher, der die Tür wieder verriegelte. Sverrir hämmerte von innen gegen die Tür und begann zu schreien.

»Rede mit mir! Hör mir zu!«

In Augenhöhe befand sich eine Öffnung in der Tür. Sigurður Óli öffnete die kleine Klappe und sah Sverrir in die Augen. Er war blutrot angelaufen.

»Es war ein Unfall«, schrie er.

Sigurður Óli sah ihn nur schweigend an.

»Es war ein Unfall!«, wiederholte Sverrir entschlossen. »Ein Unfall!«

Sigurður Óli schob die Klappe wieder zu und überhörte Sverrirs Tritte und das Hämmern gegen die Tür genauso wie sein Schreien, er habe nichts mit dem Tod von Þorfinnur zu tun gehabt.

## *Dreiundfünfzig*

Am späten Abend klingelte das Telefon bei Sigurður Óli. Es war Patrekur, der fragte, ob er noch auf einen Sprung vorbeikommen dürfe. Kurze Zeit später klopfte es, und Sigurður Óli öffnete seinem Freund die Tür. Patrekur stand wie ein begossener Pudel vor ihm.

»Es war alles meine Schuld«, sagte er. »Nicht sie, sondern ich sollte im Knast sein.«

»Komm rein, ich hab gerade einen Tee gemacht«, sagte Sigurður Óli und ging mit ihm in die Küche.

»Ich möchte gar nichts«, sagte Patrekur. »Ich wollte bloß mit dir reden. Was denkst du, was jetzt geschieht?«

»Soweit ich weiß, hat Súsanna zugegeben, dass sie etwas mit dem Überfall auf Lína zu tun hatte«, sagte Sigurður Óli, der sich abends noch einmal mit dem Hauptdezernat in Verbindung gesetzt hatte. »Dass sie Höddi damit beauftragt hat, die Fotos zu holen. Sie und ihre Schwester, Hermanns Frau. Als du und Hermann mit mir geredet habt, haben die beiden mit Höddi gesprochen.«

»Davon hatte ich keine Ahnung.«

»Du hast Súsanna aber gesagt, dass du mit Lína geschlafen hast.«

»Sie ist völlig ausgerastet, weil sie glaubte, dass Lína es darauf abgesehen hatte, unsere Ehe zu zerstören.«

»Und Höddi hat Þórarinn engagiert.«

»Súsanna hat mir nie erzählt, was dieser Höddi so treibt. Er war einfach nur ein guter Freund aus der Schulzeit. Und Lína war kein Engel, weit davon entfernt. Ich habe versucht, Súsanna das zu sagen, aber sie hat mich nur angeschrien und gesagt, sie wolle mich nie wiedersehen. Sie gibt mir die Schuld an dem Ganzen, und das verstehe ich gut. Und jetzt muss sie der Tatsache ins Auge blicken, dass sie den Tod eines Menschen verursacht hat.«

»Indirekt«, sagte Sigurður Óli.

»Das sieht sie nicht so.«

»Einiges ist ja wohl auch ihrer Schwester und Hermann zuzuschreiben. Das muss man im Zusammenhang sehen.«

»Ihre größte Wut richtet sich gegen mich.«

»Es war in erster Linie dieser Idiot von Þórarinn, der zu weit gegangen ist«, sagte Sigurður Óli. »Aber damit will ich weder Súsannas Dummheit entschuldigen noch deine. Oder die von euch allen. Wenn du das nächste Mal Lust darauf verspürst, fremdzugehen, solltest du es entweder bleiben lassen oder zumindest Stillschweigen darüber bewahren.«

»Was jetzt? Was soll nun werden?«, fragte Patrekur nach langem Schweigen.

»Sie wird einige Zeit im Gefängnis verbringen.«

»Ihr ist es in letzter Zeit dreckig gegangen, ich hab das bloß vor lauter eigenen Sorgen nicht gemerkt. Im Nachhinein ist mir klar geworden, dass sie an manchen Tagen fast wie von Sinnen war.«

»Du solltest versuchen, ihr Halt zu geben.«

»Falls sie noch etwas mit mir zu tun haben will.«

»Ihr müsst damit leben. Vielleicht schweißt euch das wieder zusammen.«

»Ich möchte sie nicht verlieren.«

»Nein, das verstehe ich gut«, sagte Sigurður Óli.

»Und du selber? Hast du Scherereien wegen uns?«

»Ich werd's schon überleben«, sagte Sigurður Óli.

## *Vierundfünfzig*

Er wartete ein weiteres Mal vor dem Mehrfamilienhaus am Kleppsvegur und ließ die Zeitung im Briefkasten nicht aus den Augen. Das Radio war wieder auf den Sender eingestellt, auf dem gute alte amerikanische Rockmusik gespielt wurde. Er war schläfrig, denn er war am Abend vorher spät ins Bett gekommen, weil er sich ein Football-Spiel im Fernsehen angeschaut hatte. Einen Augenblick hatte er überlegt, ob er vor dem Schlafengehen noch etwas lesen sollte. Er hatte letztes Jahr zu Weihnachten einen isländischen Roman geschenkt bekommen, der immer noch eingeschweißt war. Er holte ihn aus einer Schublade und riss die Folie auf. Er begann zu lesen, legte dann aber das Buch wieder in die Schublade und ging ins Bett.

Durch den Stress in der letzten Zeit hatte er seit einigen Tagen einen sehr leichten Schlaf. Er war in aller Herrgottsfrühe aufgewacht und hatte beschlossen, eine Runde im Auto zu drehen. Ehe er sich versah, befand er sich wieder vor diesem Haus, obwohl er seiner Mutter versichert hatte, dass er nicht daran dächte, noch einmal einen Briefkasten zu bewachen. Gagga hatte ihn angerufen, weil sie mehr über die Festnahme der Bankmanager wissen wollte, als in den Nachrichten berichtet worden war. Natürlich hatte sie ihn auch über Súsanna und Patrekur ausquetschen wollen, die sie beide kannte. Es war ihr aber nicht gelungen, viel aus Sigurður Óli herauszubekommen. »Ich rede später mit dir«, hatte er nur gesagt.

Ihm fiel das Gespräch mit Elínborg ein. Sie hatte ihn besorgt angerufen und nach Erlendur gefragt, der immer noch in seiner alten Heimat war und schon mehr als zwei Wochen nichts von sich hatte hören lassen.

»Was macht er da eigentlich in den Ostfjorden?«, fragte Elínborg.

»Keine Ahnung«, sagte Sigurður Óli. »Mir sagt er nie etwas.«

»Weißt du, wie lange er bleiben wollte?«

»Nein, ich weiß nur, dass er seine Ruhe haben wollte.«

»Ja genau«, hatte Elínborg gesagt.

Sigurður Óli gähnte. Genau wie bei den beiden letzten Malen war kaum jemand in dem Haus unterwegs, und die paar Gestalten, die entweder heimkehrende Nachtschwärmer oder Frühaufsteher auf dem Weg zur Bäckerei waren, schenkten dem Blatt keinerlei Beachtung. Sigurður Óli wurde immer schläfriger, seine Augenlider schlossen sich langsam, sein Atem ging langsamer, und im nächsten Moment war er eingeschlafen.

Während er schlief, schlich sich ein ungepflegter Mann um die fünfzig in abgewetztem Bademantel und mit wirr abstehendem Haar die Treppe hinunter, öffnete die Tür zum Eingang, spähte auf die Straße, schnappte sich die Zeitung aus dem Briefkasten und huschte wieder nach oben.

Sigurður Óli hatte mindestens eine Dreiviertelstunde geschlafen und brauchte geraume Zeit, um wieder richtig wach zu werden. Die Rockmusik aus dem Radio klang vertraut. Er rieb sich die Augen, sah sich auf dem Parkplatz um, reckte sich und gähnte noch einmal. Im gleichen Moment sah er Andrés, der den Bürgersteig entlang in westliche Richtung davonstolperte.

»Was?«, entfuhr es Sigurður Óli.

Andrés! War das wirklich Andrés?

Sigurður Óli richtete sich auf, um ihn besser sehen zu können.

Kein Zweifel, es war Andrés.

Sigurður Óli wollte aus dem Auto springen und ihm nachlaufen, er hatte die Tür bereits geöffnet, besann sich dann aber eines Besseren. Er schlug die Wagentür wieder zu, ließ den Motor an, fuhr vom Parkplatz auf die Straße und nahm die Verfolgung auf. An der nächsten Kreuzung musste er einen U-Turn machen und befürchtete schon, Andrés aus den Augen zu verlieren, aber bald hatte er ihn wieder im Blick. Andrés schlurfte vornübergebeugt die Sæbraut entlang und über die Kringlumýrarbraut, wo er zum Borgartún einbog. Er trug dieselben schäbigen Sachen wie zuvor, hielt eine Plastiktüte in der Hand und schien völlig aus der Welt zu sein. Sigurður Óli überlegte, ob er ihn anhalten und mit ihm reden sollte, aber seine Neugierde behielt die Oberhand.

Wo hielt sich Andrés auf, wenn er nicht zu Hause war?

Andrés ging auf dem direkten Weg über Nóatún zum Laugavegur hinauf, von dort aus am Hlemmur vorbei und ein Stück auf der Snorrabraut entlang. Dann bog er in die Grettisgata ein und ging in Richtung Stadtmitte. Um diese Tageszeit hatte Sigurður Óli keine Probleme, ihm im Schritttempo zu folgen und sich in sicherer Entfernung zu halten. Auf der Grettisgata hielt er Ausschau nach einem freien Parkplatz, wo er den Wagen abstellte und Andrés zu Fuß auf den Fersen blieb. Aus einiger Entfernung sah er, wie Andrés die Kellertreppe zu einem einstöckigen Holzhaus hinunterstieg, das irgendwann einmal bessere Zeiten gesehen hatte. Er öffnete die Haustür mit einem Schlüssel und schloss sie sorgfältig hinter sich.

Sigurður Óli blieb stehen und betrachtete das Haus. Es stand im Grunde genommen kurz vor dem Zusammenbruch, da es nicht instand gehalten worden war. An vielen Stellen stachen große Rostflecken ins Auge, die Farbe war auf großen Flächen abgeblättert und das Haus Wind und Wetter schutzlos ausgesetzt. Sigurður Óli kam es so vor, als sei die obere Etage nicht bewohnt.

Nach ungefähr zwanzig Minuten beschloss er, zur Tat zu schreiten. Er stieg vorsichtig die Stufen hinunter, die überall abgebröckelt waren. Es gab weder ein Türschild noch eine Klingel. Sigurður Óli klopfte ein paarmal vernehmlich und wartete. Übler Geruch wie von faulendem Fisch machte sich in der Nähe des Eingangs bemerkbar.

Auf das Klopfen erfolgte keine Reaktion.

Er schlug noch einmal gegen die Tür, rief nach Andrés und wartete.

Nichts geschah.

Er legte das Ohr an die Tür und hörte von drinnen irgendwelche Geräusche. Er rief wieder nach Andrés, und nachdem er ein drittes Mal gegen die Tür gehämmert hatte, beschloss er, in die Wohnung einzudringen. Die Tür knarrte, als Sigurður Óli an der Klinke rüttelte. Sie war zwar verschlossen, doch es war ein simples Schloss, das sofort nachgab, als er sich mit der Schulter dagegen warf. Er blieb noch eine Weile auf der Schwelle stehen und rief nach Andrés. Dann betrat er den Keller.

Der Gestank war das Erste, was er bemerkte. Er schlug ihm entgegen wie eine Wand. Sigurður Óli rang nach Atem und stolperte rückwärts wieder nach draußen.

»Nicht zu fassen«, stöhnte er. Er nahm sich den Schal vom Hals, band ihn sich vor Mund und Nase und betrat ein weiteres Mal die Kellerwohnung. Er fand einen Lichtschalter in der kleinen Diele, aber als er ihn betätigte, geschah nichts. Vermutlich war der Strom abgeschaltet, dachte er. Er rief noch einmal Andrés' Namen, erhielt aber keine Antwort. Die Wohnung bot ein Bild der Verwüstung. Sogar die Wände waren mit irgendetwas aufgebrochen worden, und an einigen Stellen waren die Fußbodendielen aufgerissen. Er musste über zersplittertes Holz und umgekippte Möbelstücke klettern, und durch den Schal hindurch spürte er, dass der Gestank immer schlimmer wurde, je weiter er in die Wohnung vordrang. Er blieb immer wieder stehen, um sich an die Dunkelheit zu gewöhnen, und rief nach Andrés, doch er erhielt keine Antwort. Entweder hatte er sich irgendwo versteckt oder war durch einen Hintereingang oder ein Fenster entkommen. Als sich seine Augen an die Dunkelheit gewöhnt hatten, sah er, dass er sich in einem Raum befand, der wohl einmal das Wohnzimmer gewesen war. Die Vorhänge vor dem Fenster waren zugezogen, und er riss sie auf, um Licht hereinzulassen.

Das Chaos, das sich seinem Blick bot, war unbeschreiblich. Tische, Stühle und Schränke lagen wild durcheinander, man hätte meinen können, jemand habe mit einer Planierraupe in der Wohnung gewütet. Sigurður Óli stakste vorsichtig weiter. In einer Ecke lagen Decken, Essensreste und leere Brennivín-Flaschen, und Sigurður Óli stellte sich vor, dass Andrés dort gehaust hatte. Er ging zurück auf den Flur und öffnete vorsichtig die Tür zur Küche. Die war genauso übel zugerichtet. Sigurður Óli sah, dass Andrés durch das große Küchenfenster ins Freie gelangt war.

Er war entwischt.

Also ging Sigurður Óli vorsichtig ins Wohnzimmer zurück, obwohl der Gestank kaum auszuhalten war. Als er den Rückzug antrat, stieß er gegen etwas, was irgendwie nicht wie ein toter Gegenstand wirkte. Er schrak zusammen.

Als er nach unten blickte, sah er, dass er gegen ein menschliches Bein gestoßen war. Der Körper war in eine dreckige Decke gehüllt, nur die Beine ragten heraus. Sigurður Óli bückte sich und zog die Decke langsam weg. Nun wusste er auch, woher der Gestank gekommen war.

Er presste den Schal fest gegen Nase und Mund. Der Mann lag auf dem Rücken. Er war an einen Stuhl gefesselt, mit dem er offenbar umgekippt war. Die toten Augen standen halb offen und starrten zu ihm hoch, und mitten in der Stirn befand sich so etwas wie eine Ein-Kronen-Münze. Ein dreckiger Lederlappen mit irgendwelchen Bändern daran lag neben der Leiche.

Sigurður Óli erinnerte sich an das, was Andrés über eine Münze gesagt hatte. Seine Neugierde überstieg alle

Vorsicht am Tatort. Er bückte sich nach dem kleinen Geldstück und wollte es an sich nehmen, aber es steckte fest in der Stirn.

Bei näherem Hinsehen stellte sich heraus, dass es gar kein Geldstück war, es war völlig glatt. Sigurður Óli starrte auf die kreisförmige Stelle an der Stirn, und langsam aber sicher ging ihm auf, dass es sich um das Ende eines Metallstifts handelte, der tief im Kopf des Mannes steckte.

Die Leiche war stark verwest.

Sigurður Óli nahm an, dass er seit mindestens drei Monaten tot war.

## *Fünfundfünfzig*

Ein Angestellter der städtischen Friedhofsbetriebe kam am Montagmorgen zur Arbeit und öffnete einen der Schuppen mit den Arbeitsgeräten auf dem alten Friedhof. Es war kalt, in der Nacht hatte es Frost gegeben, und jetzt blies ein scharfer Wind aus dem Norden. Der Mann war gut dagegen gerüstet, er trug eine Mütze und dicke Wollhandschuhe. Er hatte etwas auf dem Friedhof zu erledigen, was er schon eine ganze Weile aufgeschoben hatte, und holte sich die dazu erforderlichen Geräte aus dem Schuppen. Er hatte es nicht eilig, er rechnete damit, dass der ganze Morgen damit draufgehen würde. Er durchquerte den Friedhof in Richtung Suðurgata. An die Stelle auf dem Grab von Jón Sigurðsson hatten Jugendliche *Nonni rules* gesprüht. Er fand das nicht weiter schlimm, sondern nahm es eher als ein Zeichen dafür, dass junge Leute sich Gedanken über die isländische Unabhängigkeit machten. Irgendeiner von ihnen hatte doch zumindest gewusst, wer Jón Sigurðsson war. Er warf einen Blick nach links, hielt unwillkürlich inne und sah genauer hin. Es kam ihm so vor, als hocke da ein Mann auf einem der Gräber. Er betrachtete ihn lange, und als die Gestalt sich überhaupt nicht rührte, ging er langsam auf das Grab zu. Dort angekommen sah er, dass der Mann tot war. Er trug abgerissene Sachen und hatte die Knie angezogen, wie um sich gegen die Kälte zu schützen. Das Gesicht war leichenblass, und die Augen richteten sich halb geöffnet zum Himmel, als habe der Mann in der Stunde seines Todes zu den Wolken hochgeblickt und um nichts weiter gebeten, als dass sie für einen Augenblick aufrissen und ein Stück klarblauen Himmel freigäben.

Lesejury